MIKAELLA CLEMENTS & ONJULI DATTA

Das Beste, was uns nie passiert ist

GOLDMANN

Buch

Die Hollywood-Schauspielerin Win Tagore und der Hotelerbe Leo Milanowski führen seit sieben Jahren eine On-off-Beziehung. In den Augen der Öffentlichkeit sind sie ein perfektes Paar, in Wahrheit ist jedoch alles inszeniert: Immer wenn Win positive Schlagzeilen braucht, ist Leo zur Stelle. Ein genialer Marketing-Coup, den sich Wins Agentin Marie ausgedacht hat.

Da Win gerade eine sehr unschöne Trennung hinter sich hat, wird wieder einmal Leo eingeflogen. Am Strand von Saint-Tropez und auf einer Yacht im Sonnenuntergang entstehen wunderbare Bilder, ganz nach Maries Vorstellung. Nur eines hat sie nicht mit eingeplant: dass es zwischen Win und Leo auch abseits der Kameras ordentlich knistert …

Autorinnen

Die Australierin Mikaella Clements und die Engländerin Onjuli Datta haben mit »Das Beste, was uns nie passiert ist« ihren gemeinsamen Debütroman veröffentlicht. Beide haben zuvor für verschiedene Zeitungen und Magazine geschrieben. Sie sind miteinander verheiratet und leben in Berlin.

Mikaella Clements
Onjuli Datta

Das Beste, was uns nie passiert ist

Roman

Aus dem Englischen
von Kristina Lake-Zapp

GOLDMANN

Die englische Originalausgabe erschien 2021 unter dem Titel
»The View Was Exhausting« bei Grand Central Publishing,
Hachette Book Group, New York.

MIX
Papier | Fördert
gute Waldnutzung
FSC® C014496
FSC
www.fsc.org

Penguin Random House Verlagsgruppe FSC® N001967

1. Auflage
Deutsche Erstveröffentlichung April 2023

Umschlaggestaltung: UNO Werbeagentur, München
Umschlagmotive: Weg/Skyline/Palmen/Sterne © susaro/Getty Images;
kleine Sterne/Paar/Struktur unterer Bereich/Goldeffekt
Schrift und Sterne: FinePic®, München
Redaktion: Ulrike Gerstner
LS · Herstellung: ik
Satz: KCFG – Medienagentur, Neuss
Druck und Bindung: GGP Media GmbH, Pößneck
Printed in Germany
ISBN: 978-3-442-49184-1

www.goldmann-verlag.de

Für unsere Familie

Saint-Tropez

Kapitel eins

Am ersten Tag ging Win hinunter in die Lobby des Hotels La Réserve, um Leo persönlich in Empfang zu nehmen. Er saß auf seinem Koffer, eine Hand in der Hosentasche. Weißes T-Shirt, braune Lederschuhe. Er machte einen geduldigen Eindruck.

»Hallo«, sagte Win.

Leo lächelte und zog auf die altvertraute Art und Weise die Augenbrauen in die Höhe. Er hatte sich die Haare kurzscheren lassen. Nun stand er auf und streckte die Arme nach ihr aus, und sie sagte: »Oh, hier gibt es keine Kameras, lass gut sein.«

Er hob abwehrend die Hände, dann lehnte er sich zurück und grinste. »Du siehst gut aus.«

Es war nicht viel los in der Lobby. Grün-goldenes Licht umhüllte sie, salzige Luft und Wildblumen stimmten auf den stillen Nachmittag ein, leichtfüßiges Personal huschte um sie herum und tat so, als würde es sie nicht bemerken. Win hatte vergessen, wie es war, von Leos durchdringendem Blick fixiert zu werden. Sie war Aufmerksamkeit gewohnt, aber auf eine chaotische, erregende Weise; Blitzlicht und Rufe und Gefühlsausbrüche. Leos Aufmerksamkeit war fokussiert und zielgerichtet, wie eine beruhigende Hand auf ihrer Schulter.

Sie fühlte sich angeschlagen, zermürbt vom Jetlag und von der Reise an sich. Während des Nachtflugs hatte niemand ein Auge zugetan, da sie über dem Atlantik in Turbulenzen geraten waren. Win hatte den Großteil der Zeit damit verbracht, sich auf Drehbücher zu konzentrieren und möglichst wenig mit ihrer PR-Agentin zu reden. Ständig blinkten um sie herum Handydisplays auf. Sie hatte so getan, als wüsste sie nicht, dass sie im Zentrum der Aufmerksamkeit stand, dass es in all den Nachrichten, die die anderen Fluggäste verschickten, um sie ging.

Als sie früh am Morgen endlich landeten und nach Saint-Tropez weiterfuhren, fühlte sie sich zu aufgewühlt, um schlafen zu können. Also verbrachte sie den halben Tag mit ihrem Laptop im Bett, las E-Mails und widerstand dem Drang, online zu gehen. Sie schaute nur einmal aus dem Fenster auf die Aussicht. Ein paar Fans hatten ein riesiges Transparent so aufgehängt, dass sie es von ihrer Suite aus sehen konnte: ON T'ADORE WHITMAN stand in rosa Glitzerfarbe auf einem Bettlaken. Mehrere frische Blumensträuße mit Sympathiebekundungen von Zaungästen und Branchenkollegen standen im Zimmer.

Am Nachmittag traf ihr Make-up-Team ein, es folgten Telefonate, hoffnungsvolle Designer ließen Couture-Kleider liefern, vor ihrem Fenster rumorte die Presse, und irgendwo war Leo, der sich klammheimlich von Berlin auf den Weg zu dem Hotel gemacht hatte, das Wins Leute ausgesucht hatten. Es lag hoch oben auf den Klippen, luxuriös, abgeschieden, erfreut, sie als Gäste empfangen zu können.

»Entschuldige die kurzfristige Mitteilung«, sagte Win jetzt, dann fügte sie hinzu: »Du hast dir die Haare schneiden lassen.«

Er fuhr sich mit der Hand über den raspelkurzen Schnitt. Es war beinahe erschreckend, Leo ohne wilden Haarschopf zu sehen. Die neue Frisur brachte seine Konturen sehr viel stärker zur Geltung.

Marie, Wins PR-Agentin, hatte Leos Gesicht einmal als »gelungen« bezeichnet. Markante Wangen- und Kieferknochen, ein zufriedener Mund, klare, dunkle Augen. Er war groß, perfekt gebaut, seine Bewegungen waren zielstrebig, aber nicht übereilt.

»Ich dachte, das peppt die Story auf«, sagte er.

Sie musterten einander von oben bis unten. Bei all dem Medienrummel und dem Versuch der Schadensbegrenzung hatte sie ganz vergessen, sich auf ihr Wiedersehen mit Leo vorzubereiten – das erste seit über achtzehn Monaten. Er sah so gut aus wie immer – etwas älter vielleicht, ohne die Haare.

»Du kannst gern mal drüberstreichen«, bot er an.

Win ließ den Daumen über seinen Schädel gleiten, von der Schläfe bis hinters Ohr. Zu ihrer Überraschung fühlte sich das geschorene Haar weich an, wie das Fell eines Tieres. Sie fuhr mit den Fingern gegen den Strich.

Emil, ihr Assistent, kam vom Empfang auf sie zugeeilt, drückte Leo eine Schlüsselkarte in die Hand und warf einen gehetzten Blick über die Schulter.

»Wir sollten uns auf den Weg machen. Sie haben Leo hereinkommen sehen.«

Wins Blick schweifte von Leo über das hin und her eilende Hotel- und Sicherheitspersonal zu den Glastüren der Lobby. Aus diesem Winkel konnte sie nicht viel sehen, und das Hotel würde sein Bestes geben, die Paparazzi vom Grundstück fernzuhalten, aber sie konnte es hören: das leise, aufgeregte Summen von Stimmen, die mit den Geräuschen des Ozeans wetteiferten. Bald würde die Sonne untergehen. Sie würden zu spät kommen.

Win wandte sich wieder an Leo. »Bist du bereit?«

»Ja, ich habe unterwegs geübt.« Leo räusperte sich, senkte die Stimme und legte die Stirn in Falten. »Kein Kommentar. Kein Kommentar. Ja, der Sex ist umwerfend.«

Win lachte. »An der Darbietung solltest du besser noch arbeiten.«

Mit quietschenden Reifen raste der SUV durch die Tore des Hotels. Die Scheiben waren getönt, die Türen verriegelt. In der wartenden Menge der Fotografen brach ein hektischer Kampf um die beste Sicht aus. Der Trick war, sie einen Blick auf ihn werfen zu lassen, ohne zu viel preiszugeben. Es würde nicht gut aussehen, ihnen Leo auf dem Präsentierteller darzubieten; es müsste zumindest ein geheimes Date geben, das keinesfalls an die Öffentlichkeit dringen durfte. Die Gerüchte mussten mit einem Flüstern beginnen, bevor sie einen Sturm inszenierten.

Der SUV war auffällig genug. Er jagte über die Zufahrt und zog in Windeseile einen Schwanz von Paparazzi hinter sich her, manche in Autos, andere auf Motorrädern, aber alle versuchten, auf gleiche Höhe mit dem Geländewagen zu gelangen. Die meisten arbeiteten zu zweit: Einer lenkte, der andere hielt die Kamera schussbereit. Emil saß auf dem Beifahrersitz und diskutierte mit dem Fahrer auf Französisch über die geschickteste Route. Er reckte den Arm in die Höhe wie einen Degen, und es sah aus, als wolle er jeden Moment ins Lenkrad greifen. Leo hatte es sich neben Win auf dem Rücksitz bequem gemacht, eine Hand zwischen ihnen auf dem Sitz. Er lachte auf, als der Wagen einen abrupten Schlenker machte, um einem entgegenkommenden Roller auszuweichen.

Win beobachtete ihn, wobei sie, ohne es zu wollen, die Mundwinkel nach oben zog. »Alles okay?«

»Wunderbar«, antwortete Leo. »Ich hatte bloß vergessen, wie dein Leben so aussieht.«

»Sie sind auch deinetwegen hier.«

»Nein, sind sie nicht«, widersprach er, aber er wirkte erfreut, belustigt. Win machte sich keine allzu großen Sorgen, dass er die Fassung verlieren könnte. Leo war die Aufmerksamkeit gewöhnt, genau wie sie.

Win überprüfte erneut ihre E-Mails. Noch immer kein Wort von Patrick. Bis vor zwei Tagen hatte ihr Agent sie nahezu stündlich kontaktiert und sie mit einer endlosen Flut von Updates und Zwischenberichten über den Verhandlungsstand mit Paramount überschüttet. Knapp eine Woche zuvor hatte er ihr eine Textnachricht geschickt: Das könnte der große Wurf werden, Whitman. Seit Nathan Spencers öffentlichem Ausraster gab es nichts als vage

Zusicherungen und Plattitüden, die alles andere als beruhigend wirkten.

Marie hatte ihr den Zeitplan für Wins und Leos inszenierte Sommerliebschaft geschickt. An der ganzen Riviera wurden Vorbereitungen für sie getroffen: weiße Tischdecken, sauber geharkte Wege durch die Weingärten, von welken Blüten befreite Rosenspaliere, zurückgeschnittene Oleandersträucher. Das Hotel hatte eine Kiste mit Wins Lieblings-Sancerre und den teuren Whisky geordert, den Leo angeblich mochte. Am Wochenende waren sie zur Party von Zacharias Chavanne eingeladen, und die ganze Zeit über würden sie so tun, als wären sie glücklich und verliebt, um klarzustellen, dass Win nicht untröstlich war vor Liebeskummer. Sie würden so lange ein Paar abgeben, bis der Sommer vorbei war und die Leute vergessen hatten, dass sie überhaupt jemals mit Nathan Spencer zusammen gewesen war, von der katastrophalen Trennung ganz zu schweigen. Mit Leo an ihrer Seite wäre es offensichtlich, dass Nathan nur ein Ausrutscher war, ein vorübergehender Zeitvertreib, nicht zu vergleichen mit der stürmischen On-off-Affäre von Whitman Tagore und Leo Milanowski.

Es war nicht gerade würdevoll, eine Beziehung vorzutäuschen, und mit Leo aus irgendeinem Grund noch weniger. Er kannte sich zu gut aus in der Branche; er liebte es zu sehr, Menschen zum Narren zu halten; er kannte Win seit ihren wilden Zwanzigern, und jedes Mal, wenn er sie ansah, hatte sie den Eindruck, er würde sich daran erinnern. Doch jetzt war nicht der richtige Zeitpunkt für Schamgefühle. Es überraschte Win nicht länger, dass die

Leute sich dafür interessierten, was sie jenseits der Leinwand tat und mit wem. Es war nun mal nicht möglich, ihre Arbeit einfach für sich stehen zu lassen – sie musste den Leuten mehr bieten, wenn sie wollte, dass sie sie auf der Leinwand bewunderten. Wie pflegte Marie noch gleich zu sagen? *Echt oder fake ist nicht der Punkt. Die Menschen wollen unterhalten werden.* Es fühlte sich gut an, einen Plan zu verfolgen und sämtliche Spieler positioniert zu haben.

Der Wagen machte einen weiteren Schlenker, als ein überholender SUV zu dicht an ihnen vorbeizog. Der Fahrer versuchte, ein Foto durch ihre Windschutzscheibe ins Wageninnere zu schießen. Leo stieß ein raues, bellendes Lachen aus.

»Dich zu daten ist Extremsport«, stellte er fest. »Du solltest Tickets verkaufen.«

»Es ist nicht immer so verrückt.«

Leo warf ihr einen durchdringenden Blick zu. »Lügnerin.«

Als sie an der geplanten Stelle an der Küste eintrafen, hatten sie nur noch vier Autos im Schlepptau. Das machte es leichter, so zu tun, als wären sie allein und würden einen Abendspaziergang am Strand unternehmen, ohne all die Fotografen zu bemerken, die die Klippen säumten. Leo nahm ihre Hand, als sie sich auf den Weg über die Felsen machten. Sein Gesicht war ernst und voller Zärtlichkeit, als wäre Win ein verwundeter Vogel, den er gerettet hatte. Als ihre Hände sich berührten, klickten die Kameras.

Zu dieser Jahreszeit war die Côte d'Azur in sanfte Farben getaucht, die an Edelsteine erinnerten: Die Seeluft war von einem tiefen, rauchigen Blau, der Ozean unter ihnen breitete sich aus wie ein glänzender Teppich, über ihnen, in dem Gewirr aus Grün, sahen sie die Honigwabentöne der Klippen und pastellfarbene Häuser. Win streifte die High Heels ab. Der Sand war blasssilbern und fühlte sich warm unter ihren nackten Füßen an, selbst als die Dämmerung über dem Wasser aufflammte und langsam die Sonne unterging. Die Aussicht war fulminant.

»Wir waren schon einmal in Saint-Tropez, nicht wahr?«

Es dauerte einen Moment, bis Win sich erinnerte: vor fünf Jahren. Eine Konkurrentin hatte ihr eine Rolle abspenstig gemacht und eine Flut von Gerüchten ausgelöst, dass Win außer sich vor Neid wäre – und Win hatte beweisen müssen, dass ihre Gedanken anderen Dingen galten. Sie und Leo hatten den Großteil der Reise auf einer Yacht verbracht, die ein paar Buchten weiter vor Anker lag. Ohne nachzudenken, hob sie die Hand, schob sie unter Leos Lederjacke und strich über seine Schultern. Sie fühlten sich warm an unter dem Stoff des frisch gebügelten Hemdes.

»Damals hast du dir einen bösen Sonnenbrand geholt.«

Im Gehen spürte sie das Auf und Ab seiner Schulterblätter. Mitunter hatte er etwas Katzenhaftes, war stark und geschmeidig wie ein Raubtier. Er hatte ihr einmal erzählt, dass Thea, seine Zweitmutter, ihn als Kind »Leo der Löwe« genannt hatte.

»Ich wüsste zu gerne, woran du gerade denkst«, sagte Leo.

»Das wollen sie alle nur zu gern wissen«, gab Win zurück.

Leo blieb stehen, schob die Hände in die Hosentaschen

und blickte grinsend aufs Meer hinaus. Wenn sie einander eine Zeit lang nicht gesehen hatten, fiel es ihnen immer schwerer, die Grenzen der Berührungen neu zu verhandeln. Es dauerte eine Weile, bis Leo verinnerlicht hatte, dass er sie an sich ziehen durfte, wann immer er wollte. Sie lehnte sich gegen seine Schulter, und er verstand den Hinweis und legte einen Arm um ihre Taille.

»Erzähl mir, wie es dir in der Zwischenzeit so ergangen ist«, forderte er sie auf. »Die Sache mit diesem Arschloch von Ex-Freund kannst du auslassen.«

Win zuckte zusammen. »Leo.«

»Ich sagte, *ihn* kannst du auslassen.«

Sie biss die Zähne zusammen. Wollte nicht an Nathan denken. In den letzten zwei Tagen hatte sie über alles andere gegrübelt – über Leo, Saint-Tropez, die anstehende Pressetour, den Deal mit Paramount. Ab und an hörte sie Nathans affektierte Stimme, die sich in ihrem Hinterkopf zu Wort meldete. *Mit der berühmtesten Frau der Welt zusammen zu sein ist nicht so lustig, wie du glaubst. Stell dir vor, du treibst es mit einer Domina, aber ohne den Sex. Am Ende wirst du immer nur ausgepeitscht und kommst nicht zum Schuss.*

»Whitman«, sagte Leo, und Win holte scharf Luft.

»Na schön«, erwiderte sie dann. »Es läuft gut. Ich bin ziemlich beschäftigt, Urlaub fällt in diesem Jahr wohl flach, aber …«

»Zählt das hier nicht als Urlaub?«

Win nickte in Richtung der Felsen, wo die Kameralinsen im Licht der tiefer sinkenden Sonne gleißten.

Die Fotografen würden nur Schnappschüsse bekommen, herangezoomt aus der Ferne, mitunter verschwommen oder verdeckt von Felsvorsprüngen und Gestrüpp – aber der Wirbel wäre groß genug, und Marie hatte für morgen bereits Phase zwei geplant. Ein Blitzlicht flammte auf, wie ein Signal von einer entlegenen Insel.

»Sieh nicht hin«, sagte Win.

Leo wandte sich wieder ihr zu. »Ich verstehe, was du meinst.«

»Danke, dass du so schnell gekommen bist. Ich war mir nicht einmal sicher, ob du in Europa bist.«

»Ich war in Berlin«, sagte Leo.

Sie mussten über einen Strandabschnitt klettern, der teilweise von herabgestürztem Gestein blockiert war. Leo sprang leichtfüßig von einem großen Felsbrocken, drehte sich um und reichte Win die Hand, um sie durch das unsichere Gelände zu führen. *Klick, klick, klick.*

»Zum Feiern?«, wollte Win wissen.

»Ich habe mich mit mehreren Galeriebesitzern getroffen«, entgegnete Leo, dann räumte er ein: »Was im Grunde dasselbe ist.«

»Nimmst du endlich dein Atelierprojekt in Angriff? Ich dachte, du hättest dich für New York entschieden.«

»Ach, ich weiß nicht.« Leo drückte zwei Fingerknöchel gegen eine Augenbraue. »Ich hatte New York in Erwägung gezogen, aber vielleicht sollte ich mich lieber für die Westküste entscheiden … Mein Dad hat mich gebeten, mir einige Designvorschläge für ein neues Boutique-Hotel in Austin anzusehen. Er möchte, dass ich ihm die üblichen

Statement-Pieces für die Lobby schicke – du weißt schon, irgendetwas, was er als Avantgarde ausgeben kann.«

Vor sechs Jahren hatte Win einen Nachmittag mit Leo in Miami verbracht. Sie waren gemeinsam durch eine Reihe von Galerien gezogen, weil Leo Bilder aussuchen wollte, die eines der Hotels seines Dads aufpolieren sollten. Leo hatte eine Zielstrebigkeit an den Tag gelegt, die ungewöhnlich für ihn war. Er stellte eine umfangreiche Liste zusammen mit infrage kommenden, zueinander in Beziehung stehenden Werken, brachte Farbpaletten mit und überlegte, wie er die Künstler am besten zur Geltung bringen konnte. Vier Tage später zeigte Leo ihr die E-Mail, die er als Antwort von seinem Vater erhalten hatte – ein Dankeschön, abgeschickt von einer Assistentin aus dessen Designteam. Allerdings hatte die Assistentin vergessen, den Rest des Threads zu löschen, bevor sie die Nachricht an Leo weiterleitete: Such ein paar aus, die etwas hermachen, und sag Leo vielen Dank.

»Aber jetzt bin ich erst einmal hier.« Sie blieben stehen, hielten Händchen und schauten sich tief in die Augen. Leo wirkte so zufrieden, als hätte er diesen romantischen Augenblick höchstpersönlich inszeniert. »Du hast mich gerettet. Hier ist unsere Markierung«, fügte er hinzu und deutete mit dem Kinn auf das Kreide-X, das Marie für sie auf einen großen Felsbrocken gemalt hatte.

Sie ließen sich in den Sand fallen, lachten und umschlangen einander für den Fall, dass jemand filmte – und irgendwer filmte immer –, bis sie schließlich Seite an Seite saßen und in das rosa Sonnenlicht über der Bucht schauten.

»Du hast lange nichts von dir hören lassen«, sagte Leo.

»Ich weiß, tut mir leid.«

Im vergangenen Jahr hatte sie ihm nur ein paar Textnachrichten geschickt, hatte flüchtig Hallo gesagt, als wäre er bloß ein Bekannter, an dem sie auf der Straße mit einem Kopfnicken vorbeiging, weil ihr die Zeit fehlte, stehen zu bleiben und mit ihm zu plaudern. Normalerweise ließen sie zwischen ihren Treffen nicht so viel Zeit verstreichen, aber das vergangene Jahr war an Win vorbeigezogen, ohne dass sie es überhaupt bemerkt hatte. Ihre Projekte folgten dicht aufeinander, und dazwischen hatte sie mit Nathan zu kämpfen, versuchte, einen Mann in Schach zu halten, der angefangen hatte, ihr auf die Nerven zu gehen.

Der Wind fing sich in ihrem Haar, und Leo streckte die Hand aus und strich es ihr hinters Ohr.

Sie lächelte ihn an. »Was habe ich verpasst?«

»Ach, das Übliche.« Er blickte zur Seite und rieb sich die Nase. »Wohltätigkeitsgalas, Galerieeröffnungen. Ich bin in einer Schwitzhütte ohnmächtig geworden. Hatte die Vision, ein Erzengel würde kommen und mich retten, nur dass der Erzengel eine Indianerin war und einen starken Londoner Akzent hatte. Wahnsinnskörper, allerdings …«

Win verpasste ihm kichernd einen Klaps auf den Arm, und er schnappte ihre Hand und zog sie an sich.

»Im Grunde ist das ein super Timing für mich. Gum hat mir ein Jungswochenende angedroht, und langsam gehen mir die Ausreden aus.« Er spielte mit ihren Fingern, fuhr auf vertraute Weise mit seinen rauen Fingerkuppen über ihre manikürten Nägel.

Geoffrey Milanowski war Leos Anzug tragender, kettenrauchender älterer Bruder. Er hatte sich eifriger ins Geschäftsleben gestürzt als Leo und war dabei mehrfach auf die Nase gefallen. Gum – Leo bestand darauf, ihn so zu nennen – verbrachte den Großteil seiner Zeit in New York, schlief in seiner Kleidung und ging mit zusammengekniffenen Augen Papierkram durch, den er nicht verstand. Er sah sich konfrontiert mit einer Reihe von einseitigen beruflichen Fehden und einem BWL-Studium, das seit Ewigkeiten auf einen Abschluss wartete; Freunde hatte er so gut wie keine. Gum war nicht so berühmt wie Leo, aber doch bekannt genug, dass die Welt davon erfahren würde, wenn ihn die Polizei auf der Route 101 anhielt und beim Alkoholtest einen erhöhten Promillewert feststellte. Die Welt hatte dies bereits erfahren.

»Ich liebe den Kerl, aber Dad wird mir wieder einmal vorwerfen, dass ich ihn noch ermutige, anstatt ihn auszubremsen. Ich weiß genau, dass er auf Sauftour gehen will. *Ich habe dich seit sechs Monaten nicht gesehen,* mon frère, *es wird mal wieder Zeit, ein bisschen Dampf abzulassen.*«

»Sechs Monate? Wirklich?«

»Er macht sich Sorgen um mich«, sagte Leo. »Wenn ich nur eine einzige Nachricht nicht gleich beantworte, heißt es sofort: *Leonard, was bist du für ein Einsiedler geworden!*«

Leo nahm einen ganz bestimmten, quengelnden Manhattan-Tonfall an, um seinen Bruder zu imitieren. Sein eigener Akzent ließ sich nicht so leicht zuordnen, weil er den Großteil seines Lebens in verschiedenen Ländern verbracht hatte. Er klang wie ein Londoner, ein Brooklyner und ein kosmopolitischer französischer Prinz – alles drei zugleich –, und genau aus diesem Grund war er sowohl der europäischen als auch der amerikanischen Öffentlichkeit sympathisch. Und wegen seiner Wangenknochen.

Win presste ihre Finger gegen Leos Handfläche. Sie konnte hören, wie hinter ihnen ein Paparazzo ihre Namen rief. »Gibst du mir deine Jacke?«

Leo zog seine abgewetzte Lederjacke aus und legte sie um Wins Schultern. Sie roch nach seinem Eau de Cologne, nach Flugzeug und ein bisschen auch nach Kaffee. Win sah auf, und Leo erwiderte ihren Blick. Die Luft war noch warm von der brütend heißen Sonne, doch jetzt war Abend, und sie konnte Leo an ihrer Seite spüren, an all den Stellen, an denen sich ihre Haut beinahe berührte. Auch seine Jacke war warm, und es war fast so, als hätte sie die Wärme seines Körpers übergestreift.

»Wir küssen uns frühestens morgen«, sagte sie.

Leo lachte nicht, obwohl sie damit gerechnet hatte. Stattdessen legte er die Hand an ihre Wange und fuhr mit seinen langen Fingern behutsam ihre Kinnlinie nach. Sie sagte nichts. Es würde besser auf den Fotos aussehen, wenn sie schwieg. Er legte zwei Finger auf ihren Mund und sagte: »Verstanden.«

Sie sahen zu, wie die letzten Möwen über den Abendhimmel glitten. Marie schickte Win eine Nachricht, als sie sicher war, dass die Paparazzi genug Fotos gemacht hatten, und Leo und sie kletterten die Klippen hinauf zu den wartenden Wagen.

»Hast du schon etwas von Paramount gehört?«, fragte

sie Emil, als sie wieder hinter den getönten Glasscheiben saßen.

Er schüttelte den Kopf. Seine Finger flogen übers Handydisplay. Er stimmte sich mit dem Team von Chanel ab, mit dem Win gerade einen Vertrag als Gesicht für die nächste Kampagne unterzeichnet hatte. Win hakte nicht weiter nach. Es schmerzte Emil stets, der Überbringer schlechter Nachrichten zu sein.

Vielleicht würden sie nie wieder etwas von der Rolle hören. Der Film, um den sie und Patrick gekämpft hatten, war eine Neuadaption der Romanverfilmung *Zwischen Madrid und Paris,* basierend auf Hemingways Roman *Fiesta.* Win war im Rennen um die weibliche Hauptrolle. Es war ein gewaltiges Prestigeprojekt mit einem elektrisierenden Drehbuch und einem ausgesprochen namhaften Regisseur; der Plot fokussierte sich auf ihre Figur. Es gab zahlreiche prickelnde Dialoge, und Win hatte die Rolle sofort haben wollen. Allerdings wurde der Film als Oscar-Anwärter gehandelt, und die Produzenten waren für ihre Sprunghaftigkeit bekannt. Schon der Gedanke, eine Anglo-Inderin in der Hauptrolle zu besetzen, bereitete ihnen Bauchschmerzen, ganz zu schweigen von der Vorstellung, sie könne in einen Skandal verwickelt werden. Und jetzt hatte Win ihrem Ex tatsächlich die hässlichste Promi-Trennung des Sommers zu verdanken, was die Chancen erhöhte, dass die Produzenten hastig einen Rückzieher machten.

Andererseits, so rief sich Win vor Augen, hatten Nathans hässliche Behauptungen bislang kein Nachspiel gehabt. Nichts von Patrick zu hören bedeutete, dass er immer noch an der Rolle dran war, und sie war fest entschlossen, alles zu tun, um den Schaden zu begrenzen, den ihr Ex angerichtet hatte. Mit Leo am Arm war es leicht, den Fokus zurechtzurücken. Niemand konnte dem Glamour einer Liebesgeschichte widerstehen. Für die Produzenten und den Rest der Welt war ihr Trip nach Saint-Tropez der Beweis dafür, dass Nathans Dramen Schnee von gestern waren und Win sich schon lange neu orientiert hatte.

Auf dem Rückweg zum La Réserve teilten sich Win und Leo eine Zigarette. Wieder zogen sie einen Rattenschwanz von SUVs hinter sich her. Emil gab sich beschäftigt und tat so, als würde er den Rauch nicht bemerken.

»Verrate Marie nichts«, bat Win.

»Ich bin mir sicher, ihre Informanten haben es ihr bereits gesteckt«, frotzelte Leo.

»Das verbitte ich mir, Leo«, sagte Emil. »Ich für meinen Teil habe jedenfalls nichts gesehen.«

Emil hatte Win einmal erzählt, dass er eigentlich Schauspieler werden wollte. Er hatte während des Studiums in einer Inszenierung von *Endstation Sehnsucht* den Zeitungsjungen gespielt. Die Hälfte der Zeit verbrachte er zufrieden damit, die Requisiten zu kategorisieren, dann beschwichtigte er den Stanley, der von einem anderen Darsteller als »Marlon Brando mit Hautausschlag« beschimpft worden war, und stellte sich entschlossen dem Dekan entgegen, als dieser die Nacktheit aus dem Stück herausstreichen wollte – und ihm wurde klar, dass er hinter der Bühne sehr viel glücklicher war. Er überließ seine Rolle seinem Freund, ohne es jemals zu bereuen.

Zu den Profis vor dem Hotel La Réserve hatten sich Promi-begeisterte Teenager gesellt, die Leos Namen kreischten und mit zitternden Händen ihre Smartphones in die Höhe hielten. Win und Leo taten so, als wären sie beschwipst, und flirteten miteinander, als hätten sie im Wagen Champagner getrunken. Leo, der den Arm um Wins Schultern gelegt hatte, zog sie noch enger an sich und winkte ein paar Fans zu. Sie verschränkte ihre Finger mit seinen. Alles fühlte sich vertraut an. Seine großen Handflächen, die protzigen Ringe an seinen Fingern und Marie, die auf sie wartete, als sie in Wins Penthouse-Suite stolperten.

»Hi«, sagte Win. »Ich denke, das ist ziemlich gut gelaufen.«

Marie nickte. »Wir haben ein paar super Schnappschüsse bekommen. Ihr seid das Topthema auf fast allen Plattformen.« Sie kam näher und seufzte. »Oh, du hast geraucht.«

»Aber nicht auf Lunge«, behauptete Leo.

Marie drehte sich zu ihm um und betrachtete mit geschürzten Lippen seine raspelkurzen Haare. »Leo«, sagte sie.

»Marie.«

»Ich habe die Yacht für morgen elf Uhr bestätigt«, wandte sie sich wieder an Win. »Außerdem habe ich einigen Paparazzi einen Tipp gegeben, sie werden sich dranhängen. Wir müssen mit dem Kuss warten, bis wir von der Küste weg sind. Ich möchte, dass es so aussieht, als wärt ihr beide allein.«

»Wirst du uns die passende Stelle markieren?«, fragte Leo spöttisch.

»Ja«, sagte Marie und warf ihm einen kühlen Blick zu.

Leo und Marie waren nie ernsthaft aneinandergeraten, aber sie schienen oft kurz davor zu stehen. Er hatte Marie in der Vergangenheit genug Scherereien bereitet – noch immer konnte sie den Vorfall auf der Met-Gala nur in Kombination mit einem gutturalen Knurren erwähnen –, und im Gegenzug hatte Marie Leo zu einer Menge Showeinlagen überredet, die er eigentlich gar nicht hatte machen wollen. Ihre Feindschaft war wohlbegründet, auch ohne ihre Meinungsverschiedenheiten bezüglich dessen, was gut für Wins Image war.

»Ich werde früh schlafen gehen«, sagte Win. »Tut mir leid, dass wir keine Zeit hatten, etwas zu essen.«

Sie hatte in letzter Zeit ohnehin nicht viel zu sich genommen. Die Aufregung der letzten Tage in Verbindung mit einem äußerst nervösen Magen hatte ihren Ernährungsplan durcheinandergeworfen. Sie würde morgen frühstücken, vielleicht zusammen mit Leo, draußen auf der Terrasse. Im Moment waren ihre Augen überlastet, ihre Schultern schwer. Erst Schlaf, dann Nahrung.

Leo ließ ihre Hand los; sie hatte vergessen, dass er sie immer noch hielt. Er beugte sich zu ihr, und sie hob ihm instinktiv das Gesicht entgegen. Dann hielt sie inne.

Sie waren gut versteckt in ihrer Suite, das Hotel war diskret und teuer genug, um zu verhindern, dass das Personal Informationen an die Presse durchsickern ließ. Es war nicht nötig, sich einen Gutenachtkuss zu geben.

»Ich wünsche dir noch einen schönen Abend«, sagte sie.

»Keine weiteren Ermahnungen?«

Win zuckte mit den Schultern. »Das Übliche. Reiß

niemanden in der Bar auf. Aber du gehst ja wahrscheinlich eh bald ins Bett.« Leo hatte leichte Augenringe, und er war genau wie sie den ganzen Tag über unterwegs gewesen. Eine Woche feiern in Berlin – sie war sich ziemlich sicher, dass Leo noch vor Mitternacht in Tiefschlaf fallen würde.

Leo streckte die Hand aus und zupfte an einer ihrer Haarsträhnen, als wolle er deren Spannkraft testen. »Du denkst wohl, du hast mich durchschaut.«

»Wir kennen uns jetzt sieben Jahre«, sagte Win. »Du kannst dich von deinen Geheimnissen verabschieden, Milanowski.«

Leo klappte den Mund auf, doch dann schien er die Worte, die er eigentlich hatte erwidern wollen, hinunterzuschlucken. »Schlaf gut«, sagte er stattdessen und drehte sich um, die Hände in die Hosentaschen gesteckt, die Schultern nach vorn gezogen.

Als sie allein war, streifte Win ihre High Heels ab und zog ihr Handy heraus. Emil hatte vor zwei Tagen die SIM-Karte ausgetauscht und ihre Kontakte auf weniger als zehn begrenzt. Von ihrer besten Freundin Shift, einer bekannten DJane, war eine weitschweifige Sprachnachricht eingegangen, die Win abhörte, während sie ihren Schmuck ablegte. Shift sagte nichts über Nathan, sie plapperte bloß über den Regen in Montreal und beschwerte sich darüber, dass ihr Freund Charlie die Anlieferung ihres neuen Mischpults verpasst hatte, was ihm nicht einmal leidtat. Er war stattdessen im Garten gewesen und hatte dem Hund des Nachbarn beigebracht, bis fünf zu zählen.

Das war nichts, was eine umgehende Reaktion erforderte.

Win schaltete das Handy aus, taumelte durch die Tür ins Schlafzimmer und auf das breite, mit Seidenwäsche bezogene Bett zu, das dort auf sie wartete. Die Balkontüren waren leicht geöffnet, die Seeluft wehte sanft durch die zarten Gardinen. Sie ließ sich mit ihrem Laptop auf die Matratze fallen, überflog die sozialen Medien und bemerkte erste Anzeichen von Hysterie. Endlich fiel sie in einen unruhigen Schlaf.

Kapitel zwei

Seit sie zwanzig war, musste Win zwei verschiedene Personen sein, zwei verschiedene Leben leben.

Die erste Person war die Win, die es, abgesehen von ein paar pubertären Ängsten, immer schon gegeben hatte. Sie wuchs im Nordosten von London auf und verbrachte unbeschwerte Jahre mit ihrer besten Freundin. Dann beschloss sie, etwas aus sich zu machen, und riss sich zusammen. Sie arbeitete vierzehn Stunden am Tag, war außergewöhnlich anpassungsfähig, hatte eine komplizierte Beziehung zu ihrer Mutter und wurde schnell jähzornig. Das war die Win, die an nächtlichen Krisentreffen mit Marie teilnahm und stundenlang allein mit einem Drehbuch verbrachte, um in ihre Rolle hineinzufinden. Als Teenager hatte sich diese Win zwei Dinge sehnsüchtig gewünscht: dass es ihrem Vater wieder besser ging und dass sie die Chance bekam, als Schauspielerin durchzustarten. Einer der beiden Wünsche war in Erfüllung gegangen.

Die andere Win führte ein Leben als Whitman Tagore, internationaler Filmstar, jüngste Gewinnerin eines BAFTA-Awards in der Kategorie »Beste Hauptdarstellerin«, erfolgreich sowohl in London als auch in Hollywood. Win und Marie hatten Whitman Tagore während der vergangenen sieben Jahre perfektioniert, hatten ihre glamourösen Ecken und Kanten ausgefeilt und ihre Schwachstellen behoben. Mittlerweile war sie ein Meisterwerk.

Whitman Tagore war niemals müde. Whitman Tagore war niemals verärgert. Whitman Tagore war niemals am Boden. Sie arbeitete hart, aber sie tat niemals etwas Vulgäres, zeigte sich niemals mit verlaufenem Make-up, hungerte niemals für eine Rolle, nahm niemals Tabletten, um wach zu bleiben. Vor allem aber bewahrte sie stets die Ruhe. Sie blinzelte nicht im Blitzlichtgewitter. Sie reagierte nicht, wenn Talkshow-Moderatoren über ihr Sexleben spekulierten. Sie konnte emotional werden, aber nur, wenn es ihr passte; sie konnte ein paar Freudentränchen verdrücken, wenn sie einen Preis in Empfang nahm, aber man erwischte sie niemals schluchzend auf dem Rücksitz eines Taxis. Sie konnte zugeben, dass sie in der Filmbranche Rassismus und Sexismus erlebt hatte, doch sie würde niemals einen bestimmten Mann beschuldigen, sie sexuell belästigt zu haben. Unter dem Schleier dieser Ruhe gab es keine einzige unkalkulierte Bewegung, keinen einzigen ungeplanten Gesichtsausdruck. Das war das Mantra, das Marie vorgegeben hatte: *Bleib ruhig. Brich nicht in Panik aus. Bleib bei deiner Geschichte.*

Es hatte nicht immer zwei Whitmans gegeben. Eine Zeit lang hatte sie gehofft, dass Win gut genug wäre für die Welt, doch die Trennung zwischen ihrem wahren, streng gehüteten Ich und dem Ich, das sie der Öffentlichkeit präsentierte, erfolgte nicht schrittweise. Sie passierte auf einen

Schlag, vor sieben Jahren. An einem Sonntag. An dem Tag, an dem Josip die Aufnahme an die *Daily Mail* schickte.

Win war in Amerika gewesen und hatte sich von Komparsenrollen in Komödien zu kleinen Nebenrollen in romantischen Dramen hochgearbeitet. Noch hatte sie sich keinen Namen gemacht, aber sie schlich sich langsam ins öffentliche Bewusstsein, diese neue indische Schauspielerin mit der Fähigkeit, den anderen die Show zu stehlen, selbst wenn sie die Rolle mit dem wenigsten Text hatte.

Die Bezeichnung »indische Schauspielerin« hatte sie erschüttert. Win hatte stets zwischen britischen Asiaten, zu denen sie selbst zählte, und echten *indischen* Indern wie ihren Eltern und ihrer Familie unterschieden. In Amerika bekannt zu werden bedeutete, dass diese Grenze wegfiel.

»Wir möchten nicht, dass die Leute dich in eine Schublade stecken«, hatte ihr Patrick, ihr Agent, versichert, »aber wir möchten auch nicht, dass die Leute wegen deiner Herkunft verwirrt sind.«

Britisch mit indischer Abstammung war zu lang und umständlich, und Amerikaner verwendeten die Bezeichnung *britische Asiatin* nicht. Bezeichnete sie sich nur als *britisch*, fühlten sich manche Leute betrogen, als würde sie versuchen, etwas zu verbergen.

»Lass es gut sein«, riet ihr Patrick. »Du bist Inderin, aber du bist in England aufgewachsen, und du hast einen europäischen Vornamen, also bist du nicht allzu indisch. Sollen sie dich nennen, wie sie wollen, solange sie dich zu Castings einladen. Lass dich nur nicht in Exotenrollen drängen.«

Damals war sie in New York gewesen und hatte sich zu einer Reihe von Gesprächen mit Patrick und einer Regisseurin getroffen, die sie schon lange im Visier gehabt hatten. Gigi Waits hatte gerade als zweite Frau in der Geschichte Hollywoods ihren ersten Oscar in der Kategorie »Beste Regie« erhalten, und sie hatte den Ruf, weniger prominente Talente über Nacht zu Stars zu machen. Ihre Erwartungen als Regisseurin waren allgemein bekannt: Sie verlangte Disziplin. Ihre Besetzung sollte bereit sein, eine Szene vierzig Mal am Stück zu spielen, stundenlang Hysterie zu simulieren, Sprachen, Instrumente und Kampfstile zu erlernen, und zwar schnell. Win wollte unbedingt mit Gigi arbeiten, die sie antreiben, alles aus ihr herauskitzeln und ihr den Erfolg und die Anerkennung bringen würde, die Win brauchte, um das bisher Erreichte in eine Karriere umzuwandeln.

An jenem Sonntag waren Win und Patrick zum Brunch in Gigis Loft im East Village eingeladen. Auf dem Weg dorthin klingelte im Taxi Patricks Handy. Win sollte nie herausfinden, wer der Anrufer am anderen Ende der Leitung war – ein Assistent vielleicht oder ein schadenfroher Konkurrent. Um wen auch immer es sich handeln mochte – Patrick zog ein Gesicht, als wäre jemand gestorben. Er starrte Win ungläubig an. Win erwiderte seinen Blick, verwirrt, wenngleich sie irgendwie wusste, dass etwas Schreckliches passiert war.

Und tatsächlich: Ihr Ex-Freund Josip hatte dem *Hollywood Reporter* gegen eine ungenannte Summe Bargeld und Werbung für das neue Album seiner Band eine Sprachnachricht zukommen lassen. Die Nachricht war vor drei Wochen aufgenommen worden, als Win noch im Vereinigten Königreich weilte. Als Patrick Win die Nachricht auf dem Rücksitz des Taxis vorspielte, erkannte sie sich selbst kaum wieder, erinnerte sich nicht daran, diese Dinge gesagt zu haben. Sie wusste nur noch, dass sie Josip sehr spät am Abend angerufen hatte, allein in ihrem Apartment mit der flackernden Straßenlaterne vor dem Fenster, ein leeres Highball-Glas in der Hand.

Was hätte sie auch tun sollen, als sie erfuhr, dass der Mann, mit dem sie seit einem Jahr zusammen war, mit einer anderen im Club gesichtet wurde, Arm in Arm, grinsend und knutschend, ihre Hand in seiner Jeans? Hätte sie so tun sollen, als würde sie es nicht glauben? Was hätte sie tun sollen, als er auf ihre Versuche, ihn zur Rede zu stellen, vier Tage lang nicht reagierte? Hätte sie ihn einfach damit durchkommen lassen sollen? Sie hatte zu jener Zeit wegen des Drehplans so gut wie gar nicht geschlafen und eine Keine-Milchprodukte-kein-Zucker-Diät durchgezogen, sodass Skinny Bitches – Wodka-Limo – ihr einziger Genuss waren. In ihrem Zorn hatte sie das Mädchen online gestalkt und festgestellt, dass es das genaue Gegenteil von ihr selbst war: relaxed, lustig, cool. War es da nicht logisch, dass sie zum Handy gegriffen und auf den unvermeidbaren Piepton gewartet hatte?

Doch das wusste natürlich niemand. Alle hörten nur Wins teuflisches Knurren auf dem Anrufbeantworter, ihre zornigen Worte, als sie Josip schwor, ihn für den Rest ihres Lebens zu hassen, den verächtlichen Spott über seine grauenvolle Musik, ihre Beschimpfungen, dass er sie sonst wo könne und dass sie ihn nicht brauche und nie gebraucht habe.

Der genaue Wortlaut der Sprachnachricht prangte zwei Tage lang ganz oben auf jeder Klatschseite im kompletten Vereinigten Königreich und in halb Amerika. Josip war der Lead-Sänger einer mittelmäßigen Rockband aus Illinois, die ein paar Zufallstreffer gelandet hatte, aber er sah gut aus, und er wusste, wie er Aufmerksamkeit erzielen konnte. Genau das hatte Win anfangs angezogen; jetzt zog es eine Meute von Late-Night-Show-Hosts an, die nur allzu gern mit ihm über seine verrückte Ex-Freundin herzogen und gleichzeitig sein neues Album anpriesen. Win dagegen wurde von der interessanten Newcomerin zur internationalen Witzfigur.

In den folgenden Monaten hörte sie die Sprachnachricht Hunderte Male. Moderatoren zitierten bei Interviews daraus. Gastgeber von Late-Night-Shows spielten sie für ihre Gäste ab, die sich köstlich darüber amüsierten. Eine Zeit lang machte ein Meme die Runde, in dem Leute mit weinerlicher Divastimme und verschmierter Wimperntusche den Spruch »He, Arschloch, ich rufe nur an, um dir mitzuteilen, dass du dich verpissen sollst« zum Besten gaben, und wurde zum Standardaufmacher für alle ironischen Heul-Tweets. Sie zwang sich, die Nachricht immer dann abzuspielen, vor allem spätabends, wenn sie sich daran erinnern musste, warum so etwas nie wieder vorkommen durfte.

»Mach dir nichts draus«, sagte Patrick im Taxi, doch er

wich ihrem Blick aus. »Es ist nur eine Sprachnachricht. Du hast schließlich nichts Illegales getan.« Es war das erste Mal, dass er sie belog.

Gigi hatte sie nicht einmal ins Gebäude gelassen. »Meine Schauspieler müssen sich beherrschen können«, wurde sie ein paar Tage später zitiert. »Ich habe kein Interesse daran, mit Diven zusammenzuarbeiten.« Sie hatte nie wieder ein Wort mit Win gewechselt und sich bei der Besetzung umentschieden.

Auch andere Rollen, um die Win sich beworben hatte, platzten. Statt weiterhin mit Patrick zu zehn Terminen pro Tag zu hetzen, kam sie gerade mal auf drei pro Woche. Partyeinladungen wurden gecancelt. Rückrufe blieben aus. Die einzigen Menschen, die sie noch sprechen wollten, waren die Unterhaltungsjournalisten, die unablässig anriefen und alberne Nachrichten auf ihrem Anrufbeantworter hinterließen, sie würden gern *ihre Version der Geschichte* bringen. Ein Schwarm Paparazzi tauchte vor ihrem Hotel auf, in der Hoffnung, einen flüchtigen Blick auf Whitman Tagore werfen zu können, die durch die brennenden Trümmer ihrer kurzen Karriere watete. Aus dem Grund war Marie zu ihr gekommen, als sie sich das erste Mal trafen. Sie hielten ihre Besprechung in Wins Suite ab, damit sie nicht vor die Tür gehen musste.

Als Erstes erkundigte sich Marie, ob Win schon mit anderen PR-Agenten gesprochen habe. Plötzlich war es Win peinlich, mit der Wahrheit herauszurücken: Nein, hatte sie nicht. Noch vor einer Woche hatte sie nicht gedacht, dass sie jemals einen brauchen würde. PR-Agenten waren etwas für Reality-TV-Stars, die um Likes und Klicks buhlten, oder für Influencer, die den harten Aufstieg zum Ruhm umgehen wollten. Win war Schauspielerin. Sie war Profi. Fast hätte sie Nein gesagt, als Patrick ihr Maries Geschäftskarte reichte. Dann hatte einer der Paparazzi sie eine »durchgeknallte Schlampe« genannt, als sie ins Taxi stieg, und Win war zu dem Schluss gekommen, dass es mitunter besser war, gewisse Prinzipien über Bord zu werfen.

»Ich habe mir ein paar angesehen«, antwortete sie Marie daher. »Aber Sie sind die Einzige, mit der ich mich persönlich treffe.«

Marie nickte. »Das ist gut. Es ist das Beste, wenn Sie während einer Krisenzeit mit so wenigen Leuten sprechen wie möglich.«

Noch vor ein paar Wochen wäre Win niemals auf die Idee gekommen, eine Situation wie diese als »Krise« zu bezeichnen. Das Ganze erschien ihr so banal. Eine holprige Beziehung, Untreue, ein heftiger Gefühlsausbruch. Jetzt musste Win nur auf einen x-beliebigen Unterhaltungssender schalten, um Maries Einschätzung bestätigt zu sehen.

»Es muss uns gelingen, Sie da draußen wieder Fuß fassen zu lassen«, hatte Marie gesagt. »Im Augenblick ist die Sprachnachricht alles, was Amerika von Ihnen weiß. Sie sind diese verrückte Britin, die aus dem Nichts aufgetaucht ist. Wir müssen den Leuten eine andere Seite von Ihnen zeigen. Eine Seite, die sehr viel interessanter ist.«

Maries Vorschlag war es, eine unbeschwerte, fantastisch aussehende Win zu einer glamourösen Party zu schicken. Sie würde blasse, helle Töne tragen, die Haare offen. Sie müsste jung, unschuldig und sorglos wirken, wie die Sorte Mädchen, die die Stimme nur erhoben, um kleine Freudenschreie auszustoßen. Sie würde mit einem selbstironischen Seufzer lächeln, wenn man sie nach der Sprachnachricht fragte, aber sie würde nicht ins Detail gehen – zumal sie mit einem Date bei der Party erschien.

»Ich könnte einen Gefallen einfordern und dieses neue französische Balmain-Model anfragen«, sagte Marie, als ginge es um einen Mietwagen. Sie wischte übers Display ihres Handys. »Oh, er ist kleiner als Sie. Besser nicht. Sie müssen aussehen, als wären Sie die Schwächere in der Beziehung.«

Schon in jenen frühen Tagen erwies sich Marie als unverfrorene Strategin, was das Management ihrer Klienten betraf. Sie hatte kein Problem, Win mitzuteilen, was sie dachte, wie unangenehm die Wahrheit auch sein mochte. Ein paar Jahre später hatte sie einen Artikel über den Sohn einer Schauspielerin überflogen und völlig emotionslos bemerkt: »Der Junge kostet sie so einige Sympathien.«

»Oh, wie wär's damit«, fuhr Marie fort. »Die Horizons Group eröffnet heute Abend ein neues Hotel in Brooklyn – ein ziemlich großes Event mit vielen New Yorker Prominenten und jeder Menge Presse.«

Win, die während der letzten Wochen von der Presse verfolgt und von der New Yorker Prominenz verspottet worden war, sagte: »Das klingt gut.«

»Das Beste habe ich dir noch gar nicht mitgeteilt«, verkündete Marie und wechselte zum branchenüblichen Du. »Die Horizons Group gehört Bernard Milanowski. Bei jeder Neueröffnung ist eines seiner Kinder dabei, diesmal der jüngste Sohn – Leo.«

Win hatte schon von Leo Milanowski gehört. Der Playboy-Sohn eines millionenschweren Hotelmoguls und eines zurückgezogen lebenden Ex-Supermodels. Man sah ihn nur selten ohne die übliche Traube von Society-Mitgliedern; zwischen Amerika und Großbritannien pendelnd, berühmt dafür, in beiden Ländern berühmt zu sein.

»Ich habe eine Quelle in Bernards Büro, die sagt, sie seien noch immer auf der Suche nach dem passenden Date für ihn. Bernard will jemanden, der Aufmerksamkeit erregt, um so die Aufmerksamkeit auf das Hotel zu lenken.« Marie sah Win an. Manchmal fragte sich Win, ob winzige Fadenkreuze auf Maries Pupillen aufgedruckt waren. »Sie wünschen sich jemanden, den die Leute unbedingt sehen wollen.«

Als sich Win am Abend für die Party fertig machte, sah sie, wie Whitman Tagore im Spiegel erschien: das volle dunkle Haar, die hohen Wangenknochen, die kurvige Silhouette und die durchtrainierten Schultern. Sie übte, sich selbst als Rolle zu spielen und ihr wahres Ich zu verbergen. Übte ihr Lächeln.

»Du darfst nicht so selbstzufrieden wirken«, sagte Marie, also nahm Win den großäugigen, erwartungsvollen Ausdruck der feinen jungen Damen der Londoner Gesellschaft an, über den Shift und sie sich so amüsierten. Sie war Whitman Tagore, die sich nichts sehnlicher wünschte, als einen verwöhnten It-Boy zu einer Party zu begleiten. Während sie in ihre High Heels schlüpfte und sich in ein

Cape aus blasser Seide hüllte, erteilte Marie ihr Anweisungen, als wäre sie ein Soldat, der in die Schlacht zog.

»Die Presse steht Schlange, wenn du das Gebäude betrittst. Man wird dir ganz schön zusetzen, und vielleicht nicht nur die Medien, sondern auch die anderen Gäste. Milanowski wird auf der Party seines eigenen Dads nichts anstellen, aber er wird dir genauso wenig zur Seite stehen, wenn es hart auf hart kommt. Das ist okay. Bleib einfach ruhig und lächle weiter. Bleib bei unserer Story.«

Win traf Leo zum ersten Mal auf dem Rücksitz einer schwarzen Limousine. Es gab weit weniger Tamtam, als sie erwartet hatte, keine aufwendige Begrüßung, keine gestelzte Vorstellung durch Marie oder jemanden aus Leos Entourage. Als sie in den Wagen stieg, hörte sie ihn sagen: »Gib der Band Bescheid, dass sie später anfangen soll.«

Er winkte ihr zu und formte mit den Lippen: *Telefoniere,* als könnte Win nicht sehen, dass er sich ein Handy zwischen Ohr und Schulter geklemmt hatte.

Leo Milanowski hatte ein kantiges, attraktives Gesicht mit einer ausgeprägten, von einem Bartschatten überzogenen Kinnlinie, der seinen Mund zur Geltung bringen sollte. Seine Wimpern waren entwaffnend lang. Er trug seinen vermutlich sehr teuren Anzug mit lässiger Leichtigkeit und machte einen gelangweilten und leicht schläfrigen Eindruck wie ein Pendler in der U-Bahn. Anscheinend nahm er weder die luxuriöse Lederausstattung im Wageninnern noch die Schauspielerin wahr, die neben ihm saß.

»Nein, ich werde nicht lange da sein«, sagte Leo und fuhr sich träge mit den Fingern durch die Haare, die ihm in Locken in die Stirn fielen. »Ich muss bloß ein paar Hände schütteln.« Er lachte über etwas, was die andere Person sagte.

Er telefonierte die ganze Fahrt über. Schweigend sah Win hinaus auf das vor dem Fenster vorbeigleitende Manhattan, unsicher, ob sie genervt oder dankbar für die Ruhe sein sollte. Sie widerstand dem Bedürfnis, allzu häufig auf ihr Handy zu schauen, zumal es ihr in letzter Zeit ohnehin nur schlechte Nachrichten überbracht hatte, und versuchte, sich zu entspannen.

Als sie aus dem Wagen stiegen, gerieten sie in ein wahres Blitzlichtgewitter. Beim Anblick von Win und Leo drängte das Dickicht der Paparazzi nach vorn und ließ sich kaum noch von den Sicherheitskräften zurückhalten. Alle riefen ihren Namen.

Leo beugte sich so weit vor, dass sein Mund beinahe ihr Ohr berührte.

»Hi«, sagte er, »Hand auf deinem Rücken oder Arm in Arm?«

»Entschuldige?«

»Ich persönlich bin ja eher der Hand-auf-dem-Rücken-Typ, aber es ist deine Entscheidung.«

Sie hörten nicht auf zu lächeln, während sie sprachen, und Win rief sich in Erinnerung, was Marie ihr am Nachmittag geraten hatte: Sie musste verletzlich erscheinen, mitleiderweckend. Die Schwächere sein.

»Warum kommst du nicht näher?«, schlug sie mit einem Blick auf die Security-Leute vor.

Leo betrachtete sie prüfend, dann legte er ihr den Arm

um die Schultern und zog sie an sich. Sie drehte ihr Gesicht zu seiner Brust, spürte seine Wärme, und als er mit den Fingern sanft durch die Haare strich, die ihr über den Nacken fielen, musste sie den Schauder nicht vortäuschen.

Arm in Arm, die Gesichter von den Blitzlichtern der Fotografen abgewandt, schlenderten sie ins Gebäude zur Party. Als sie zu ihm aufsah, wirkte sein Gesichtsausdruck ruhig und gelassen und fast ein wenig besitzergreifend. Ihr wurde klar, dass er ebenfalls ein guter Schauspieler war.

In der Lobby nahm er den Arm von ihrer Schulter.

»Nichts für ungut«, sagte er, »aber wenn ich du wäre, wäre ich vermutlich zu Hause geblieben.«

Win strich ihr Kleid glatt und tastete nach ihrer Frisur. »Leider war zu Hause bleiben keine Option.«

»Wem sagst du das?«, fragte Leo.

Sie musterten einander, ein seltsamer Moment der Stille inmitten des Partytrubels. Es war nicht der übliche Von-oben-bis-unten-Blick, den Win von ihren Verehrern gewohnt war; Leos Blick war kalkulierender, nachdenklicher. Win fragte sich, ob er seine Whitman-Tagore-Story womöglich an die Presse verkaufen würde. Sie war sich nicht sicher, was er dachte.

Die Wände der Lobby waren mit Graffiti bedeckt (die Graffitikünstler, erzählte Leo Win später, waren aus Paris und Rio de Janeiro eingeflogen und ihre Entwürfe von einem sechsköpfigen Team von Führungskräften geprüft worden, bevor sie mit dem Sprayen beginnen durften). Unter den Kronleuchtern, deren Glühbirnen flackerten, um einen etwas zwielichtigen, urbanen Effekt zu erzeugen, drängten sich die Gäste; Kellner mit Tabletts voller Champagner umkreisten die Menge. Der goldene Empfangstisch war zerbeult und kunstvoll angelaufen, um die Illusion von Verfall zu erzeugen.

»Originell«, sagte sie, als sie sich umblickte.

»Ja, typisch Daddy«, entgegnete Leo.

Die Leute bemerkten sie bereits. Damals war Leos Ruhm weitaus größer als Wins, weshalb er die meisten neugierigen Blicke und hoffnungsvolles Winken erntete, doch gleichzeitig ging ein Raunen durch die Menge, Getuschel kam auf, gefolgt von abschätzigen Seitenblicken, die, so wusste Win, ihr galten.

»Du könntest vortäuschen, in Ohnmacht zu fallen«, schlug Leo mit so leiser Stimme vor, dass nur sie ihn hören konnte. »Dann wären wir beide raus aus der Nummer.«

»Nein«, sagte Win. »Es geht mir gut. Ich amüsiere mich *prächtig.*«

Leos Mundwinkel zuckte, aber er widersprach nicht. Stattdessen reichte er ihr die Hand, und Win nahm sie und verschränkte ihre Finger mit seinen. Sie lehnte sich gegen ihn, als wäre sie überwältigt und suchte bei ihm Schutz. Es fühlte sich seltsam an, im richtigen Leben zu schauspielern, und am liebsten hätte sie sich bei ihm entschuldigt. Aber Leo schaute nur belustigt.

»Besorgen wir uns etwas zu trinken«, schlug er vor. »Etwas Starkes.«

Sie blieben zusammen. Leo erklärte, dass ihm die restlichen Gäste »scheißegal« seien, und Win war die ganze Zeit über angespannt und allein darauf konzentriert, so sehr Whitman Tagore zu sein wie nur möglich: offen, harmlos, gelassen. Nach einer Woche im medialen Feuersturm war sie permanent auf der Hut vor einem Angriff, und es war nur Leos Hand auf ihrem Rücken zu verdanken, dass sie nicht die Beine in die Hand nahm und die Flucht ergriff. Was Leo zu bemerken schien. Als ihr ein aufdringlicher New Yorker Kolumnist ein bisschen zu nahekam, beugte er sich zu ihrem Ohr und sagte: »Liebes, kann ich dich für einen Augenblick entführen?«

Bei all den Menschen um sie herum kam Win gar nicht dazu, sich richtig bei ihm zu bedanken, aber sie konnte sich revanchieren, als sie sah, dass er von einem gierigen Treuhänder in die Ecke gedrängt wurde. Mit gespielter Dringlichkeit zog sie ihn am Arm. »Schatz, dein Vater braucht dich.«

Sie trafen in der Raucher-Lounge auf Bernard Milanowski. Bernard hatte denselben scharfen Blick wie Leo, reckte genauso fordernd das Kinn vor wie er, doch Bernard erwartete Gehorsam, keine Aufmerksamkeit. Er musterte Win kurz und intensiv, dann nickte er Leo zu. Unwillkürlich verspannte sich Win und straffte die Schultern. Eine Sekunde später bemerkte sie bei Leo dieselbe Reaktion. Er ließ Win einsilbig auf Bernards prosaische Fragen antworten, wie ihnen die Party gefalle, während er selbst abwesend über den Kopf seines Vaters hinwegstarrte.

Win wusste, dass Bernard sie nur als Köder für die Presse eingeladen hatte. Sie gewann den Eindruck, dass er ihre Anwesenheit als üble Notwendigkeit empfand, als müsse er einem Maître ein üppiges Trinkgeld zustecken, um den besten Tisch zu bekommen. Als er sich entschuldigte und sie wieder allein ließ, stießen Win und Leo unisono einen Seufzer der Erleichterung aus.

»Ich entspreche übrigens nicht dem Klischee«, teilte Leo ihr mit, als sie auf die Galerie flohen. »Ich hasse meinen Dad nicht. Ich mache mir nur nichts aus ihm.«

»Du bist sehr vielschichtig«, stellte Win fest und drehte sich um, weil ihr etwas ins Auge fiel.

Ein paar Schritte entfernt lehnte ein Kellner an der Brüstung, ein leeres Tablett unter dem Arm. Der andere Arm baumelte an seiner Seite herab. Win bemerkte, dass er ein Smartphone in der Hand hielt. Ob er Fotos von ihnen machte oder sie filmte, konnte sie nicht sagen. Vorsichtig stieß sie Leo an und nickte in Richtung des Kellners. Leo blickte wie zufällig über ihre Schulter.

»Dafür kann er gefeuert werden«, sagte sie.

»Nun«, erwiderte Leo und sah sie an, »dann sorgen wir mal dafür, dass es sich lohnt.«

Win stockte der Atem, als Leo gerade lang genug wartete, dass sie die Chance hatte, Nein zu sagen. Als sie das nicht tat, zog er sie an sich und gab ihr einen überfallartigen, beschwingten Kuss. Seine Lippen waren warm. Sie spürte seine Brust an ihrer, den Druck von Muskeln auf Seide. Win hob die Hand und legte sie an seine Wange. Der Griff um ihre Taille wurde fester. Die Leute würden sicher schon schauen.

Leo löste seine Lippen von ihren, und sie ließ die Hand in seinen Nacken gleiten.

»War das zu viel?«, murmelte er.

Beinahe hätte sie gelacht; das Ganze entbehrte nicht einer gewissen Komik. Sie hatte den Fuß angewinkelt, als er sie küsste, nicht mit Absicht, sondern instinktiv. Jetzt stellte sie ihn wieder auf den Boden. Sie konnte fast den Regisseur in der Ecke sehen, der die Hand hob und »Cut!« rief.

»Wir haben es«, meinte Win.

Leo beäugte sie kritisch, als würde er eine Entscheidung treffen.

»Whitman Tagore«, sagte er dann. »Hast du Lust, mit mir einen Joint zu rauchen?«

Selbst sechs Monate später – inzwischen war sie eine eifrige Schülerin in Maries »House of Shame«, wie Leo es nannte – konnte Win nicht glauben, dass sie das Risiko eingegangen war. Sie kannte Leo damals nicht, und hätte er es darauf angelegt, hätte er sie mit einem einzigen gut getimten Schnappschuss vernichten können. Win wusste es besser, als gut aussehenden Fremden ihr Vertrauen zu schenken, doch in jener Nacht blickte sie in Leos geheimnisvolles, lächelndes Gesicht und stellte fest, dass sich ein Abend, der eigentlich ein Martyrium hätte werden sollen, als der größte Spaß entpuppte, den sie seit Wochen gehabt hatte.

Die Dachterrasse war noch nicht ganz fertig, der Kunstrasen erst halb ausgerollt, überall standen Schubkarren oder lagen Werkzeuge am Boden. Leo und Win stahlen sich außer Sichtweite der anderen Gäste und schlenderten vor bis zur Brüstung. Hier draußen war nichts von der Party zu bemerken. Leos Gras war stark, aber angenehm. Wins Schultern entspannten sich.

»Auf wie viele solcher Partys gehst du?«, fragte sie. Leo überlegte und zog ein weiteres Mal an seinem Joint.

»Ein oder zwei im Jahr. Meine Geschwister und ich teilen uns auf«, sagte er. »Früher sind wir zusammen hingegangen, aber einmal hat mein Bruder dieses echt beschissene Acid mitgebracht, und meine Schwester und ich wären um ein Haar im Champagnerbrunnen ertrunken. Gum ist ausgeflippt und hat Wiederbelebungsmaßnahmen an einer Statue vorgenommen. Dad meinte, wir hätten einen schlechten Einfluss aufeinander, deshalb darf nur noch ein Kind pro Eröffnung kommen.«

Win schnaubte vor Lachen und drückte ihre Nase gegen Leos Schulter. Sie suchte stets die körperliche Nähe, wenn sie high war, doch es schien ihm nichts auszumachen, denn er drehte sich so, dass sie ihn besser berühren konnte.

»Eine Zeit lang habe ich meine eigenen Dates mitgebracht«, fuhr Leo fort, »aber als ich achtzehn war, habe ich mich mit diesem deutschen Popstar getroffen …«

»Ich hatte einen deutschen Freund, als ich siebzehn war«, sagte Win, die liebevoll an ihn zurückdachte. »Die Deutschen gehen hart ran.«

»Die Deutschen gehen hart ran«, pflichtete Leo ihr bei. »Wir haben uns davongeschlichen, um Sex im Aufzug zu haben, und auf den Notknopf gedrückt, damit uns niemand erwischt. Leider haben wir nicht mitbekommen, dass der Reparaturdienst anrückte, und dann sind die Türen aufgegangen, während der Party … Dad war gar nicht glücklich. Seitdem darf ich mir meine Begleiterinnen nicht mehr selbst aussuchen.«

»Warum habe ich keine Fotos davon zu Gesicht bekommen?«

»Ach, Dad hat fünf verschiedene Kanzleien darauf angesetzt, Scheiße wie diese zu löschen. Und dann waren da ja auch noch die Motorradphase meiner Schwester und die Zeit, in der ich Aufputschmittel mit Poppers gemischt habe ... Außerdem das Korrespondentendinner im Weißen Haus, wo irgendwer auf die tolle Idee kam, eine separate Party für die Minderjährigen zu veranstalten. Politikerkinder sind verdammt durchgeknallt, und da gab es diese beiden Senatorentöchter, die mich hin und her gereicht haben ...«

»Was für ein hartes Leben«, sagte Win, aber sie konnte nicht aufhören zu lachen. Sie wechselten schnelle, forschende Blicke, testeten sich gegenseitig, und das, was sie fanden, gefiel ihnen.

»Nun, du hattest offenbar eine normale Kindheit«, stellte er fest. »Das können nicht viele Menschen von sich behaupten. Ich finde das ziemlich mysteriös.«

»Sehr mysteriös«, pflichtete Win ihm bei.

Sie erzählte ihm dann von den Technopartys, die Shift und sie besucht hatten, und von dem Fenster in ihrem Elternhaus, durch das sie geklettert war, bis ihre Mum ihr genervt mitgeteilt hatte, sie könne genauso gut die Haustür benutzen. Leo hatte jahrelang immer wieder mal in London gelebt, aber die indischen Restaurants in Aldgate, in denen Win und ihr Vater nach der Schule gegessen hatte, kannte er genauso wenig wie die House-Partys in Brixton, bei denen Win aus dem Fenster gekotzt hatte. Was noch gar nicht so lange her war. Lustigerweise glaubte er, vor ungefähr zwei Jahren Shift bei einem ihrer frühen Auftritte in einem Nachtclub in Dalston gesehen zu haben.

»Das ist meine beste Freundin!«, rief Win und klopfte ihm entzückt auf die Schulter.

»Vielleicht waren wir beide dort«, überlegte Leo und bot ihr galant den letzten Zug an.

Hand in Hand schwebten sie zurück zur Party, wichen Models und Mogulen aus. Die Leute starrten sie immer noch an, aber jetzt kam ihnen das Ganze lächerlich vor: Snobs von der Upper East Side, die sich in Brooklyn unter das gemeine Volk mischten und vorgaben, ein einfaches Leben vorzuziehen, während sie über die entehrte Whitman Tagore spotteten. Es brachte Win zum Lachen, und Leo lachte ebenfalls, ohne zu fragen, was denn so witzig war. Win fühlte sich high und zufrieden, als könnte sie all den Lärm und das Getümmel durchdringen und sich die Party so machen, wie sie ihr gefiel – könnte all die Gefahren beseitigen, als würde sie einer Schlange die Giftzähne ziehen.

Am nächsten Morgen war sie schockiert über die Menge an Bildern, die man von ihnen gemacht hatte. Jeder Moment der Party war fotografisch für die Ewigkeit festgehalten worden: Win und Leo, die über die Schulter eines anderen Gastes hinweg Blicke austauschten. Win und Leo, die über einen Scherz lachten, den nur sie verstanden. Leo, der sein Kinn auf Wins Schulter legte, als er sie von einem Gespräch mit einem der Horizons-Investoren loseiste. Win und Leo, die sich in abgeschiedene Ecken zurückzogen und aussahen, als würden sie einander Dinge zuflüstern, die zu intim waren, um sie laut auszusprechen. Und natürlich war da der Kuss. Seine Hände in ihrem Haar, der in die Höhe gereckte Absatz ihres High Heels, als sie sich gegen ihn lehnte. Anschließend hatte sie sich auf die Unterlippe gebissen und gelächelt, und der Kellner hatte natürlich auch davon einen Schnappschuss gemacht.

Win ging den vierten, siebten, zehnten Klatschartikel über sie beide durch. Sie gaben ein unglaubliches Paar ab. Plötzlich fand sie, dass es geradezu selbstsüchtig von Leo war, kein richtiger Schauspieler zu sein. Regisseure träumten von dieser Art von Chemie. Sie hörte erst auf, sich weiter durch die Medien zu klicken, als das Telefon klingelte.

»Marie«, sagte Win. »Ich muss mit Leo reden …«

»Ich stelle dich gleich zu ihm durch«, fiel Marie ihr ins Wort. »Hast du die *Post* gesehen? Ihr seid auf der ersten Seite. Ich schicke dir einen Link.«

Unter einer reißerischen Schlagzeile war ein Foto von Win und Leo abgebildet, die auf ihren Wagen warteten. Es hatte einen kurzen Schauer gegeben, und die Security war zu beschäftigt mit den Fotografen gewesen, um ihnen einen Regenschirm zu bringen. Stattdessen hielt Win ihr Seidencape in die Höhe, und sie kuschelten sich gemeinsam darunter. Leo hatte die Hand um ihre Taille gelegt, seine Augen funkelten im Blitzlichtgewitter. Unter dem Foto stand:

Whitman Tagore und Leo Milanowski verlassen die Party. Wie lange die Traumromanze schon geht, ist unklar, doch diese Bilder zeigen, dass die beiden sehr vertraut miteinander sind.

Es folgte ein kurzer Artikel, an den sich endlose Kommentare reihten.

OMG, Whitman Tagore und Leo Milanowski! Das ist ja der HAMMER!

Igitt, das Kleid ist abartig!

Wie lange läuft das schon?

Will die uns verarschen?

Scheiße gelaufen für Josip lol

Paar des Jahres

»Das ist der Knaller«, sagte Marie. »Wenn wir unsere Karten richtig ausspielen, könnte das die Sprachnachricht völlig in den Schatten stellen. Und es könnte noch mehr – es könnte die Leute dazu bringen, dich zu lieben. Wir müssen ihnen nur mehr Futter geben.«

Win lachte. Sie hatte nicht gedacht, dass es so leicht sein würde. Such dir einfach einen anderen Kerl, bring ihn dazu, dich zu mögen, und schon mag dich die ganze Welt.

»Hi«, sagte Leo, nachdem Marie Win mit ihm verbunden hatte. »Deine Assistentin ist ausgesprochen hartnäckig.«

»Sie ist nicht meine Assistentin.«

Leo schnaubte desinteressiert. Am Telefon, wenn Win seine Körpersprache und Blicke nicht sehen konnte, ließen sich seine Reaktionen schwerer einschätzen. »Was kann ich für dich tun, Whitman Tagore?«

Sie versuchte, nervös zu klingen, für den Fall, dass ihm das gefallen würde. »Ich wollte nur … ich wollte mich nur bei dir bedanken.«

»Gern geschehen«, erwiderte er. »Wenngleich du mir vielleicht verraten solltest, wofür du dich bei mir bedankst – für den Artikel in der *Post* oder für *BuzzFeed*?«

»Du kennst die Fotos«, stellte Win fest.

»Sie waren schwer zu übersehen.«

»Nun – danke. Für alles. Ich hatte wirklich viel Spaß mit dir.«

»Ging mir genauso.«

Es entstand eine Pause. Obwohl er nicht im Zimmer war, spürte sie seine Belustigung. Er genoss es, sich zurückzuhalten und abzuwarten, was sie als Nächstes sagen würde.

»Leo.« Sie ließ ihre Stimme leicht atemlos klingen, als wäre sie eher aufgeregt als entschlossen. »Ich habe keine Ahnung, wie es dir geht, aber ich würde dich gern wiedersehen.«

Er lachte. »Ist das dein bester Spruch, oder stammt der von deiner Assistentin?«

»Sie ist nicht meine Assistentin«, wiederholte Win gereizt.

»Versuch's noch mal«, sagte Leo. »Diesmal mit einem besseren Ansatz.«

»Okay. Ich habe keine Ahnung, was das mit uns ist, aber den Leuten gefällt's. Ich denke …«

»… die Chemie stimmt?«, schlug Leo vor.

»Ich wollte sagen, wir haben eine gewisse Bühnenpräsenz.«

Er lachte erneut. »Also, was willst du von mir?«

Win zögerte. Als sie damals mit der Schauspielerei begonnen hatte, hatte sie es getan, weil sie gut darin war, weil sie sich am wohlsten damit fühlte, sich in einen Charakter hineinzufinden und ihn zum Leben zu erwecken. Ihr Vater hatte das an ihr geliebt. Er hatte behauptet, sie habe Talent, und er hatte sie ermahnt, es nicht zu vergeuden. Dass sie sich selbst als Marke aufbaute, dass sie die Leute dazu brachte, sich für ihr Privatleben und nicht für ihre Arbeit zu interessieren, wäre sicher nicht in seinem Sinn gewesen.

Doch es wurde immer offensichtlicher, dass ihre Arbeit nicht genügte. Und wenn sie ihr Talent nicht vergeuden wollte, wenn sie ihren Ambitionen und der Überzeugung ihres Vaters treu bleiben wollte, musste sie dafür sorgen, dass sie die Chance bekam, die sie brauchte. Dass man sie mochte. Mit Leo an ihrer Seite würde man sie lieben.

Win holte tief Luft. »Ich möchte, dass wir so tun, als hätten wir ein Date. Ich will mit dir gesehen werden, und ich will, dass wir gut rüberkommen.«

Leo schwieg. Wenn er beeindruckt war von ihrer Ehrlichkeit, ließ er es sich nicht anmerken. Nach einer ganzen Weile fragte er: »Und was springt dabei für mich raus?«

»Du wirkst gelangweilt«, stellte sie fest. Sie dachte daran, wie Leo träge den Blick über die Party hatte schweifen lassen und sich schließlich auf sie fokussierte. Leo schien gern zu spielen. Möglicherweise würde er sie als Mitspielerin akzeptieren. »Ich dachte, du wolltest vielleicht bei einem kleinen Experiment mitmachen.«

Diesmal klang Leos Lachen kurz und amüsiert, als hätte sie ihn überrumpelt. »Ich fliege nächste Woche zurück nach London zur Galerieeröffnung eines Freundes. Du kannst mich für acht Tage haben. Wie klingt das?«

»Ich denke, das dürfte reichen«, sagte Win und lehnte sich in ihrem Stuhl zurück. Ein Lächeln trat auf ihre Lippen. »Solange du eine gute Show ablieferst.«

»Solange du dafür sorgst, dass ich mich amüsiere, wird sich auch der Rest der Welt amüsieren, das verspreche ich dir.« Sogar am Telefon hörte Win, wie er bei seinen Worten grinste.

Ärgerlicherweise hatte er recht.

Kapitel drei

Die Tage, die mit Marie anstatt mit Emil begannen, waren nie gut.

Am Morgen, nachdem Leo in Saint-Tropez eingetroffen war, kam Win aus der Dusche und trug gerade ihre Feuchtigkeitscreme auf, als Marie an ihre Tür klopfte und mit angespanntem Gesicht ins Zimmer trat.

Win war augenblicklich auf der Hut. »Was gibt's?«, fragte sie.

»Nathan Spencer ist gestern Abend bei seiner Show ausgeflippt«, berichtete Marie. »Es macht schon die ganze Nacht über online die Runde. Du kannst es dir selbst ansehen, oder ich sage dir einfach, mit welchen Fragen wir rechnen müssen.«

Jada und Matthew, Wins Haar-und-Make-up-Team, die gerade damit beschäftigt waren, Schminkutensilien und Lockenstäbe zurechtzulegen, hielten inne.

»Sollen wir kurz rausgehen, Liebes?«, fragte Matthew.

Win schnitt eine Grimasse und verteilte Creme auf Hals und Dekolleté. »Lieber nicht, wir sind ohnehin spät dran. Ich bin mir sicher, ihr seid Schlimmeres gewöhnt«, sagte sie.

Jada zwinkerte ihr zu.

Marie stellte ein Tablet auf den Schminktisch und drückte auf Play. Win warf einen Blick darauf und wandte sich dann wieder Matthew zu, der mit dem Concealer herumfuchtelte, als wäre er die Lösung für all ihre Probleme. Als Panel-Show-Moderator war Nathan umgeben von der üblichen Schar prominenter Gäste, eingeteilt in lose Teams für ein noch loseres Spielkonzept. Er trug einen dunklen Anzug, seine Augen glänzten.

»Apropos Promi-Romanze«, sagte ein junger Bursche, den Win kannte, weil er gerade von einer Seifenoper zu einem viktorianischen BBC-Drama übergewechselt war, »willst du immer noch so tun, als wüsstest du nicht, wovon wir reden?«

»Ich weiß wirklich nicht, was du meinst«, entgegnete Nathan. »Mein kleines, altes Ich und meine kleine, alte Geheimhaltungsvereinbarung haben beide keinen blassen Schimmer …«

»O mein Gott!«, rief ein weiblicher Gast und drückte sich die rot lackierten Fingernägel auf die Lippen. »Eine Geheimhaltungsvereinbarung! Das sind ja schwere Geschütze! Dann hast du's wohl ordentlich vermasselt …«

»Das sehe ich anders«, sagte Nathan. Win musste nicht aufs Tablet blicken, um zu wissen, was er nun tat. Mit der typischen Verschmitztheit, die ihn bei den Zuschauern so beliebt machte, wedelte er mit dem Zeigefinger. »Ich habe gar nichts vermasselt, und die Geheimhaltungsvereinbarung musste ich schon bei unserem ersten Date unterschreiben.«

Jada zischte leise und machte sich mit sanften Fingern an Wins Haaren zu schaffen. »Ach, zum Teufel …« Win seufzte und hob das Kinn, als Matthew sie anstupste.

»Warte«, sagte Marie grimmig.

»Ich schätze, das ist der Preis, den man bezahlt, nicht wahr?«, ließ sich der erste Gast vernehmen. »Wenn man die schönste Frau der Welt datet …«

»Tatsächlich bezahlt man jede Menge«, bestätigte Nathan. »Das Erste ist die Geheimhaltungsvereinbarung, dann schreibt man dir vor, wo du hingehst, was du anziehst, was du sagst. Am Ende kriegst du nicht mehr sie ans Telefon, sondern nur ihre PR-Agentin. Dann teilt man dir mit, dass bestimmte Dinge, die du tust, ihrem Image schaden, und fordert dich auf, diese zu unterlassen. Langsam, aber sicher stellst du fest, dass du dich selbst nicht mehr erkennst und sie schon gar nicht, und wenn dann auch noch ihre Mutter denkt, es sei eine schlechte Idee …«

»Ach du liebe Güte!«, kreischte der letzte *X-Factor*-Gewinner. »Wirklich?«

»O ja, Kumpel«, erwiderte Nathan lachend. »Es ergibt sogar Sinn, wenn sich die Mum ein bisschen mehr einschaltet: Jeder Kerl ist schließlich ein potenzieller Schwiegersohn. Aber sie hat mich vorgewarnt. ›Die Medienmaschinerie meiner Tochter wird dich bei lebendigem Leib verschlingen, mein lieber Junge‹, hat sie gesagt.« Beim letzten Satz ahmte er auf übertriebene Weise Prithas Akzent nach. Win konnte sich nicht vorstellen, dass Pritha jemals irgendwen *lieber Junge* genannt hatte.

Alle schnappten nach Luft, und er hielt die Hände in

die Höhe, lächelnd, sodass man das Ganze immer noch als Scherz abtun konnte. »Es war ein bisschen so, als hätte ich beim Arzt eine schlechte Diagnose bekommen. Ich habe getan, was mir nahegelegt wurde: Ich bin abgehauen.«

»Es sieht allerdings nicht so aus, als würde sie sich nach dir verzehren«, sagte die Frau. Ein Raunen ging durchs Publikum. *Oooh.*

Nathan lachte, aber seine Augen blickten hart. »Tja. Andere zur Geheimhaltung zu verpflichten ist vermutlich das Einzige, was das Leben interessant macht, wenn man keine anderen nennenswerten Talente aufweisen kann …«

»Da ist aber jemand eifersüchtig«, stellte der *X-Factor*-Gewinner fest.

»Entschuldige, das hatte ich vergessen«, sagte Nathan. »Er ist Kunstliebhaber, nicht wahr? *Daddy, kaufst du mir noch eine Galerie?*« Das Publikum tobte vor Lachen.

Marie hielt das Video an. »Dann fangen sie an, über die verwöhntesten Leute im Showbusiness herzuziehen, aber auf dich oder Leo kommt er nicht mehr zu sprechen.«

Mutlosigkeit und Einsamkeit breiteten sich in Wins Magengrube aus. Es war, als beugten sich Nathan und Pritha – eindeutig Verschwörer – über ihre Schultern. Auf der einen Seite spürte sie Prithas Verachtung, auf der anderen Nathans Abscheu, und dazwischen war sie selbst, unvorbereitet und hilflos.

Jada und Matthew musterten sie mit mitleidigen Gesichtern, Marie warf ihr einen prüfenden Blick zu.

Win setzte sich auf. »Hat jemand mit meiner Mutter gesprochen?«

Marie zögerte. »Ich wollte mich mit dir abstimmen. Ich war mir nicht sicher, ob du selbst mit ihr reden möchtest oder ob ich das für dich übernehmen soll …«

»Ich habe dafür jetzt keine Zeit«, sagte Win und schob das Tablet zur Seite. »Du rufst sie an.«

»Whitman …«

»Das ist okay.« Sie schüttelte den Kopf. »Geben wir ein Statement ab?«

»Es sieht besser aus, wenn du dich ruhig verhältst«, antwortete Marie, »zumindest fürs Erste. Ich lasse ein paar Insider-Bemerkungen durchsickern, dass du keine Zeit hast, dich damit zu befassen, weil du gerade an die Beziehung mit einem alten Freund anknüpfst.« Ihr Blick schweifte wieder auf das eingefrorene Bild mit dem grinsenden Nathan. »Ich gebe ihm zwei Jahre.« Marie besaß die unheimliche Fähigkeit, das Haltbarkeitsdatum eines Prominenten vorherzusagen, den Moment, in dem sich die Aufmerksamkeit von ihm abwenden würde und er nicht mehr wusste, wie er sie halten sollte.

»Was ist mit Paramount?«

»Patrick ist zu einem Arbeitsfrühstück nach L. A. geflogen. Ich übe Schadensbegrenzung. Wenn es rasch vorbeigeht, ist es keine große Sache. Ihr müsst eine gute Show liefern, Leo und du. Wir müssen den ersten Kuss auf der Yacht hinbekommen.«

»Das dürfte klappen«, sagte Win.

Marie hatte eine ganze Entourage von berühmten Freunden auf die Yacht angesetzt. Win schaute aus dem Fenster in den sonnigen Himmel, der sich wie ein gleißender Teppich über der Bucht ausbreitete. Während Matthew und Jada ihre Haare fertig machten und ihr ins Outfit des heutigen Tages halfen, rief Marie aus dem anderen Zimmer Wins Mum an. Anschließend summte Wins Handy mehrere Male, Nachrichten von Pritha wie Bitte ruf mich an! und etwas später Whitman, melde dich, sofort! blinkten auf dem Bildschirm auf, bis sie Emil ihr Handy reichte, der mittlerweile ebenfalls in ihrer Suite aufgekreuzt war.

»Bitte nur wichtige Arbeitsanrufe«, sagte sie zu ihm.

»Geht klar«, erwiderte Emil.

In Momenten wie diesem liebte Win ihren Assistenten, der sich stets kurz angebunden und geschäftsmäßig gab, nicht interessiert an schmutzigen Details. Er hatte immer Verständnis für sie, wenn es um Pritha ging – Emils Eltern begriffen seinen Job auch nicht und wollten, dass er sie zehnmal häufiger besuchte. Als Kind haitianischer Einwanderer verstand er die Kluft zwischen Eltern und Kindern, die sich nicht nur aufgrund der Jahre zwischen ihnen auftat. Damit er den Kopf aus der Schlinge ziehen konnte, hatte sie mehr als einmal die überhebliche Chefin gespielt und mit ihrer besten Divenstimme »Emil!« gerufen, um ihm einen Vorwand zu liefern, einen Videochat mit der Familie zu beenden. Im Gegenzug hatte er keine Skrupel, Win aus der Patsche zu helfen, wenn sie sich vor wichtigen Telefonaten drücken wollte.

»Ist Leo fertig?«

»Nun«, antwortete Emil, »er ist angezogen.«

»Dann schick ihn rein«, bat Win.

Leo trug ein Leinenhemd, eine jungenhafte Bluejeans

und genau den ausgebufften Gesichtsausdruck zur Schau, den er immer dann aufsetzte, wenn er wusste, dass sie in Schwierigkeiten steckte.

»Ah, das Monster höchstpersönlich.« Er beugte sich vor, um sie auf die Wange zu küssen, und Win zuckte mit zusammengekniffenen Augen zurück. Manchmal war es ihr unangenehm, wenn er sie privat berührte. Sie wusste nicht, wie sie dann reagieren sollte. Ihr war ständig zu heiß. »Du siehst strahlend schön aus heute Morgen. Niemand würde auf die Idee kommen, dass du die ganze Nacht auf den Beinen warst, um Herzen zu verschlingen und die Medienmaschinerie zu ölen …«

Win massierte mit zwei Fingern ihre Schläfe. »Leo …«

»Du hast wirklich einen üblen Geschmack. Ich denke, das ist schlimmer als mein Date mit diesem Mädchen«, sagte Leo und ließ sich in einen Sessel fallen. »Wie war noch gleich ihr Name?«

»Kristina.«

»Ja.« Leo nickte. »Definitiv schlimmer als sie.«

»Sie hat dein Auto in Brand gesteckt, Leo«, gab Win zu bedenken.

Leo machte eine wegwerfende Handbewegung. »Na und?«

»Sie hat einen Stein durchs Fenster geworfen und den Wagen anschließend *angezündet*«, beharrte Win, »aber klar, mach dich ruhig über mich lustig …«

»He«, gab Leo grinsend zurück. »Immerhin hat sie nicht über meine Mum hergezogen …«

»Wenn meine Mum nicht so voreingenommen wäre …«

»Ach, hör doch auf. Sie hat es nicht verdient, dass er sie so blöd nachäfft …«

»Meine Mum verhält sich auch dir gegenüber wie ein voreingenommenes Miststück, und das weißt du.«

»Ja, ich weiß«, räumte Leo ein. »Das liegt wohl an meiner Art.«

Win schnappte sich ein kleines, hartes Stickkissen und schleuderte es ihm ins Gesicht.

Leo fing es lachend auf. »Komm schon, Whitman, jetzt sei doch nicht so …«

»Fertig«, verkündete Jada, und Matthew hielt ihr einen kleinen Spiegel hin, damit Win sich auch von hinten betrachten konnte. Leo hatte recht: Sie sah tatsächlich strahlend schön aus.

»Na dann, los!«, forderte Marie sie auf und verließ Wins Suite. »Ich habe noch einiges zu erledigen. Emil geht mit euch zum Wagen.«

Leo stand auf, nahm Wins Hand und zog sie zum Aufzug. Offenbar war er mit dem Thema Nathan noch nicht fertig. »Findest du nicht, dass er ein klein wenig übertrieben hat? Diese Schwiegersohn-Nummer? Der *Akzent*?«

»Ja, aber was soll ich deiner Meinung nach tun, Leo?«, fragte Win. »Nathan Spencer in einem Pressestatement als Rassisten beschimpfen? Die Leute werden behaupten, ich würde mich als Opfer aufspielen, weil ich sauer bin, dass er Unsinn über mich erzählt hat.«

Leo warf ihr einen enttäuschten Blick zu, was nicht zum ersten Mal vorkam. Genauso wie er nicht zum ersten Mal darauf brannte, dass sie jemanden wegen einer unangemessenen Bemerkung anprangerte. Er glaubte viel zu sehr an ihren Einfluss und daran, dass sie mit einem kleinen Schubs die Welt verändern könnte, und er hatte nicht die leiseste Ahnung, welche Konsequenzen so ein kleiner Schubs mit sich bringen würde. Wie naiv von ihm zu glauben, dass man Win denselben Respekt wie ihm entgegenbringen würde, wenn sie sich zur Wehr setzte!

»Und was ist, wenn du ihm Rassismus vorwirfst, weil er ein Rassist ist?«

Win schüttelte den Kopf. »Wenn die Leute das interessiert, werden sie's von alleine rausfinden. Das muss niemand von mir erfahren. Sie sind ohnehin viel zu sehr damit beschäftigt, mich zu hassen.«

»Ach, die Leute lieben es, dich zu hassen«, scherzte Leo und zog sie an sich, während sie darauf warteten, dass die Aufzugtüren auseinanderglitten. Er legte den Arm um ihren Nacken, und Win lehnte sich an ihn. »Ich meine, es ist doch okay, sie ebenfalls zu hassen. Ganz zu schweigen von diesem Arschloch.«

»Selbstverständlich hasse ich Nathan«, sagte Win. »Ich glaube nur nicht, dass es etwas bringen würde, wenn ich das laut sage.«

Sie betraten die Fahrstuhlkabine und standen kurz darauf auf den Stufen vor dem Hotel im gleißenden Blitzlicht der Kameras. Wins Bodyguards, die in der Lobby auf sie gewartet hatten, umringten sie. Win setzte ein unbekümmertes Lächeln auf, während die Medienmeute ihr Fragen über Nathan und ihre Mum zuriefen und wissen wollten, ob sie all ihre Freunde so kontrollierte.

»Leo«, schrie einer der Typen, »he, Leo, hast du gestern Abend *Lad Rags* gesehen?«

»Nö«, erwiderte Leo und zog Win noch näher an sich heran. Win wandte ihm das Gesicht zu, ihre Nase streifte seine Kinnlinie. Leo schenkte dem Typen das träge, arrogante Grinsen, das ihn so häufig auf die Titelseiten brachte. »Ich war beschäftigt.«

Sie stiegen in den wartenden Wagen. Hinter den getönten Scheiben ließ er Win los und lehnte sich zurück. Sie schlug die Hand vor den Mund, um ihr eigenes Grinsen zu verbergen.

»Wunderbar.« Marie, die auf dem Beifahrersitz saß, drehte sich zu ihnen um. »Das war ziemlich gut.«

Die Fondtür öffnete sich. Emil stieg ein und setzte sich Win gegenüber. Leo legte schwungvoll die Füße auf den freien Platz.

Der Wagen fuhr los. Win bat Emil um ihr Handy und schrieb ihrer Mum eine Nachricht. Und, wer ist jetzt in den Medien? Alles ist gut, wir reden später, hab dich lieb, xx. Danach lehnte sie sich zurück und ließ zu, dass Leo sich die ganze Fahrt bis zum Hafen über Nathan lustig machte.

Vor sieben Jahren war das Interesse an Leo Milanowski und Whitman Tagore auch dann nicht erloschen, als der erste Hype um ihre Beziehung verflogen war. Im Gegenteil: Nach ihrem ersten Date im Lattimore Hotel zog jeder Tag, den sie miteinander verbrachten, eine größere Menge von Paparazzi und Schaulustigen an, brachte mehr Schlagzeilen, mehr fieberhafte Online-Spekulationen. Die Presse war verrückt nach ihnen. Alle waren verrückt nach ihnen. Wann immer sie zusammen auftraten, konnte man meinen, sie wären in Ungnade gefallene Politiker oder die Beatles; Kameras folgten ihnen überallhin, und Win lernte, ihren Auftritt zu genießen. Ihr Ruhm hatte sich erneut verlagert: von der Teenie-Schauspielerin mit dem ernsten Blick, den der *Guardian* einst als »das erste echte Talent seit Langem in den britischen Kinos« bezeichnet hatte, über das amerikanische Meme, das stellvertretend für hysterische Ex-Freundinnen auf der ganzen Welt stand, bis hin zu einer romantischen Fantasie: ein Hollywood-Liebling, der sorglos und schön in Leos Armen durch die Straßen der Stadt schlenderte. Sie konnte den Blick nicht von ihm abwenden und die anderen den Blick nicht von ihr.

In jener ersten Woche in New York zogen sie durch die Nachtclubs in Manhattan oder wanderten durch Apfelhaine auf dem Land, aßen gemeinsam zu Mittag in Restaurants, die so teuer waren, dass man die Rechnungssumme, die Leo, ohne mit der Wimper zu zucken, mit seiner Kreditkarte beglich, mit einer Telefonnummer verwechseln konnte, oder unternahmen spätabendliche Abstecher in angesagte Bodegas – Hand in Hand, den Paparazzi ausweichend, kreischend vor Lachen.

Win hatte gedacht, es wäre anstrengend oder langweilig, aber mit Leo war das nicht der Fall. Er stürzte sich in jede geplante Aktivität mit einer lakonischen Schadenfreude, die sie permanent auf Trab hielt. Leo neigte dazu, über die Stränge zu schlagen, aber er ruinierte ihre Pläne nie. Es bereitete ihm riesigen Spaß, Marie das Leben schwer zu machen, doch nach ihrem ersten gemeinsamen Abend betrachtete er Win als seine Mitverschworene, als jemanden, den man zu einem Spaß überreden konnte, jemanden, dessen Anliegen man ernst, aber nicht zu ernst nehmen sollte.

Sie waren einander nicht gerade ähnlich. Im Grunde war sie die ganze Zeit über anderer Meinung als er, und er genoss es offensichtlich, ihr stets Kontra zu geben. Doch genau das schien die Sache zu befeuern, als würde die knisternde Energie zwischen ihnen sie noch heller strahlen lassen, als wären sie beide ihre eigenen Scheinwerfer.

»Wenn du ernsthaft denkst, dass Privatsphäre ein Luxus ist und nicht ein Grundrecht«, sagte Win, als Leo ihr in den knarzenden Wagen des Cyclone, der berühmten Holzachterbahn auf Coney Island, half, »dann musst du entweder ein selbstsabotierender Trottel oder der albernste Narzisst der Welt sein.« Sie taten beide so, als würden sie die Gruppe von Teenagern nicht bemerken, die sich vor der Achterbahn versammelt hatte und lautstark ihre Namen kreischte.

»Ach, Whitman«, sagte Leo. »Kann ich nicht beides sein?«

Sie beschleunigten ruckartig, und er legte schützend den Arm um sie. Als sie beim Abendessen saßen, hatten sich die Fotos, auf denen sie in die Kamera der Achterbahn blickten, die Finger zu Peace-Zeichen in die Luft gereckt, bereits im gesamten Internet verbreitet.

Zwei Tage später, bei einem Spaziergang in den Hamptons mit bezahlten Paparazzi, die alle halbe Meile auftauchten, behauptete Leo: »Du kannst nicht kontrollieren, was andere Leute von dir denken. Das ist rein subjektiv.«

»Das stimmt nicht!«, hielt Win dagegen. »Die Leute können von mir denken, was immer sie wollen, aber sie benötigen nicht unbegrenzten Zutritt zu meinem Privatleben, um sich ein Urteil zu bilden.«

»Das haben sie doch gar nicht«, sagte Leo, zog seine Lederjacke aus und legte sie ihr um die Schultern.

Sie blickte zu ihm auf. Ungefähr sechs Meter entfernt versuchte ein Mann, über einen Felsbrocken zu klettern, um ein Foto von ihnen zu schießen, und Win lachte weiter, konnte nicht darüber hinwegkommen, wie albern die ganze Sache war. Am nächsten Tag waren die Schnappschüsse in sämtlichen Boulevardzeitungen zu sehen, die sich an ihrem Glück, ihrer Verliebtheit weideten.

Irgendwann wurden die Küsse länger und nahmen eine Qualität an, die so nicht im Drehbuch stand. Win redete sich ein, dass sie die Initiative ergriff. Sie war eine Schauspielerin, die mit ihrer Rolle verschmolz. Die Blicke, die sie Leo zuwarf, wurden länger und länger, verweilten auf seinen breiten Schultern, den großen Händen, dem geheimnisvollen Schwung seiner Lippen. Wann immer sie ihn ansah, hielt er ihren Blick fest.

»Du kannst den Leuten Subjektivität zugestehen, ohne dafür deine Privatsphäre aufgeben zu müssen«, sagte Win, als sie im Aufzug ihres Hotels standen. Es war allgemein bekannt, dass Win und Leo eine Suite in East Hampton gebucht hatten, doch niemand schien zu bemerken, dass sie über zwei Schlafzimmer verfügte. »Das ist nicht fair.«

Leo zuckte mit den Schultern. »Es ist nicht fair, dass ich Geld habe und andere Leute nicht.«

»Bitte«, spottete Win. »Du glaubst doch nicht im Ernst, dass es fairer wird, wenn du nett für die Paparazzi lächelst! Warum verschenkst du dein Geld nicht, reicher Junge?«

»Oh, das würde meinem Vater nicht gefallen«, erwiderte Leo lachend. »Es genügt, im Kopf zu behalten, dass es egal ist, was die Leute denken.«

»Dir ist es vielleicht egal«, sagte Win, »aber das auch nur deshalb, weil deine Karriere nicht davon abhängt.«

Sie betraten die Suite. Leo bereitete ihnen an der Zimmerbar Getränke zu. Als sie nicht weitersprach, hielt er inne und sah sie an.

»Du hast Talent, Win. Ich glaube nicht, dass deine Karriere von dem abhängt, was irgendwelche Leute über dich sagen.«

Er schien das tatsächlich zu glauben. Win hatte nicht den Mut, ihm zu widersprechen, auch wenn ihr der Zwischenfall mit Josip und ihrer Sprachnachricht mehr als deutlich vor Augen geführt hatte, dass er mit seiner Einschätzung danebenlag.

Leo war von Geburt an berühmt gewesen. Er hatte von Anfang an getan, was er wollte, und wurde trotzdem vergöttert, ganz gleich, ob er betrunken aus Autos kippte oder Wohltätigkeitsveranstaltungen besuchte. Es gab nur eine Handvoll Menschen, denen er gefallen musste: seinem Vater, seinen Müttern und seinen Geschwistern. Es brauchte sehr viel mehr als eine böse Trennung, um dieses Erbe zu beschädigen. Die Presse würde Leo Dinge verzeihen, die sie nach Wins Blut schreien ließe. Leo buhlte um die öffentliche Aufmerksamkeit als Zeichen seines Respekts vor dem Familienunternehmen, aber er musste keine Produzenten beeindrucken, keine Regisseure umgarnen, keinen Caster davon überzeugen, dass er das richtige Image für eine Rolle mitbrachte. Seine Träume, wenn er denn welche hatte, würden nicht zerplatzen, wenn er nicht so funktionierte, wie die anderen ihn haben wollten.

Als Patrick Win unter Vertrag nahm, hatte er ihr voller Ernst versichert, er sei davon überzeugt, dass sie es in die ganz große Liga schaffen könnte. Im selben Atemzug warnte er sie, dass sie mit herben Rückschlägen rechnen müsse. Win brauchte seine Ratschläge nicht, schließlich wimmelte es in Hollywood nicht gerade von indischen Filmstars. So gut wie niemand hatte es über die Nebenrolle des Computernerds hinaus geschafft. Wenn Win das hier vermasselte, würde sie keine zweite Chance bekommen, und es war nicht abwegig, dass Hollywood anschließend für lange Zeit keine indische Hauptdarstellerin mehr besetzen würde.

Es reichte nicht, hart zu arbeiten und sich selber treu zu bleiben. Die Leute mussten sie mögen. Sie mussten die Whitman-Tagore-Rolle lieben, die sie für sie spielte, denn die brachte sie dazu, ihre Filme sehen zu wollen – und Win brauchte ein Publikum, um das tun zu können, was sie liebte. Wenn die Leute Leo und ihr bei ihrer Fantasieromanze zusahen, liebten sie es und wünschten sich, an ihrer Stelle zu sein, oder konnten sich zumindest mit ihr identifizieren. Obwohl Win gar nicht so aussah wie sie. Auch wenn sie gar nicht weiß war.

Leo war stets der Ansicht, sie sollte offen darüber reden. Wenn Win wollte, könnte sie zum Sprachrohr ihrer Generation werden, den Kampf aus den eigenen Reihen heraus führen. Sie hatte versucht, ihm den Drahtseilakt zu erklären, vage politische Aussagen zu machen oder stillschweigend die Existenz eines Machtungleichgewichts anzuerkennen, während man gleichzeitig alles Konkrete, alles auf realen Erfahrungen Beruhende ausklammerte. Es hätte doch nur den Eindruck erweckt, sie würde sich beschweren, das Opfer spielen. Weiße Regisseure bekämen Angst, mit ihr zu arbeiten, weiße Zuschauer würden sich von ihr vor den Kopf gestoßen fühlen. Leo konnte auf anstrengende Weise selbstgerecht sein, doch als Teil von Maries Aufräumteam war er nach der Krise zur Stelle. Die langen, angespannten Wochen, in denen Win von Regisseuren schikaniert wurde oder einen weiteren bösartigen Social-Media-Feldzug über sich ergehen lassen musste, bekam er nicht mit – er war wegen der Explosion da und wollte Feuer mit Feuer bekämpfen, weil er nicht begriff, dass sie eigentlich am Ertrinken war und Wasser treten musste.

Win konzentrierte sich auf ihre Karriere. Setzte auf Ausdauer. Entwickelte die Fähigkeit, ihre Enttäuschung zu ignorieren.

Fünf Tage nachdem Win und Leo einander kennengelernt hatten, waren kreischende Fangruppen und Paparazzi zu einer verlässlichen Konstante geworden. Leo fuhr sie nach einem Abendessen im Via Carota zurück ins Hotel und sorgte dafür, dass die Medienmeute in der Lobby Fotos davon machen konnte, wie er sie zum Abschied küsste. Win lehnte sich gegen ihn, enger und enger, bis der Kuss zu viel wurde, schlüpfrig, anstrengend, fordernd. Sie hatte beim Dinner zwei Drinks getrunken und konnte sich das stürmische Flattern in ihrer Magengrube nicht erklären.

Leo strich ihr mit den Fingern durch die Haare und über den Nacken, dann flüsterte er ihr ins Ohr: »Es sieht besser aus, wenn ich mit dir nach oben gehe.«

Sie gingen nach oben.

In Wins Suite setzten sie sich einander gegenüber an den Esstisch. Win verschränkte ihre Hände im Schoß. Leo lehnte sich zurück, die Beine gespreizt.

»So«, sagte er. »Lass uns reden.«

»Das könnte unsere berufliche Beziehung ruinieren«, entgegnete Win. »Und unsere berufliche Beziehung liefert beeindruckende Ergebnisse.«

»Das ist absolut richtig«, pflichtete Leo ihr bei. »Andererseits könnte Enthaltsamkeit unsere berufliche Beziehung ebenfalls ruinieren.«

»Ach?«

»Die Neugier«, erklärte Leo. »Sie wird dich von innen auffressen. Du könntest dich nach mir verzehren.«

»Und wenn ich mit dir schlafe, werde ich ein für alle Mal gegen den Wunsch nach einer Wiederholung gefeit sein? Kannst du das allen Frauen garantieren, mit denen du ins Bett gehst?«

Leo lachte. Win lachte ebenfalls. Der Tisch bot keine so gute Barriere, wie sie gehofft hatte. Sie lehnten sich immer weiter darüber. Win nahm seine Hand und berührte seine Finger, einen nach dem anderen, sah, wie sie sich krümmten, als wollte er sie packen und könnte sich gerade noch beherrschen.

»Deine PR-Agentin wird ziemlich sauer sein«, sagte Leo. »Ist das ein Plus oder Minus für dich?«

»Ich stelle nur sicher, dass du Bescheid weißt.«

»Wir müssten vorsichtig sein«, bemerkte Win.

»Das ist langweilig«, entgegnete Leo. »Sei du vorsichtig für uns beide.«

»Okay«, willigte Win ein und schlängelte sich über den Tisch.

Sie hielt ihr Vorgehen für wohlüberlegt, fühlte sich sehr erwachsen nach einer Woche Vorspiel und ihrem Gespräch, doch Leo zog sie so heftig in seine Arme, dass ihr klar wurde, wie sehr er sich zurückgehalten hatte. Seine Performance war genau das gewesen: eine Performance, und jetzt bot er ihr etwas Echtes. Sie wollte ihn mit einer Dringlichkeit, die sie überraschte. Sie wollte ihn herausfordern, ihn unter Druck setzen, um herauszufinden, was er sonst noch vor ihr verborgen hatte.

Beim ersten Mal schafften sie es kaum bis ins Nebenzimmer, geschweige denn bis ins Bett. Leo drückte sie gegen eine Wand und küsste sie, sie grub ihre Finger in seine Schultern und schlang die Beine um seine Taille. Das zweite Mal kamen sie immerhin bis zur Couch. Sie küsste seine Schulter, wand sich unter dem Druck seiner tastenden Finger, dann verfluchte sie ihn und rief ungehalten: »Bitte!«

»Na also«, sagte Leo und hob sie auf seinen Schoß.

Ein paar Stunden später schliefen sie zum dritten Mal miteinander, mitten in der Nacht, das Fenster weit geöffnet, um frische Luft hereinzulassen. Unter ihnen rauschte der Verkehr. Win hatte die Arme über den Kopf gereckt, und Leo umklammerte ihre Handgelenke, als wollte er sie festhalten. Er bewegte sich langsam. Das Luftholen fühlte sich seltsam heiß an, als würde jeder tiefe Atemzug sämtliche Teile ihres Körpers in Brand stecken.

Am Morgen streckten sie die Arme erst nacheinander aus, dann nach ihren Handys, zufrieden mit sich selbst und atemlos lachend, als Leo sich erneut auf sie stürzte. Der vor ihnen liegende Tag war anstrengend, vollgepackt mit Terminen, darunter eine Modenschau im Stadtzentrum und ein Nachtclubbesuch in einem der Nobelviertel. Win war die ganze Zeit über ausgesprochen erfolgreich. Sie spielte zwei Spiele: eins für die Öffentlichkeit und eins für sie und Leo. Sie überlappten sich, doch gleichzeitig waren sie grundverschieden.

Als sie mit Leo im Club tanzte, murmelte er ihr »Na, noch neugierig?« ins Ohr, und sie brachen früher auf als vereinbart. Was Win gleich war.

Am nächsten Morgen druckte die *New York Post* Fotos von ihnen, wie sie knutschend in ein wartendes Taxi taumelten. SIE KÖNNEN GAR NICHT GENUG VONEINANDER BEKOMMEN lautete die Schlagzeile. Win las sie bei einer Tasse Kaffee im Bett, betrachtete lächelnd die Schnappschüsse und lauschte dem Rauschen der Dusche.

Dann rief Patrick an. Sie hatte ihn seit mehreren Tagen nicht mehr gesprochen und bekam Panik, als sie den Anruf entgegennahm. »Ist alles in Ordnung?«

»Die Dreharbeiten für *Over and Over* beginnen am Montag«, sagte er. *Over and Over* war Warner Brothers' nächste große romantische Komödie, die auf alle Fälle ein Blockbuster werden würde. »Sie wollen dich.«

Win schnitt eine Grimasse und blätterte die Zeitungsseite um. »Ich weiß nicht, Patrick. Ich hab's satt, der Sidekick zu sein. Ich denke, die Sache mit Leo Milanowski funktioniert. Bestimmt ergibt sich bald etwas Besseres.«

»Whitman«, sagte Patrick, »liest du eigentlich irgendwelche Schlagzeilen außer deinen eigenen? Katie Berger ist raus. Sie wollen die Hauptrolle mit dir besetzen.«

Als Leo aus der Dusche kam, waren Wins Flüge nach L. A. bereits gebucht. Sie stürmte durchs Zimmer, warf sich in seine Arme und rief: »Du bist weiß Gott wie ein Sechser im Lotto, Leo Milanowski!«, während er sie herumwirbelte.

»Das kann man wohl sagen«, erwiderte er schmunzelnd. »Obwohl ich denke, dass dein endgültiger Durchbruch nur eine Frage der Zeit war.«

Win blickte in sein lächelndes Gesicht und hörte, wie er sagte: *Du wirst dich nach mir verzehren.* In dem Moment erkannte sie, dass Leos träge Arroganz und ständige gute Laune eine echte Gefahr barg: Wenn sie sich gestattete, wie jetzt in seine Arme zu taumeln, wenn sie ihn zu ihrem Vertrauten und Bettgenossen machte, wäre es denkbar, dass eine äußerst produktive berufliche Beziehung zerbrechen würde. Leo hatte ihrer Karriere auf die Sprünge geholfen wie kein anderer, und sie mochte ihn. Sehr sogar. Sie wollte nicht alles kaputtmachen, indem sie sich in ihn verliebte.

Es war die richtige Entscheidung gewesen. An jenem Morgen nach Nathan Spencers öffentlichem Ausbruch war Win wieder einmal zutiefst dankbar, dass Leo noch in der Nähe war und immer dann in ihrem Leben auftauchte, wenn sie ihn brauchte. Wären sie in die chaotische Co-Star/Lover-Falle getappt, hätte das Ganze bestimmt schon vor Jahren ein katastrophales Ende genommen. Es war für beide besser, wenn die Beziehung rein professionell blieb. Die Vorstellung von etwas Realem war wie eine Textlücke, gefüllt mit Zögern und Verlangen, etwas Unvorhersagbares, nicht Darstellbares, etwas, dessen sich Win niemals sicher sein und worauf sie sich erst recht nicht verlassen konnte. Leo war zu wichtig, als dass sie es riskieren konnte, ihn zu verlieren. So war es sicherer. Als Leo ihr am Hafen von Saint-Tropez die Wagentür aufhielt, streckte er ihr die Hand entgegen wie eine Einladung.

Kapitel vier

Die Yacht war schon voll, als sie eintrafen: Bordpersonal und Kapitän und die Gruppe hübscher junger Dinger, die Marie zusammengestellt hatte. Sie wurde angeführt von Riva, die als Hauptact beim Lollapalooza-Festival aufgetreten war. Sie war wegen der Party von Zacharias Chavanne in Saint-Tropez, und sie hatte ihren neuen Freund und eine Gruppe von Mitläufern mitgebracht, damit sie ihr während der Woche Gesellschaft leisteten. Win schüttelte Hände, raspelte Süßholz, erwiderte Komplimente.

Win mochte Riva. Sie sah sie alle paar Monate, weil sie oft dieselben Events besuchten, und genauso oft trafen sie sich in denselben vielgeschossigen Hotels und lasen Modemagazine am Pool der Dachterrassen. *Wie zwei braunhäutige Carrie Bradshaws,* hatte Riva einmal gesagt. Es war leicht, mit ihr befreundet zu sein, und Win störte Rivas Entourage nicht.

Riva stieß einen spitzen Schrei aus und umarmte Win, während ihr Freund Bart unscheinbar und gut aussehend im Hintergrund stand. Margaritas wurden gereicht, frisch und sauer, Salz brannte auf ihren Lippen, überall standen Kübel voller Flaschen und Eis, dazwischen lagen verstreute

Sandalen mit hohen Absätzen, dort, wo Rivas Freundinnen sie abgestreift hatten. Eines der Mädchen hatte einen kleinen Yorkshire Terrier mit an Bord gebracht, der fröhlich kläffend ihre Knöchel umtanzte. Wins Laune besserte sich. Hier draußen fühlte sie sich unantastbar. Nathans spitze Bemerkungen konnten ihr nichts anhaben. Die Hitze legte sich auf sie, schlängelte sich geschmeidig um sie herum, umwaberte ihre Schultern. Leos Halskuhle glänzte vor Schweiß.

Riva streckte Leo die Hand entgegen. »Ich glaube, wir sind uns schon einmal begegnet.«

»Tatsächlich?«

»Letzten Sommer in L. A.?«, half Riva ihm auf die Sprünge. »Du kennst ein paar von meinen Freundinnen.«

Leo drückte zwei Fingerknöchel gegen eine Augenbraue, als wollte er aufziehende Kopfschmerzen wegmassieren. »Bist du dir sicher?«

»Ich denke schon. Irgendeine Party unter freiem Himmel ...«

»Daran würde ich mich doch erinnern«, sagte Leo, und Win fragte sich, warum er sich plötzlich so unwohl zu fühlen schien. Riva schnipste mit den Fingern.

»Nein! Das war bei South auf der Southwest. Du warst bei einer der After-Show-Partys. Ich durfte dir das Gesicht anmalen.«

»Oh.« Leo entspannte sich. »Ja, das klingt nach mir.«

»Wir sind uns nie begegnet, dabei haben wir anscheinend gemeinsame Freunde«, sagte Bart, trat neben seine Freundin und schüttelte Leo die Hand. Leos Augenbrauen schossen in die Höhe; er ließ Barts Hand los, so schnell er konnte, und Win hustete, damit sie nicht laut losprustete. Bart hatte einen fatalen Fehler gemacht. Leo mochte fast jeden, solange er sich nicht allzu sehr um ihn bemühte. »Ich habe gerade ein Wochenende in Belize mit Robbie Hayes verbracht.«

»Oh, wie geht es ihm?«, erkundigte sich Leo und erklärte, an Win gewandt: »Rob und ich haben uns in London kennengelernt, er gehört dort zur Crew.«

Marie beugte sich mit einstudierter Nonchalance vor.

»Der DJ von Radio 1? Ich bin überrascht, dass er dich noch nicht als Gast in seine Sendung eingeladen hat.«

»So gut kenne ich ihn nun auch wieder nicht«, wehrte Leo ab und warf Marie einen unschuldigen Blick zu. »Außerdem bin ich mir sicher, dass er genügend Leute zum Reden hat.«

Marie runzelte die Stirn. Sie wusste, dass sich Leo nicht zu einem Interview überreden lassen würde. Also schlenderte sie davon, vermutlich um Leo mit einem Termin für ein Brust-Waxing zu überraschen, wenn sie wieder im Hotel waren.

»Rob sagte, du seist in Berlin gewesen, um dich nach Arbeitsräumlichkeiten umzusehen«, fuhr Bart fort.

Riva schaute ihn interessiert an. »Willst du ein Aufnahmestudio einrichten?«

»Nein, es geht … ähm … um bildende Kunst«, antwortete Leo nervös, als hätte man ihn ertappt. Win trat näher und lehnte sich mit der Schulter an ihn. »Das ist nur so eine Idee, die mir schon seit Längerem durch den Kopf geht … Ich plane eine Art Gemeinschaftsatelier. Die Leute können kommen und gehen, wir sorgen für die Materialien und stellen denen, die sich keinen eigenen Raum leisten können, Arbeitsfläche oder ein Stipendium zur Verfügung. Außerdem würde ich gern eine vierteljährliche Ausstellung oder etwas in der Art organisieren.«

»Das ist cool«, sagte Riva beeindruckt. »Und das willst du in Berlin aufziehen?«

»Oh, ich bin mir noch nicht sicher. Ich habe mir noch keine Gedanken über die Logistik gemacht.«

Leo hatte sich *Gedanken über die Logistik* für dieses Atelier gemacht, solange Win ihn kannte. Sie nahm an, dass das Projekt einfach zu umfassend für ihn war, zu viel Zeit und Kraft erforderte. Leo stürzte sich gern für ein paar Wochen am Stück in ein Projekt, richtete seine gesamte Aufmerksamkeit auf diese eine Sache – und dann wandte er sich der nächsten zu, ganz gleich, ob es darum ging, die Hauptrolle im Musikvideo einer Indie-Band zu übernehmen oder Wins liebeskranken Lover zu spielen. Das war einer der Gründe, warum sie so gut zusammen funktionierten: Win musste sich darauf verlassen können, dass er über einen gewissen Zeitraum hinweg sein Bestes gab, und Leo liebte einen Einsatz wie diesen.

»Ein Freund von mir leitet ein Künstlerkollektiv in Austin«, sagte Riva. »Es ist klein, aber sie haben ein paar richtig tolle Sachen gemacht. Wenn du möchtest, kann ich den Kontakt herstellen.«

»Klar, das klingt gut«, antwortete Leo, doch Win wusste, dass er das nicht ernst meinte.

Er würde Rivas Künstlerfreund nicht anrufen, selbst wenn sie ihm die Nummer gab. Win hatte es schon lange aufgegeben, ihn zu ermutigen, die Idee mit dem Gemeinschaftsatelier weiter zu verfolgen. Daran erinnert zu werden, dass es Leute gab, die unbedingt seinen Erfolg sehen wollten, schien ihn nur noch mehr zögern zu lassen. Leo war es gewöhnt, der Goldjunge zu sein. Dass auch er möglicherweise scheitern könnte, verunsicherte ihn.

Die Sonne ließ nicht nach, und jedes leere Glas wurde sofort durch ein volles ersetzt. Win wusste nicht, wohin das Boot fuhr – vermutlich die Küste entlang. Für später waren Jetskis an Bord, ein paar Mädchen kletterten darauf und ließen eine Champagnerflasche kreisen, wobei sie sich abwechselnd aufrecht auf die Sitze stellten. Riva kümmerte sich um die Musik, und jeder neue Song wurde begeistert bejubelt, sonnengetränkte Stimmen krähten jeden Refrain mit.

Nach kurzem Überlegen zog Win ihr Kleid über den Kopf und legte es auf die rot-braunen Deckplanken. Heute trug sie einen leuchtend orange-roten Bikini. Leo sagte nichts, als sie die Träger richtete und sich neben ihn legte. Er reichte ihr den Drink, den er für sie gehalten hatte, dann beugte er sich vor und fragte: »Soll ich dich noch einmal eincremen?«

»Nein danke, ich bin bestens versorgt. Trotzdem lieb von dir.«

»Für dich tue ich doch alles«, sagte er. »Das hier« – er schob einen Finger unter den dünnen Träger ihres Bikinis – »sieht nicht so aus, als würde es viel Sonnenschutz bieten.«

»Du bist ja richtig besorgt um mich«, stellte Win fest, drehte sich um und streckte die Hand aus. Leo zog lachend die Finger zurück, dann knöpfte er sein Hemd auf, streifte es ab und reichte es ihr. Win schlüpfte hinein. Das weiße Leinen bedeckte sittsam ihren Körper. Sie betrachteten einander, die Lippen zu einem Grinsen verzogen.

»Oh, wie galant«, bemerkte Riva. »Hast du das gesehen, Bart?«

Bart überlegte so angestrengt, dass er die Stirn in Falten legte. »Whitman ist ein interessanter Name«, sagte er schließlich, als versuche er nun selbst, galant zu sein. »Indisch?«

Leos Mundwinkel zuckten, als gäbe er sich Mühe, nicht zu lachen.

»Nein«, sagte Win zu Bart. »Mein Dad hat mich nach Walt Whitman benannt. Anscheinend hielt er das damals für eine tolle Idee.«

»Ah«, erwiderte Bart, *»ein Künstler.«*

Win schüttelte den Kopf. »Nein. Er war Englischlehrer.« Leos Finger streiften ihren Ellbogen – eine kurze, warme Berührung.

Das Gespräch wurde von Marie unterbrochen, die aus der Kajüte Wins Namen rief.

»Du solltest sie besser nicht warten lassen«, riet Leo. »Ich bin ohnehin überrascht, dass sie mich so lange mit dir allein gelassen hat. Vielleicht gewinne ich langsam ihr Vertrauen.«

»Darauf würde ich nicht zählen«, sagte Win, trank den letzten Schluck Champagner und reichte ihm das leere Glas. Er drehte den Stiel zwischen den Fingern.

»Ach, komm schon«, gab er zurück. »Du weißt doch besser als alle anderen, wie ich den Menschen ans Herz wachse, Whitman.« Win stand auf und ging in die Kajüte, weg von der Sonne und Leos ironisch verzogenem Mund.

Marie teilte Win mit, dass ihre Mutter sechs Mal angerufen hatte, und streckte ihr das Handy entgegen. Emil warf einen gereizten Blick über die Schulter, offenbar war er sauer, dass Marie den Telefondienst für Win an sich gerissen hatte. Der eisigen Atmosphäre nach zu urteilen, hatten die beiden deswegen gestritten. Win fragte sich, wie es Marie gelungen war, sich durchzusetzen. Vermutlich hatte sie ihm gedroht, ihn im Beiboot ans Festland übersetzen zu lassen, wenn er sich nicht geschlagen gab.

»Du musst das in den Griff bekommen«, sagte Marie. »Eine verfahrene Familiensituation ist das Letzte, was wir im Augenblick brauchen.«

Sie hatte eindeutig entschieden, dass Win nicht länger getröstet werden musste. Maries Brutalität kannte keine Grenzen: Familie, Haustiere, längst vergrabene persönliche Angelegenheiten – sie machte vor gar nichts Halt. Einmal hatte sie Win die Meinung gegeigt, weil sie im Flieger eine abgegriffene Ausgabe von *Stolz und Vorurteil* gelesen hatte. Das ließe sie so schlicht erscheinen, behauptete Marie. Hätte Win nicht wenigstens einen weniger bekannten Austen-Roman wählen können? *Mansfield Park* hätte ihr mehr Tiefe verliehen.

»Marie, auf ein Wort«, sagte Emil aus Rache für den Telefondiebstahl. »Dein Zeitplan hat fünf Schwachpunkte.« Marie folgte ihm seufzend hinaus und ließ Win mit ihrem Handy allein. Win schluckte. Dann rief sie ihre Mum an.

»Oh, da bist du ja endlich«, sagte Pritha, als sie dranging. »Hallo, Whitman.«

Das Geräusch von Prithas Stimme spülte über Win hinweg, und unvermittelt war sie wieder zu Hause in ihren alten vier Wänden im Nordosten von London, wo Pritha in ihrem Sessel saß und sie beobachtete. Einmal, als sie ihre persönlichen Erlebnisse austauschten, hatte Win Riva gefragt, ob sie sich jemals isoliert fühlte oder Heimweh nach ihrer eigenen Identität hatte, nach den Teilen von sich selbst, die sie aufgeben musste, um bei Hollywood-Partys und Preisverleihungen dazuzugehören.

»Klar«, hatte Riva geantwortet. »Genau aus dem Grund habe ich mich nicht dazu überreden lassen, nach L. A. zu ziehen. Es ist mir wichtig, bei meinen Leuten zu bleiben. Und damit meine ich nicht nur andere Szene-MCs, sondern auch meine Eltern, meine Schwestern, Schulfreunde, Tanten und Großeltern. Alle, die mich kennen, alle, die sich daran erinnern, wer ich früher war und woher ich komme. Wenn ich nach Hause gehe, kann ich wieder ich selbst sein.«

Win hatte beipflichtend genickt und nur an eines gedacht: an die tiefe Stimme ihrer Mutter, ihre zögerlichen Pausen, das Knistern der Leitung. Die meisten Mitglieder von Wins Großfamilie lebten in Indien, und weder Pritha noch Win hatten sie seit dem Tod von Wins Vater besucht.

Manchmal war Prithas Akzent für Win das, was einem Anker am nächsten kam.

»Whitman«, sagte Pritha. »Bist du sehr wütend auf mich?«

Win war heute Morgen wütend gewesen, aber mittlerweile hatte sie einige Drinks zu sich genommen. *Du solltest sie nicht verurteilen,* hatte Leo ihr geraten, und schließlich war Nathan auch grausam Pritha gegenüber gewesen.

»In erster Linie frage ich mich, ob du Nathan zu unserer Trennung gratuliert hast. *Herzlichen Glückwunsch, dass du der Medienmaschinerie meiner Tochter entkommen bist.*«

»Ich erinnere mich an das Gespräch«, sagte Pritha. »Es ist schon eine ganze Weile her. Er war zum Abendessen gekommen, und wir hatten viel Wein getrunken. Ich glaube, ich wollte ihn necken.«

»Ich erinnere mich nicht an das Gespräch.«

Pritha zögerte. Dann sagte sie: »Du warst im Bad.«

»Ach«, gab Win zurück. »So viel kannst du nicht getrunken haben, wenn du dich daran erinnerst.«

»Ich glaube nicht, dass ich gesagt habe, er würde bei lebendigem Leibe gefressen«, gab Pritha zu bedenken.

»Nein. Ich bin mir sicher, du hast dich subtiler ausgedrückt.«

»Nun«, sagte Pritha. »Ich mochte Nathan. Er hat sich mir gegenüber ausgesprochen höflich verhalten.«

»Ich weiß.«

»Wie lächerlich, dass das nun zum Thema wird«, stellte Pritha fest. »Da lasse ich vor über sechs Monaten eine Bemerkung fallen, und plötzlich wird daraus ein nationaler Skandal.«

Win zuckte zusammen. »Mir macht das auch keinen Spaß.«

»Du siehst sehr glücklich aus auf den Fotos«, bemerkte Pritha.

Darauf wusste Win nichts zu erwidern. Sie zog es vor zu schweigen, anstatt Pritha etwas zu erklären, was diese doch nicht verstehen wollte.

Nach einer Weile sagte ihre Mum mit leiser Stimme: »Es tut mir leid, wenn ich dich in Schwierigkeiten gebracht habe.«

»Das hast du nicht, Ma«, sagte Win.

»Na schön.« Pritha holte tief Luft. »Es tut mir leid, wenn ich dich verletzt habe.«

Am liebsten hätte Win geweint. Sie dachte an alles, was ihre Mum in den letzten Jahren durchgemacht hatte, an die plötzliche, ungewollte Aufmerksamkeit nach Wins großem Durchbruch, daran, wie sehr sich Pritha bemüht hatte, Win zwischen ihren Flügen nach L. A., Buenos Aires und Sydney zu erwischen. Dann folgten die Diagnose, die Operation und die nur langsam voranschreitende Genesung. Es war schrecklich gewesen, viel zu ähnlich zu den langen, hoffnungslosen Monaten mit ihrem kranken Dad. Wären da nicht Shift gewesen, die aus Kanada zurückkehrte, um Win bei der Pflege von Pritha zu unterstützen, und Leo, der sie zuverlässig jeden zweiten Abend anrief, lange über den Zeitpunkt hinaus, an dem sie dachte, er würde das Interesse verlieren, wäre Win wohl zusammengebrochen. Pritha selbst hatte die Diagnose ohne große Reaktion aufgenommen, als hätte man ihr einen Strafzettel wegen Geschwindigkeitsübertretung verpasst. Sie hatte sich hauptsächlich über den Berg Arbeit beschwert, der nun liegen bleiben musste. Immerhin hatte ihre Mum ins Büro zurückkehren können, wo sie glücklich war. Win setzte sich auf eine Bank an der Innenseite der Kajüte.

»Okay. Danke. Wirst du von den Leuten darauf angesprochen?«

»Nein«, antwortete Pritha, »niemand, den ich kenne, sieht so alberne Shows.«

Win verdrehte die Augen, erleichtert und genervt zugleich, dann wechselte sie das Thema und erkundigte sich nach ihrer Katze, um die sich Pritha kümmerte, wenn Win unterwegs war, und nach ihrer Tante. Sie redete so lange mit ihrer Mum, bis sie auflegen konnte, ohne sich schuldig zu fühlen.

Am Kajütenfenster zog das türkisfarbene Meer von Saint-Tropez vorbei, Luxuskulissen mit Yachten und schnellen Autos unter einem unglaublich blauen Himmel, genau wie sie es sich immer erträumt hatte, als sie siebzehn gewesen war und voller Lebenshunger. Sie sah wieder auf ihr Telefon. Es war eine weitere Sprachnachricht von ihrer besten Freundin eingegangen.

Shift fasste sich kurz: »Hey, Babe! Ich wollte dir nur Bescheid geben, dass ich auf dem Rückweg nach London bin, wo ich Nathan Spencer umbringen und ihn an seinem Man Bun vom Tower schleudern werde. Das wird fantastisch, total Neo-Tudorstil. Hab dich lieb, *bye*!«

Win lachte immer noch, als sie Shift zurückrief.

»Das ist nicht komisch«, blaffte Shift. Wenn sie sauer

war, büßte sie den trockenen, gemessenen Tonfall ein, den sie sich in Kanada angeeignet hatte, und wurde wieder zur Londoner Teenagerin, die an den Haltegriffen der U-Bahn hin und her schaukelte und eine Flasche lauwarmes Bier herumreichte, während sie lauthals darüber schimpfte, dass man die Aufführung des neuen Schulmusicals mit dem Titel *Monologe der Vagina* untersagt hatte. »Ich hasse den Kerl«, drang ihre Stimme aus Wins Handy. »Ehrlich: Wenn du willst, töte ich ihn für dich.«

»Du bist so süß«, sagte Win. »Aber mir geht's gut. Wirklich. Leo hilft mir, mit der Sache klarzukommen.«

»Ja, das habe ich gesehen. Ich werde dir übrigens das Shirt klauen, das du gestern getragen hast.«

Win war gerührt. »Ich glaube es nicht: Du verfolgst tatsächlich die Pressemeldungen über mich.«

»Ich behalte die Dinge lediglich im Auge.«

Shift musste nicht erklären, welche Dinge sie meinte. Sie war nie so recht damit herausgerückt, was sie von Leo hielt. Es war nicht so, dass sie ihn nicht mochte, aber sie traute ihm nicht.

Dabei hatte Leo Shift mit ihrem jetzigen Freund bekannt gemacht. Charlie war seit der Schulzeit der beste Freund von Leos Bruder Gum und arbeitete als Model in den USA. Vor ein paar Jahren waren Win und Shift zufällig zur gleichen Zeit in Chicago gewesen wie Charlie und Leo. Sie hatten zusammen eine Pizza gegessen, und Win und Leo hatten beobachtet, wie Charlie und Shift immer enger und enger zusammenrückten und keine Gelegenheit ausließen, einander zu berühren. Der Abend gipfelte darin, dass Shift Charlie drei Akkorde auf ihrer E-Gitarre beibrachte, bevor sie ein gefühlsduseliges Duett von »Bat Out of Hell« zum Besten gaben. Seitdem waren Charlie und Shift ein Paar.

Das Problem bestand darin, dass Shift Leos Bruder weit häufiger sah, als ihr lieb war. Gum meinte es gut, aber er war ein eifersüchtiger Freund, der sich an Charlie klammerte; außerdem war sein Versuch, Shift mit seinen New Yorker Referenzen und dem ausschweifenden Geschwafel über seine Geschäfte zu beeindrucken, völlig fehlgeschlagen. Shift tolerierte Leo als weiteren Milanowski, ein Überbleibsel aus der indolenten Jugend ihres Freundes. Und von Anfang an hatte Win gewusst, dass Shift die *Win-und-Leo-Show* nicht guthieß.

»Du weißt, dass es mir scheißegal ist, was ihr da vortäuscht«, sagte sie zum hundertsten Mal zu Win. »Es ist nur so, dass es manchmal *zu* echt rüberkommt. Ich mache mir Sorgen um dich.«

»Ich kann eben gut schauspielen«, entgegnete Win, ebenfalls zum hundertsten Mal. »Genau wie Leo. Da stehen wir uns in nichts nach.«

Shift gab ein Geräusch von sich, als wäre sie nicht überzeugt. »Wirft er sich dir immer noch jede halbe Sekunde an den Hals?«

»Leo flirtet nun mal gern.« Win zuckte mit den Schultern. »Genau wie ich. Und wie du, wenn du ehrlich bist. Ich denke, Charlie ist der Einzige von uns, der über ein wenig Anstand verfügt, und er ist das buchstäbliche Auslaufmodell.«

»Oh, Charlie Schmarlie«, sagte Shift. Sie zögerte, bevor sie fortfuhr: »Apropos Charlie …«

Win überlief ein unbehaglicher Schauer. Es wäre ausgesprochen ungünstig, wenn Shifts Beziehung in derselben Woche in Flammen aufgehen würde wie ihre eigene. »Ist alles in Ordnung?«, fragte sie daher.

»Ja«, sagte Shift. Win konnte das Lächeln in ihrer Stimme hören. Sogleich sah sie ihre beste Freundin vor sich, wie sie durch ihr Haus in Montreal schlenderte, das Handy zwischen Wange und Schulter geklemmt, stapelweise Platten, DJ-Zubehör oder Aufnahmegeräte in den Händen. »Alles gut. Sehr gut sogar.« Sie lachte beinahe verlegen, dann fügte sie hinzu: »Charlie hat mir einen Antrag gemacht.«

Win schnappte nach Luft. »Wie bitte?«

»Ich weiß«, sagte Shift. »Was für ein Schwachkopf. Ich … ähm … ich denke, ich werde ihn heiraten.«

»*Shift!*«, rief Win. »Gratuliere! Warum hast du denn nichts gesagt? Lässt mich die ganze Zeit über meinen Mist jammern …«

»Das ist kein Mist«, widersprach Shift, »außerdem hast du gar nicht gejammert. Aber ja, es ist schön, und ich freue mich. Eigentlich wollte ich mich nur vergewissern, dass du meine Trauzeugin bist.«

»Selbstverständlich«, versicherte ihr Win. »Ich wäre beleidigt, wenn du jemand anderen fragst. Wann hat er dir den Antrag gemacht?«

»Gestern«, antwortete Shift. »Wir waren wandern, und dann ging er in die Knie, und ich dachte, er würde sich die

Schnürsenkel binden, also bin ich weitergelaufen. Er musste mich zurückrufen.«

»Ach du lieber Gott! Und der Ring?«

»*Zwei Herzen, vier Hände, eine Liebe* ist in die Innenseite graviert. Wahnsinn.«

Win kicherte. »Hast du schon eine Idee, wie die Hochzeit aussehen soll? Nein, die Ideen hat Charlie, stimmt's? Ich wette, er hat einen Ordner.«

»Er ist bei Pinterest«, sagte Shift finster. »Und er wünscht sich das volle Programm. Allerdings haben wir noch nichts festgelegt, außer dass wir uns den Dezember vorstellen.«

»Wie schön«, sagte Win. »Dann habt ihr noch achtzehn Monate für die Planung …«

»Nein, diesen Dezember.«

Win blinzelte. »Ihr wollt in *fünf* Monaten heiraten?«

»Im Grunde sind es nur vier«, stellte Shift klar. »Wir dachten, gleich zu Monatsbeginn, bevor sich alles nur noch um Weihnachten dreht.«

»Wow«, sagte Win.

»Ich möchte keine lange Verlobungszeit, und je länger wir sie ausdehnen, desto mehr wird Charlie übertreiben. Außerdem …« Sie klang beinahe schüchtern. »Außerdem will ich keine achtzehn Monate warten. Wenn wir heiraten wollen, sollten wir es gleich tun, richtig?«

»Richtig«, bekräftigte Win. Ihre Gedanken rasten bereits. Mit ein bisschen Glück würde sie zu der Zeit bei *Zwischen Madrid und Paris* dabei sein, was sich bereits mit der anstehenden Pressetour für *Der Flussdampfer* überlappte, ihr neuester Film, der Ende Dezember in die Kinos kommen sollte. Damit wäre sie wahrscheinlich bis kurz vor Weihnachten beschäftigt. Zudem hatte Patrick erwähnt, dass sie in der engeren Auswahl für einen Spionagethriller stand, dessen Drehbuch sie geliebt hatte. Der Regisseur war für einen Oscar prämiert, und …

»Es soll keine Riesensache werden«, sagte Shift beinahe entschuldigend.

»Hm, nun ja«, erwiderte Win zögernd. »Ich werde mein Bestes versuchen.«

»Aber du bist doch meine Trauzeugin, oder?«

»Sicher, Shift, auch wenn du mir nicht gerade viel Zeit gibst, mich zu organisieren«, gab Win zu bedenken. »Ich rede mit Patrick, aber ich denke, ich werde das ganze Jahr über ziemlich beschäftigt sein.«

»Es sind doch bloß zwei Tage deines Lebens! Hast du nicht wenigstens an den Wochenenden frei?«

»Ich hoffe, dass ich länger als zwei Tage kommen kann«, sagte Win, bemüht, ihre Stimme einfühlsam klingen zu lassen. »Du weißt doch, wie mein Job ist.«

»Ich weiß«, erwiderte Shift angespannt. »Aber das ist wichtig, Win.«

»Ich würde gern dabei sein«, versicherte sie noch einmal. »Ich verspreche dir, mein Bestes zu geben.«

»Du musst kommen«, sagte Shift.

Um Zeit zu sparen, erwiderte Win: »Okay, gut, ich komme.«

Es hatte keinen Sinn, Einwände zu erheben, wenn sie noch nicht einmal wusste, ob es wirklich ein Problem gab. Um das Thema zu wechseln, fragte sie, wie Shift die

Neuigkeit ihrem Dad überbringen wollte, der Charlie ganz und gar nicht mochte und darauf bestand, ihn »deinen Freund Charles« zu nennen. Shift klang zufrieden, als Win auflegte und wieder an Deck ging, wo sie die Augen mit der Hand gegen die grelle Sonne beschirmte.

Die Gruppe hatte sich auf der Yacht verteilt, einen Pfad aus abgestreiften Louboutins und leeren Flaschen hinter sich herziehend. Jemand hatte ein Pokerspiel begonnen. In der Mitte der Sofas lag ein Haufen Geldscheine, ein flatternder Mix aus Euros, Dollars und Pfundnoten, mit einem leeren Cocktailglas beschwert. Platten mit kleinen Speisen wurden gereicht, obwohl sich niemand so recht dafür zu interessieren schien. Die Jetski-Mädchen hatten einen Teller mit einem Steak gestohlen, das sie Stück für Stück an den Hund verfütterten. Bart schniefte und rieb sich mit dem Handballen unter der Nase, jemand drehte die Musik lauter, Bässe und die Klänge von Blechblasinstrumenten hüpften zwischen Meer und Himmel hin und her. Riva stellte mitfühlenden Augenkontakt zu Win her, offenbar erwartete sie, dass Win mit den Nachwirkungen von Nathans Tirade zu kämpfen hatte. Leo hob das Kinn, eine stumme Frage.

»Wo warst du?«, wollte Riva wissen. »Ist alles okay?«

»Alles gut«, antwortete Win, froh, dass Shift ihr eine gute Ausrede lieferte. »Stellt euch vor, meine beste Freundin heiratet.«

»Charlie hat ihr einen Antrag gemacht?«, fragte Leo. »Ich dachte, er würde damit bis Weihnachten warten. Gum hat mir etwas von Mistelzweigen erzählt.«

»Nun, das passt. Anscheinend heiraten sie diesen Dezember«, sagte Win.

»Oh, Winterhochzeiten sind *so romantisch*«, schwärmte eine von Rivas Freundinnen. »Wart ihr letztes Jahr bei der von Henry, als er seine italienische Prinzessin geheiratet hat? Es gab dort echte heiße Quellen. Damals war ich noch mit diesem Fußballspieler zusammen.« Sie streckte sich mit einem zufriedenen Schnurren. »Wir waren stundenlang im Wasser.«

Nur Leo fing Wins Blick über die Menge hinweg auf. Er wusste besser als alle anderen, wie eng ihr Terminplan war. Aber sie brauchte Leos Mitleid nicht. Sie brauchte ihn für etwas anderes. Sie blickte hinaus aufs Meer und das kleine Motorboot voller Paparazzi mit ihren Teleobjektiven – versteckt hinter weißen Schaumkronen und zerklüfteten Felsnasen, damit Win und ihr Team sie nicht bemerkten –, und wusste wieder, wofür.

Sie nahm ihr Champagnerglas und schlenderte zum Bug der Yacht. Über die Schulter fragte sie: »Bist du bereit, mir etwas Aufmerksamkeit zu schenken, Darling?«, wobei sie die gedämpften Hoppla-Rufe der Gruppe ignorierte.

Marie hatte eine diskrete Markierung am Boden angebracht. Win blieb darauf stehen und blickte über das blaue Wasser. Es war ein perfekter Tag. Sie wäre nicht überrascht, wenn Marie Delfine bestellt hätte.

Leo stellte sich dicht hinter sie. »Willst du die *Titanic*-Nummer durchziehen?«

»Ich war jetzt drei Mal mit dir auf einem Boot«, sagte Win, »und jedes Mal machst du diesen Witz.«

»Eines Tages sagst du Ja.«

Win liebte ihren Job. Sie war eine gute Schauspielerin, sie war gut darin, in einen neuen Charakter zu schlüpfen, und hierbei musste sie sich nicht annähernd so viel Mühe geben wie bei ihren eigentlichen Rollen. Es war schlichtweg nicht nötig. Es war immer einfacher, den Leuten etwas zu verkaufen, was als echtes Leben verpackt war. Trotzdem hatte sie immer noch das schwindelerregende Gefühl, etwas Handfestes zu tun, sich selbst neu zu erfinden. Sie hatte keinen Einfluss auf Shifts Hochzeit, genauso wenig wie auf Nathans loses Mundwerk oder die Meinung, die ihre Mutter über sie hatte, aber sie hatte Einfluss auf das, was hier passierte.

»Setz deine Sonnenbrille ab und sieh mich an«, sagte sie.

Leo setzte die Sonnenbrille ab. Er überlegte einen Moment, dann nahm er auch Wins und legte sie beide zur Seite. Gut sichtbar für alle standen sie an Deck.

»Gefällt es dir?«, fragte Win.

»Der Typ, mit dem Riva zusammen ist, ist einer der langweiligsten Menschen, mit denen ich je geredet habe.«

»Ich habe vier von ihren Freunden kennengelernt, und sie sind alle genauso«, merkte Win an. »Sie sagt, sie will keine berühmten Männer daten, aber sie müssen reich sein, sonst macht sie sich Sorgen, dass sie nur hinter ihrem Geld her sind.«

»Ich hasse es, wenn Leute sich darüber Gedanken machen«, sagte Leo. »Dann stehen sie eben auf Geld, na und? Trotzdem sind sie nett zu einem.«

»Sehr weise.«

»Wie dem auch sei, nicht jeder genießt die Vorteile eines Auswahlgremiums wie du.« Er hob die Hand und strich ihr übers Haar. Der Seewind löste es bereits aus ihrem Zopf und wehte es ihr in unbändigen Wellen ins Gesicht. »Ich habe mich heute Morgen nach dem Video gefragt, was dich eigentlich an Spencer gereizt hat.«

Wins Mundwinkel zuckten. »Er war nicht immer so. Selbstverständlich nicht. Er konnte richtig charmant sein, und wir hatten viel Spaß. Er war derjenige, der meine Mum kennenlernen wollte.« Sie zögerte, dann fügte sie hinzu: »Ich weiß nicht. Er war ... Hör mal, ich war wirklich in ihn verschossen, es war nicht so wie bei dir und mir ...«

»Autsch«, sagte Leo.

»Du weißt, was ich meine«, beharrte Win. »Die Sache ist die: Es nicht so, dass wir nicht beide davon profitiert hätten. Nathan war bodenständig, was wiederum mich bodenständig erscheinen ließ, und er bekam die Chance, sich mit jeder Menge Produzenten wegen neuer Shows und anderer Gelegenheiten zu treffen. Aber er ... er verstand nicht, dass ich mein eigenes öffentliches Image habe, wofür er nicht immer ... gut war.«

Sie spürte, wie sich ihre Kehle zusammenschnürte. Sie hatte Nathan gemocht. Für eine Weile hatte sie ihn sogar sehr gemocht, auch dann, als er versucht hatte, sie vorzuschieben wie einen Backstage-Pass. »Dann hat er mir irgendwann vorgeworfen, ich sei ein Kontrollfreak, ich würde ihn ... schwach aussehen lassen oder so was in der Art.«

Leo rümpfte die Nase. »Standardschwachsinn. Traue niemals einem weißen Mann.«

»Ha«, sagte Win, anstatt richtig zu lachen. »Tut mir leid, ich hatte vergessen, dass ich mit dem einzig aufrichtigen weißen Mann rede.« Leo liebte es, ihr aufzuzählen, wem sie nicht vertrauen durfte, wem sie aus dem Weg gehen und mit wem sie besser nicht ihre Zeit verschwenden sollte, und diese Leute waren zwangsläufig Männer wie er. Er selbst gab sich jedoch alle Mühe, nicht dazuzuzählen. »Wie dem auch sei, er …«

Sie machte eine Geste, die so viel bedeutete wie *Er hat der Welt erzählt, ich sei eine frigide, kontrollsüchtige Zicke, weshalb ich mich an dich wenden musste – zur Schadensbegrenzung.* Anders als die Trennung schmerzten sie Nathans Worte noch immer. Vor ihrem inneren Auge sah Win die Wellen, die seine Behauptungen schlagen würden, und jeder Ausläufer würde die schlimmsten Vermutungen der Leute über sie bestätigen.

Leo trat noch dichter vor sie, das Gesicht ihrem zugewandt. In seinem Blick lag Sorge. Er fuhr ihr mit den Fingern sanft über die Schulter, über das warme Leinen seines Hemds, und Win gab zu: »Ich habe in der letzten Woche nicht viel geschlafen.«

»Du musst nur ein Wort sagen, und ich besorge dir ein Bett. Du kannst stundenlang schlafen.«

»Ich weiß nicht«, erwiderte Win. »Die Presse bekommt doch schon den Kuss. Wir dürfen sie nicht zu sehr verwöhnen.«

»He«, sagte Leo und warf ihr einen langen, nachdenklichen Blick zu. »Ich hatte nicht vor, die Presse an Bord zu holen.«

Win öffnete den Mund, um etwas zu erwidern. Ihre Lenden kribbelten. Jemand am anderen Ende des Decks ließ sein Glas fallen. Sie besann sich auf das, was sie eigentlich tun sollten. »Dreh dich ein bisschen in diese Richtung«, sagte sie und schob ihn so, dass sie beide dem offenen Meer zugewandt waren – freier Blick auf Leo und Wins Schokoladenseite. Win hakte ihre Finger in Leos Gürtelschlaufen.

Dann wartete sie. Bis hierhin hatte sie den Weg vorgegeben, aber es war wichtig, dass er den letzten Schritt machte. Er genoss es – was sie daran merkte, dass er den entscheidenden Moment hinauszögerte, als wolle er sie necken.

»Wenn du dann so weit bist …«, sagte sie.

»Möchtest du nicht zuvor irgendwelche Aufwärmübungen machen?«

»Nicht nötig«, wehrte Win ab, und Leo nahm ihr Kinn in die Hand und hob ihr Gesicht dem seinen entgegen.

Der Kuss war so selbstverständlich wie atmen: Ihre Lippen berührten sich einmal, dann noch einmal. Leo übernahm die Führung, heiß und leidenschaftlich. Auf seiner Unterlippe war Salz von der Margarita. Win leckte es ab und drückte sich an ihn. Er legte ihr die Hand in die Taille und ließ sie tiefer gleiten bis in ihr Kreuz. Win berührte ihn ebenfalls, strich mit der Hand über Leos flachen Bauch und über die Wölbung seiner Brust, bis sie schließlich beide Arme um ihn schlang.

Leo verstärkte den Druck auf ihr Kreuz, sodass sie vornüberkippte und sich an ihn klammern musste, um sich aufrecht zu halten, dann zog er eine Spur von Küssen über ihren Hals. Als er bei ihrem Ohr ankam, murmelte er: »Marie gibt Bescheid, wenn es genug ist?«

»Nein«, wisperte Win, den Rücken gewölbt, doch so, dass ihre Brüste nicht zu fest gegen seinen Oberkörper drückten. Sie durften es nicht übertreiben, es durfte nicht anstößig wirken, wenn die Presse nichts Schmutziges daraus drehen sollte.

»Dann musst du sagen, wann ich aufhören soll«, flüsterte Leo und küsste sie erneut.

Es war, als könnte allein der Druck seiner Lippen all die Düsternis und Verwirrtheit der letzten Tage durchbrechen und in etwas Unkompliziertes, Positives verwandeln. Er wusste schon seit Jahren, wie er sie berühren musste, zauste mit den Fingern ihr Haar, bis es ziepte und sie atemlos nach Luft schnappte. Sie küssten sich immer länger als erwartet, um den Paparazzi mit ihren Kameras die Möglichkeit zu geben, ein paar gute Blickwinkel einzufangen.

Win ließ sich von Leo küssen, bis ihre Lippen anschwollen, und grub drei Mal ihre Fingernägel in seine Schultern. Dann löste sie sich von ihm und flüsterte mit rauer Stimme: »Das dürfte genügen.«

Leo ließ von ihr ab und strich ihr mit den Fingern über die Kinnlinie. Sie musterten einander vorsichtig. Win wusste nicht, was sie für ein Gesicht machte. Ihre Wangen brannten.

Zum Glück steuerte die Yacht eine abgeschiedene Bucht

an, wo sie etwas echte Privatsphäre hatten. In dem Moment, in dem der Motor verstummte, kletterte Win auf die Reling, blickte in das tiefe Blau unter ihr und streifte Leos Leinenhemd ab. Dann machte sie einen Kopfsprung.

Das Wasser schloss sich über ihr, als wäre sie ein Teil davon, und zum ersten Mal an diesem Tag war alles still. Sie schwamm zwei Züge durch die Dunkelheit und tauchte auf, schüttelte den Kopf wie ein nasser Hund. Dann fuhr sie sich mit den Fingern durch die Haare und wartete, dass Leo sich über die Reling beugte und lachend zu ihr herunterschaute, was er auch tat.

»Kommst du rein?«, rief sie zu ihm hinauf.

»Bin sofort bei dir!«, rief er zurück.

Kapitel fünf

Leo wollte mit dem Jetski rüber zur Pferderennbahn bei Cagnes-sur-Mer, aber Win erhob Einspruch, das sei nicht nötig. Sie fühlte sich wieder selbstsicherer. Die Hitze hatte nachgelassen, seit gestern Abend ein kräftiger Mittelmeerregen auf Saint-Tropez niedergegangen war, der die strahlenden Lichter der Küstenstadt verschwimmen ließ. Es schüttete so heftig, dass sich sogar die Palmen unter der Last der Wassermassen zu biegen schienen. Win hatte dem Trommeln der Tropfen gegen die Balkontüren ihrer Suite gelauscht, das sich mit dem Tosen der Wellen am Strand vermischte. Leo hatte Win im Vertrauen erzählt, er habe das gesamte Unwetter verschlafen und geträumt, er würde von einem Mann mit winzigen Händen und riesigen Zähnen durch die Wälder um den Lake Tahoe gejagt. Als sie aus dem La Réserve traten, warf er einen Blick auf den nassen Asphalt und die regenschirmbewehrten Paparazzi und fragte: »Oh, hat es etwa geregnet?«

Marie beäugte ihn ungläubig.

Win war aufgewacht und fühlte sich gereinigt, als sie sich am frühen Morgen aus dem Fenster lehnte und den melancholiegeladenen Geruch nach nassen Pflastersteinen, perlmuttfarbenem Sonnenlicht und dem Ozean in sich aufsaugte. Ihr gestriger Yachtausflug hatte seinen Zweck erfüllt. Über Nacht hatten Schnappschüsse von Win und Leo die Runde gemacht, die Nathan wie einen verbitterten Ex erscheinen ließen, der schmollte, weil er gegen Whitman Tagores einzig wahre Liebe den Kürzeren gezogen hatte. (Win hatte irgendwann einmal T-Shirts entdeckt, auf deren Vorderseite ein Foto von Leo und ihr selbst und die Worte TRUE LOVE WINS abgedruckt waren. Sie war sich nicht sicher, was ihre Liebe angeblich gewonnen hatte außer dem Wortspiel, aber Leo kaufte zwanzig Stück und schickte ihr während der nächsten sechs Monate eins nach dem anderen zu, ganz gleich, wo in der Welt sie sich gerade herumtrieb. Jedes Einzelne war mit einer handgeschriebenen Nachricht versehen. *Nur für den Fall, dass du deins verloren hast,* stand auf einem und auf einem anderen: *Für deinen nächsten Auftritt auf dem roten Teppich??* Das letzte T-Shirt traf mit der Bemerkung *Mir gehen die Witze aus, weil Gum mir gerade 45 Minuten lang sein Investment-Portfolio erklärt hat, was dazu führt, dass bei mir nahezu sekündlich Gehirnzellen absterben. Bitte komm bald und rette mich!* bei ihr ein. Sie hatte das T-Shirt weggeworfen, die Nachricht dagegen hatte sie für eine Weile behalten.) Die Fans spekulierten wieder darüber, ob das zwischen ihr und Leo etwas Festes war, und heute Morgen hatte Marie ihr ein Zwinker-Emoji mit einem weitergeleiteten Tweet geschickt: Sie ist so viel echter, wenn sie mit Leo zusammen ist. Er macht sie wirklich menschlicher.

Sie hatten für das heutige Pferderennen separate VIP-

Plätze reserviert, hoch oben auf der Tribüne, sodass sie vielleicht gar nicht bemerkt worden wären, hätte Marie nicht längst eine Reihe sorgfältig getimter Tweets von verschiedenen Fake-Accounts abgesetzt. Win stand an der vorderen Brüstung und beobachtete, wie Bewegung in die Menge kam. Als sich immer mehr Leute umdrehten und zu ihnen hinaufstarrten, kehrte sie an ihren Platz zurück, wo Leo damit beschäftigt war, dem Kellner ein kompliziertes Cocktailrezept zu erklären.

Auf Maries Laptop waren zwei Fenster geöffnet, einmal Twitter und einmal eine Liste mit Pferden sowie deren Wettquoten und Bestzeiten. Sie hatte Win bei einer Gelegenheit fast unverblümt zu verstehen gegeben, dass sie vermutlich spielsüchtig wäre, hätte sie die Zeit dafür. Das ergab ziemlich viel Sinn. Das Einzige, was Marie noch mehr liebte als einen todsicheren Gewinn, war ein wohlkalkuliertes Risiko.

Emil erschien mit einem Mitarbeiter der Wettannahme an seiner Seite. Win berührte Maries Arm.

»Möchten Sie wetten, Mesdames? Monsieur?«

»O ja!«, rief Marie und blickte stirnrunzelnd auf den Laptop-Monitor. »Ich setze fünfzig auf Crown of Thorns.«

»Abenteuerlich«, sagte Leo, ohne von seinem Handy aufzublicken.

Marie warf ihm einen leicht genervten Blick zu. »Und der kahlköpfige Monsieur setzt einen Tausender auf Jean Paul II.«

Leo lachte anerkennend auf und wedelte amüsiert mit der Hand in Richtung des Mitarbeiters, der ihn fragend ansah. »Ja, klar, warum nicht?« Anschließend wandte er sich an Marie. »Ich werde dich beteiligen, sollte ich tatsächlich gewinnen.«

»Wie nett von dir«, sagte Marie, die heute ziemlich gereizt auf ihn reagierte, und konzentrierte sich wieder auf ihren Laptop. Seine frühmorgendlichen Joggingrunden in den Hügeln, auf die er bestand, gingen ihr auf die Nerven, weil sie ihn dort nicht im Blick behalten konnte. Außerdem weigerte sich Leo, mit den Medien zu reden, und lehnte im Speziellen ein Interview ab, das für den nächsten Morgen anberaumt war.

Marie wollte, dass er den Ertappten spielte, vor der Kamera in die Enge getrieben von einem hartnäckigen (und geskripteten) Moderator, der ihm Fragen über Win stellte, die Leo mit ironischen, rätselhaften Antworten abtun sollte. Win hatte sie bereits gewarnt, ihn nicht damit zu bedrängen. Leo war schon länger nicht mehr bereit zu einem Interview gewesen. Er mochte es nicht, wenn Fremde ihm Fragen stellten, die scheinbar bestens über ihn Bescheid wussten, und es fiel ihm schwer, Dinge herauszufiltern, die besser ungesagt blieben. So hatte er zum Beispiel bei einem Fernsehauftritt im Tagesprogramm geflucht, den Titel des neuesten Albums von Freunden im Radio durchsickern lassen, und einmal war er ziemlich high auf dem Coachella-Festival erwischt und in einen Livestream gestellt worden, als er die Schönheit des Sonnenuntergangs beweinte. Das erste Gespräch von Win und Leo nach ihrem Techtelmechtel in New York war unmittelbar Leos desaströser Interviewtechnik geschuldet. Seit dem Josip-

Skandal waren sieben Monate vergangen, und Win hatte sehr viel um die Ohren: ihre erste Golden-Globes-Nominierung, ein Schwall von aufregenden Rollenangeboten. Inzwischen tauschte sie nur gelegentlich die eine oder andere Textnachricht mit Leo aus, aber dann rief er sie eines Morgens an. Sie war ein wenig verunsichert, doch es gelang ihr, munter und liebenswürdig zu klingen, als sie das Telefonat annahm.

»Whitman«, sagte Leo. Seine Stimme klang heiser, angeschrammt durch die Satellitenverbindung. »Du musst mir einen Gefallen tun.«

Vor einigen Monaten war Leo zu einer bekannten Late-Night-Talkshow eingeladen worden, zum Vatertags-Special, und er hatte zugesagt, weil er nichts Besseres zu tun hatte. Er hatte die Einladung völlig vergessen, bis sein Dad am Tag vor dem Interview davon erfuhr und Leo einen Vortrag über seine »Verantwortung gegenüber der Familienmarke« hielt. Daraufhin war Leo mit seinem Bruder etwas trinken gegangen und tauchte verkatert und immer noch stinksauer zur Aufzeichnung seines Beitrags auf. Mit finsterem Gesicht auf seinem Stuhl lümmelnd, teilte er dem Moderator und einer großen Zahl von Kameras mit, dass es schwer sei, lustige Vatertagsgeschichten zum Besten zu geben, wenn der eigene Vater ein solches Arschloch sei, und dass er alles, was einen guten Menschen ausmachte, von seiner Mutter hatte. Sein Vater habe sich nie für seine Kinder interessiert, behauptete Leo und fuhr sich abschätzig mit der Hand durch die Haare; er sei lediglich der Einzige, dem das bewusst sei.

»Scheiße«, sagte Win.

Leo schluckte; sie hörte das trockene Knacken in seiner Kehle übers Telefon. »Mein Vater wird toben, aber mein Bruder wird noch viel mehr außer sich sein. Gum vergöttert unseren Dad. Die Produzenten weigern sich, den Beitrag neu zu drehen, ganz zu schweigen davon, ihn zurückzuziehen. Sie sagen, dass sie ihn senden, es sei denn, ich liefere ihnen etwas Interessanteres.«

»Ich soll dir also einen Gefallen tun«, echote Win.

»Ich weiß, dass das völlig daneben ist«, sagte Leo, »aber ich dachte, ich könnte ihnen womöglich etwas über uns in die Hände spielen. Dass wir weiterhin zusammen sind oder so. Alle haben sich darauf gestürzt, und ich weiß, es klingt verrückt, aber vielleicht könnten wir verkünden, dass wir uns heimlich getroffen haben oder … oder dass wir uns verlobt haben … Ja, eine Verlobung würde definitiv ziehen …«

»Herrje!«, sagte Win.

»Ich weiß«, wiederholte sich Leo. Er klang am Boden zerstört. »Ich wollte dich nicht darum bitten, doch mir fällt niemand sonst ein, der mir helfen könnte.«

»Hör mal.« Sie holte tief Luft. »Es ist noch nicht öffentlich, aber ich … ich bin mit jemandem zusammen.«

»Oh, hey«, bemerkte Leo überrascht.

»Deshalb kann ich nicht … Ich meine, es wäre nicht fair, Dermott gegenüber«, sagte Win. »Ich denke, es wird ziemlich bald herauskommen, es könnte daher so aussehen, als würde ich dich betrügen …«

»Ja, du hast recht«, gab Leo mit vorgetäuschter Fröhlichkeit zurück. »Nein, das wird wohl nicht funktionieren. Okay, vergiss es. Trotzdem danke, Whitman. Sag Dermott, dass ich eifersüchtig auf ihn bin.«

Er schien sich Mühe zu geben, das Telefonat zu beenden, ohne dass sie sich schlecht fühlte, und vielleicht war es das, was Win dazu brachte, eine unverhoffte Entscheidung zu treffen. Es gab keinen vernünftigen Grund dafür, außer dass Leo sie brauchte. Er hatte ihr in New York aus der Patsche geholfen, obwohl nicht viel dabei für ihn herausgesprungen war. Jetzt konnte sie ihm helfen.

»Warte«, sagte sie. »Ich könnte ihnen etwas anderes bieten. Es handelt sich um ein Vatertags-Special? Ich könnte über … meinen Vater reden. Meine Erinnerungen an ihn.«

»Win«, sagte Leo. Es fühlte sich an wie eine Berührung, sanft und zärtlich in ihrer Halsbeuge. Sie schüttelte den Kopf und sprach weiter.

»Die Leute wollen immer, dass ich über ihn spreche, aber ich habe bislang keinen Grund gesehen, das zu tun. Es sollte nicht wirken, als ob ich …« *Auf die Tränendrüse drücken will,* brachte sie ihren Satz in Gedanken zu Ende. Leo musste das nicht wissen. Also räusperte sie sich und fuhr fort: »Egal. Auf alle Fälle habe ich mich bislang noch nie dazu geäußert. Es ist zwar keine Story über dich und mich, aber denkst du, sie könnten darauf anspringen?«

»Darum kann ich dich nicht bitten.«

»Du bittest mich doch gar nicht darum«, sagte Win. »Ich biete es dir an.«

Die Talkshow-Macher akzeptierten das Angebot. Win nahm einen Zwanzig-Minuten-Beitrag auf, in dem ihr der

Moderator ernste, bohrende Fragen stellte und Win sich zwang, ihre Schultern zu entspannen und über ihren Dad zu sprechen. Sie erzählte dem Moderator und allen, die sich die Sendung später anschauten, von dem ruhigen, glücklichen Leben ihres Vaters, von seiner kleinen Familie, seinem Lehrberuf und den Schülern, die ihn anhimmelten. Sie erzählte, wie er sie auf seine Schultern gehoben hatte und wie er um den Parkplatz gerannt war, als sie die Hauptrolle in einer Theaterfassung von *Der geheime Garten* ergattern konnte. Sie beantwortete Fragen über seine Krankheit, seinen Tod. Sie sprachen über die Beerdigung. Es gefiel ihr nicht, dass sich ihre Kehle zusammenschnürte und Tränen in ihre Augen traten, doch gleichzeitig wusste sie um die Wirkung. Ihre offensichtliche Bewegtheit eignete sich perfekt fürs Fernsehen, und Leo wäre in Sicherheit.

Der Beitrag erhielt Millionen YouTube-Klicks. Es war keine schlechte Publicity für Win, obwohl es nicht die Art von Publicity war, die sie sich gewünscht hätte. Ihre Nominierung für die Golden Globes war kompliziert gewesen – die Anerkennung ihres Talents, das sie von der Masse abhob, doch gleichzeitig eine neue Welle des Misstrauens bezüglich ihrer Ambitioniertheit, ihrer Rücksichtslosigkeit hervorrief. In dem TV-Interview kam sie aufrichtig herüber, authentisch in ihren Gefühlen und Erinnerungen. Sie ließ sich zum Objekt des Mitleids machen, damit die Leute ihre Tapferkeit bewundern und ihr tröstend die Hände reichen konnten. Sie gewann eine Menge neuer Fans. Ihre Mutter hatte ihren Auftritt missbilligt.

Bevor sie das Studio verließ, ließ Win sich eine schriftliche Bestätigung von den Produzenten geben, dass sie Leos Filmmaterial gelöscht hatten – eine Bestätigung, die sie unverzüglich an ihn weiterleitete. Seine Textnachricht ging ein, als sie gerade ins Bett gehen wollte: Danke. Was immer du möchtest und völlig egal, wann – ich gehöre ganz dir.

Es dauerte eine Weile, bis ihr klar wurde, dass er das tatsächlich so meinte.

Am späten Nachmittag kehrte die Hitze zurück, ließ die Weingläser beschlagen und die Sohlen von Wins Keilabsatzschuhen an ihren Füßen kleben.

Leo schlug vor, dass sie auf den Balkon gingen, wo eine frische Brise wehte. Marie wedelte verneinend mit der Hand, noch ehe Win eine Antwort geben konnte. Win wusste, dass sie die Anzahl der Gratisschnappschüsse begrenzen wollte, vor allem in Bezug auf das Publikum, das mit seinen Handys Fotos machen und binnen Sekunden online stellen konnte. Es würde also keine Abkühlung geben.

Während Marie weiterhin unablässig auf ihr MacBook eintippte und Leos Arm locker auf Wins Schultern lag, verspürte sie eine zunehmende Benommenheit, als würde sie in einer durchsichtigen, schimmernden Blase über die Menge schweben, durch die Staubwolken treiben, die die Hufe der Pferde aufwirbelten, und schließlich aufs offene Meer hinausdriften. Das Lärmen der Menge und der Rennen hallte in ihrem Kopf wider und verfing sich hoch oben in ihrer Schläfe. Als sie endlich zu den bereitstehenden

Fahrzeugen zurückkehrten, hatte Emil den Bereich von der Security räumen lassen. Es gab also keine Fotografen, für die Win unter ihrer Sonnenbrille lächeln musste. Dankbar glitt sie auf den Rücksitz im klimatisierten Wageninneren.

Erst als sie vor dem La Réserve anhielten, stellte Win fest, dass sie eingeschlafen war, den Kopf gegen die getönte Scheibe gelehnt. Leo drückte ihre Schulter und half ihr aus dem Wagen, das Gesicht dicht an ihrem. Für eine Sekunde blitzte Sorge darin auf. Die Sonne wirkte sehr grell. Es kostete sie große Anstrengung, nicht gegen ihn zu kippen.

Als sie Hand in Hand durch die goldbeschlagenen Türen schritten, schloss Marie zu Win auf; Emil eilte hinter ihr her.

»Patrick hat angerufen«, teilte sie ihr mit.

»Sie muss sich ausruhen«, sagte Leo so autoritär, dass Emil zusammenfuhr, aber Win ließ sich davon nicht beeindrucken.

»Nein«, widersprach sie ihm. »Muss ich nicht. Was hat er gesagt?«

»Paramount will reden.«

Win straffte die Schultern. Sie richtete sich auf, fuhr sich mit der Hand durch die Haare und lächelte Emil an, der ihr bereits das Handy entgegenstreckte. »Ich brauche dich«, sagte sie, an Marie gewandt.

»Selbstverständlich«, erwiderte Marie.

»Win«, sagte Leo. »Wollen wir nicht erst einmal zu Abend essen?«

»Sie warten bereits seit einer halben Stunde«, gab Marie zu bedenken.

Win ließ mit einem entschuldigenden Achselzucken Leos Hand los. Er würde ihr verzeihen. Zusammen mit Marie ging sie in ihre Suite. Während die PR-Agentin ihren Laptop hochfuhr, um eine Verbindung herzustellen, ließ Win sich einen Eiskaffee bringen, der sie wieder wach machte, obwohl der Kaffee in ihrem Magen gurgelte.

Die Nachrichten von Paramount waren positiv. Sie hatten Patrick noch nicht ihr Wort gegeben, aber ihre Leute fingen bereits an, den Papierkram zusammenzutragen. Der Großteil des Gesprächs fand zwischen Patrick und zwei Anwälten von Paramount statt, die die Bedingungen von Wins Vertrag aushandelten. Am Ende des einstündigen Telefonats deuteten sie an, dass sie in den nächsten Tagen mit einem Angebot rechnen konnten. Win wusste, dass sie vorsichtig mit ihren Erwartungen sein musste, aber sie konnte nicht anders, als Shift eine Reihe von Ausrufezeichen und die Frage Hasst du mich jetzt, weil ich eine Hemingway-Heldin sein werde? zu schicken.

»Die Sache mit Spencer ist natürlich unglücklich«, sagte der Produzent, gerade als sie zum Abschluss kamen.

»Wir kümmern uns darum«, versprach Marie. »Whitmans Name ist in Europa und im Vereinigten Königreich seit vier Tagen in aller Munde, in den USA sogar täglich mehrere Stunden lang. Nathan Spencer nimmt dabei einen Raum von höchstens zwanzig Prozent ein. Vielleicht hat er noch nicht damit abgeschlossen, Whitman allerdings sehr wohl, genau wie der Rest der Welt. Mit Leo können die Leute erkennen, wie sie wirklich ist.«

»Ja, Milanowski ist ein Hit«, räumte der Produzent ein.

»Wir lieben es, dich so glamourös zu sehen. Diese Seite habe ich schon immer am meisten an dir geliebt, Whitman. Wie eine exotische Sophia Loren.«

»Danke«, sagte Win, auch wenn sich alles in ihr dagegen sträubte. »Wir gehen davon aus, dass sich diese ganze Nathan-Geschichte in ein paar Tagen in Wohlgefallen aufgelöst hat.«

»Freut mich zu hören«, sagte er. »Ich denke, nun können wir besser einschätzen, ob du für die Rolle geeignet bist. Enttäusch uns jetzt nicht.«

Als Paramount auflegte, unterrichtete Patrick sie über alles, was nun auf sie zukommen würde. Die ersten Proben und Drehs für *Zwischen Madrid und Paris* würden Mitte September beginnen und mit gelegentlichen Unterbrechungen voraussichtlich die nächsten drei Monate über andauern. Während der Drehpausen würde sie die Pressetour für *Der Flussdampfer* und die Chanel-Kampagne absolvieren müssen. Chanel wollte mehrere Werbedrehs sowie Fotoshootings und Behind-the-scenes-Videos, erklärte Patrick. Das meiste davon konnte innerhalb einer Woche im Oktober erledigt werden, aber für die Shootings würde sie eine Zeit lang hin und her fliegen müssen. Patrick war außerdem in weiteren Gesprächen mit dem Regisseur des Spionagethrillers, worüber er absolut begeistert war. Was ihre Chancen betraf, an Shifts Hochzeit teilzunehmen, zeigte er sich allerdings pessimistisch. Er würde sehen, was er für sie tun könne.

Um Punkt halb elf waren sie endlich fertig. Das verträumte, hitzekranke Gefühl des Tages war einer knochentiefen Erschöpfung und leichter Übelkeit gewichen, wie bei einem Kater. Win überließ Marie ihrem Laptop und ging schnurstracks zum Balkon, stieß die Türen auf und trat hinaus in die dunkelblaue Nacht. Sie wünschte sich, sie hätte Leo noch eine Zigarette geklaut. Sie wünschte sich, sie hätte auf die Bemerkung »Wie eine exotische Sophia Loren« reagiert. Sie wünschte sich, dass sie nicht so oft den Mund halten musste, um zu bekommen, was sie wollte. Weder Patrick noch Marie hatten dies bei der Nachbesprechung angeschnitten, und jetzt fühlte sich Win angespannt vor Enttäuschung, auch wenn sie selbst nicht recht sagen konnte, warum.

Sie hörte Stimmengemurmel in der Suite, eine Tür wurde geöffnet und fiel wieder ins Schloss. Anscheinend war Marie gegangen. Endlich war sie allein. Win atmete auf, dann fuhr sie erschrocken zusammen, als hinter ihr jemand an die Scheibe klopfte.

Leo sah sie mit hochgezogenen Augenbrauen durch das Glas der Balkontür hindurch an und hielt eine Pizzaschachtel in die Höhe.

»O Gott«, seufzte Win und ließ sich gegen Leo sacken, als dieser zu ihr hinaustrat. »Ich könnte dich küssen.«

»Nicht dass das noch zur Gewohnheit wird«, sagte Leo, klappte die Schachtel auf und streckte sie Win entgegen. Sie griff danach, doch der Geruch nach Fett und geschmolzenem Käse ließ sie schaudern. Ihr Magen rebellierte.

Leo runzelte die Stirn. »Bist du krank?«

»Nein«, sagte Win. Sie legte eine Hand auf ihre Stirn und stellte fest, dass sie schweißnass war. »Ich denke, ich habe etwas zu viel Sonne abbekommen. Gib mir eine Sekunde.«

Leo legte die Schachtel ab und verschwand in der Suite. Sie konnte hören, wie er leise telefonierte, seine Worte verloren sich im Rauschen der Wellen unter ihr am Strand. Während sie darauf wartete, dass er zurückkam, blickte sie auf ihr eigenes Handy. Shift und Charlie hatten ihr ein Video geschickt, auf dem zu sehen war, wie sie voller Begeisterung über die Paramount-Neuigkeiten ein Dutzend Partyknaller in ihrem Wohnzimmer zündeten. Die Luftschlangen landeten in Charlies goldenen Locken.

Als Leo zurückkehrte, fragte Win ein wenig schuldbewusst: »Können wir etwas rauchen?«

Leo lachte. »Ja«, sagte er und zog seinen Tabakbeutel aus der Hosentasche. Win sah ihm zu, wie er mit seinen langen Fingern und geübten Bewegungen den Joint drehte, ruhig und gelassen. Er ignorierte ihre ausgestreckte Hand, als er fertig war, und steckte sich den Joint hinters Ohr. »Ich habe noch etwas Besseres.« Er nahm die Schachtel in eine Hand und streckte ihr die andere entgegen. »Komm mit.«

Win betrachtete ihn aufmerksam. »Ich sollte wirklich nicht drinnen rauchen. Außerdem müssen wir meinen Security-Leuten Bescheid geben, dass …«

»Darum habe ich mich längst gekümmert«, sagte Leo. »Jetzt komm.«

Er führte sie aus der Suite und in den Aufzug, doch anstatt nach unten zu fahren, fuhren sie nach oben aufs Dach. Wegen der salzigen Brise, die von der Küste her wehte, war es dort sogar noch angenehmer als auf dem Balkon. Hinter den Liegestühlen und den zusammengefalteten Sonnenschirmen befand sich ein Pool, larimarblau glitzernd in der sanften Unterwasserbeleuchtung. Die Oberfläche kräuselte sich im Wind. Saint-Tropez wirkte beinahe lauschig vor der dunklen Hügellandschaft, herausgeputzt mit schwarzem Samt und Pailletten aus orangefarbenen Lichtern, die sich wie eine zweite Stadt im tintigen Wasser des Mittelmeers spiegelten.

Leo stellte die Pizzaschachtel ab, ließ sich mit gegrätschten Beinen auf einem der Liegestühle nieder und winkte Win zu sich. Sie setzte sich ihm im Schneidersitz gegenüber und nahm den Joint, den er ihr hinhielt, dann senkte sie den Kopf, um sich Feuer geben zu lassen. Er strich ihr die Haare hinter die Ohren, damit sie nicht in die Flamme fielen, und Win nahm einen tiefen, genießerischen Zug. Leo grinste schief. Der Liegestuhl war noch immer warm von der Hitze des Tages.

»Wo sind die anderen?«, wollte Win wissen.

»Hier darf sonst keiner rauf. Erzähl mir von dem Gespräch mit Paramount.«

Win nahm einen weiteren Zug, dann reichte sie ihm den Joint, berichtete ihm von den guten Nachrichten und von ihrem Problem mit dem straffen Zeitplan. Der Moment – in einem ruhigen Schlupfwinkel zu sitzen, den Leo für sie entdeckt hatte, und ihm ihre Entscheidungen mitzuteilen – war so intim, dass er ihr direkt ins Herz ging. Die Dinge vor Leo laut auszusprechen, verschaffte ihr einen besseren Überblick und half ihr herauszufinden, was sie wirklich wollte. Wenn sie sich an verschiedenen Orten aufhielten, rief sie ihn manchmal an, hörte ihn *Wart mal 'ne Sekunde* sagen, dann schloss er eine Tür zwischen Win und dem Rest der Welt, und der Lärm wurde leiser. Doch so war es besser – Leos Gesicht, auf das ihre gerichtet, das Gras, das seine Wirkung zeigte und ihre Muskeln entspannte.

»Dann ist es also gut gelaufen«, stellte Leo fest.

»Ziemlich gut, würde ich sagen.« Win nickte, nahm seine Hand und legte ihre Faust in seine Handfläche, träge und stoned.

Leo streckte die andere Hand aus, senkte sie mit seesternartig gespreizten Fingern auf ihr Gesicht und drückte sie sanft zur Seite. Beide kicherten.

»Karten?«, fragte Win. Ihre Knie schoben sich über seine, als sie noch näher an ihn heranrückte.

»Du bist gefährlich, wenn du high bist«, sagte Leo. »Ich denke, wir sollten uns erst ein wenig abkühlen.«

Er zog sich aus und rannte zum Pool. Ehe Win sich's versah, streckte er die Arme aus und sprang mit dem Kopf voran ins Becken. Sie stand auf und schlenderte ihm hinterher. Seine Haut sah grün aus unter Wasser. Als er wieder an die Oberfläche kam, liefen Wassertropfen über die raspelkurzen Haare auf sein Schlüsselbein. Jetzt sah Win auch seine Brust, der Rest von ihm blieb unter Wasser. Wenn sie sich konzentrierte, konnte sie das V seiner Hüften ausmachen, die schwarzen Shorts. Win tauchte einen Zeh ein.

»Stell dich nicht so an!«, rief er.

Sie hatte ihre High Heels unten gelassen, musste also nichts anderes tun, als den Reißverschluss im Rücken hinunterzuziehen. Das hauchzarte Sommerkleid glitt von ihren Schultern. Win hatte gedacht, sie würde frösteln, aber es fühlte sich nur gut an, als würde sie überflüssige Haut abstreifen. Leo war zum gegenüberliegenden Ende geschwommen und stand nun im flachen Wasser, den Rücken gegen die Beckenwand gelehnt, die Ellbogen auf den Poolrand gestemmt. Er beobachtete sie.

»Hättest du mir gesagt, was du vorhast, hätte ich einen Badeanzug mitgenommen«, sagte Win. Ihr Bikini verhüllte zwar genauso wenig wie ihre Unterwäsche, aber irgendwie fühlte sie sich in der schwarzen Spitze entblößter, verfolgt von Leos Blick.

»Wir sind doch alte Freunde, Whitman«, sagte Leo. »Es gibt keinen Grund, schüchtern zu sein.« Seine Mundwinkel zuckten in die Höhe.

Leo forderte ihre Nähe stets auf eine so ehrliche, direkte Weise ein, dass sie sich nicht selten in seine Hände begab, ehe sie noch recht wusste, was sie da eigentlich tat. Kurz überlegte sie, sich die Pizza und die Klamotten zu schnappen und die Flucht zu ergreifen, während sie ihn hier seinem Schicksal überließ. Das hatte sie schon einmal gemacht, in L. A., aber er war nur achselzuckend in seinen tropfenden Schwimmshorts bei ihr an der Hotelbar aufgetaucht und hatte mit der nassen Hand liebevoll über die Rückseite ihres Seidentops gestrichen. In ihrer Suite war es heiß und stickig, und das Wasser sah aus, als wäre es tief genug für einen Kopfsprung. Sie stieß sich vom Beckenrand ab und tauchte hinein.

Es war um einiges kälter, als sie erwartet hatte. Fluchend

kam sie wieder hoch, strich geschockt die nassen Haare zurück und trat mit den Füßen, um sich an der Oberfläche zu halten. Leo kam mit großen, mühelosen Zügen auf sie zu. Er scherte aus, umkreiste ihre Schulter und schwamm weiter in Richtung Beckenrand. Sie beobachtete ihn aufmerksam. Wenn einen im offenen Meer ein Hai angriff, sollte man ihn mit ruhigen Bewegungen an sich vorbeileiten.

»Geht es dir besser?«, fragte er.

»Ja«, gab Win zu. Sie fing an zu schwimmen, langsam und misstrauisch, am Beckenrand entlang. Sie umkreisten einander.

»Das erinnert mich an Miami«, sagte Leo. »Um Mitternacht am Pool. Das Einzige, was fehlt, ist eine Tätowiermaschine.«

Win lachte. Es war so lange her – damals war sie in der engeren Auswahl für ihre Glanzrolle in der Actionserie *Die Furchtlosen* gewesen, ein Geheimagenten-Superheldinnen-Franchise, der ihr Durchhaltevermögen festigte und ihr ganze fünf Jahre regelmäßige Premieren und eine beträchtliche Fangemeinde bescherte. Dann war Patrick zu Ohren gekommen, dass der Casting-Manager Win für zu glatt für die Rolle hielt. *Prüde* war das Wort, das er benutzt hatte. Sie musste beweisen, dass sie auch cool sein konnte. Leo, den sie daraufhin anrief und um Hilfe bat, fand das urkomisch. Klar, sagte er. Er sei ohnehin gerade wegen eines Kurzauftritts in einem Musikvideo in Miami Beach, doch hauptsächlich wolle er feiern, ob sie nicht Lust habe mitzukommen? Damals befand er sich noch in seiner Bad-

Boy-Phase mit einer Vorliebe für schnelle Autos und wilde Partys.

Sie waren eine Woche lang kreuz und quer durch die Stadt gejagt, hatten Bier getrunken und die leeren Dosen im Fußraum von Leos Wagen zertreten, hatten knutschend an den Wänden der Nachtclubs von South Beach gelehnt, vor aller Augen Ecstasy eingeworfen und am Morgen mit Bloody Marys und Sonnenbrille gegen die grellen Blitzlichter der Paparazzi angekämpft. Leo verkündete seine Absicht, sich EIGENTUM VON WHITMAN TAGORE auf die Brust tätowieren zu lassen, und legte einen gewaltigen Wutanfall hin, als Win sich weigerte, sich das Pendant dazu stechen zu lassen. Sie stritten so lange, bis der Tätowierer die Nase voll hatte und Leine zog.

Es war eine Erleichterung loszulassen, selbst auf eine so kalkulierte Art und Weise: sich zu nehmen, was sie wollte, für Schnappschüsse zu sorgen und obszöne Gesten in Richtung der Fotografen zu machen, die Wut und Langeweile zu entfesseln, die sie so lange unter Kontrolle gehalten hatte. Leo nannte es die »Win-außer-Rand-und-Band-Tour«. Irgendwann rief der Produzent an. Win stellte ihn auf Lautsprecher, weil Leo und seine Freunde Poolbillard spielten und der Barlärm im Hintergrund deutlich zu hören war. »Schon gut, schon gut, wir haben es kapiert«, sagte er. »Die Rolle gehört dir, Baby, wann kannst du zum ersten Table Read kommen?«

Sie erinnerte sich noch immer an das prickelnde Gefühl des Triumphs. Kaum hatte sie aufgelegt, rannte sie durch die Bar und stürzte sich auf Leo, schlang ihm die Arme um den Hals und küsste ihn. Es war nicht das erste Mal in dieser Woche, dass sie sich küssten, aber diesmal waren keine Kameras in der Nähe.

Sie lösten sich voneinander und sahen sich an.

»Besser nicht«, sagte Win.

»Keine echten Gefühle, keine Gefahr«, pflichtete Leo ihr bei. »Du hast vermutlich recht.«

Sie hatte am nächsten Morgen abreisen müssen, deshalb hatten Leo und sie die Bar verlassen und waren zu der Villa zurückgekehrt, in der sie vorübergehend Quartier bezogen hatten. Sie hatten es sich im Garten bequem gemacht und endlos lange Sechsundsechzig gespielt, das Kartenspiel, das Leo als Teenager in der Schweiz gelernt hatte. Er hatte es ihr eines Nachts in New York beigebracht. Sie waren voneinander fasziniert gewesen und hatten allerlei Vorwände erfunden, um noch länger wach zu bleiben. »Wir haben das in den Schlafsälen gespielt«, hatte Leo erzählt, während er die Karten mischte. »Poker war verboten, weil eins der Kids seinen halben Treuhandfonds verspielt hatte.«

»Du erinnerst mich an einen Außerirdischen«, hatte Win gesagt.

Sie musste sich zwingen, ihren Blick von seinen Händen, seinem Mund loszureißen. Am nächsten Abend hatte sie eine gute Alternative entdeckt, um ihre freie Zeit zu nutzen – Leos Hände, seinen Mund –, aber in Miami wurde ihr klar, dass Kartenspielen sicherer war. Jetzt spielten sie während der Terminpausen, wenn Marie die nächste Location organisierte, nach einem langen Tag in der Hotelbar, in den frühen Morgenstunden, bevor der Wagen eintraf, oder wenn Leo sie ein bisschen zu intensiv betrachtete und Wins Gedanken zu jenen Nächten in New York zurückkehrten. Leo führte Buch auf seinem Handy, wo er eine lange, stetig wachsende Liste mit Spielständen angelegt hatte.

Sie fragte sich, ob er heute Abend die Karten zum Pool mitgebracht hatte. Sie könnten sich in Unterwäsche auf die aufgeheizten Betonplatten setzen, tropfnass, den Geruch nach Chlor in der Nase.

Win hielt auf das tiefe Ende zu und tauchte erneut unter, dann streifte sie mit ausgestreckten Fingern die Wasseroberfläche. Sie konnte gerade noch Leos Silhouette ausmachen, verschwommen in den Lichtern des Pools. Nach einem Moment stieß sie sich mit den Füßen von den Fliesen ab und schoss nach oben, aus dem Wasser heraus, umgeben von Wellen.

»Angeberin«, sagte Leo und ließ sich an ihr vorbeitreiben.

Sie konnte seine muskulösen Schultern sehen, seine schmale Taille, dann wandte sie den Blick ab. Sie wusste nicht, wie viel von ihrem Körper unter Wasser zu erkennen war. Als er am anderen Ende des Beckens ankam, schnappte er sich die Pizzaschachtel und klappte sie auf. Win versuchte, den Köder nicht zu schlucken.

»Ich möchte dir einen Vorschlag unterbreiten«, sagte Leo.

»O Gott«, erwiderte Win. »Du schlägst doch nicht etwa vor, dass wir uns wieder verloben sollen, oder?«

»Nein.« Leo stieß ein helles, bellendes Lachen aus. Es

klang ganz anders als sein übliches tiefes Lachen, deshalb drehte Win sich um und sah ihn an. »Warum fragst du das?«

»Ich habe bloß Spaß gemacht. Ich kann dich doch deinen jugendlichen Überschwang nicht vergessen lassen.«

Leo rieb sich kopfschüttelnd den Nacken. »Nein«, wiederholte er. »Offensichtlich nicht. Ich wollte dich bitten, mein Date zu sein.«

Das weckte ihre Aufmerksamkeit. »Hat deine Schwester eine weitere Premiere?«

Anders als ihre relativ planlosen Brüder war Hannah der einzige Milanowski junior, der sich eine echte eigene Karriere aufgebaut hatte. Sie produzierte aufwendige Dokumentarfilme mit obskuren Themen wie kanadische Fischerstädte oder Radioteleskope in der Wüste. Hannah war ein eher introvertierter Mensch, glücklicher hinter einer Kamera als davor. Es bekam ihr gar nicht gut, im Rampenlicht zu stehen. Vor ein paar Jahren war Win den beiden Geschwistern auf dem Sundance Film Festival bei einer After-Show-Party begegnet. Es war das Jahr, in dem Hannahs Kurzfilm von den Kritikern verrissen wurde und sie kurz davorstand, vor laufenden Kameras in Tränen auszubrechen. Leo nahm Wins Hand und bat sie um einen Gefallen. Sie taten so, als wären sie betrunken, dann crashten sie Arm in Arm das Interview, sodass Hannah unbemerkt entkommen konnte. Marie war alles andere als begeistert gewesen.

»Nein, Hannah ist in Thailand«, sagte Leo. »Sie will dort irgendwelche Zeugen für eine True-Crime-Doku aufspüren. Ich meinte, ob du mich zu der Hochzeit begleitest.«

»Shifts?«

»Wie, dachtest du etwa, ich würde keine Einladung bekommen?«

»Nein, ich dachte … Ich hatte noch gar nicht darüber nachgedacht.«

Leo zuckte mit den Schultern. »Wenn wir schon beide da sind, können wir genauso gut zusammen hingehen. Erspart mir den Smalltalk mit dem heißen neuen Talent, das du sonst aus dem Ärmel zaubern wirst.«

»Meine Begleiter sind stets sorgfältig ausgewählt anhand einer Matrix aus Prestige, Attraktivität und Konversationsfähigkeiten«, sagte Win.

Leo lachte, aber er wartete nach wie vor auf eine Antwort. Sie streckte sich und schwamm auf ihn zu. Er straffte die Schultern, als er sie kommen sah, und paddelte ein Stück nach hinten, ohne sie aus den Augen zu lassen. Ihr BH klebte an ihrer Haut, beinahe durchsichtig. Sie stützte die Ellbogen auf den Beckenrand, griff nach der Pizza und sah Leo fragend an. Er schüttelte den Kopf. Sie biss in ihr Stück und kaute.

»Ich weiß nicht«, sagte sie, nachdem sie geschluckt hatte. »Ich meine – ja, wenn alles passt, werde ich dich selbstverständlich begleiten. Ich mache mir bloß Sorgen, ob ich es zeitlich wirklich schaffe.«

»Ach, komm schon.« Leo entspannte sich wieder. »Du bist der große Filmstar. Mach einfach mal einen auf Diva und nimm dir ein paar Tage frei.« Er hob abwehrend die

Hände, als er den Ausdruck auf ihrem Gesicht bemerkte. »Ich weiß, ich weiß, du hast diesen bis ins Letzte durchorganisierten Zeitplan, und momentan steht alles kopf, trotzdem … Es geht hier um deine beste Freundin!«

»Ich weiß, um wen es geht«, erwiderte Win. »Schon gut, ich kümmere mich darum. Und jetzt lass uns von etwas anderem reden.«

»Okay.« Leo wechselte das Thema. »Es sieht so aus, als würde Gum Trauzeuge. Er spricht immer wieder davon, dass es das letzte Mal sein wird, dass Charlie Spaß hat, und behauptet, das sei ein Scherz. Langsam mache ich mir allerdings Sorgen, dass er es ernst meint. Ich fürchte, es könnte ein Albtraum werden.«

Win lachte, aber sie erwiderte nichts. Sie wusste, dass Leo sich für seinen älteren Bruder verantwortlich fühlte. Als Gum wegen Trunkenheit am Steuer in Santa Barbara verhaftet worden war, hatte er den Nachrichtenzyklus beschleunigt, indem er den Medien eine Reihe von atemberaubenden Schnappschüssen mit Win an der marokkanischen Atlantikküste lieferte, wo sie den zweiten *Die Furchtlosen*-Film drehte. In Wahrheit hatten sie sich kaum gesehen. Er war zerstreut und besorgt gewesen, hatte endlose Anrufe von Familienmitgliedern entgegengenommen, unter anderem von dem in Tränen aufgelösten Gum aus der Entzugsklinik, während Win zwölf Stunden pro Tag am Set beschäftigt war. Sie erinnerte sich, wie er zu ihr in die Wüste gefahren war, die Haut sonnenverbrannt, die Stiefel schwer von Sand.

Sie aß das erste Stück Pizza auf und nahm sich ein zweites, wobei sie sich alle Mühe gab, nicht daran zu denken, was ihre Ernährungsberaterin dazu sagen würde. Ihr wollte partout nicht mehr einfallen, wann sie das letzte Mal so etwas gegessen hatte: geschmolzenen Käse und Fett, geschmacklich verstärkt durch das Gras. Die Luft war warm und roch eindeutig nach Saint-Tropez, Palmen, dem vom Regen sauber gewaschenen Asphalt und den Abgasen der Sportwagen, die durch die Hügel rasten.

»Es wäre schön, nach Montreal zu fliegen«, räumte sie ein. Leo durchquerte ein weiteres Mal das Becken. Gleich würde er neben ihr sein. »Ich habe schon lange keinen Schnee mehr gesehen.«

»Wenn du Lust hast, können wir morgen in die Alpen fahren«, sagte er.

»Schlag das mal Marie vor.« Win lachte. »Ich denke, es könnte mit unserer Reservierung im Château de la Wie-auch-immer kollidieren.«

»Gott bewahre«, wehrte Leo gespielt entsetzt ab, ohne näher darauf einzugehen.

Win spürte, dass sie melancholisch wurde, was sie nervte. Jetzt war er nahe genug bei ihr, um sie mit seinem durchdringenden Leo-Blick zu mustern, dem Blick, mit dem er sie schon so viele Male bedacht hatte: in L. A., wenn er versuchte, sie zu überreden, eine Party zu schwänzen, um auf eigene Faust Spaß zu haben; in Paris an Silvester, als sie behauptete, sie würde nicht an Vorsätze glauben; in Singapur, als er sie verdächtigte, beim Kartenspielen zu schummeln. Heute Nacht war sie nicht in der Stimmung, sich seinem prüfenden Blick zu unterziehen.

»Ich denke, ich habe genug«, verkündete sie und stemmte sich aus dem Pool. Leo widersprach nicht. Er folgte ihr und reichte ihr ein sauberes Handtuch.

Auf dem Weg nach unten schwiegen sie. Win konnte nicht aufhören zu gähnen. Ihr Kopf hing herab, nach unten gezogen von dem Gewicht ihrer nassen Haare. Sie fragte sich, ob sie ohne zu duschen ins Bett gehen sollte. Sie verspürte den Drang, sich zu entschuldigen, als würde sie Leo irgendwie im Stich lassen.

»Bist du sicher, dass alles okay ist, Whitman?«, fragte er, als sie schon fast bei ihrer Tür waren.

»Nur etwas, was ein Produzent gesagt hat. Aber alles gut, sie mögen mich.«

Sie wollte heute Nacht nicht darüber reden. Zu viel Aufhebens um ein einziges Wort, und es wäre leichter, sich zu behaupten, sobald die Verträge unterzeichnet waren. Leo würde die Sache ernst nehmen, ihr anbieten, fiese Gerüchte zu streuen, überlegen, ob Win die Rolle vielleicht ablehnen sollte. Er würde nicht verstehen, dass sie sich aus reiner Notwendigkeit auf die Zunge biss und nicht aus Gleichgültigkeit.

Einmal, vor fast vier Jahren, war Win zu einer Party in Hollywood gegangen und hatte einen Typen kennengelernt. Leo war mit einem Model unterwegs gewesen, das Win hasste, und Win hatte sich ins West Village zurückgezogen, um sich auf eine Rolle vorzubereiten. Neel pendelte zwischen New York und Mumbai; er war Journalist, und einige seiner Stoffe waren für eine Verfilmung optioniert worden.

Win und er hatten den Großteil der Party auf dem Balkon verbracht, ähnlich dem im La Réserve, nur dass unter ihnen nicht das Mittelmeer, sondern der Verkehrslärm von Manhattan toste.

Neel hatte eine Freundin in Mumbai, und Win musste einen Film drehen. Es war eine dieser seltsamen, prickelnden Nächte. Zwischen ihnen hing eine Spannung in der Luft, als würden sie voller Bedauern sagen: *Nun ja, vielleicht in einem anderen Leben.* Sie küssten sich nicht, aber sie lehnten sich eng aneinander, das Gespräch knisterte vor Energie. Er berührte ihr Handgelenk, ihre Schulter. Sie wusste, dass sie zu oft auf seinen Mund schaute. Sie tauschten Geschichten aus wie Einwanderer der ersten Generation; völlig vertraut mit dieser Unvereinbarkeit der Welten. Sie spiegelte das blanke Misstrauen wider, das Wins Mutter der Karriere ihrer Tochter entgegenbrachte, genauso wie Neels Verachtung der weißen Yogis, die spirituelles Bewusstsein in L. A. predigten.

Win hatte gedacht, der Balkon sei nicht öffentlich, aber genau das war er, und am nächsten Tag gab es unzählige Fotos von Neel und Win, eng zusammenstehend, einander an den Händen berührend. Was Win am meisten überraschte, war der Ton der Schlagzeilen: unaufgeregt, selbstgefällig, ein wenig gelangweilt. Nur wenige waren offen rassistisch – BOLLYWOOD-SCHÖNHEITEN, lautete eine; VON MAMA VERKUPPELT?, fragte eine andere –, die meisten schienen geradezu erfreut, als hätte zumindest Win etwas dem Brauch Entsprechendes getan. Sie hatte Neel eine Textnachricht geschickt, um sich für den Wirbel zu entschuldigen, und ihn gefragt, ob sie seiner Freundin versichern solle, dass zwischen ihnen nichts gelaufen war. Es war mir ein Vergnügen, schrieb er zurück. Kein Problem, Mahani ist sehr verständnisvoll. Sie setzen echt alles daran, dass du die Klappe hältst und dich mit einem Inder zusammentust, stimmt's?

Es war seltsam aufrüttelnd, so klar verstanden zu werden. Jemanden zu haben, der in Worte fasste, was Win in der Regel als nicht näher zu benennenden, schwelenden Unterton heraushörte.

»Was ist eigentlich aus diesem Journalisten geworden?«, fragte Leo, als sie sich ein paar Monate später trafen. Das Supermodel hatte ihn kurzerhand abserviert, sobald die Fashion-Week-Saison vorbei war, und er war bei Win am Set aufgekreuzt, um Karten in ihrem Trailer zu spielen und seine Wunden zu lecken.

»Oh, zwischen uns war nichts«, stellte Win klar. »Die Leute waren einfach begeistert, dass ich mich endlich wieder auf das besinne, was mir entspricht: mir einen Inder als Mann zu suchen.«

Leo mischte langsam die Karten und lachte. »Mein Gott, das ist eine solche Vereinfachung, dass es fast schon komisch ist. Ihr seid ja nicht einmal im selben Land geboren!«

»Das ist gar nicht komisch.« Win winkte ab, als Leo sich entschuldigen wollte. Sie zögerte. »Das Schlimmste ist, dass es wirklich nett war mit ihm. Er hat mich verstanden. Ich musste ihm nichts erklären. Es war, als würde ich ihn kennen.«

»Nun«, sagte Leo. »Du bist Whitman Tagore. Wenn du so etwas möchtest, wirst du es sicherlich haben können.«

»Ha. Vielen Dank«, entgegnete Win und legte ihre Karten ab. »Du mischst.«

Sie sah Neel nie wieder, nicht weil sie ihm absichtlich aus dem Weg gegangen wäre, sondern eher, weil es sich so ergab. Es machte ihr nichts aus – sie war es gewöhnt, allein mit diesen Dingen umzugehen. Das Gefühl des Wiedererkennens, das sie bei ihm verspürt hatte, war ein vorübergehender Kitzel, etwas, was sie genossen hatte, worauf sie aber verzichten konnte. Trotzdem wünschte sie sich ab und an, sie hätte jemand anderen, den sie anrufen konnte, um eine zweite Meinung zu einem Wort wie *exotisch* einzuholen, jemanden, der ihr Unbehagen verstand, ohne dass sie ihm dafür eine Erklärung liefern musste. Inzwischen konnte sie sich nicht einmal genau an die exakten Worte des Produzenten erinnern. Waren sie als Kompliment gedacht gewesen? Dachte sie zu viel darüber nach?

Sie drückten sich vor der Tür zu ihrer Suite herum, ihre nassen Haare tropften auf den dicken Teppich. Leo lehnte sich gegen den Türrahmen und gähnte, als ihm plötzlich etwas einfiel. »Oh, Mist. Ich habe vergessen, dir zu erzählen, dass ich heute Abend einen interessanten Anruf bekommen habe.«

Win verspannte sich. »Von einem Journalisten?«

»Nein, von meinen …« Er zögerte und blickte sie beinahe verlegen an. »… von meinen Müttern.« Mit *meine Mütter* bezog sich Leo auf seine Mutter und ihre Ehefrau, die seit Leos Kindheit zusammen waren. »Es geht um irgendeine Katastrophe mit ihrer guten Freundin Anya – keine Sorge, Katastrophe bedeutet bei den beiden für gewöhnlich, dass der Shih Tzu von irgendwem in Quarantäne muss, weil er am Zoll geniest hat.«

»Ha«, sagte Win, bemüht, ihre Erleichterung zu verbergen.

»Die Sache ist die: Anya arbeitet im Moment hier, also wollen sie, dass ich mich am Samstag mit ihr treffe.«

»Kein Problem«, sagte Win. »Gib Emil einfach Bescheid, wann du losmusst.«

Leo nickte. »Ich wollte mich eigentlich für eine Stunde davonstehlen, aber – Anya hat mich gefragt, ob du zum Brunch mitkommst. Sie sagt, sie mag deine Ästhetik.«

Win legte den Kopf schräg. »Du wirst ziemlich anspruchsvoll.«

»Ich war schon immer anspruchsvoll«, erwiderte Leo. »Du findest es bloß immer schwerer, mir zu widerstehen.«

»Vielleicht wünsche ich mir lediglich, dass du süß und gefügig bleibst«, hielt Win dagegen.

»Whitman«, sagte Leo, als habe sie ihn vor den Kopf gestoßen. »Wann war ich jemals nicht süß und gefügig?«

Was unausgesprochen zwischen ihnen stand: Win schuldete ihm bereits so viel mehr als das. Im Laufe der Jahre waren ihre wechselseitigen Schulden derart unübersichtlich geworden, dass es ihnen schwerfiel nachzuvollziehen, wer sich gerade in den schwarzen und wer in den roten Zahlen befand. Win dachte an die Erleichterung, die sie verspürt hatte, als Marie ihr kurz vor dem Start ihres

Fliegers nach Saint-Tropez mitteilte: *Leo sagt, er wird da sein.* Am besten, sie ging davon aus, dass er sich einen Gefallen verdient hatte.

»Das wird schon klappen«, versicherte sie ihm daher.

»Danke«, sagte Leo. »Ich gebe Emil die Details durch. Gute Nacht, Whitman.«

»Träum süß.«

»Das werde ich.«

Win lachte und schloss die Tür. Sie stellte sich vor, wie er zu seinem eigenen Zimmer schlenderte, ein trockenes Hemd anzog und ins Bett fiel, wo er mühelos einschlief. Wenn sie in der Vergangenheit das Bett geteilt hatten, war er immer als Erster weg gewesen. Im Schlaf schienen sich all die scharfen Linien seines Gesichts zu entspannen, und er sah so sanft und rosig aus wie ein Junge.

Sie ging nicht unter die Dusche. Legte sich aufs Bett. Dachte an Leos Schultern, die durchs Wasser schnitten.

»Mein Gott«, flüsterte sie und glitt mit der Hand zwischen ihre Beine.

Die meiste Zeit war es leicht, mit ihm zu flirten, ohne dass die allseits präsente gegenseitige Anziehung wieder aufflackerte und überhandnahm. Stattdessen verlegten sie sich darauf, einander zu benutzen, präsentierten sich mit dem anderen, wenn sie eine Story brauchten, schufen neue Persönlichkeiten und Geschichten und Leben. Langsam, aber sicher hatte Win begriffen, dass Leo auf ihrer Seite stand, ganz gleich, worum sie ihn bat, ganz gleich, für wie albern er ihr neuestes Projekt hielt. Leo war flapsig und verwöhnt, doch er war auch loyal. Er wusste, was sie für ihn getan hatte. Manchmal dachte sie, er würde sie deswegen lieben. Und er kreuzte jedes Mal auf, wenn sie ihn anrief.

Manchmal musste sie gar nicht anrufen. Als sie vor einigen Jahren bei der Oscar-Verleihung offen brüskiert wurde und Hollywood sich schadenfroh die Hände rieb, hatte sie die Tür ihres Hotelzimmers geöffnet und Leo am Rahmen lehnen sehen. Mit verschlafenen Augen und leicht verkatert sah er sie an und sagte: »Ich habe gehört, dass du in der Stadt bist. Hast du Lust auf eine Spritztour?«

Hunderte von Blogs berichteten über ihren spontanen Roadtrip, eingängige Artikel im *New York Magazine* schrieben über ihre »mühelose Sexiness«, und auf Tumblr fand man jedes Instagram-Foto und jede Paparazzi-Aufnahme. Win und Leo in Leos Cabrio auf dem Weg durch Tijuana; Win, die zusammengekrümmt vor Lachen ihr Corona auf den Tisch knallt in einem Endlos-GIF; Leo, der mit zusammengekniffenen Augen auf den Golf von Mexiko blickt, mit der Überschrift Wo geht's nach Alaska? versehen. Doch woran Win sich am meisten erinnerte, waren die durchwachten Nächte, in denen sie Moskitos zerklatschte und so lange mit ihm redete, bis der Schlaf sie irgendwann übermannte. So verbrachten sie die Awards-Saison und den Winter. »Du wirst beim nächsten Mal abräumen«, versicherte Leo ihr. Er war so selbstgefällig in seinem Glauben an sie. Die meiste Zeit ging ihr das bloß auf die Nerven, weil er nicht zu kapieren schien, womit sie es zu tun hatte, doch mitunter machte ihr die träge Art und Weise, mit der er alles auf sie setzte, sein stilles Vertrauen in sie, schwer zu schaffen.

Die Welt dachte, Win hätte die perfekte Lovestory mit dem perfekten Mann, leidenschaftlich und ergeben, stets atemlos, stets im Flitterwochenmodus. Eine stürmische On-off-Beziehung, der doch jene eine außergewöhnliche, magische Sache zugrunde lag: wahre Liebe. Aber Win hatte etwas Besseres als das. Sie hatte einen Freund, und sie hatte ein Geheimnis.

Kapitel sechs

Nathan Spencer stand schlecht gelaunt vor dem Dukes. Er war aus der Tür gestolpert, das Glas noch in der Hand. Jetzt nahm er einen letzten, großen Schluck Wein, dann schleuderte er das Glas gegen die Kamera. Den Moment des Aufpralls hatte man aus dem Filmmaterial herausgeschnitten.

Es hieß, er sei zornentbrannt nach draußen gestürmt, nachdem er einen Wutanfall an der Bar hingelegt und versucht hatte, Bier direkt aus dem Zapfhahn zu trinken. Anschließend warf er das Glas und erbrach sich in einen Gully (auch davon gab es Aufnahmen, aber Marie lehnte es ab, sie zu verwenden), dann wurde er von einem seiner Freunde in ein Taxi verfrachtet.

»Wird mir das schaden?«, fragte Win.

Marie hob die Hand und machte eine Fifty-fifty-Geste. »Es sieht ein bisschen so aus, als hättest du ihn gebrochen. Allerdings lässt es ihn in erster Linie labil erscheinen, was alles, was er zuvor behauptet hat, in ein zweifelhaftes Licht rückt. Offensichtlich denkt er nicht rational.«

Win lehnte sich zurück und atmete aus. Es war eine erfolgreiche Woche gewesen, in der sie mit Leo die Küste rauf und runter paradiert war. Die Öffentlichkeit stand wieder hinter ihr. Ihr Image war aufpoliert. Das Erste, was erschien, wenn sie sich googelte, war eine Flut von aufgeregten Gerüchten über *Von Madrid nach Paris.* Morgen fand die Chavanne-Party statt, anschließend würden Win und ihre Entourage zusammenpacken und ins richtige Leben zurückkehren können.

»Wir sollten heute ein bisschen zurückrudern«, sagte Marie. »Wir wollen doch nicht, dass ihr euch die Titelseiten teilt. Nathan bricht wegen dem zusammen, was er getan hat, nicht wegen dem, was du tust.«

»Das ist gut«, sagte Win. »Aber sollen wir uns deshalb den ganzen Tag drinnen verstecken?«

Es wäre nicht das erste Mal. Manchmal war es besser, wenn Win und Leo sich geheimnisvoll gaben. Ihr heimliches Leben war wie ein heißer, pochender Puls, um den sich alle scharten.

»Ja«, sagte Marie in demselben Augenblick, in dem Leo einwarf: »Außer beim Brunch mit Anya.« Sie funkelten einander an.

»Es handelt sich um ein völlig zwangloses Treffen«, gab Win zu bedenken. »Es könnte in aller Stille stattfinden.«

Marie wirkte nicht überzeugt, aber Win hatte das letzte Wort, und sie wollte ihr Versprechen nur ungern zurücknehmen.

»Nur wir beide«, pflichtete Leo ihr bei. »Wir schleichen uns durch den Hintereingang hinein. Ohne Begleitung. Wir können Emil den Vormittag freigeben. Es sei denn, du möchtest mitkommen?«, fügte er an Emil gewandt hinzu.

»Anya verbringt ihre ganze Zeit damit, sich mit gut aussehenden jungen Männern zu umgeben, sie würde sich freuen.«

»Das klingt verlockend«, erwiderte Emil. »Leider verbringe ich bereits meine gesamte Zeit mit anstrengenden älteren Frauen.«

Marie blickte auf. »Was soll das denn heißen?«

»Er ist so tapfer«, sagte Leo voller Bewunderung zu Win, als sie aufbrachen. »Ich hoffe, er ist noch da, wenn wir zurückkommen.«

Anya war im Luna Beach untergebracht. Sie trafen sie im Restaurant am Strand, verborgen vor Kameras, bewacht von in der Ferne patrouillierenden, streng dreinblickenden Security-Leuten im Anzug. Als Anya sie kommen sah, legte sie ihre Zeitschrift beiseite und lächelte, dann streckte sie die Arme aus. Sie war eine breitschultrige Frau Ende fünfzig mit kurz geschnittenem dunklem Haar und einer markanten Nase. So, wie sie da stand, erinnerte sie an die Galionsfigur eines Schiffes.

»Na sieh mal, wer da kommt!«, rief sie. »Zu spät, wie immer.«

»Du weißt doch, dass ich dich gern auf Trab halte, Anya«, sagte Leo.

»Du erinnerst dich an Tomas?«, fragte Anya und deutete auf den dunkelhaarigen Mann mit Hornbrille, der neben ihr saß. Er hob die Hand, um sie zu begrüßen, doch er stand nicht auf.

»Hallo, Leo«, sagte er. Win stellte fest, dass er jünger

war, als sie zunächst gedacht hatte, höchstens fünfunddreißig. Als Leo ihm die Hand entgegenstreckte, nahm er sie, hielt sie an seinen Mund und küsste sie, als wäre Leo ein Glückswürfel.

»Tomas«, sagte Leo. »Wie läuft's mit der Dissertation?«

»Ach, du weißt schon«, winkte Tomas ab.

»Ts, ts, ts«, machte Anya. »Er ist ein Meister auf seinem Gebiet.«

»Mein Engel unterstützt mich, wie immer«, behauptete Tomas.

»Lass dich begrüßen«, sagte Anya, stand auf und schob Leo beiseite, um zu Win zu gelangen. »Oh, du bist so groß. Bist du größer als Leo?«

»Sie trägt High Heels.« Leo nahm Platz und griff nach der Speisekarte, während Anya Win in eine enge Umarmung zog.

Menschen aus Leos Familienkreis zu begegnen war immer seltsam. Win war an Wohlstand im neureichen Sinne gewöhnt, an beruflichen Erfolg, der sich in der Nutzung von Privatjets und Luxussuiten manifestierte. Die Leute, mit denen Leo aufgewachsen war, spielten in einer völlig anderen Liga. Reichtum war für sie ein angeborenes Privileg, und sie sprachen mit aufrichtigem Selbstbewusstsein über ihre Zweit- und Drittwohnsitze an der Küste, sichere Plätze an Eliteuniversitäten, frisch geschnittene Blumen, Aktien und Obligationen, Haushälterinnen, die *Teil der Familie* waren. Leo selbst hielt sich für einen Ehrengast, der nur dann erschien, wenn seine Anwesenheit ausdrücklich verlangt wurde. Doch auch wenn er seine Mitgliederkarte verstecken konnte, wenn ihm danach zumute war, so wusste Win, würde man sie ihm niemals wegnehmen.

»Du musst ja fast eins achtzig groß sein«, stellte Anya fest, die Win aufmerksam musterte.

»Ich liebe deine Filme«, warf Tomas ein. Er hatte eine tiefe, sonnenträge Stimme. »Du zeigst eine eindrucksvolle Präsenz.«

»Oh«, sagte Win. »Danke.«

»Gern«, gab Tomas zurück. Er tippte Anya mit zwei Fingern an. »Antalya, die Mimosas.«

»Oh, ja.« Anya gab der Bedienung ein Zeichen. Win nahm neben Leo Platz, der einen Arm um ihre Schultern legte und sie an sich zog. Tomas beäugte sie mit entspannter Miene.

Als der Kellner ein Kristallglas vor sie stellte, sagte Win: »Ich nehme nur Orangensaft, vielen Dank.«

Der Kellner nickte, doch bevor er weitergehen konnte, streckte Tomas die Hand aus, um Win am Handgelenk zu berühren.

»Meine Liebe«, sagte er. »Wir arbeiten alle so hart. Wir sind in Saint-Tropez. Du musst eine Mimosa trinken.«

»Ja, Win«, pflichtete Leo ihm bei und lehnte sich zurück, um die Interaktion voll und ganz auskosten zu können. »Du bringst Tomas ja völlig durcheinander.«

Unter dem Tisch zwickte Win Leo durch die Jeans in den Oberschenkel. Er zwickte sie zurück, durch die dünne Baumwolle ihres Kleids, in das weichere Fleisch um ihre Taille. Sie stieß ein Keuchen aus, das sie als Husten kaschierte, und nickte.

»Vielleicht eine.«

Anya klatschte in die Hände. »Braves Mädchen. Leonard, ich bin so froh, dass du endlich über diese alberne Abstinenzphase hinweg bist.«

»Das war keine Phase. Es war … eine kurze Periode der Enthaltsamkeit.«

»Das entspricht der Definition von ›Phase‹«, bekräftigte Anya. »Deine Mütter haben sich Sorgen um dich gemacht.«

»Anya hat mir nicht verziehen, dass ich mich geweigert habe, mich vergangenes Jahr im Royal Opera House mit ihr zu betrinken.«

»Vor allem, weil du es nur zwei Monate später in L. A. höllisch krachen lassen hast«, erläuterte Anya. Ihre ansteigende Stimme zeigte, dass sie schon länger einen Groll deswegen hegte. »Zusammen mit dieser Gruppe von …«

»Wir haben es nicht höllisch krachen lassen«, widersprach Leo scharf. Win fragte sich, ob dies sein wunder Punkt war. Leo konnte die Missbilligung seiner Mütter nicht ertragen, und er musste sie in L. A. irgendwie verärgert haben.

»Ich habe lediglich entgiftet«, fuhr er fort, ruhiger jetzt. An Win gewandt, fügte er hinzu: »Ich habe in einem Aschram in Kerala diesen Typen kennengelernt …«

»Oh, ich brauche keine Details über deine Selbstfindung in Indien, vielen Dank«, wehrte Win ab, und Anya lachte aus voller Kehle und rief: »Ja, halt bloß die Klappe!« Mit einem sardonischen Grinsen wandte sich Leo wieder seinem Drink zu.

»Ihr Lieben«, ergriff Anya erneut das Wort. »Ich muss

euch ein Geständnis machen. Ich habe euch nicht nur wegen der Mimosas hierhergebeten.«

Leo gab einen erstickten Laut von sich und schlug eine Hand aufs Herz. »Anya. Du schockierst mich.«

»Jetzt sei nicht so grausam«, sagte Anya. »Wir befinden uns in einer Krise. Es geht um das Magazin.«

Leo hatte Win auf der Fahrt vom *Ci Sarà* erzählt, eine vierteljährlich erscheinende Luxus-Reisezeitschrift, die Anya herausgab, seit sie vor drei Jahren bei *Vanity Fair* aufgehört hatte. Es war ihr Lieblingsprojekt, das langsam anfing, sich einen Namen zu machen. Das Leben von Tomas und Anya war ohnehin nichts anderes als ein einziger großer Urlaub, behauptete Leo, daher machte es durchaus Sinn, Profit daraus zu schlagen.

»Wir hatten bereits eine wunderschöne Auswahl für die Herbstausgabe zusammengestellt. Ein Romantikthema, um den Sommer abzurunden. Die Titelstars standen fest: ein gewisser junger Popstar und ihr junger Beau, moderne Liebe in klassischem Ambiente und so weiter. Wie dem auch sei: Die Beziehung hat eine Bruchlandung hingelegt, wie es nun einmal vorkommt, und damit ist auch das Shooting hinfällig. Das heißt, dass ich mit den Sets, den Outfits und den Fotografen dastehe, aber ohne unser Starduo.« Es entstand eine bedeutungsschwangere Pause. »Meine Lieben, ihr wisst doch sicher, dass ich so etwas normalerweise nicht tue, aber ist es nicht ein perfekter Zufall, dass ihr gerade hier seid, so jung und wunderschön und verliebt …«

»O nein«, wehrte Leo mit zunehmender Beklommenheit ab. »Du weißt, dass ich für Interviews nicht zur Verfügung stehe, Anya …«

»Ich bitte dich nicht um ein Editorial, Leo. Nur um ein paar hübsche Fotos, irgendwas Geschmackvolles. Ich brauche nicht mal ein Zitat. Alles ist vorbereitet, es dauert nur einen Tag. Ihr könntet an der Riviera bleiben.«

»Wir sind sehr beschäftigt«, sagte Leo.

»Ja.« Anya lächelte. »Ich habe die Presse gesehen.«

»Es könnte eine gute Gelegenheit sein«, ließ Win sich vernehmen. »Bei mir steht ohnehin gerade eine Pressetour an, und es würde sicher nicht schaden …« Sie brach ab. Eine Titelseite plus Editorial mit Win und Leo für ein aufregendes europäisches Glamourmagazin wäre sicher ein guter Anreißer für *Zwischen Madrid und Paris.* In einer namhaften Zeitschrift wie der *Vogue* oder der *Cosmo* wäre das zu plakativ, aber ein eher künstlerisch ausgerichtetes High-End-Magazin wie *Ci Sarà* würde genau die richtige Nuance zwischen rätselhaft und provokant treffen. Es könnte den Traum ihrer Sommerromanze bis in die kältere Jahreszeit am Leben erhalten.

»Ich weiß nicht«, sagte Leo. »Wann soll das Ganze denn stattfinden?«

»Nun, meine Lieben, wir haben eine ziemlich knappe Deadline«, antwortete Anya. »Die Location ist für morgen gebucht.«

»Wir haben morgen Abend schon etwas vor«, gab Win zu bedenken.

»Natürlich, ihr müsst bei der Chavanne-Party erscheinen.« Anya nickte. »Aber wir fangen früh an und wir hören auch früh auf, damit ihr rechtzeitig wieder in der Stadt seid.«

»Ich muss mit meiner PR-Agentin sprechen«, sagte Win. »Haben wir Zeit bis heute Nachmittag, um uns zu entscheiden?«

Anya klatschte in die Hände. »Selbstverständlich. Gebt mir einfach so bald wie möglich Bescheid.«

Leo stöhnte. Er strich mit der Hand über Wins Nacken und fasste in ihre Haare, als wollte er daran reißen, doch er fuhr nur mit den Fingern hindurch. Ohne nachzudenken, lehnte Win sich zurück und erschauerte unter seiner Berührung.

Ein paar Stunden später kehrten sie ins Hotel zurück. Die Wagen brachten sie durch die Garage zum Hintereingang, wo sie das Gebäude ungesehen betreten konnten. Im Aufzug machte Win sich nicht die Mühe, so zu tun, als würde Leo auf sein Zimmer zurückkehren, sondern fuhr direkt mit ihm nach oben. Leo ließ sich mit einem erleichterten Seufzer auf ihr Bett fallen, während Win die Zimmerbar nach Champagner und Orangensaft durchforstete.

»Das war lustig«, sagte sie.

»Ja, die zwei sind echt klasse«, pflichtete Leo ihr bei. »Tomas ist schon seit Ewigkeiten mit ihr zusammen; es ist, als würden sie endlose Flitterwochen miteinander verbringen. Thea und Anya sind in den Siebzigern gemeinsam auf die Kunstakademie gegangen. Jetzt sind sie alt und verheiratet und so weiter, aber sie verstehen sich als Teil einer A… A…« Er wedelte hilfesuchend mit der Hand.

»Amalgamation«, schlug Win vor.

»Ja! Einer Amalgamation von Freunden – Thea und Mum wissen schon lange nicht mehr, wer zu wem gehört.«

Leos Mutter, Gabrysia Milanowski, war die Art von Berühmtheit, die für immer als Gesicht der Achtziger in Erinnerung bleiben würde. Sie war in Polen aufgewachsen, im Alter von sechzehn Jahren nach London gezogen und mit achtzehn ein internationales Supermodel geworden, wodurch sie sich einen gewissen Argwohn gegenüber der Welt bewahrt hatte. Mit Anfang zwanzig hatte sie Leos Vater geheiratet, und nach mehreren Affären auf beiden Seiten kam es zu einer einvernehmlichen, wenig überraschenden Scheidung mit einer großzügigen Unterhaltsregelung, die Gabrysia für den Rest ihres Lebens Couture-Kleidung und Pinot noir sicherte.

Leo war erst zwei Jahre alt, als sich Gabrysia bereit erklärte, für die Künstlerfreundin einer Freundin Modell zu sitzen, die eine Porträtserie von Geschiedenen anfertigte. Thea schmückte sie mit grüner Farbe und Efeublättern und setzte sie wie eine moderne Titania hinter einen Schreibtisch. Sechs Monate später waren sie verlobt.

Er hatte Win erzählt, dass er sich nicht an das Leben vor Thea erinnerte. Bei einem Familientrip nach Toulouse – Leo war damals sechs – unterbreitete ihm Thea, dass sie als kleines Mädchen ganz in der Nähe, am Ende der Straße, gewohnt hatte. Leo hatte geseufzt. *Ich wünschte, ich hätte dich damals schon gekannt, und wir hätten zusammenwohnen können,* hatte er erwidert. Es war immer noch eine der Lieblingsgeschichten seiner Mutter.

»Warum nennst du Thea eigentlich nicht auch ›Mum‹?«, fragte Win und nahm einen Schluck von ihrem Drink. »Wo sie doch schon so lange Teil deines Lebens ist. Oder ist das zu verwirrend …« Sie verstummte.

Leo grinste. »Bist du etwa homophob?«

Win warf ein Kissen nach ihm. Leo lachte.

»Ich habe sie Mum genannt«, sagte er. »Wenn unklar war, wen von beiden ich meine, habe ich einfach mit dem Finger auf die Richtige gedeutet. Als ich ein Teenager war, hatte sie eine von ihren Hippiephasen und bestand darauf, dass ich sie Thea nenne. Sie sagte, es gäbe eine Milliarde Mums auf der Welt und nur ein paar hunderttausend Menschen namens Thea, und es sei wichtig, auf *Individualität* zu bestehen. Als sie darüber hinweg war, hatte ich mich umgewöhnt. Manchmal rutscht mir ein ›Mum‹ heraus, aber das merke ich kaum.« Er gähnte und streckte sich. »Als ich fünfzehn war, habe ich mich deswegen sehr erwachsen gefühlt.«

»Das glaube ich gern.« Win stellte den ersten Drink auf der Bar ab und machte sich daran, einen zweiten für Leo zuzubereiten. »Als ich fünfzehn war, haben Shift und ich angefangen, unsere Lehrer mit dem Vornamen anzusprechen, um Gleichberechtigung einzufordern. Wir mussten einen Monat lang nachsitzen.«

Leo lachte leise. »Ich kann mir die zornige kleine Whitman Tagore sehr gut beim Nachsitzen vorstellen.«

»Ich wette, du musstest nie länger bleiben.«

»Nein«, bestätigte Leo und streckte die Beine aus. »Ich konnte mich für gewöhnlich rausreden. Es ist zu schade, dass wir uns nicht schon als Teenager begegnet sind«, fügte er wehmütig hinzu. »Du hättest mich gern verderben können.«

Win lachte. »In welchem Universum hätten wir uns als Teenager begegnen sollen?«

»Es wäre möglich gewesen!«

»Ich habe nicht viele Erste-Klasse-Reisen in die Schweiz unternommen«, hielt Win dagegen. Als Teenager war sie misstrauisch gegenüber Fremden gewesen, noch immer dünnhäutig nach dem Tod ihres Vaters, unhöflich und abweisend. Sie zeigte den Leuten auf der Straße den Stinkefinger und wusste, wo man am besten über die Schranke springen und umsonst mit der U-Bahn fahren konnte. Sie fühlte sich genervt, ganz gleich, wo sie hinkam, und um dem entgegenzuwirken, schlug sie stets ein schnelles Tempo an und hielt sich nirgendwo lange auf. Leo dagegen war verwöhnt, relaxed und überzeugt davon, überall willkommen zu sein. Win war sich nicht sicher, ob er ihr gewachsen gewesen wäre.

»Und sieh dich jetzt an«, sagte Leo grinsend. »Komm schon, es wäre großartig gewesen. Wir hätten eine qualvolle Teenager-Romanze haben können.«

»Das hättest du wohl gerne!«, rief Win. Insgeheim dachte sie, dass sie vielleicht wider besseres Wissen von ihm fasziniert gewesen wäre, eine Art kribbelndes Interesse, das sie nicht hätte unterdrücken können.

Leo gab es auf. »Okay. Hast du wirklich vor, mich zu diesem Fotoshooting zu überreden?«

Anstelle einer Antwort hielt Win ihr Handy hoch. Auf

dem Display waren die letzten drei Nachrichten von Marie zu sehen:

DIE Anya Willoughby? Ci Sarà??

ein bisschen spät, aber ich denke, wir kriegen das hin

kann sie uns einen vertrag zuschicken?

Leo stöhnte. »Sie wird mich in Leder stecken, das weiß ich.«

»Du kannst immer noch Nein sagen, wenn du das nicht willst«, erinnerte Win ihn.

»Bei dir ja, aber Anya wird sich davon nicht abschrecken lassen. Und meine Mütter würden mir nie verzeihen.«

»Dann ist es also abgemacht«, sagte Win und schickte Marie Anyas Handynummer. Bis morgen würde Leo sich schon eingekriegt haben. Trotz seiner Meckerei liebte er Fotoshootings. Sie kamen seinem Hang zur Angeberei entgegen. Abwesend beobachtete sie, wie er sich auf ihrem Bett zurücklehnte, wobei sein T-Shirt hochrutschte und den dunklen Pfad aus Haaren auf seinem Bauch freigab.

»Dann hast du es in L. A. also höllisch krachen lassen? Das ist gar nicht in Maries Google-Benachrichtigungen aufgetaucht.«

»O nein«, sagte Leo. »Ich war bloß für ein paar Monate in Kalifornien.«

»So lange bleibst du sonst nirgendwo.« Sie reichte ihm ein Glas. »Woran lag es? An der Kunst? Der Gesellschaft?«

»Wie bitte? Nein«, wehrte Leo stirnrunzelnd ab. »Oh, selbstverständlich an der Kunst.«

»Leo«, sagte Win und unterdrückte ein Kichern. Am Ende des Brunchs hatte Anya eine Runde Bloody Marys für sie bestellt, deren Wirkung sich immer noch bemerkbar machte. »Warum bist du so …«

Ihr Handy klingelte.

»Oh«, sagte sie und warf einen Blick aufs Display. »Patrick ist dran.«

Als sie das Gespräch entgegennahm, seufzte Leo und ließ sich mit dem Rücken aufs Bett fallen, wobei er beinahe seine Mimosa verschüttet hätte. »Patrick ist mir scheißegal.«

»Hallo«, sagte Win, ohne auf ihn zu achten. »Mist, hat Paramount Spencers Zusammenbruch mitbekommen?«

»Nein, nein, ich habe gerade von ihren Anwälten gehört. Sie schicken mir in diesem Moment ein Angebot zu.«

»Patrick!«, rief Win aus und ließ sich in einen Sessel fallen. »Das ist ja unglaublich.« Sie schaute zum Bett hinüber. Leo hatte sein Glas auf ihrem Nachttisch abgestellt und sich auf die Seite gedreht, die Augen geschlossen. Sie fragte sich, ob er tatsächlich schlief oder ihr nur den Anschein von Privatsphäre vermitteln wollte. Das war süß, jedoch unnötig: Win war es gewohnt, all ihre Telefonate vor einem Publikum von mindestens zwei Personen zu führen.

»Ich werde heute Nachmittag die Zusammenfassung lesen, aber es sieht so aus, als würden sie deine Vorstellungen akzeptieren«, sagte Patrick. »Sie haben vorgeschlagen, dass wir uns um acht Uhr morgens pazifischer Zeit kurzschließen, also um siebzehn Uhr in Frankreich.«

Ohne großes Trara legte er auf. Patrick stand nicht auf verfrühtes Feiern. Es würde Monate dauern, bis sie wussten, ob sich ihr Bauchgefühl ausgezahlt hätte. *Zwischen Madrid und Paris* konnte genauso gut ein Flop werden. Auch wenn Win nicht davon ausging.

Sie legte ihr Handy ab und stellte das Glas zur Seite, dann rieb sie sich mit den Händen übers Gesicht. Es hatte funktioniert. Alles funktionierte.

»Gott!«, sagte sie.

Leo hatte sich nicht gerührt. Er hatte die Schuhe abgestreift, ohne dass es ihr aufgefallen war, doch abgesehen davon war er voll bekleidet. Seine Brust hob und senkte sich gleichmäßig, er hatte den Kopf zwischen die Schultern gezogen und das Kinn angedrückt.

Win meinte, die gute Nachricht in den Händen zu halten wie eine warme Kugel aus Licht. Zum ersten Mal seit der Trennung von Nathan Spencer fühlte sie sich bestätigt. Das hier war der Beweis dafür, dass jeder Vorwurf, den der Panel-Show-Moderator ihr vor einer Unzahl begeisterter Kameraleute gemacht hatte – *Kontrollfreak, Workaholic, Narzisstin* –, es wert gewesen war. Es war es wert gewesen, sich all diese Dinge schimpfen zu lassen, wenn sie anschließend einen derartigen Triumph empfand wie jetzt. Plötzlich verspürte sie das Bedürfnis, Nathan anzurufen und ihm genau das zu sagen. Aber Leo lag direkt vor ihr. Ihn hatte sie nie überzeugen müssen.

Sie legte sich neben ihn aufs Bett, mit einer großen Lücke zwischen ihnen. Leo blinzelte.

»Alles okay?«, murmelte er.

»Gut«, antwortete sie. »Richtig gut.«

»Hm.« Leo seufzte und schloss die Augen wieder. Win dachte schon, er sei eingeschlafen, als er plötzlich sagte: »Ich wünschte, wir hätten uns tatsächlich als Kinder gekannt. Ich habe mich manchmal einsam gefühlt. Es wäre schön gewesen, dich zu haben.«

Win gab keine Antwort, und Leo dämmerte wieder ein. Sie würde sich einen kleinen Moment ausruhen und darauf warten, dass die Wirkung der Mimosas nachließ, dann würde sie unter die Dusche gehen und sich auf den Anruf vorbereiten. Im Zimmer war es warm und stickig von der Nachmittagshitze. Win lauschte Leos Atmen und schloss die Augen.

Es war süß, was er da sagte, dass er dachte, sie hätten so unmittelbar und unverbrüchlich zueinandergefunden, wie sie es später getan hatten. Dass sie einander als Verbündete, als Partner betrachtet hätten, wenn sie sich mit sechzehn begegnet wären – Leo, ein reicher weißer Junge in einem Schweizer Internat, und Win, eine Anglo-Inderin aus den Londoner Vororten mit einer abgedrehten Freundin und einem toten Vater.

Es war eine nette Vorstellung, doch sie war derart realitätsfern, dass Win sich fragte, wie er zu diesem Bild gelangt war, wie er die Unterschiede zwischen ihnen so einfach hatte auflösen können. Für Leo war ihrer beider Leben so selbstverständlich, genau wie seine eigene Privilegiertheit. Für ihn waren Rassismus oder Geld oder Macht Monster, die man nur beim Namen nennen musste, um sie in die Schranken zu weisen, und wenn man das getan hatte, blieb der Kern unberührt, das Herz rein. Er betrachtete ihren jeweiligen sozialen Hintergrund als Kulisse, aus der sie einfach heraustreten konnten, und nicht als Pflöcke im Boden, um die herum sie aufgewachsen waren – was sie zu den Menschen formte, die sie heute waren.

Mit Leo zu reden war mitunter so, als würde man über eine gewaltige Kluft hinwegschreien, der Leo nicht mehr Bedeutung beimaß als einem Riss im Asphalt. Er dachte, er könne sich einfach vorbeugen, ihr die Hand reichen und Win ohne Mühe auf die andere Seite ziehen. Doch Win war sich nicht einmal sicher, ob sie auf der anderen Seite stehen wollte.

Der trockene, scheußliche Geschmack in ihrem Mund weckte sie. Sie schlug die Augen auf, schloss sie wieder, öffnete sie, blinzelte. Jede Bewegung war schmerzhaft und schwerfällig. Ihre Wimpern waren mit getrockneter Tränenflüssigkeit verklebt, die Augenlider verquollen vom Schlaf.

Leo lag näher bei ihr und hatte sich mit dem Gesicht zu ihr gedreht. Er hatte sich einen leichten Sonnenbrand eingefangen, sein Nasenrücken war rosa. Win betrachtete ihn, zu müde, um den Kopf zu bewegen. Es wäre besser, wenn sie die Augen nicht wieder schloss. Sie waren eng zusammengerückt, die Knie angezogen, die Körper gekrümmt wie ein Hufeisen, doch sie berührten sich nicht.

Alles sah golden aus, wie konserviert, als hätte man sie während des Schlafens in Bernstein getaucht. Es wäre ein Leichtes, die Zeit zu vergessen, den Tag oder das Jahr, und noch leichter wäre es, sich in Leos Arme zu kuscheln, der sein Bein über ihre Hüfte legen und sie an sich ziehen würde. Sie hatten schon öfter das Bett miteinander geteilt: wenn sie in derselben Suite untergebracht waren, bei schlechten Mafia- und Elvisfilmen eindösten und mit leerem Bildschirm und vollen Terminkalendern aufwachten, oder wenn sie mit einem Haufen von Branchenkollegen in einer Ferienvilla wohnten und wach lagen, um im Flüsterton über die anderen zu lästern, wobei ihre Kommentare im Laufe der Nacht immer boshafter und lustiger wurden. Und dann war da noch ihre erste Woche in New York gewesen, in der sie buchstäblich miteinander verschmolzen waren, ihre Nase in seiner Achselhöhle, seine Wange auf ihrem Bauch, immer wieder neue Formen und Gestalten annehmend, sodass sie nicht einmal beim Aufwachen die Arme nacheinander ausstrecken mussten.

Sie hörte, wie leise angeklopft wurde, einmal, dann noch einmal, begleitet von Emils Stimme. »Whitman?«

»Grrr«, knurrte Leo. »Wassis?«

Win sperrte den Mund zu einem so breiten Gähnen auf, dass ihre Kieferknochen knackten. Kopfschmerzen bahnten sich an.

Leo öffnete blinzelnd die Augen. »Wir sind eingeschlafen«, stellte er verwirrt fest.

Ohne auf seine Worte einzugehen, stützte sich Win auf die Ellbogen.

»Whitman, es ist fünf Uhr!«, rief Emil durch die geschlossene Tür.

»Verdammt.« Win legte vorsichtig die Hand auf die Stirn.

»Komm her«, sagte Leo und streckte den Arm nach ihr aus. Sie blickte auf ihn hinab, betrachtete die Muskeln auf dem Oberarm, den weichen Faltenwurf seines Hemds über der Brust. Am liebsten hätte sie sich an ihn gekuschelt und das Gesicht in seiner Halsbeuge vergraben. Seine Augen waren halb geschlossen, wie die einer Schlange. »Ich muss mit dir reden«, sagte er.

»Mist, ich komme zu spät«, murmelte Win. Ihr Hirn fing wieder an zu arbeiten. »*Ich komme zu spät*«, sagte sie noch einmal, diesmal lauter. »Emil, gib mir zwei Sekunden. Kannst du Patrick ausrichten, dass ich schon fast da bin?«

»Mach ich!«, rief Emil zurück.

Win krabbelte halb aus dem Bett und hielt inne, als Leo sie am Handgelenk fasste. Er hatte die Augen geschlossen, als wäre er wieder eingeschlafen, aber sein Griff war fest und entschlossen.

»Was?«, fragte Win.

»Was?«, wiederholte er, öffnete die Augen jetzt richtig und sah sie mit gerunzelter Stirn an. Nach einem kurzen Moment schüttelte er den Kopf und ließ ihr Handgelenk los. »Entschuldige. Ich wollte nur … Ich muss dir etwas sagen.«

»Ich muss zu dieser Besprechung«, sagte Win.

Leo richtete sich auf und lehnte sich an sie. In seinem Gesicht spiegelten sich widersprüchliche Gefühle.

»Dann treffen wir uns eben zum Dinner.«

Win schüttelte den Kopf. »Ich werde wahrscheinlich bis spät beschäftigt sein. Ich habe die Rolle bekommen, die wir für mich haben wollten.«

»Das ist …« Leo rieb sich die Stirn. Sie hatten beide einen Kater. »Das ist großartig, Win. Ich freue mich wirklich für dich. Können wir uns anschließend treffen? Wir könnten irgendwo etwas trinken gehen.«

»Wir gehen heute nicht aus«, erinnerte Win ihn. »Wir können morgen reden, wir sind doch beide den ganzen Tag bei diesem Shooting.«

»Die anderen aber auch«, wandte Leo ein.

»Whitman!«, rief Emil erneut.

Win sah Leo einen Moment lang an, dann stand sie auf und ging zur Tür.

Kapitel sieben

»He!«, rief Shift, als sie am nächsten Morgen Wins Anruf entgegennahm. »Das ist ja eine Überraschung! Ich dachte, du wärst völlig in Anspruch genommen von der *L'Opera Leonardo.*«

Win saß im Badezimmer des Hotelzimmers, in das sie heute früh eingecheckt hatten, auf der breiten, grün gefliesten Fensterbank über einer riesigen, freistehenden Badewanne mit hohen, geschwungenen Porzellanwänden. Überall standen Blumen, die Luft war stickig vor Hitze und dem süßlichen Duft der Pfingstrosen.

»Es ist gerade Pause«, sagte sie. »Ich dachte, ich frage mal nach, was die Hochzeitsvorbereitungen machen.«

»Großer Gott«, erwiderte Shift. »Tu das lieber nicht.«

»Was denn?«, fragte Win und spürte, wie ein unerwünschter Hoffnungsschimmer in ihrer Brust aufflackerte. »So eine Katastrophe? Du kannst immer noch verschieben.«

»Nein, es läuft eigentlich ganz gut«, sagte Shift. »Charlie hat bereits die Location gebucht, dieses wunderschöne Greenhouse, und meine Mum ist zu Besuch. Wir haben Kleider ausgesucht. Stell dir vor, Win, ich *genieße* es.«

Win lachte. Es war schwer, sich Shift in einem Hochzeitskleid vorzustellen, obwohl sie schon einmal eins getragen hatte. Damals waren sie siebzehn gewesen, und sie hatte sich für eine Halloween-Party als Miss Havisham verkleidet: schmutziges Weiß aus einem Wohltätigkeitsladen, kombiniert mit leuchtend rosa Haaren und Springerstiefeln. Win war als der Bote aus *Romeo und Julia* gegangen, der auf halbem Weg nach Mantua verstorben war. Sie hatten die Party früh verlassen und waren mit einer Flasche Sprite, vermischt mit Wodka, in den Nachtbus gestiegen, um kreuz und quer durch die Stadt zu fahren und ihre großartige Zukunft zu planen.

Sie öffnete die Fenster, um frische Luft hineinzulassen. Das neue Hotel war fast menschenleer, ein alter Palast, umgewandelt in ein geheimes Luxusresort. Sie hatten den Deal mit Paramount unter Dach und Fach gebracht. Heute noch das Fotoshooting und am Abend die Chavanne-Party auf irgendeiner Yacht, dann wäre der Sommer bald schon wieder vorbei, und sie könnte sich ihrer richtigen Arbeit widmen. Win fuhr sich mit der Hand über den Nacken. Ihr Blick fiel auf den Spiegel. Die Maskenbildner würden die dunklen Schatten unter ihren Augen überschminken müssen, ihre Haare hingen schlaff herab. Die Frau, die ihr entgegenblickte, wirkte aufgewühlt, nicht überzeugt.

»Wenn ich anfange, dich anzurufen, weil ich mir wegen der Blumenarrangements Sorgen mache, solltest du herkommen und mich entführen«, sagte Shift. »Mich auf eine Show mitnehmen. Oder zu einem Rave.«

»Versprochen«, gab Win zurück. »Aber du machst dir doch keine Sorgen, oder?«

»Nein«, erwiderte Shift seufzend. »Es ist wirklich schön. Ich bin glücklich. Es ist mir einfach etwas peinlich. Du kommst doch, oder?«

»Ich denke schon«, log Win. Es gab keinen Grund, sich mit Shift zu streiten, solange sie nicht definitiv Bescheid wusste. »Sobald ich die Details kenne, lasse ich es dich wissen.«

»Das hoffe ich doch sehr«, sagte Shift, aber sie ritt nicht länger darauf herum. »Was macht das Ruhm-Monster?«

»Dem Ruhm-Monster und mir geht es gut«, antwortete Win, den Blick aus dem offenen Fenster gerichtet. Das Meer war tiefblau, mit dunkleren Flecken jenseits der Wellenkämme, dort, wo das Wasser tiefer wurde. Sie stieß geräuschvoll die Luft aus.

»Was ist?«, fragte Shift, plötzlich besorgt. »Ist etwas passiert? Ich habe mitbekommen, dass Nathan sich mal wieder aufgeführt hat wie ein Arschloch, aber es sah so aus, als hättet ihr die Lage im Griff …«

»Oh, das haben wir.«

»Wenigstens zerstört er gerade in erster Linie sein eigenes Leben.«

»Ihm geht's gut, da bin ich mir sicher«, sagte Win. Sie zögerte, dann fuhr sie fort: »Ich glaube, irgendetwas ist mit Leo.« Es fühlte sich gut an, das nicht näher zu benennende, stetig wachsende Unbehagen auszusprechen, zu bestätigen, dass es da etwas Neues gab, das die Nerven entlang ihrer Wirbelsäule zum Kribbeln brachte.

»Was meinst du?«

»Ich habe keine Ahnung. Eine Freundin von ihm hat

erwähnt, er sei dieses Jahr in L. A. gewesen, und als ich ihn fragte, warum, wollte er mir keine Antwort geben. Außerdem war er … anhänglich und dann wieder distanziert.«

Sie dachte daran, wie er im Bett die Arme nach ihr ausgestreckt hatte. *Ich muss mit dir reden.* Sie war nicht wach genug gewesen, um ihm ihre Aufmerksamkeit zu schenken, und jetzt fragte sie sich, was er ihr wohl hatte sagen wollen, nachdem er kurz zuvor aus seinen Träumen gerissen worden war.

»Irgendetwas ist anders als sonst. Er wollte gestern mit mir reden. Allein. Ich denke, es gibt da etwas, was er mir nicht sagt.«

»Hast du denn mit ihm gesprochen?«

»Nein«, erwiderte Win. »Ich habe gearbeitet.«

»Und was war heute Morgen?«

Win schnitt eine Grimasse. »Tja, da mussten wir hierherfahren …«

»Und jetzt? Schließlich hast du ja auch Zeit, mit mir zu reden.« Shift klang amüsiert.

»Nun ja, ich verstecke mich gerade im Badezimmer«, gab Win zu.

»Okay«, sagte Shift. »Was bereitet dir solche Sorgen? Glaubst du, es geht um dich?«

»Ja«, antwortete Win. »Er will mir irgendetwas sagen.«

Shift schwieg, dann hauchte sie »Win«, ohne dem etwas hinzuzufügen.

»Komm schon«, sagte Win.

»Wieso? Du vermutest doch das Gleiche.«

»Ja, schon …« Sie dachte daran, wie er sie mit dunklen

Augen im Pool angeschaut hatte und in langsamen, immer enger werdenden Kreisen um sie herumgeschwommen war. »Vielleicht bilde ich mir das ja nur ein.«

»Ihr habt die letzten sieben Jahre damit verbracht, der Welt vorzuspielen, dass ihr ineinander verliebt seid«, sagte Shift. »Wäre es denn so furchtbar, wenn dem tatsächlich so wäre?«

Win fuhr sich mit der Hand durch die Haare. »Ja«, erwiderte sie dann. »Ja, das wäre es.«

»Warum?«

»Weil wir eine Abmachung haben«, platzte es aus ihr heraus. »Weil das nur so funktioniert.«

»Manchmal funktioniert es auch anders«, gab Shift zu bedenken.

»Ach, komm schon«, sagte Win. »Leo und ich sind völlig verschieden. Wir streiten uns die ganze Zeit über ...«

»Als wären Charlie und ich uns so ähnlich. Als würden sich Paare nie streiten.«

»Aber es ist mehr als das«, beharrte Win. »Leo ist das Wichtigste, was mir je in meiner Karriere passiert ist. Wenn wir zusammenkommen und es dann vermasseln, dann wäre es das gewesen. Ich würde durchdrehen. Wenn du Leo fragst, wird er dir bestimmt dasselbe sagen. Wir sind einander nützlich. Wir sind wirklich gute Freunde, und offensichtlich bedeutet er mir sehr viel, aber so ist es um einiges besser, als wenn wir ein richtiges Paar wären.«

»Du hast es doch nicht einmal probiert.«

»Das ist das Risiko nicht wert«, hielt Win dagegen. »Leo ist lustig, clever und heiß, und offensichtlich verklärst du die Vorstellung von uns beiden als Paar, aber das ist es nicht, was ich brauche. Ich brauche – Stabilität. Du magst Leo nicht einmal besonders, warum also ergreifst du Partei für ihn?«

»Ich möchte, dass du glücklich bist«, erklärte Shift. »Glaubst du, du wärst mit ihm glücklich?«

»Nein«, sagte Win. »Ich bin in seiner Nähe glücklich, aber das auch nur, weil ich nicht mit ihm zusammen bin. Ich muss mir keine Sorgen machen, dass er anfängt, sich zu langweilen. Ich muss keine Opfer für ihn bringen.«

Leo langweilte sich schnell. Ohne dass er es wollte, konnte er Win wahnsinnig machen. Leo war einer ihrer engsten Freunde, doch als ihr fester Partner würde er eine Macht über sie gewinnen, die sie ihm nicht einräumen wollte. Es ginge nicht länger um inszenierte Dates, Fotoshootings und Zeitpläne: Es ginge um das echte Leben, und das echte Leben mit Leo war unvorhersehbar. Er dachte, er würde alles verstehen oder dass alles genauso leicht zu verstehen wie zu erklären wäre. Er wäre wütend über jeden zweifelhaften Kommentar, über jedes »exotisch« oder »unkonventionell«, über jeden Nathan-Spencer-Verschnitt, der ihre Familie im Fernsehen lächerlich machte, und sein Zorn würde für Win zum Problem werden. Win würde die Wogen glätten, Win würde erklären müssen, warum sie antworten durfte oder eben nicht, und Win hatte es jetzt schon satt. Sie vertraute fest darauf, dass sie in der Lage war, die Menschen zu diskreditieren, die sie diskreditierten, aber mit Leo an ihrer Seite könnte sie sich niemals wegducken. Das würde er nicht zulassen.

Win lebte in einem Kartenhaus. Sie durfte nicht riskieren, das, was sie miteinander verband, aufs Spiel zu setzen – schon gar nicht wegen eines gelegentlichen Impulses, der in ihrem Kleinhirn aufflackerte, wenn er sich zu ihr beugte, um sie zu küssen.

»Okay, hör zu«, sagte Shift. »Ganz gleich, worum es geht – du musst mit ihm reden.«

»Heute Abend findet die Party von Zacharias Chavanne statt«, gab Win zu bedenken. »Alle werden uns beobachten.«

»Dann eben danach.«

»Unmittelbar im Anschluss beginnen die Dreharbeiten für *Zwischen Madrid und Paris,* gefolgt von meiner nächsten Pressetour.«

»Er begleitet dich nicht?«

Win verneinte. »Wir wollen ihn nicht in zu engen Zusammenhang mit meiner Karriere rücken«, sagte sie und ging noch einmal all die endlosen Gespräche durch, die sie mit Marie geführt hatte, während ihre Gedanken bereits vorwärtspreschten. »Wenn er auf Pressetouren für einen Film mitkommt, mit dem er nichts zu tun hat, sieht es so aus, als wäre ich ohne ihn nicht interessant genug.«

»Okay«, sagte Shift. »Dann musst du dir eben Zeit nehmen, mit ihm zu reden. Das bist du ihm schuldig.«

Sie schwiegen. Win wünschte sich, Shift wäre bei ihr. Mitunter war es seltsam, dass sie beide mittlerweile grundverschiedene Leben führten, waren sie als Teenager doch unzertrennlich gewesen. Ihr wollte keine bedeutende Erinnerung einfallen, in der Shift nicht vorkam: wie sie nach

Wins erster Hauptrolle bei einer Laientheateraufführung jubelte und das Publikum zu Standing Ovations zwang, wie sie ihre Schulter bei der Beerdigung von Wins Vater gegen die Schulter von Win drückte. Win hatte Shift als Begleitung zu ihrer ersten Filmpremiere in London mitgenommen, beide mit glänzenden Augen und völlig unerfahren in ihrer jugendlichen Freude. Nicht lange danach war Shift nach Montreal gezogen, um ihr erstes Album aufzunehmen, und Wins Dates wurden für sie arrangiert.

Win lehnte sich aus dem Fenster. Der frische Wind von der Küste schlug ihr ins Gesicht. In ihrer Kehle bildete sich ein Kloß, wie bei einem Verlust.

»Vielleicht täuschen wir uns ja«, versuchte Shift, Win einen Strohhalm anzubieten. »Vielleicht will er nur deinen Rat einholen, was für einen bescheuerten Haarschnitt er sich als Nächstes machen lassen soll.«

Win brachte ein Lachen zustande. »Klar.«

Shift zögerte. »Leo ist ein großer Junge, Win.«

»Ich möchte ihn nicht verletzen.«

»Dann rede mit ihm«, sagte Shift. »Oder geh.«

»Okay.« Win schwang ihre Füße von der Fensterbank und stellte sie wieder auf den Badezimmerboden. »Wahrscheinlich mache ich beides.«

Leo schnalzte mit der Zunge, als sie den Ballsaal des Hotels betraten. Sogar der technische Aufbau – die Kameras und Monitore, die Lichter, die an Ort und Stelle manövriert wurden, die riesigen Garderobenständer an einer Seite, Kabelrollen und leere Verpackungen – konnten den Glanz des Raumes nicht mindern. Sie standen in einer Kathedrale mit goldenen Säulen und einer hohen, mit Fresken verzierten Decke: Engel und weinende Frauen, die pausbackige Cherubim umarmten. Wins High Heels klackerten laut auf dem Marmorfußboden. Sie drehte sich langsam und staunend im Kreis, Leo am Arm, der einen unnahbaren, unergründlichen Gesichtsausdruck zur Schau trug. Sie überlegte sich mehrfach, wie sie ein Gespräch mit ihm beginnen sollte, verwarf alle möglichen Einleitungssätze und sagte am Ende gar nichts, bis das Team sie getrennt voneinander in die Maske und Garderobe schickte.

Wins Augen wurden gold umrandet, ihre Lippen in einem tiefen Rot nachgezogen, die Haare zu einem kunstvoll derangierten Bedhead frisiert. »Für einen dunklen Engel«, wie die Hairstylistin sagte. Sie zogen sie aus und steckten sie in teure Nude-Unterwäsche ohne BH. Darüber kam ein rückenfreies Slip Dress aus rosa Seide.

Anya traf mit Tomas im Schlepptau ein, der es sich in einem Plüschsessel in der Ecke bequem machte und seinen Laptop hochfuhr, offenbar unbeeindruckt von dem Chaos um ihn herum. Anya kam zu Win geschlendert, um einen Blick auf sie zu werfen. »Wunderschön«, sagte sie, »aber der Eyeliner muss höher. Whitman, wenn die Wimperntusche aufgetragen wird, solltest du blinzeln, solange sie noch feucht ist …«

Win blinzelte. Unter ihren Augen blieben kleine Mascarapunkte zurück. Anya nickte zufrieden.

»Die Bettfotos machen wir später. Zieh dir um Himmels willen einen Mantel an, du Arme«, sagte sie, obwohl es nicht kalt war. Win musste sitzen bleiben und einen Smoothie trinken, während das Licht getestet wurde. Leo erschien in einem Lanvin-Anzug, die Jackenärmel hochgeschoben.

»Das hat bei dir ja ewig gedauert«, sagte Win und ließ ihr Handy sinken.

Leo schnitt eine Grimasse. »Die Hose war zu lang, sie mussten sie umnähen.«

Win lachte. »Haben die denn gar nicht deine Maße?«

Leo warf sich auf den Stuhl neben ihr. »Anscheinend sehe ich größer aus, als ich bin«, sagte er und sprang mit schuldbewusstem Blick auf, als Anya ihn anblaffte, er würde den Anzug zerknittern. Schmollend wie ein Kind steckte er die Hände in die Taschen. »Sie darf sich auch setzen.«

»*Sie* trägt High Heels«, sagte Win. Leo ließ ein kurzes Lächeln aufblitzen.

Win wünschte sich, er würde weiterhin grollen, sich lächerlich machen. Sie hatten sein Haar, das leicht borstig wurde, geschnitten. Der dunkle Anzug brachte seinen Körperbau zur Geltung und ließ ihn ungezähmt und deshalb umso attraktiver erscheinen. Win wandte sich wieder ihrem Posteingang zu und gab sich alle Mühe, nicht an das Gespräch mit Shift zu denken.

»Wir sind so weit, ihr Süßen!«, rief Anya.

Leo streckte die Hand aus. Man hatte nicht nur Zeit auf seine Hose verwendet, stellte Win fest, auch die dunklen Ringe unter seinen Augen waren verschwunden, versteckt unter einer Schicht Concealer. Er sah jünger aus, und Win fragte sich, wie erschöpft er wohl in Wirklichkeit war.

Anya erteilte Anweisungen, die halb in Richtung Editorial, halb ins filmische Narrativ gingen – irgendeine vage Story über zwei mysteriöse Fremde, die sich begegnen und ineinander verlieben. Win lehnte sich gegen eine Säule, und Leo beugte sich über sie, einen Arm über ihrem Kopf, das Gesicht zu ihr geneigt.

»Du willst keine Interviews geben, willst nicht schauspielen, trotzdem bist du hierbei ein absoluter Profi«, sagte Win, während sie weiter vor der Säule posierten.

»Das macht mehr Spaß«, sagte Leo. Er nahm ihre Hand und wirbelte Win herum, als würden sie anfangen zu tanzen. Win warf ihre Haare zurück, wobei sie das Gesicht halb lächelnd in seine Richtung gewandt hielt. Mehrere Leute filmten das Ganze für ein Making-of-Video, das auf der Website von *Ci Sarà* zu sehen sein sollte. Marie saß mit kritischem Blick in der Ecke. Emil tätschelte mit abgefeimtem Gesichtsausdruck einen Tom-Ford-Mantel.

»Win, könntest du uns etwas … Ja, perfekt«, sagte Anya, als Win mit einer Hand Leos Nacken umfasste und sich zurückfallen ließ.

Leo hielt sie an den Hüften und beugte sich über sie, während sie sich so weit nach hinten lehnte, dass ihr langes Haar wie ein dunkler Wasserfall zu Boden fiel. Mehrere Assistenten eilten herbei und zogen ihren Mantel herab, um ihre Schultern zu entblößen.

Leos Lächeln wurde berechnend. »Du trägst keinen BH«, murmelte er, fast ohne die Lippen zu bewegen, damit Anya ihn nicht anschnauzte.

»Lass mich bloß nicht fallen«, warnte Win.

»Ich sage ja nur ...«

»Konzentrier dich lieber.

»Es muss dir nicht peinlich sein, Whitman«, sagte Leo. Er klang nicht unglücklich, nur interessiert, seine Stimme an ihrem Ohr war tief und ein wenig rau. So sprach er immer nur mit ihr. Win hob ihr Bein an, presste das Knie gegen seine Hüfte, und Leo strich mit der Hand über die dünne Seide. »Ich hab dich.«

Sie machten weitere Fotos auf der Dachterrasse in neuen Outfits. Win streckte sich auf mehreren Kissen aus, Leos Kopf in ihrem Schoß; es folgte eine weitere Reihe, bei der sie beide die Aussicht genossen. Marie und Anya unterbrachen sie gelegentlich, um einen Blick auf die Fotos zu werfen, aber weder Win noch Leo machten sich die Mühe, sich zu ihnen zu gesellen.

Win hatte schon Hunderte Fotos von sich selbst mit Leo gesehen – auf dem roten Teppich oder auf Aufnahmen, die offensichtlich von Paparazzi stammten. Ihr Gesicht blickte sie von Zeitschriften und Plakatwänden an, das Gesicht einer Person, für die Win Zuneigung empfand, ohne wirkliches Interesse daran zu haben, sie kennenzulernen. Es war lange her, dass ein Foto von ihr und Leo ihre Aufmerksamkeit erregt hatte – seit jener Woche in New York, als Win die Chemie zwischen ihnen beiden gespürt hatte, war dies nicht mehr vorgekommen.

Doch, da gab es vielleicht noch ein anderes, das mit einem Magneten an Shifts Kühlschrank in Montreal befestigt war. Shift hatte es an dem Abend aufgenommen, an dem man sie Charlie vorgestellt hatte. Sie posierten für die Kamera, aber sie erzählten keine Geschichte, die den Betrachter beschäftigen sollte, sondern lächelten allein für Shift. Leo hatte den Arm um Wins Schultern gelegt, beide grinsten selbstgefällig: Ihr Plan war aufgegangen, Charlie und Shift hatten sich gut verstanden. Zu jener Zeit war ihr das ganz selbstverständlich erschienen, doch wann immer sie das Foto jetzt sah – bei Shift zu Hause oder im Hintergrund bei Videoanrufen –, beschlich sie ein leichtes Unbehagen, und ihr wurde flau im Magen. Vor ihnen im Bild stand eine Reihe leerer Flaschen, und Win sah erschöpft und glücklich aus. Sie hätten College-Freunde sein können, die nach einer Prüfung gefeiert hatten. Es war wie ein Blick in ein anderes Leben.

Unten zog Leo ein neues Hemd und eine Jacke an und schwang sich auf ein Motorrad, das auf der Zufahrt stand, während Win – in einer langen, verträumten Nina-Ricci-Robe – so tat, als würde sie die Treppe hinunter zu ihm laufen. Ihre Armreifen klirrten. Win posierte, ans Motorrad gelehnt, und Leo neigte sich nach vorn, als würde er gleich losfahren. Anya und Marie hingegen waren in eine leise, zornige Debatte verstrickt. »Das ist nun mal meine Vision!«, fauchte Anya, und Marie konterte: »Das ist nichts anderes als die Verschwendung einer exzellenten Gelegenheit«, dann zischten sie sich weiter an.

Win schlang den Arm um Leos Nacken, dessen Mund sich nun genau auf der Höhe ihres Ohrs befand. »Wenn deine PR-Agentin mich bei meinen Müttern in Schwierigkeiten bringt, wirst du dich sehr anstrengen müssen, um das wiedergutzumachen«, murmelte er.

»Was ist das Problem?«, flüsterte Win.

Marie war unerbittlich. »Sie sollten sich küssen.« Ihre Augen glänzten, und Win war sich sicher, dass sie bereits vor sich sah, wie die herausgerissene Magazinseite an den Schlafzimmerwänden Tausender Teenager klebte oder endlos im Internet kursierte. Anya dagegen fürchtete, es würde die »delikate sexuelle Spannung« beflecken. Leo, einen Arm um Wins Taille geschlungen, damit sie nicht stürzte, setzte einen schläfrigen, desinteressierten Blick auf.

»Lass es gut sein, Marie«, sagte Win. »Ich denke nicht, dass wir einen Kuss brauchen.«

»Danke, Whitman.« Anyas Lippen waren verkniffen.

Leo nickte in Richtung der Filmleute. »Drehen die immer noch das Making-of?«

Marie sah ihn fragend an. Win schob ihre Sonnenbrille auf den Kopf und begegnete seinem Blick.

Er richtete sie so aus, dass sie halb auf dem Motorradlenker lag, beugte sich über sie und drückte seine Lippen ganz leicht auf ihren Mund, während er die freie Hand auf ihre Hüfte legte und mit dem Daumen über den hauchzarten Stoff strich. Win schlang einen Arm um seine Schultern und berührte mit der Hand seine Wange, gab sich ihm völlig hin. Seine Finger in ihrem Haar fühlten sich an wie ein Anker, anders als seine Lippen, die weich waren, beinahe unsicher, und darauf zu warten schienen, dass sie sich von ihnen losriss.

Als sie sich voneinander lösten, war Anya leicht genervt;

Marie hatte sich beruhigt, und die Fotografin machte einen eher unglücklichen Eindruck, weil ihr klar wurde, dass die Fotos, die sie gerade geschossen hatte, vermutlich nicht in das endgültige Editorial aufgenommen werden würden.

»Noch eine weitere Reihe«, wies Anya sie an. Win wurde nach oben gebracht und in Cutout-Lingerie gesteckt. Sie räkelte sich auf der grünen Satindecke, während Leo an einem Pfosten des Himmelbetts lehnte und sie voller Stolz betrachtete, als wäre sie eine lang verdiente Trophäe.

Kapitel acht

Mousseux und Rosen am Ende des Shootings. Hafermilch-Latte im Wagen auf dem Weg zurück zum alten Hotel, während Marie sie über die Gäste auf der Chavanne-Party briefte. Eine Schüssel Quinoa-Salat im La Réserve, hastige Happen, während Matthew den Schminkpinsel schwang. Pink Bellinis, als sie Arm in Arm an Bord der Chavanne-Yacht schwebten, serviert von einem schier endlosen Strom von Kellnerinnen, die ihre Drinks nachfüllten, kaum dass sie leer waren. Erst als sie ihre Gläser abstellten und auf die Tanzfläche flüchteten, damit ihnen niemand das nächste Getränk in die Hände drückte, kam Win wieder zu Atem.

Das diesjährige Motto lautete *Cherry Bomb!*, und wie immer hatte sich Zacharias an der ästhetischen Inszenierung festgebissen. Kellnerinnen mit roten Schmolllippen tauchten kandierte Kirschen in Wodka und steckten sie den vorüberschlendernden Gästen in den Mund. Das Oberdeck war in einen Kirschgarten mit mehreren ausgewachsenen Bäumen verwandelt worden. An der Bar standen goldumrandete Automaten, die ein Getränk namens Cherry Chavanne ausgaben, vor einer verspiegelten Wand an der Tanzfläche baumelten pinkfarbene Lippenstifte an goldenen Ketten. Das Glas war bereits mit mehreren Kussabdrücken verschmiert. Die Yacht segelte die Küste entlang nach Château de Montfort, ein renoviertes Schloss, wo die After-Show-Party stattfinden sollte. Win wünschte sich, sie könnte die Stirn an Leos Schulter legen, ohne dass es aussah, als wäre sie schon betrunken.

»Es fühlt sich so an, als wären wir heute zum ersten Mal allein«, sagte sie.

»Das ist eine ziemlich großzügig ausgelegte Definition von allein.«

Sie waren von allen Seiten von Gästen und deren Begleitern umgeben; später würden sie ihre Runden drehen müssen. Es waren einige wichtige Produzenten vor Ort, außerdem Popstars, Schauspieler sowie Mitglieder europäischer Königshäuser. Alle nutzten die Gelegenheit, um Hände zu schütteln und für Fotos zu posieren, noch bevor der Abend richtig begann. Zacharias Chavanne trug einen dreiteiligen Anzug, der mit glitzernden Kirschen aus Pailletten bestickt war, und säuselte unablässig, wie hinreißend alle waren, während er mit geschürzten Lippen die Kragen diverser Supermodels zurechtrückte. Wins Team hatte auf Understatement gesetzt; sie trug ein weißes Minikleid und eine rote Seidenbomberjacke über den Schultern, die ihr ein paar Nummern zu groß war. Versace hatte Leo einen Smoking geschickt, auf dessen Rücken *Mon Chéri* in flauschigen pinken Fellbuchstaben prangte. Wo sie auch vorbeigingen, streckten die Leute die Hand aus und strichen über die Worte.

»Ich glaube, mehr ›allein‹ wird es heute Abend nicht

geben«, sagte Win und holte tief Luft. »Du wolltest mit mir reden.«

Leo wandte den Blick ab. »Tut mir leid, dass ich dich so bedrängt habe. Ich weiß, wie beschäftigt du bist.«

»Mach dir deswegen keine Gedanken.« Win wartete.

»Ich glaube nicht, dass wir das hier tun sollten.«

»Was tun?«

»Ich …« Leo zögerte. »Ich möchte nicht reden, wenn ungefähr achtzig Leute mit uns in einem Raum sind.«

»Wir können woanders hingehen.« Win machte einen Schritt zurück. »Lass uns rausgehen. Dort ist es ruhiger.«

Leo wirkte nicht überzeugt, aber er folgte ihr hinaus. Die meisten Gäste strömten noch immer hinein, weshalb sie im Kirschgarten fast unter sich waren. Die Blätter, vom Licht des Sonnenuntergangs in glühendes Rosa getaucht, dämpften das Gelächter, die Luft war angenehm mild. Es fühlte sich an wie die berühmte Ruhe vor dem Sturm. Sie lehnten sich über die Reling am Heck der Yacht und beobachteten das weiß schäumende Kielwasser, das sie hinter sich herzogen.

»Ich hasse diese Partys«, sagte Leo. »Warum machen wir nicht einfach ein paar Selfies und hauen ab?«

»Ich möchte das Feuerwerk nicht verpassen«, entgegnete Win, obwohl sie wusste, was er meinte. Es war nicht mehr als ein ermüdender Schwall geheuchelter Begeisterung, dieser Endlosrefrain von *OmeinGottHiwiegehtsdir,* und nur eine Frage der Zeit, bis die koksbefeuerten Popstars und anzüglich grinsenden Produzenten sie gefunden hätten. Doch Win hatte sich darauf gefreut, die Party zusammen mit Leo hinter sich zu bringen, so wie sie es immer taten, amüsierte Blicke über die Schultern schluchzender Jungs hinweg zu wechseln, sich zu Riva und ihren Freundinnen zu gesellen oder sich mit einer Kiste Champagner, einer Tüte Leckereien und einem geklauten Blech mit Kuchen in eine der Kajüten unter Deck zu stehlen. Doch jetzt sah Leo sie nicht einmal an.

»Erinnerst du dich an den Abend in der Met?«, murmelte er.

Win schüttelte den Kopf. »O Gott, bitte nicht.«

»Das war eine ziemlich gute Party.«

Er sprach von dem Abend vor drei Jahren, als sie sich zufällig bei der Met-Gala begegnet waren. Leo war allein gekommen, und Win hatte Adam mitgebracht, einen Comedian, mit dem sie sich zu jener Zeit traf, aber er war davongeschlendert, um sich die Ausstellung anzusehen und – wie Win vermutete – in den Toilettenräumen eine zu rauchen, als Leo zu ihr kam und sich über ihre Stuhllehne beugte.

»Mir gefällt dein Outfit«, hatte er lächelnd gesagt. Das Motto des Abends lautete »Goldene Zeiten«, und Win trug ein opulent besticktes Goldkleid, das aussehen sollte wie eine Rüstung, mit Brokatplatten auf den Schultern und einem angedeuteten Schild, der über ihren Rücken geschlungen war. Win stand auf, um ihn zu umarmen, und atmete den frischen Duft von Leos Rasierwasser ein. Sein Bartschatten fühlte sich rau an, als sie ihn auf die Wange küsste. Anschließend zogen sie sich wortlos von den strahlenden Lichtern an einen Ort zurück, wo sie in Ruhe miteinander reden konnten, bis Jack Caplan angestürmt kam, einst ein Frauenschwarm und jetzt ein abgehalfterter, älterer Schauspieler mit einem hohen Verschleiß an strahlenden jungen Mädchen Anfang zwanzig.

»He, Milanowski!«, rief er. »Glaubst du, du kannst einfach meine Freundin vögeln?«

Leo blickte verdutzt auf. Win verdrehte die Augen.

»Ach, komm schon«, sagte sie dann. »Leo würde so etwas doch niemals tun.«

»Wie heißt deine Freundin denn?«, fragte Leo.

Win fing an zu lachen, obwohl sie das eigentlich gar nicht wollte. Leo grinste sie schuldbewusst an.

»Das ist nicht komisch«, knurrte Jack mit unangenehmer Stimme. »Oder hältst du das für einen guten Witz? Ich werde dir zeigen, was ein guter Witz ist …«

»Ich halte das wirklich für ziemlich komisch«, sagte Leo an Win gewandt, entspannt und belustigt wie immer, weshalb er nicht mitbekam, dass Jack sich mit erhobenen Fäusten auf ihn stürzte, das Gesicht dunkelrot vor Zorn.

Win dagegen, die Jack voller Abneigung beäugt hatte, war es nicht entgangen. Sie machte instinktiv einen Satz nach vorn und stieß ihn zurück, heftig, vehement, wobei sich einer ihrer mit großen Edelsteinen besetzten Ringe in der fadenscheinigen Seide seines togaähnlichen Hemds verfing und über seine Brust ratschte.

»Es reicht!«, blaffte sie.

»Das hier hat nichts mit dir zu tun, Prinzessin«, tobte Jack. »Geh mir aus dem Weg!« Er stürmte erneut los, doch er war betrunken und alles andere als in Form. Win dagegen hatte während der letzten beiden Jahre in dem Superheldinnen-Franchise mitgespielt und frühmorgens sowie spätabends trainiert. Sie machte noch einen Schritt nach vorn und schubste Jack erneut, und diesmal taumelte er nach hinten, ruderte mit den Armen durch die Luft, dann stolperte er über die Kante des Mosaikspringbrunnens und stürzte mit einem lauten Platschen hinein. Stille senkte sich über sie. Jack starrte sie an, bevor er vor Wut das Gesicht verzog.

»Du verfluchtes Miststück«, schimpfte er und kletterte aus dem Springbrunnen, dann stürzte er sich auf sie, doch diesmal verstellte Leo ihm den Weg und verpasste ihm einen Fausthieb mitten ins Gesicht.

Es gab kein Video von dem Zwischenfall (»Gott sei Dank«, hatte Marie mit bleichem Gesicht hervorgestoßen, während Emil gleichzeitig »Schade!« sagte), dennoch wurde umfassend darüber berichtet und diskutiert, vor allem als ein Foto von Jack mit den ersten Anzeichen eines blauen Auges auftauchte, verstört und außer sich vor Zorn, während im Hintergrund verschwommen Win und Leo zu sehen waren, die einander ins Gesicht lachten. Während der folgenden Tage tauchten weitere Fotos auf, woraufhin Marie verzweifelt versuchte, Schadensbegrenzung zu betreiben und die Wahrheit über das, was sich an jenem Abend tatsächlich abgespielt hatte, ans Tageslicht zu bringen. Berauscht von Adrenalin und ihrem eigenen Wagemut schlenderten Win und Leo Arm in Arm über die Party. »Du verdammter Idiot«, sagte Win grinsend, »kannst du nicht mal für eine halbe Stunde die Hose oben lassen?« Leo zuckte nur mit den Schultern.

»Ich hatte keine Ahnung, dass sie fest zusammen sind«, erwiderte er, drückte ihre Hand an seinen Mund, küsste ihre Handfläche und erklärte überschwänglich, sie sei besser als ein Ritter in glänzender Rüstung.

Win dachte nicht länger daran, Adam zu suchen, eigentlich dachte sie gar nicht mehr an ihn. Stattdessen verbrachte sie den Rest der Gala auf der Tanzfläche, wo sie sich mit langsamen Schritten wiegten, halb im Spaß, halb … nicht im Spaß, Leos Hände auf ihrer Hüfte, Wins Finger in seine Gürtelschlaufen gehakt, die Münder nur einen Atemhauch voneinander entfernt.

Die Medien waren begeistert. Win war eine Diva, sie war gefährlich, sie war in den rauen Gegenden Londons aufgewachsen. Sie war wieder das durchgeknallte Anrufbeantworter-Mädchen – wild und labil –, nur dass sie nun Amerikas Goldjungen in Mitleidenschaft gezogen hatte. Die Menschen machten sich Sorgen um Leo.

»Das ist in höchstem Maße peinlich«, hatte Marie gesagt. »Hättest du Leo für sich selbst einstehen lassen, würden wir nun nicht in diesem Schlamassel stecken. Vielleicht kann ich es aussehen lassen wie eine romantische Geste.« Sie hatte einen Moment lang nachgedacht, dann hatte sie widerstrebend hinzugefügt: »Das blaue Auge sieht ziemlich beeindruckend aus.«

»Das war ein Albtraum«, sagte Win.

»Ich hätte das Bild nicht heraufbeschwören dürfen«, räumte Leo reuevoll ein, denn eine Woche nach der Party, als die Gerüchte langsam verstummten, hatte er ein Foto von Win in ihrer goldenen Rüstung gepostet, wie sie direkt in die Kamera blickte, die Hand besitzergreifend in seine Richtung ausgestreckt, die Augen schwarz umrandet. Er hatte es mit *Meine Heldin* betitelt. »Marie war stinksauer.«

»Du hast ja keine Ahnung.«

Sie hatte ihm nie von dem Gespräch mit Marie unter vier Augen erzählt, als sie bei Anbruch der Morgendämmerung auf der Feuertreppe des Hotels hockten, über ihre Kaffeebecher gebeugt. *Muss ich mir deswegen Sorgen machen, Whitman?* Marie hatte nicht vorwurfsvoll geklungen. Es war nicht ihr Job, Win ihr Privatleben vorzuschreiben, sie kontrollierte nur, wie und wann es der Welt offenbart wurde. *Nein,* hatte Win mit fester Stimme erwidert.

»Eines Tages wird sie mir verzeihen«, sagte Leo.

»Na ja, du hast dich diesmal auch sehr gut benommen«, stellte Win fest und runzelte die Stirn, als sie sah, wie Leo zusammenzuckte. »Leo?«

Mittlerweile war es dunkel geworden. Drinnen hatte eine Coverband von The Runaways zu spielen begonnen, die Menge stimmte bereits ein. Der Kirschgarten füllte sich mit Partygästen, die nach Zigaretten und Klatsch gierten. Niemand ließ sich jetzt mehr mit Wodkakirschen füttern – stattdessen wanderten Flaschen mit rotem Schnaps von Gruppe zu Gruppe und wurden achtlos weggeworfen, sobald sie leer waren. Win musste sich anlehnen, um sich zu fokussieren.

»Ich weiß nicht, wie ich es dir sagen soll …« Leo zögerte.

»*Leo!*«, brüllte ein Fremder, nicht zum ersten Mal an diesem Abend, aber Leo wirbelte herum. Der Mann schob sich zwischen sie und schlang begeistert die Arme um Leo. Leo erwiderte die Umarmung mit vorgetäuschter Freude.

»Alex?«

»Wer sonst?«, fragte Alex. Er war groß und drahtig, hatte strähniges blondes Haar und wirkte mit seiner braunen Lederjacke und der großen Brille ziemlich underdressed für diese Art von Party. Als Leo und er sich voneinander gelöst hatten, drehte er sich zu Win um und streckte ihr die Hand entgegen.

»Das ist Win«, stellte Leo vor.

»Dein Date!«, rief Alex.

»Gewissermaßen, ja.« Leo sah Win an. »Alex ist ein Freund aus L. A.«

»Ist das nicht verrückt? Es haben mich schon fünf Leute gefragt, ob ich Koks verkaufe!«

Win musterte Alex von oben bis unten. Er sah aus wie ein typischer Silver-Lake-Hipster. Vielleicht ein bisschen betrunken, aber harmlos. Offenbar hatte er sich dazu entschieden, den *Cherry-Bomb*-Dresscode zu missachten, doch dann fiel ihr Blick auf sein ausgeleiertes T-Shirt, auf dem ein Motiv aus den 1960ern prangte mit dem Aufdruck BAN THE BOMB. »Ich wette, er hat sich wieder den ganzen Abend lang beschwert.« Alex deutete mit dem Daumen auf Leo. »*Oh, Partys langweilen mich. Ich mache mir nichts aus Feuerwerk …*« Er imitierte Leo so gut, dass Win in erstauntes Gelächter ausbrach.

»Er wollte ein paar Selfies machen und abhauen«, berichtete sie Alex.

»Lenny«, tadelte dieser mit gespielter Entrüstung. »Mit mir machst du nie Selfies!«

»Du bist ja auch nicht besonders fotogen«, sagte Leo.

Alex seufzte resigniert und erwiderte voller Bedauern Wins Blick. »Es ist schwer, wenn man seinen hohen Ansprüchen nicht gerecht wird.«

»Das wusste ich nicht«, sagte Win, was ihr ein Lachen von Alex eintrug, doch Leos Gesicht versteinerte. Er ließ ihre Hand los.

»Was machst du hier?«, wollte er wissen. »Wer ist sonst noch da?«

»Hae hat uns Einladungen besorgt«, sagte Alex. »Die Europatour fängt eh in einer Woche an, also dachten wir, warum nicht? Wir sind erst vor ein paar Stunden gelandet. Lila und Hae schlafen noch ihren Jetlag aus, du weißt ja, wie sie sind. Sie werden vermutlich nicht vor vier Uhr morgens auf der After-Show-Party auftauchen.«

»Seid ihr mir hierher gefolgt?«, fragte Leo. Win versuchte, seine Hand zu nehmen, aber er schob sie weg.

Alex wirkte überrascht. »Nein, selbstverständlich nicht. Wir wussten nicht einmal, dass du hier bist. Das ist ja sonst nicht so dein Ding.« Er deutete auf die Menge. Neben ihnen posierten zwei Mädchen für Fotos und reichten mit den Zähnen einen Diamantring hin und her. Einer der Kirschbäume war bereits von einem Paar umgestoßen worden, dass wild knutschend am Stamm gelehnt hatte und sich nun in der auf dem Boden verteilten Erde wälzte. Von drinnen drangen die kreischenden Töne der Band zu ihnen heraus. In Wins Augen war das genau Leos Ding, aber vielleicht gab es ja noch andere Seiten an ihm, andere Leos, die Win bislang nicht kennengelernt hatte.

»Entschuldige«, sagte Leo. Er schien gestresst, als wäre Alex ein nerviger Fan, der etwas von ihm wollte. »Es ist schön, dich zu sehen, aber wir sind gerade beschäftigt.«

Er legte seinen Arm um Wins Taille. Die Geste wirkte unbeholfen, als wollte er das nicht wirklich.

»Verstehe.« Alex nickte. »Ich möchte auf keinen Fall *geheime Hollywood-Angelegenheiten* stören.« Er warf theatralisch die Arme in die Luft. Win spürte, wie sie sich verspannte, und sah sich reflexartig um, weil sie herausfinden wollte, ob sie bereits Aufmerksamkeit erregten. Sofort fiel ihr Blick auf einen feixenden Casting-Manager, einen Mann, der sie vor ein paar Jahren als »arrogante Schwanzschrumpferin« bezeichnet hatte. Er war nicht der Einzige, der sie beobachtete. Sie zwang sich zu einem Lächeln.

»Sehen wir uns nachher auf der After-Show-Party?«, fragte Alex.

»Vielleicht«, antwortete Leo. »Oder soll ich dich morgen anrufen?«

»Ruf lieber Lila an. Mein Handy geht schon seit einer Woche nicht mehr.«

»Klar«, sagte Leo. Er drängte Alex förmlich dazu, endlich einen Abflug zu machen, indem er ihm einen kräftigen Schlag auf den Rücken verpasste, der fast schon als Schubser durchgehen konnte. Alex wirkte leicht verletzt. Leo drehte sich um, den Arm nach wie vor fest und besitzergreifend um Wins Taille gelegt, und setzte sich in Bewegung.

»War schön, dich kennenzulernen«, sagte Win über die Schulter zu Alex. Alex hob eine Hand und sah zu, wie sie in der Menge verschwanden.

Leo schob Win noch ein paar Meter weiter, dann machte sie sich unauffällig von ihm los. Lächelnd, ohne die Lippen zu bewegen, fragte sie: »Was zum Teufel ist hier los, Leo?«

»Entschuldige.« Leo drückte sich zwei Fingerknöchel auf die Augenbraue und holte tief Luft. »Mein Gott. Sorry. Ich hatte nicht erwartet …«

Er wirkte ernstlich aufgewühlt. Win nahm seine Hand und verschränkte ihre Finger mit seinen.

»He«, sagte sie. »Schon gut. Komm, lass uns irgendwohin gehen, wo es etwas ruhiger ist.«

Sie zog ihn durch den Gästepulk. Drinnen war die Tanzerei inzwischen ausgeartet; überall verrenkten sich Menschen, nahmen nahezu obszöne Positionen an und streckten die Hände nach ihnen aus. Dosen voller Cherry Chavanne rollten über den Boden. Win und Leo gingen durch eine Tür am gegenüberliegenden Ende und stießen auf Zacharias höchstpersönlich, der an einem verschlossenen Bullauge lehnte und gelangweilt dreinblickte. »Babys«, rief er einer Gruppe von Models zu, »Babys, bitte rückt den Captain wieder raus, und niemand bekommt Schwierigkeiten.« Hinter ihm waren Stufen, die zu einem Gott sei Dank leereren Unterdeck führten, auf dem nur ein paar Leute zusammenstanden. Feuerzeuge flammten in der Dunkelheit auf. Wenn sie Glück hatten, würde man sie hier für einige Minuten in Ruhe lassen.

Win drehte sich zu Leo um. Seine rastlose Energie war auf sie übergesprungen, machte sie nervös, ließ ihr Herz rasen. »Willst du, dass ich mit den Sicherheitsleuten spreche?«

Leo lachte überrascht auf. »Nein.« Er strich sich mit der Hand übers Gesicht. Plötzlich sah er sehr müde aus. »Nein. Entschuldige. Er ist schon okay. Ich hatte nur nicht erwartet, ihn zu sehen.«

Win zögerte. *Geheime Hollywood-Angelegenheiten,* hatte Alex gesagt. Sie wappnete sich, dann fragte sie: »Weiß er von uns? Die ... Wahrheit, meine ich?«

»Ich ... nein. Vielleicht hat er irgendwo etwas aufgeschnappt, aber er würde nie ... Du musst dir keine Sorgen machen. Es ist nur so, dass ich mir bei einigen seiner Freunde nicht sicher bin ...«

»Inwiefern sicher?«, fragte Win. Leo zuckte mit den Schultern. Sie schwiegen, während Win versuchte, sich durch den verwirrenden Nebel aus Champagner, Mondschein und ihrer eigenen Besorgnis hindurchzutasten, um zu verstehen, was ihm so zu schaffen machte. Endlich sagte sie: »Du willst deine Freunde nicht belügen müssen, ist es das?«

Leo schüttelte den Kopf. »Nein, das ist es nicht.«

»Du wolltest mir etwas erzählen«, erinnerte sie ihn. Leo presste die Lippen zusammen und wich ihrem Blick aus. »Leo.«

»Es ist ...« Leo räusperte sich. »Ich weiß nicht, wie ich anfangen soll.«

In dem Moment stakste Riva die Stufen hinunter und

rief ihre Namen. Sie trug einen roten Lederbikini und war von langbeinigen Schönheiten flankiert. Sie musste sich vorbeugen, um sie zu umarmen, und strich säuselnd über das Fell auf Leos Jackett. Auch ihre Freundinnen wollten Leo umarmen, eine wollte Fotos machen. Win und Leo waren zwischen ihnen gefangen wie Kaninchen in der Falle. Alle rochen nach teurem Parfüm, Whisky und Schweiß. Auf dem Deck über ihnen kam es zu Handgreiflichkeiten, Win hörte das Ächzen von Männern, die Fausthiebe austeilten und Tische umwarfen.

»Oh, oh«, sagte eines der Mädchen, das nicht sonderlich besorgt klang. »Es geht vermutlich um mich. Wir sollten wieder nach oben gehen und sie aufhalten.«

Riva begleitete sie. Es war bewundernswert, wie sie in ihren High Heels die schmale Treppe hinaufstöckelten.

»Leo«, sagte Win, »spuck's einfach aus.«

Leo wurde blass. »Also … Ich habe Anfang des Jahres für ein paar Monate mit Alex und seiner Band abgehangen. Wir waren Freunde, aber es endete seltsam, und ich hätte sie lieber nicht wiedergesehen.«

Er hatte kaum ausgesprochen, als er auch schon den Kopf wegdrehte. Win beobachtete ihn, wartete darauf, dass er fortfuhr, aber er zuckte nur mit den Schultern und starrte hinaus aufs dunkle Meer. Von oben drang Kreischen zu ihnen herunter. »Quentin, hör auf!« Win wusste, dass Leo nach wie vor mit etwas hinter dem Berg hielt, und es beschlich sie das ungute Gefühl, ihn im Stich gelassen zu haben, Shift im Stich gelassen zu haben. Sie atmete tief durch, nahm seine Hand und zog ihn an sich. Später bliebe ihnen noch genug Zeit zum Reden und das wahre Problem zu lösen, worum auch immer es gehen mochte; es gab immer Zeit zum Reden.

»Okay«, sagte sie. »Das ist blöd. Allerdings müssen wir uns nicht zwingend bei der After-Show-Party blicken lassen. Wir hauen einfach ab und bitten Emil, uns den Wagen zu schicken. In ungefähr fünf Minuten müssten wir anlegen, dann können wir uns aus dem Staub machen. Keiner zwingt uns dazu, mit deinen … Freunden zu reden. Alex sagte, sie wären wahrscheinlich eh nicht vor vier Uhr morgens da, oder?«

»Richtig.« Leo nickte inbrünstig.

»Alles wird gut«, versicherte ihm Win und berührte sein Handgelenk. Sie schlang die Finger darum und legte seine Hand mit der Handfläche nach oben auf die Reling.

»Ja«, sagte Leo und brachte ein gequältes Lachen zustande. »Liest du mir aus der Hand? Steht das da?«

»Ich habe keine Ahnung, wie das geht«, erwiderte Win, die versuchte, ihn aus seiner Panik herauszulocken. »Aber ich könnte deinen auffälligen Schmuck deuten.« Sie strich mit dem Fingernagel über den silbernen Daumenring, den Leo trug. »Der da bedeutet, dass du auf ein schickes Internat gegangen bist und noch immer alle paar Jahre an Klassentreffen teilnimmst. Du lachst darüber, aber insgeheim hängst du daran. Ich wette, du bezeichnest den Schulleiter als ›guten alten Knaben‹.«

»Verblüffend«, sagte Leo. Seine Schultern entspannten sich. »Deine übersinnlichen Fähigkeiten sind wahrhaft verblüffend.«

»Danke.« Win berührte den eleganten Goldring, der sich in einer Spirale vom Fingeransatz zum Knöchel schlängelte. »Hier kommt dein Indien-Trip. Er hat dir das Leben geöffnet, hat deine Welt verändert, und nun hast du etwas, was dich daran erinnert.«

Leo rang sich ein Grinsen ab. »In Wahrheit ist das ein alter Ring von meiner Mum, den ich vor ein paar Jahren entdeckt habe. Ich hatte mal einen Ring aus Indien, aber der hat immer meinen Finger grün gefärbt.«

»Tut mir leid. Da hab ich wohl danebengegriffen.«

»Schon gut. Sollen wir mal zusammen nach Indien fahren? Denk nur, wie lustig es wäre, wenn du mir erzählen könntest, was ich alles falsch mache.«

Win krauste die Nase. »Ich passe.«

Nach Indien zu fahren war für sie untrennbar verknüpft mit den Reisen, die sie in der Kindheit mit ihren Eltern unternommen hatte, mit dem Gedränge in brütend heißen Städten und Dutzenden von Fremden, die darauf warteten, sie als Familienmitglieder zu begrüßen. Sie war sich nicht sicher, wie Leo in diese Erinnerungen hineinpassen würde. Die meisten dieser Familienbande hatten sich inzwischen ohnehin aufgelöst. Win konnte sich nicht an die Namen ihrer Verwandten erinnern, an die Orte, an denen sie lebten. Also griff sie stattdessen nach seiner anderen Hand und strich mit den Fingern über Leos Handfläche bis zum Puls, der an seinem Handgelenk pochte. Seine Unterarme waren gebräunt. Ihr Mund fühlte sich trocken an.

»Der hier ist schön«, sagte sie und berührte einen fein gefertigten Silberring an seinem Zeigefinger. »Hübsch.«

»Hannah hat ihn für mich gemacht. Sie hat eine Zeit lang mit Metall gearbeitet.«

Win tippte auf einen weiteren Ring, der unter dem von Hannah steckte, ein Bronzereif mit einem rosa Stein, der in der Mitte saß wie ein toter Käfer. Der Stein glänzte wie eine Glasscherbe. »Und der da?«

»Daran erinnere ich mich kaum«, sagte Leo. Seine Stimme klang seltsam. Win blickte zu ihm auf und schluckte. Seine Augen waren auf sie gerichtet, aber etwas in ihm hatte dichtgemacht, als hätte er die Jalousien hinabgelassen, um sie außen vor zu lassen. »Er ist aus Las Vegas, glaube ich.«

»Das passt.«

Wenn Leo ihr einfach sagen würde, was los war, wäre es ihr wenigstens möglich zu reagieren. Wenn es ein Problem gab, konnten sie es gemeinsam lösen. Wenn es um sie beide ging, konnten sie darüber reden. Sobald sie wusste, was er wollte, konnte sie es ihm geben oder es ihm vorsichtig abschlagen. Sie war es nicht gewohnt, dass Leo nicht mit ihr sprach. Leo freute sich, wenn er sie nerven konnte, freute sich, wenn er sie in einen Streit verwickeln konnte; sie war es nicht gewohnt, außen vor gelassen zu werden. Das Herz schlug ihr bis zum Hals, flatternd, panisch.

Auf dem Oberdeck brach ein weiterer Streit aus, gefolgt von einem Schrei, als jemand – vermutlich Quentin – über Bord geworfen wurde. Er flog direkt an Win und Leo vorbei und landete mit einem lauten Platscher im Wasser, bevor er prustend an die Oberfläche kam. Seine Nase blutete. Er blickte zu seinem Kontrahenten hinauf und drohte ihm jämmerlich mit der Faust. »Fick dich, Antoine!«, brüllte er. Hinter ihnen polterte die Crew die Stufen herunter, um ihm einen Rettungsring zuzuwerfen und ihn aus dem Wasser zu ziehen.

»Du weißt wirklich, wie man die richtige Party aussucht«, stellte Leo fest.

»Du kannst mit mir reden«, sagte Win. Als ihr auffiel, wie albern das klang, ruderte sie zurück: »Ich ... ich möchte nur, dass du das weißt.« Sie sprach langsam, als würde sie sich auf unsicheres Terrain vorwagen und müsste vorsichtig einen Fuß vor den anderen setzen. »Ich weiß, dass das hier wahrscheinlich nicht der richtige Ort ist, aber du sollst wissen, dass du mir alles erzählen kannst.«

Leos Stimme klang rau, als er fragte: »Tatsächlich?«

»Ja«, sagte Win. »Wir finden eine Lösung, ganz gleich, worum es geht, du und ich.« Ohne ihn aus den Augen zu lassen, fuhr sie fort: »Manchmal habe ich das Gefühl, dass mich alle anderen belügen oder mir nach dem Mund reden, aber bei dir ist das nicht so. Du hast mir gezeigt, dass es immer noch Menschen gibt, denen ich vertrauen kann. Du kannst mir ebenfalls vertrauen.«

Leo blickte sie gequält an und wandte sich ab.

»Alles, was du brauchst, jederzeit – so lautet die Abmachung, oder?«, fragte sie. Als hätte sie an einer Leine geruckt, konzentrierte sich Leo wieder auf sie und sah sie mit dunklen Augen an. Win schluckte.

Leo nickte stumm.

»Dann ist ja alles okay.«

Sie standen nebeneinander in der Dunkelheit unter den

Sternen, die klein waren wie Stecknadelköpfe. Leo öffnete den Mund und klappte ihn wieder zu, dann runzelte er die Stirn und versuchte es erneut, bevor er schließlich aufgab. Wins Herz schlug viel zu schnell.

»Was?«, drängte sie. »Was ist es?«

Ganz leise fragte Leo: »Willst du die *Titanic*-Nummer durchziehen?«, im selben Moment, als über ihnen das Feuerwerk am Himmel explodierte.

Kapitel neun

Je schneller Win Leo da rausholte, desto eher konnte sie sich um das kümmern, was immer ihn beschäftigte. Doch die Gäste drängten sich langsam, behäbig von der Yacht. Unter ihren Füßen knirschte zerbrochenes Glas, eine weinende Dame der feinen Gesellschaft bat Leo um seine Jacke, mit der sie die Kerzenwachsflecken auf ihrem Kleid bedecken wollte. Er zog sie wortlos aus und reichte sie ihr.

Am Fuß des Hügels warteten Golfwagen, die sie zum Château hinaufbringen sollten. Leo stieg in den ersten ein und klopfte mit der Hand aufs Lenkrad, während Win sich anschnallte. Normalerweise hätte er ein Wettrennen mit ihr veranstalten wollen, oder er hätte den Wagen gekapert und wäre mit ihr zu einer Spritztour übers Gelände aufgebrochen, doch heute Abend war er blass und angespannt. Sie wechselten kaum ein Wort miteinander, bis er oben auf dem Hügel anhielt.

»Wo ist der Wagen?«, fragte er.

»Er wartet auf der anderen Seite des Schlosses vor dem Vordereingang auf uns«, antwortete Win. »Wir müssen uns einmal quer durchs Gebäude schlängeln.«

Leo nickte grimmig. Als sie das Schloss erreichten,

straffte er die Schultern, als befände er sich auf einer militärischen Mission, umschloss fest Wins Hand und zog sie durch die Menge. Es ging nur langsam voran: Château de Montfort bestand aus einem Labyrinth von Räumen mit holzvertäfelten Decken und Marmoroberflächen, die Gäste lümmelten bereits auf den teuren Sitzmöbeln. Drinnen war es heißer als auf dem Meer, die Leute fächelten sich Luft zu und tupften sich den Schweiß von den Augenbrauen, während sie darauf warteten, dass ihnen jemand den nächsten Drink servierte. Jedes Zimmer war rappelvoll, alle rauchten und plauderten und verrenkten sich die Köpfe nach Win, als dächten sie, sie würde es nicht bemerken. Hunderte von Händen griffen nach Wins und Leos Ärmeln und zerrten sie überschwänglich grüßend hinein.

»Das ist ein Albtraum«, stellte Leo fest.

»Entspann dich«, sagte sie leise. »Wir sind fast draußen.«

»Leo, Win! Wartet!« Alex schloss zu ihnen auf, ein hochgewachsenes, stylisches Mädchen am Arm. Ihre Augen waren so stark mit Eyeliner umrandet, dass sie aussahen wie dicke schwarze Punkte.

Leo stockte, als er sie sah. Er legte die Hand fest auf Wins Hüfte.

»Hae«, sagte er. »Ich dachte, ihr würdet erst später kommen.«

»Ich konnte nicht schlafen«, entgegnete Hae. »Whitman Tagore, *was* für ein Vergnügen!« Win schüttelte argwöhnisch ihre Hand. Haes Blick hatte etwas Selbstzufriedenes; ihre Wimpern flatterten, als sie die Arme um Alex schlang und Win beäugte, als würde sie ihr ebenfalls nicht trauen.

»Lass uns gehen«, wiederholte Leo.

»Du kannst jetzt nicht gehen!« Alex wirkte untröstlich. »Wir sind doch gerade erst gekommen. Die anderen werden jeden Moment eintreffen ...«

»Die anderen?«, fragte Win.

»Unsere Band«, erklärte Hae. Sie hatte eine volltönende Stimme, kalifornisches Rohgold. »Leo hat ein gutes Jahr mit uns abgehangen, ist sogar mit auf Tour gegangen ...«

»Es waren nur ein paar Monate«, widersprach Leo. »Ich komme später zu euch. Hier ist es mir zu voll. Win, lass uns einfach ...«

»Ja«, sagte Win. »Tut uns leid, vielleicht nächstes Mal. Wir müssen jetzt wirklich los ...«

»Lenny!«, kreischte jemand, und Leo machte einen Schritt zurück. Entsetzen spiegelte sich auf seinem Gesicht.

Eine junge Frau mit unbändigen blonden Haaren in verwaschenen Jeansshorts und Neckholder-Bustier bahnte sich einen Weg durch die Menge, dann fing sie an zu laufen und flog Leo entgegen. Win sprang hastig zur Seite, um einen Zusammenstoß zu vermeiden.

Gerade als sich die Blonde in seine Arme werfen wollte, taumelte Leo zurück und fasste sie mit beiden Händen an der Taille. »Lila«, sagte er, und seine Stimme klang so angespannt wie schon seit Jahren nicht mehr.

»Wo warst du, du Scheißkerl?«, fragte sie und kletterte an Leo hinauf, als wäre er ein Baum. »Wirfst du eigentlich nie einen Blick in deine verfluchten E-Mails? *Uff*...« Leo versuchte, sie abzuschütteln, aber sie klammerte sich an ihn, die nackten Oberschenkel an seine Hüften gepresst, und kletterte noch höher, als wolle sie auf seine Schultern gelangen und ihn in den Schwitzkasten nehmen. Leo wehrte sich, und die beiden stolperten über den Fußboden, wobei sie so tat, als wäre nichts Seltsames an dieser Situation. »Hae und Alex sind zu dieser Schleimerparty auf der Yacht eingeladen worden …«

»Lila«, sagte Leo und schüttelte sich wie ein Hund, der eine Zecke loswerden wollte. »Hör auf, Lila, geh runter von mir …«

Lila kletterte mit einem triumphierenden Aufschrei auf seine Schulter. »Und ich habe gesagt: *Hallo,* ihr wisst doch, dass ich seekrank werde, aber ich komme später zur After-Show-Party, und jetzt bist *du* auch hier!«

Anstatt sie festzuhalten, warf Leo die Hände in die Luft, sodass Lila kreischend von ihm herunterrutschte. Sie konnte sich gerade noch retten, indem sie die Arme um seine Mitte schlang und nun mit dem Kopf nach unten über seiner Schulter hing, die Wange an seinen Rücken gedrückt. Ihr Auftritt erregte Aufmerksamkeit. Zahllose Gäste starrten zu ihnen herüber. Win gab sich alle Mühe zu lächeln und so zu tun, als amüsiere sie sich köstlich.

»Lila«, wiederholte Leo und wand sich unter ihrem festen Griff. »Im Ernst, geh runter von mir.«

»Na gut«, lenkte Lila ein und machte einen wenig beeindruckenden Salto vorwärts, wobei sie Leo beinahe gegen die Nase trat.

Mit einer schwungvollen Bewegung landete sie auf dem Fußboden. Als sie sich wieder aufrichtete, war sie immer noch einen Kopf kleiner als Win. »Ich bin *total* underdressed«, jammerte sie. Ihr gedehnter, nasaler Akzent war ein schwächerer Abklatsch von Haes.

»Leo«, sagte Win. Leo drehte sich mit starrem Gesicht zu ihr um. Ein scheußliches, hohles Gefühl breitete sich in Wins Brust aus.

Bevor er etwas sagen konnte, wandte sich Lila an Win und streckte ihr die Hand entgegen. »Und du musst die Freundin sein«, stellte sie mit einem gewissen Spott fest, der Win das Gefühl gab, vorgeführt zu werden.

Win nahm ihre Hand und schüttelte sie. »Das ist richtig«, erwiderte sie mit erfreuter Stimme. »Und du bist ...?«

»Ach, Süße«, erwiderte Lila, beugte sich vor und flüsterte theatralisch: »Ich bin die Ehefrau.«

»Ha«, sagte Win. Für einen Moment verschwamm alles um sie herum, dann setzte es sich wieder zusammen – Leos Horror und Lilas überhebliches Lächeln. »Wie bitte?«

Lila streckte die Hand erneut aus und wedelte mit den Fingern. An ihrem linken Ringfinger steckte ein mattierter Bronzereif mit einem trüben rosa Stein, der genauso aussah wie Leos. Win blinzelte. Sie drehte sich zu Leo um, der völlig entsetzt wirkte, und betrachtete sein bestürztes Gesicht. Sein Mund war halb geöffnet. Ihr Blick schweifte weiter zu Hae und Alex, die teils belustigt, teils schuldbewusst dreinschauten, bis ihre Augen schließlich an Leos Hand hängen blieben, an dem bescheuerten Ring, dem *hässlichen, billigen Ring*, dessentwegen er sie belogen hatte – einmal laut, als sie ihn darauf angesprochen hatte, außerdem jede Sekunde zuvor und danach, als hätte sie es nicht verdient, die Wahrheit zu erfahren.

»Richtig.« Win dachte an ihr Gespräch mit Shift und an Leos verzweifelte Versuche, mit ihr zu reden, und hätte am liebsten gelacht – hysterisch und zornig. Mein Gott, sie war so eine Idiotin! Natürlich hegte Leo keine heimlichen Gefühle für sie. Leo war verantwortungslos, unzuverlässig und egoistisch, und er erinnerte sie zum hundertsten Mal daran, warum es mit ihnen beiden niemals funktionieren würde.

»Win«, sagte Leo. »Whitman, hör mir zu …«

»Du kannst dich nicht erinnern, hm?«, fragte Win, um eine ruhige Stimme bemüht. Es war wichtig, nicht noch mehr Aufmerksamkeit zu erregen. »Du hast ihn aus Las Vegas? Ich …« Sie unterbrach sich und lachte, was sogar in ihren Ohren wenig überzeugend klang. »Nein, du hast recht, das ergibt Sinn.«

»Genau genommen habe *ich* die Ringe gewonnen«, ließ Lila sich vernehmen. »Leo hat kein besonders gutes Pokerface.«

»Whitman«, drängte Leo. »Komm mit …«

»Nein, du bleibst hier«, sagte Win. »Ich gehe.« Sie wandte sich um und stolzierte davon. Um ein gelassenes Gesicht bemüht, zog sie ihr Handy aus der Clutch. Ihre Hände zitterten nur leicht. Sie wünschte sich nichts anderes, als in den wartenden Wagen zu steigen, aber sie konnte den Ausgang nicht finden. Also bog sie scharf rechts ab, tiefer ins Innere des Schlosses hinein. Sie wollte nur weg vom Gedränge und endlich allein sein.

Leo folgte ihr, obwohl sie durch jede Menge Türen huschte und sich einen Weg durch die von einem Raum in den anderen schlendernden Gäste bahnte, sodass er eine

Weile brauchte, um sie wiederzufinden. Irgendwann entdeckte sie ein Nebenzimmer, das bis auf eine einzelne Glühbirne, die in einem Wirrwarr aus elektrischen Leitungen von der Decke hing, unbeleuchtet war. Es war leer, abgesehen von einigen Kartons mit Partydeko – nicht aufgeblasene Luftballons, Konfettikanonen und Ähnliches – in einer der Zimmerecken. Als er eintrat, drehte sie ihm den Rücken zu und konzentrierte sich auf ihren Anruf.

»Nein, es geht mir gut«, behauptete sie. Es nervte sie, dass Leo gerade jetzt hereinkam und hören konnte, was sie sagte. Es stimmte, doch sie fürchtete, es könnte defensiv klingen. »Natürlich tut es schrecklich weh, aber ja, ich weiß …«

»Win«, sagte Leo und schloss die Tür. Win streckte die Hand aus, einen Finger nach oben gerichtet, ein höfliches *Einen Augenblick, bitte.* Leo verengte die Augen.

»Ich werde den Wagen schon finden«, sagte sie. »Ja, das ist er.«

»Leg auf«, wandte Leo ein und näherte sich ihr zielstrebig. Win machte einen Schritt zur Seite, um ihm auszuweichen. »Win, komm schon, sprich mit mir.«

»Ja, ich nehme an, er ist hier, weil er um Gnade winseln will.« Sie sah, wie Leos Mundwinkel zuckten. »Okay, wir reden später. Danke. Vielen Dank. Bye.«

Sie legte auf.

»Win.«

»Ja«, sagte sie. Er stand direkt vor ihr, doch sie fühlte sich, als wären sie meilenweit voneinander entfernt. »Dann schieß mal los.«

Leo strich sich mit der Hand übers Gesicht. Er war wie ein Kind, dachte Win, das nicht wusste, was es mit der Aufmerksamkeit anfangen wollte, die es eingefordert hatte.

»Du hast ungefähr fünf Minuten, dann bin ich weg«, sagte sie und tippte eine SMS an Emil ein. »Mein Flieger geht ziemlich früh, deshalb …«

»Was?«

»Oh, entschuldige. Wolltest du etwa noch länger mit deiner falschen Freundin und deiner offenbar echten Ehefrau abhängen? Das ist verständlich, warum bin ich nicht selbst darauf gekommen?«

»Win …« Leo machte einen Schritt auf sie zu und nahm ihre Hände. »Es tut mir wirklich leid. Ich hätte es dir sagen müssen.«

Win befreite sich aus seinem Griff. »Ach ja?«

»Ich habe es versucht«, sagte er. »Aber es ist kompliziert. Ich konnte dich nicht allein erwischen, und dann waren da noch all diese anderen Vorfälle …«

»Richtig«, fauchte Win. »Ich vergaß, dass das mein Fehler war.«

»Das habe ich nicht gemeint.« Leo seufzte. »Bitte, Win, nimm doch nur mal heute Abend – ich habe versucht, mit dir allein zu sein …«

»Du hast behauptet, du wolltest die Band nicht sehen, weil es ›seltsam‹ geendet hätte.« Win schnaubte. »Ist das deine Definition von Hochzeit?«

»Ich hätte das nicht sagen sollen«, räumte Leo ein. »Ich habe versucht, mit dir zu reden, aber wir wurden ständig unterbrochen. Ich habe Panik bekommen. Ich wollte nicht, dass du es auf diese Weise erfährst.«

»Oh, du bist ja ein echter Gentleman!«

»Hör mir doch einfach mal zu.« Am liebsten hätte Win den Blick abgewandt, aber sie konnte es nicht. Leo konnte so schnell ernst werden, konnte Dinge von ihr verlangen, die sonst niemand von ihr verlangen durfte. »Ich habe mitten in der Nacht einen Anruf von Marie bekommen, dass Nathan dich aufs Übelste verraten hat und dass du mich brauchst, und dann …«

»Was hat denn Nathan damit zu tun?«, brauste sie auf, machte einen Schritt nach vorn und stieß ihn mit den flachen Händen gegen die Brust. Es fühlte sich gut an, endlich zu schreien, den Frust herauszulassen, der sich seit einem Monat oder Jahr oder gar einem ganzen Jahrzehnt in ihr aufgestaut hatte. »Du hast mich belogen!«

»Ich weiß! Ich weiß!« Leo fuhr sich mit der Hand über den Schädel. »Ich meine einfach nur, alles war seltsam, und du warst aufgewühlt, und ich war nicht bereit dafür, und es war nie der passende Zeitpunkt, um dir davon zu erzählen.«

»Seit einer Woche haben wir jeden Tag zusammen verbracht«, hielt Win dagegen. »Schieb jetzt bitte nicht mir die Schuld zu. Du weißt, wie mein Leben aussieht. Wenn du es mir hättest sagen wollen, dann hättest du es getan.«

»Ich *hätte* es dir sagen sollen«, pflichtete Leo ihr bei und leckte seine trockenen Lippen. »Ich wollte es dir sagen. Ich wollte dich nicht in eine Situation wie diese bringen. Wirklich, ich lüge nicht. Ich habe nicht damit gerechnet, dass wir sie hier sehen würden, und ich hätte nie gedacht, dass das zum Problem werden könnte. Ich habe gar nicht an sie gedacht, war in Gedanken immer nur bei dir.«

»O ja, das ist wirklich anständig von dir«, erwiderte Win und lehnte sich gegen die Wand, die Arme um ihre Taille geschlungen. »Leo, bist du verheiratet?«

»Das ist kompliziert.« Leos Stimme klang kleinlaut. »Das Ganze war heftig. Ich habe sie seit ein paar Monaten nicht mehr gesehen, wir reden kaum miteinander.«

»Ich kann einfach nicht glauben, dass du mir das nicht erzählt hast«, sagte Win.

»Ich wollte dich nicht verletzen.«

»Tja, dafür tust du es jetzt«, entgegnete sie. »Das musst du doch wissen.«

»Ich dachte, ich könnte dir das so erklären, dass es nicht ganz so ...« Leo verstummte so abrupt, dass Win sich umdrehte, um zu sehen, ob jemand das Zimmer betreten und ihn dadurch zum Schweigen gebracht hatte. Doch außer ihr und Leo war niemand da. Sie sah, wie Leo im dämmrigen Licht die Augenbrauen zusammenzog.

»Warte. Ich verletze dich *jetzt*?«

»Wie lange dachtest du denn, deine heimliche Ehe geheim halten zu können?«, fragte sie. »Komm schon, so unbedarft bist selbst du nicht, Leo!«

»Warum genau bist du eigentlich so wütend auf mich?«, wollte Leo mit gepresster Stimme wissen.

Win starrte ihn an. »Das weißt du ganz genau.«

»Ja«, sagte Leo und machte einen Schritt auf die noch immer an der Wand lehnende Win zu. »Ja, aber ... Warum denn?«

»Weil du alles vermasselst«, gab sie zurück. »Die Presse wird davon erfahren. Niemand wird uns unsere Beziehung abkaufen, wenn herauskommt, dass du eine heimliche Ehefrau hast. Wenn irgendwer auf den Gedanken kommt, dass wir hier bloß einen Pressegag abziehen …«

»Heilige Scheiße.« Leo stieß die Luft aus. Win spürte, wie ihr vor lauter Empörung am ganzen Körper heiß wurde.

»Denkst du etwa, ich bin *eifersüchtig*?«, zischte sie. »Ich *arbeite*, Leo! Ich mache meinen Job! Du bist derjenige, der Mist baut, du bist derjenige, der denkt, das alles hat nichts zu bedeuten …«

Leos Gesichtsausdruck wurde rebellisch. »Ach ja?«

»Ja! Ich habe dir vertraut! Wie soll ich dir vertrauen können, wenn du Geheimnisse vor mir hast, die alles kaputtmachen können?«

»Mit wem hast du gerade telefoniert?«

»Was?«

»Gerade, das Telefonat«, sagte Leo. »Du hast mit jemandem über mich gesprochen. Mit Shift? Mit deiner Mum?«

»Nein«, antwortete Win. »Nein, natürlich mit Marie.«

»Du bist unglaublich.«

»Oh, krieg dich mal wieder ein«, blaffte Win. »Das hier ist eine geschäftliche Vereinbarung, und ich finde es gar nicht gut, dass du dich so aufführst, als wüsstest du das nicht.«

»Du findest es gar nicht gut«, wiederholte Leo, das Gesicht finster vor Ärger. »Herrgott, Win, es tut mir leid, dich zu enttäuschen. Ich nehme an, für uns normalen Leute ist das manchmal schwer. Es ist schwer, Tag für Tag etwas vorzutäuschen. Nicht jeder richtet sein Leben darauf aus, zu kontrollieren, welchen Eindruck er in diesem verfluchten Internet erweckt!«

Win starrte ihn an. Das klaffende, hohle, grauenhafte Gefühl fraß sich immer weiter in ihre Brust. Leo atmete schwer, als wäre er gerade etwas losgeworden, was er ihr schon sehr, sehr lange hatte sagen wollen.

»Du hast recht«, pflichtete sie ihm bei. »Es kümmert dich nicht im Mindesten, wie dein Leben aussieht. Du wirst die nächsten vierzig Jahre genauso verhätschelt und ziellos verbringen wie …«

»Hier geht es nicht darum, was ich mit meinem Leben anfangen möchte.«

»Es geht nie darum, was du mit deinem Leben anfangen möchtest«, sagte Win, die strikt darauf achtete, nicht laut zu werden. »Bist du sauer auf mich, weil ich Ambitionen habe? Weil ich sie verfolge? Du redest seit Jahren über dein Gemeinschaftsatelier, dabei hast du dich noch nicht einmal für ein Land entschieden, in dem du es aufziehen möchtest! Manchmal denke ich, du machst es nur zum Thema, um zu verbergen, wie leer dein Leben ist.«

»Ertappt«, stieß Leo mit zusammengebissenen Zähnen hervor.

»Das ist jämmerlich«, stellte Win fest. »Das ganze Leben liegt dir zu Füßen, und du fängst trotzdem nichts damit an. Du kannst alles haben, was du willst. Du musst es nur nehmen, aber du machst dir nicht einmal die Mühe, die Hand danach auszustrecken.«

»Du verstehst einen Scheißdreck, Whitman.«

Win versuchte zu grinsen, doch es kam eher ein Zähnefletschen dabei heraus. »Ist das, was du gerade tust, nicht Ehebruch?«

»Ich kann machen, was ich will«, sagte Leo und trat dicht vor sie. »Es war nie Teil unserer Abmachung, dass ich nach deinen roboterhaften Standards leben muss …«

»Dann leb doch dein Leben«, fauchte Win, »und hör auf, meine Pläne zu durchkreuzen. Hau einfach ab!«

»Nein«, sagte Leo. »Hör mir zu: Du kannst vielleicht Marie und Emil manipulieren – du kannst auch Nathan und deine *Mum* manipulieren –, aber ganz bestimmt nicht mich.«

»Ich denke, du missverstehst etwas, Leo«, hielt sie dagegen. »Ich manipuliere dich schon seit Jahren.«

Sie funkelten einander an. Leo zitterte vor Zorn.

Das Telefon, das sie noch immer in der Hand hielt, fing an zu summen. Sie senkte den Kopf und warf einen Blick aufs Display. Ma blinkte auf. Leo sah es ebenfalls. Er kräuselte die Lippen. *Du kannst deine Mum manipulieren.* Am liebsten hätte Win auf irgendetwas eingeschlagen.

»Ma«, sagte sie, als sie das Gespräch entgegennahm und Leo den Rücken zudrehte. Sie war fertig mit ihm. »Das ist jetzt gerade kein guter Zeitpunkt …«

»Whitman.« Es war nicht ihre Mum. Es war ihre Tante. »Es tut mir leid, dass ich dich um diese späte Uhrzeit anrufe, aber ich denke, du solltest nach Hause kommen.«

Kalifornien – London

Kapitel zehn

Kuffel Canyon in Kalifornien lag nur einen Steinwurf südlich vom Lake Arrowhead entfernt. Wegen der dicht stehenden Kiefern hatte man den Eindruck, meilenweit weg vom Rest der Menschheit zu sein, dabei waren die Wälder voller kleiner Hütten und Ferienhäuser. Auf der Südseite des Sees befand sich ein kleines Dorf mit einem Hafen, einem kleinen, heruntergekommenen Vergnügungspark und einem Gemischtwarenladen, in dem man Süßigkeiten und frisch geschnittene Wassermelone kaufen konnte. Der Laden schloss um elf Uhr abends, also quetschten sich in jenem Jahr Lila und Leo und wer sonst noch wach war, gegen halb elf in Lilas gebraucht gekauften Ford Fiesta und fuhren ins Dorf. Um diese Jahreszeit waren fast alle Bars und Restaurants bis spät in die Nacht geöffnet, dennoch wirkte das Städtchen verschlafen, genau wie der Kassierer, der ständig gähnte, wenn er ihre Einkäufe – hauptsächlich Gemüse und Anchor-Dampfbier – eintippte. An manchen Abenden war der Himmel so klar, dass sie vom Parkplatz aus den sternenhellen Rand der San Bernardino Mountains erkennen konnten.

Die Band teilte sich die Miete der Blockhütte mit ihrem

Label. Es gab zwei Schlafzimmer. Eins davon belegten Alex und Hae, das andere Jennifer, die Schlagzeugerin. Lila schlief offiziell auf dem Klappbett im Wäscheraum und Leo auf der Couch. Allerdings war die Hütte ausgestattet wie ein Kinder-Fort: Die Oberflächen waren breit und weich gepolstert, überall lagen Kissen oder Sitzsäcke, und es gab mehrere kleine Zweisitzer, weshalb sie meist dort einschliefen, wo sie es sich gerade bequem gemacht hatten. Mehr als einmal hatte Leo jegliches Zeitgefühl verloren und die Nacht in einer Hängematte auf der Veranda geschlafen. Übersät mit Insektenstichen wachte er auf und verbrachte den folgenden Tag damit, Eisbäder in der Porzellanwanne zu nehmen.

Im Frühling, achtzehn Monate bevor er nach Saint-Tropez aufgebrochen war, war Leo nach L. A. gekommen, weil sein Dad wollte, dass er bei der großen Party zum dreißigsten Jahrestag eines seiner Hotels dabei war. Er hatte darauf bestanden, dass Leo sich dort für eine Woche ein Zimmer nahm, auch wenn Leo ihm längst mitgeteilt hatte, dass er anderswo unterkommen würde. Alex war ein Freund aus New York, der bei Loftpartys kaleidoskopische Animationen auf die Wände projiziert hatte, bevor er nach L. A. zog und eine Band gründete. Zusammen mit einem Mädchen mit zerrissener Jeansjacke und Birkenstock-Sandalen holte er Leo vom Los Angeles International Airport ab. Sie stritten, als Leo die Ankunftshalle betrat. Nachdem Alex sie einander vorgestellt hatte, fasste das Mädchen Leo am Ellbogen und sagte: »Klär du das für uns: Findest du diese Nachricht unheimlich oder sexy?« Sie streckte ihm ihr

Handy entgegen. Leo hatte einen Jetlag und sah sie verwirrt an. Er musste mehrfach aufs Display schauen, um sich ein Urteil bilden zu können.

»Beides«, sagte er schließlich, und das Mädchen stieß einen Triumphschrei au.

»Du bist zu gut für Alex«, stellte sie dann fest und drückte auf Senden. »Du gehörst jetzt mir.« Leo streckte sich und dachte: *Na schön, warum nicht.*

Die Party kam und ging vorüber, und Leo schüttelte genügend Hände und zog genügend Fotografen an, um anschließend ein widerwilliges Dankschreiben von seinem Vater zu erhalten, das unterzeichnet war mit: *Mit gebührendem Respekt, Bernard Milanowski.*

»Er ist ein Arsch«, stellte Lila fest, »aber für deinen Treuhandfonds würde ich töten. Ich an deiner Stelle würde damit klarkommen.«

Lila hatte in L. A. gelebt, seit sie zwanzig war, und bei einem Gemüsehändler, einer anarchistischen Zoohandlung sowie in mehreren veganen Restaurants gearbeitet, bis ihre Musik endlich so viel einbrachte, dass sie sich ganz darauf konzentrieren konnte. Die Band erreichte nie die große Masse, aber sie war auf einigen Soundtracks von Indie-Filmen zu hören, weshalb sie in den Staaten eine bunt zusammengewürfelte Fangemeinde hatte. Lila hatte außerdem an einem Lovesong mitgeschrieben, der zu einem One-Hit-Wonder wurde. Mit den Erlösen aus anderen Songwriting-Urheberschaften reichten die Tantiemen zum Leben. Sie mietete ein Zimmer in einem Haus mit Außenküche in Echo Park, das sie zusammen mit fünf weiteren

Leuten bewohnte. Der Fußboden klebte, und ihr Raum war voller leerer Flaschen, aber Leo liebte es, dort aufzuwachen und die frühmorgendlichen Geräusche ihrer Mitbewohner zu hören, während sie zusammengerollt in ihrem Bett lagen.

Als sie ihm erzählte, dass sie vorhatten, für den Sommer eine Blockhütte zu mieten, wo sie an ihrem neuen Album arbeiten wollten, war Leo dabei gewesen, noch bevor sie es ihm angeboten hatte. Während der letzten beiden Monate in L. A. war er zwischen Alex und Lila hin- und hergependelt, und nun wurde ihm zum ersten Mal klar, dass er nicht vorhatte, wieder zu gehen. Sein Vater verbrachte den Sommer in einem seiner Resorts, und es war unwahrscheinlich, dass er Leo brauchte. Gum war mit Geschäften in New York beschäftigt, und Hannah war seit März vom Radar verschwunden. Win drehte ein Projekt nach dem nächsten ab und war Hand in Hand mit dem Moderator einer Panel-Show gesehen worden – niemand würde Leo vermissen. Also verschwand er mit Lila in den Wäldern rund um den Lake Arrowhead.

»Du kannst die Lebensmittel bezahlen«, sagte Lila. »Und du kannst mir den Rücken freihalten, sollte Alex anfangen, meine Texte zu verunstalten.«

Am frühen Abend, wenn die Luft kühler war, wanderten sie durch die Kiefernwälder oder fuhren zum See und schwammen im Schatten der Berge. Je nachdem, an welchem Strand sie waren, konnten sie den Wachtturm am Strawberry Peak in der Dunkelheit aufleuchten sehen. Das machte Alex jedes Mal paranoid, hatte er doch zu viele

Artikel über die Überwachung durch die Regierung gelesen und war misstrauisch, wenn nachts irgendwelche Lichter ohne erkennbaren Grund aufflackerten. Er mied Kameras, Sicherheitsüberprüfungen und soziale Medien, und der Rest der Band ließ ihn gewähren. Leos Online-Präsenz beschränkte sich auf seine wöchentlichen Videotelefonate mit Gum, der verzweifelte Monologe über diverse Fehden mit erfolgreicheren Geschäftsleuten hielt und Leo wegen mangelnder Körperpflege tadelte.

Es war die Art von Idylle, über die Win nur die Augen verdreht hätte. Lila verdrehte auch oft die Augen, aber sie genoss die Gegend auf eine Art und Weise, wie Leo es noch nie bei jemandem erlebt hatte. Sie blieb am längsten auf und wurde morgens als Erste wach. Sie schrieb eigenartige, klagende, sexy Songs und spielte ihre eigenen Alben auf ihren eigenen Partys. Wenn sie seine Aufmerksamkeit suchte, wedelte sie mit der Hand vor seinem Gesicht, als wäre er eingeschlafen. Wenn er ihre Aufmerksamkeit wollte, streckte er die Hand aus, wenn sie vorbeirannte, und hakte einen Finger in die Gürtelschlaufe ihrer Shorts, damit sie langsamer wurde. Sie unternahmen lange Autofahrten oder erklommen zusammen die Granitspitzen am Lake Arrowhead, »Pinnacles« genannt. Als sie einmal beide gleichzeitig krank wurden, ließ Lila ihre ältere Schwester aus Orlando einfliegen, die sich um sie kümmerte.

Eine Zeit lang hatte er sich gefragt, was passieren würde, wenn Lila und Win einander begegneten, doch die Möglichkeit schien ihm genauso weit hergeholt wie die Vorstellung, dass die Boulevards in L. A. bei einem großen Erdbeben auseinanderbrachen. Undenkbar. Sie bewegten sich in verschiedenen Umlaufbahnen.

In seiner Vorstellung trafen die beiden Frauen niemals aufeinander. Er wartete darauf, dass Lila ihn zu der turbulenten Beziehung mit Whitman Tagore, dem Filmstar, Fragen stellte, aber sie kam nie auf das Thema zu sprechen. Also schnitt er es selbst an, indem er ihr spontan von ihrer ersten Woche in New York erzählte, von ihrer Abmachung, von Wins Art und Weise, ihm das Gefühl zu vermitteln, nützlich und wichtig zu sein, auch wenn er sich manchmal klaustrophobisch fühlte, als wäre er in einem Netz gefangen.

»Du könntest einfach sagen, dass du das nicht länger tun möchtest«, wandte Lila ein.

»Aber dann würde ich sie nie wiedersehen«, hielt Leo dagegen.

Lila zuckte mit den Schultern, konzentrierte sich wieder darauf, seine Zehennägel zu lackieren, und wechselte das Thema.

Die Band kehrte im Herbst nach L. A. zurück, mit zwölf fertigen Tracks, mehreren Müllsäcken voller schmutziger Wäsche und Leo im Schlepptau. Zum ersten Mal seit Monaten warf Leo einen Blick auf seine E-Mails. Er hatte nichts Wichtiges verpasst. Bei Alex' Geburtstagsparty rief er Win aus einer Laune heraus an, barfuß auf der Veranda, zwischen Kaktusfeigen und Zigarettenkippen. Sie war nicht ganz bei der Sache, erzählte ihm, dass sich wegen eines ihrer Projekte ein ziemlicher Shitstorm zusammenbraute, und lehnte dankend ab, als Leo ihr seine Hilfe anbot. Er kehrte gerade rechtzeitig ins Haus zurück, als die Kerzen auf der Geburtstagstorte angezündet wurden und alle »Happy Birthday« anstimmten, jeder in einem unterschiedlichen Tempo und in ebenso unterschiedlicher Tonlage. Es war gut, dass er nicht gebraucht wurde, redete er sich selbst ein; es war gut, wenn er nur dorthin ging, wo er wirklich erwünscht war. Lila hatte ihm erzählt, dass sich die Band darauf vorbereitete, für den Rest des Herbstes auf Tour zu gehen. Leo hatte noch nie zuvor auf der Straße gelebt. Er war neugierig.

Sie ratterten in einem Van los, und monatelang folgte nichts als Leo und Lila, die unter dem Highway-Himmel kreuz und quer durchs Land streiften. Er gewöhnte sich an das dämmrige Licht bei ihren Kellerauftritten und an Motelduschen. Er entwickelte Kompetenzen, die er nicht für möglich gehalten hätte. Er lernte, ein Schlagzeug auseinanderzunehmen und wieder zusammenzusetzen, wie man den Van anschob, wie man ein tiefes C traf und hielt. Er stachelte Lila dazu an, einen Song über ihn zu schreiben, den sie doch nie aufnahm. Sie zeigten Nachsicht miteinander. Lila fing ständig Streit mit Alex an, aber bei Leo war sie milde, gleichgültig. Leo musste seine Gedanken nie im Kopf hinterfragen, bevor er sie laut aussprach. Es war kalt an der Ostküste, und sie waren andauernd auf der Suche nach neuen, versteckten Orten, an die sie sich zurückziehen konnten, damit ihnen wieder warm wurde. Sie sprachen über Sex, wie sie über alles sprachen.

Leo gewöhnte sich an eine andere Größenordnung von Problemen, sorgte sich nicht länger um internationale

Presseskandale oder trieb sich in millionenschweren Branchen herum. Jetzt hatte er ein Problem, wenn ein Motelbesitzer sie erwischte, wie sie sich zu viert in ein Doppelzimmer schlichen, wenn bärtige Techniker beim Soundcheck über Lila redeten oder wenn irgendwelche Nachbarn sie durch die Gipskartonwand anbrüllten, sie sollten leiser Musik machen. Lila blaffte jeden an, der unverschämt wurde, und wirkte überrascht, wenn Leo fragte, ob er irgendwie helfen könne. »Sei einfach kein Arschloch«, erwiderte sie. »Mehr kannst du eh nicht tun.« Genau das hatte Leo schon immer vermutet.

Im Dezember waren sie im tiefsten Mittleren Westen, und als Leo die Maisfelder betrachtete und seine Drive-in-Mahlzeiten in sich hineinschaufelte, dachte er, endlich in der realen Welt angekommen zu sein. »Leo, der mittellose Ausreißer«, frotzelte Lila, »wie der kleine Prinz, der auf der Erde landet«, aber sie nahm ihn mit, wohin immer er wollte.

Einmal wachte er morgens früh auf, weil Win ihm eine Nachricht geschickt hatte. Sie hatte ihn in einem Interview erwähnt, das nächste Woche herauskommen sollte, keine großen Enthüllungen, aber ein Hinweis darauf, dass sie noch immer in Kontakt standen. Sie wollte nur, dass Leo gewarnt war, sollte es zu einem Medienansturm kommen. Marie ging davon aus, dass das Interesse eine Weile anhalten würde, und Win wollte nicht, dass Leo eines Morgens aufwachte und dachte, jemand sei gestorben oder Gum hätte mal wieder versucht, die Rockefeller-Stiftung zu verklagen. Alles okay, schrieb sie, nur das Übliche. Ruf mich an, wenn du wieder in London bist. Ich vermisse dich!

In jenem Moment dämmerte es Leo, dass er Win vielleicht von Lila erzählen sollte. Sie hatte immer von seinen früheren Beziehungen gewusst, da sie jedes Mal darauf zu sprechen kamen, wenn sie miteinander telefonierten (»Nicht schon wieder eine Performance-Künstlerin«, seufzte sie zum Beispiel, »die letzte hat ihre Blinddarm-OP per Livestream übertragen«), aber Win war sehr beschäftigt gewesen und Leo ständig mit Lila zusammen. Er überlegte eine Woche lang hin und her. Wins Interview wurde veröffentlicht, und Hae las mit alberner Stimme den Teil über Leo vor, während sie auf der Interstate im Stau feststeckten. Leo lachte mit und beschloss, dass Win nichts von dem, was er gerade tat, erfahren musste. Die Entscheidung verlieh seinen Gefühlen eine Festigkeit, die sie zuvor nicht gehabt hatten. Manchmal spürte er, dass Win mehr über ihn wusste als sonst jemand, spürte, wie sie alles, was er tat, mit kühlem Kopf beurteilte, sodass die Tatsache, dass er etwas vor ihr verbarg, allein dadurch an Bedeutung gewann.

Einige dieser Gedanken teilte er Lila mit und schloss mit den Worten: »Wie dem auch sei, ich glaube, ich habe mich in dich verliebt.«

»O Lenny«, sagte Lila. »Das ist zwar ziemlich bescheuert, aber ich liebe dich auch.«

Kurz nach Neujahr kehrten sie nach Los Angeles zurück. Leo blieb bei Lila und brachte die Vormittage damit zu, mit der verschlafenen Zustimmung ihrer Mitbewohner die Küche zu putzen. Er beschäftigte sich, half Alex, eine

Kurzfilmausstellung auf die Beine zu stellen, und organisierte eine aufwendige Homecoming-Party. Wenn Lilas Freunde ihn fragten, womit er seinen Lebensunterhalt bestritt, zuckte er mit den Schultern und lachte; sie waren in L. A., hier war es nicht ungewöhnlich, auf Kosten der Eltern zu leben.

Im Frühjahr flog Leo zur Feier von Gums neunundzwanzigstem Geburtstag nach New York. Die Party fand in einem eigens dafür gemieteten Nachtclub in Chelsea statt, und er verbrachte den Großteil der Zeit eingeschlossen in einem Hinterzimmer mit Charlie und Gum, der wie wild rauchte und Kommentare und Gegenbeweise aus seinen eigenen Hassmails zum Besten gab. Es waren zahllose VIPs auf der Party, während draußen eine Kohorte von Pressevertretern lauerte. Sich der Aufmerksamkeit all der dicht gedrängten Menschen zu stellen, fühlte sich an, wie nach einem stundenlangen Saunagang ins kalte Wasser zu springen. Während Leo Hausmann gespielt hatte, hatte sich Wins Panel-Show-Moderator in einen festen Freund verwandelt, und die Leute waren begierig auf seine Meinung.

In Ermangelung einer Regieanweisung von Marie trat Leo als verwegener Playboy auf: Sicher, er freute sich für Win und den neuen Mann an ihrer Seite; und nein, er wollte sich zu diesem Zeitpunkt nicht zu seinem eigenen Beziehungsstatus äußern. Mitten in der Nacht startete er in seinem Hotelzimmer eine Google-Suche nach Spencer und stieß sofort auf jede Menge Fotos von Whitman Tagore und ihrem neuen Lover. Mit einem Anflug von Schuldgefühlen klappte er seinen Laptop zu und ging schlafen.

Am Morgen nach der Party rechnete er beinahe mit einem Anruf von Win; normalerweise meldete sie sich bei ihm, wenn er auf ihrem Radar erschien. Für gewöhnlich handelte es sich um lange, intensive Telefonate, bei denen Leo irgendwann feststellte, dass zwei, drei Stunden vergangenen waren, ohne dass einer von beiden dies bemerkt hatte. Wenn sie drehte, kontaktierte sie ihn per Videoanruf und lehnte ihr Handy gegen den Spiegel, damit sich die Maskenbildner an die Arbeit machen konnten. Wenn er sie zum Lachen brachte, schimpfte sie mit ihm, ohne die Lippen zu bewegen. Sie wartete bis zur letzten Minute, dann erst legte sie auf, als wäre mit Leo zu sprechen ein Zauber, den sie so lange herauszögern musste wie möglich, damit er seine volle Wirkung entfaltete. Diesmal hatten sie nicht miteinander telefoniert. Später sollte er herausfinden, dass sie im ländlichen Schottland gefilmt hatte und daher die meiste Zeit über offline gewesen war. Das war natürlich in Ordnung. Win lebte auf eigenartige Weise in seinem Kopf. Sie folgte keinem Muster, wie ein Gewässer, das sich in unregelmäßigen Abständen leerte und wieder füllte. Er packte seine Sachen zusammen und verließ New York, erleichtert.

In L. A. warteten all seine neuen Freunde im Garten auf ihn, wo sie in einer Feuergrube Hickory-Holz verbrannten. Die Sterne funkelten, und sie planten, am nächsten Morgen früh aufzustehen und nach Monterey zu fahren, um Wale zu beobachten. Lila und Leo schlichen sich in Lilas Zimmer, wo sie halb angezogen Sex auf all dem Krempel hatten, der sich auf dem Bett türmte.

»Noch einmal richtig: willkommen zu Hause«, sagte Lila mit einem lasziven Lächeln, und Leo verspürte das Bedürfnis, im Hier und Jetzt zu verweilen, darin gefangen zu sein. Es machte nichts, dass er keine Pläne hatte. Es machte nichts, dass Win nicht angerufen hatte. Er wollte wieder unterwegs sein, wollte mit Lila in den Wäldern schlafen und ein Niemand sein, wollte niemandem etwas bedeuten, außer ihr.

Wenn sich seine Stimmung merklich verändert hatte, gab Lila keinen Kommentar dazu ab. Eine Woche später heirateten sie in Las Vegas.

Flitterwochen gab es keine, nur einen Kater am Tag danach, an dem sie bis drei Uhr nachmittags Pfannkuchen frühstückten. Leo klopfte mit seinem neuen Ring gegen die Plastiktischplatte, und Lila sagte: »He, bedeutet das, dass ich die Hälfte deines Treuhandfonds bekomme?« Sie quetschten sich wieder in Alex' Wagen und schliefen auf der Heimfahrt abwechselnd ein. Es dauerte eine Weile, bis sie ihren Fehler erkannten.

Lila nahm mehrere verschiedene Projekte an, Songwriting und Produktion, und kam abends spät nach Hause. Leo war sich nicht sicher, wo er hinsollte, während sie weg war. Er fing an, sich Gedanken zu machen, streifte in den frühen Stunden vor Anbruch der Morgendämmerung durchs Haus und nahm Bücher zur Hand, die er nie zu Ende las. An den Abenden blieb er auf, bis sie zurückkam, und wärmte ihr das Abendessen auf. Bald gingen ihnen die Themen aus, über die sie reden konnten. Er schlief ein paarmal bei Alex, und nach einer Weile holte er seine

Sachen rüber zu ihm. Alex' Haus war größer, und es war Lilas Mitbewohnern gegenüber nicht fair, dass Leo die ganze Zeit über dort war, immer schlechtere Laune bekam, die falschen Frühstücksflocken kaufte und jedem nur im Weg stand. Er sah, wie sich alles um ihn herum auflöste, als würde er zerstoßenem Eis in einem Glas beim Schmelzen zusehen.

Er wusste nicht, was er sich von der Ehe erwartet hatte. Würden Lila und er zusammen ein Haus kaufen und Kinder bekommen? Dachte er, er könnte einfach so aus seinem alten Leben heraustreten und sich in Lilas einfügen? Als würden alle irgendwann einfach vergessen, wer er war, und ihn gewähren lassen.

Endlich sprach Lila es aus, leichthin, so wie sie ihm auch mitteilte, wenn sie unterwegs falsch abgebogen waren. *Ups!* »Ich denke, wir haben den Karren gegen die Wand gefahren, Lenny.«

»Ja«, sagte Leo. »Ich nehme an, es war meine Schuld.«

Sie tätschelte seinen Arm. »Und dabei sagen alle, man solle seinen besten Freund heiraten, nicht wahr?«

»Richtig«, pflichtete Leo ihr bei und dachte aus irgendeinem Grund an Win. In dem Moment wusste er, dass er gehen musste.

Bei der ersten Sommerhitze verließ er L. A., flog zunächst nach London, und als sich das nicht weit genug weg anfühlte, nach Berlin. Er beschäftigte sich damit, Künstler für seinen Vater zu scouten, und mit der Zeitverschiebung war es einfach, Lilas gelegentliche Anrufe zu meiden. Es war, als hätte er ein Jahr im Orbit verbracht und die Erde umkreist, ohne jemals den Boden zu berühren. Berlin Anfang Juli war wie ein Leben zwischen den beiden Brennpunkten einer Ellipse. Die Sonne ging unter, doch in den Straßen wurde es nicht kühler, und wenn es regnete, fiel der Regen wie Dampf. Leo aß vegane Pizza, verbrachte Zeit mit der Handvoll im Ausland Lebenden, die er kannte, und versuchte, das kribbelnde Gefühl des Versagens zu ignorieren, das ihn überkommen hatte.

Als Marie ihn nach Saint-Tropez beorderte, hatte sie ihm keine Zeit zum Nachdenken gelassen, und Leo wollte ohnehin nicht viel nachdenken. Er schor sich die Haare, betrachtete sich blinzelnd im Badezimmerspiegel und wartete auf den Wagen, der ihn zum Flughafen bringen sollte. Er fühlte sich sauber und bereit, wie neu. Win brauchte ihn wieder, und er wusste, dass er gut sein würde; er würde gut sein, für Win. Es war das Einzige, woran er denken konnte.

Das machte die Dinge in der Nacht der Chavanne-Party umso schlimmer, als Win ihre Hand über ihr Telefon hielt, damit ihre Gesprächspartnerin nichts hören konnte, ihm einen kalten, unnahbaren Blick zuwarf und sagte: »Ich kann mich im Augenblick nicht damit befassen.« Sie verschwand, als wäre Leo ein nerviger Fan, ein Problem, das ihre Aufmerksamkeit nicht verdiente. Als sie weg war, machte er auf dem Absatz kehrt und marschierte schnurstracks zur Bar.

Dort saß Lila und kaute auf einem Strohhalm. Ihr reuevoller Gesichtsausdruck machte ihn nur noch wütender.

»Hey«, sagte sie. »Hör mal, Leo, ich wollte sie nicht vergraulen …«

»Schon gut«, erwiderte Leo. Lila streckte die Hand nach seinem Gesicht aus, aber sie berührte ihn nicht. »Lass uns ein paar Shots trinken.«

»Okay«, sagte Lila, ohne ihn aus den Augen zu lassen.

Dann winkte sie dem Barkeeper und bestellte Tequila. Leo reichte ihr Salz und Limette. Lila schien besorgt, doch sie nickte. Sie kippten den Tequila gleich an der Bar, und Leo bedeutete dem Kellner, ihnen noch einen zu bringen.

»Baby«, sagte Lila. Sie wirkte unsicher. »Es tut mir wirklich leid, ich habe mich bloß so gefreut, dich zu sehen …«

»Es ist nicht *deine* Schuld«, blaffte Leo.

Lilas Augenbrauen schossen in die Höhe. »Ich weiß. Ich hätte angerufen, hätte die Chance bestanden, dass du drangehst.«

Der erste Shot brannte in Leos Kehle wie Rauch nach einem Waldbrand. »Ja«, sagte er. »Tut mir leid.«

Jetzt berührte Lila ihn doch. Beinahe grob strich sie ihm mit der Hand über den Kopf.

»Warum hast du es ihr nicht gesagt? Ich wünschte, ich könnte es jedem erzählen. Wenn ich auf eine Party komme und sage: *Mein Ehemann ist mit einer anderen Frau in Saint-Tropez,* würde mir jeder einen Drink ausgeben.«

Leo kippte den zweiten Tequila und bestellte einen dritten, was keine gute Idee war. Lila beobachtete ihn. Die Zeit zwischen ihrer Frage und seiner Antwort dehnte sich.

Den Rest der Nacht verbrachte er damit, sich den Kopf darüber zu zerbrechen, warum er es Win nicht einfach erzählt hatte. Lila blieb zurückhaltend und schuldbewusst, hielt sich in der Nähe der Bar auf, ohne noch einmal an Leo heranzutreten. Leo schlenderte von Gast und Gast, trank deren Drinks aus und erzählte allen, die nachfragten, dass Win nebenan war und sie sie gerade eben verpasst hatten. In den Toilettenräumen stieß er auf ein paar der Male Models, die er in Paris kennengelernt hatte. Er warf ein, was sie ihm gaben, kehrte grinsend zurück und zerrte Alex zur Tanzfläche.

Die Nacht um ihn herum verschwamm. Die Musik wechselte in den Abschlussmodus, nur noch einige wenige Paare tanzten. Leo taumelte durch den Zigarettenrauch hinaus auf die lange Zufahrt. Lila folgte ihm. Sie legte eine kühle Hand in seinen Nacken. Wie immer liefen Kameras, Fotografen riefen, aber längst nicht so viele wie dann, wenn Win in der Nähe war. Noch hatten sie nicht herausgefunden, dass etwas nicht stimmte, wenngleich Leo überzeugt war, dass es sich nur um eine Frage der Zeit handelte. Er ließ sich von Lila aus der Menge führen, vorbei an den Sicherheitsleuten in einen ruhigeren Bereich, in dem die Kellner rauchend zusammenstanden und die Mitarbeiter des Parkdienstes losrannten, um die Wagen zu holen. Leo konnte sich nicht erinnern, wo sie waren, also reichte er Lila sein Handy, damit sie ihm ein Taxi rufen konnte.

»Leo«, sagte sie, »ich denke, du solltest … Du hast jede Menge Anrufe von Marie verpasst, es ist …«

Er gab ein Würgegeräusch von sich.

Lila tätschelte seinen Nacken. »Schon gut.« Sie wartete mit ihm, bis das Taxi eintraf. Einmal hatte sie ihm erzählt, dass sie am Ende einer schlechten Partynacht am brillantesten und nüchternsten war, während sich alle anderen eine Zigarette anzündeten und frierend auf der Bordsteinkante hockten.

»He, Lenny«, sagte sie und straffte mit ernstem Gesicht die Schultern. »Es tut mir wirklich leid.«

»Du hast bloß die Wahrheit gesagt«, hielt Leo dagegen. »*Mir* tut es leid, Lila.«

Lila strich mit dem Daumen über sein Ohr. »Es ist alles in Ordnung. Wir reden später, aber diesmal sprich bitte mit mir.«

Sie half ihm auf den Rücksitz. Anscheinend hatte Leo den Taxifahrer dazu gebracht, ihn ein paar Straßen weiter rauszulassen, in der Hoffnung, den Paparazzi zu entkommen, denn wenig später stolperte er mehrere gekieste Wege entlang, bevor er das Hotel fand. Sein Handy klingelte erneut. Maries Name und ein Foto von Cruella de Vil blinkten auf seinem Display auf. Ehe er sich bremsen konnte, warf er es in einen Müllcontainer. Hinterher fragte er sich, ob es so wohl der Presse in die Hände fallen könnte. Jeder konnte es dort entdecken, aber er redete sich ein, dass es ihm egal war.

Es gelang ihm, das La Réserve durch die Garage zu betreten, doch als er drinnen war, verlief er sich, wusste nicht, in welchem Stockwerk er sich befand, wanderte von einem Flur in den nächsten und hielt seine Schlüsselkarte an Türen, die ihm bekannt vorkamen, obwohl sie alle gleich aussahen. Irgendwann schaffte er es bis zur Rezeption, wo er sich in einen Plüschsessel fallen ließ und darauf wartete, dass ihm der Concierge einen frühen Flug nach London buchte. Er tastete in seinen Taschen nach seinem Handy, dann fiel es ihm wieder ein.

In London angekommen, nahm Leo ein Taxi vom Flughafen, das ihn durch den trüben Nieselregen nach Primrose Hill zu dem Apartment brachte, das er sich mit seiner Schwester teilte. Hannah war nicht da. Beide betrachteten sie die Wohnung eher als Schlafgelegenheit und Lagerfläche denn als richtiges Zuhause. In der Küche herrschte ein Durcheinander aus Kaffeetassen und leeren Bierflaschen, auf den Arbeitsflächen schimmelten Orangenschalen vor sich hin, mehrere Exemplare von Gums im Selbstverlag veröffentlichter Biografie waren bedeckt mit Zigarettenasche. Leo verbrachte eine geschlagene Stunde damit, so viel wie möglich aufzuräumen. Nur in Jeans und Unterhemd schleppte er mit grimmigem Gesicht fünf Mal hintereinander mehrere Mülltüten nach unten zum Müllcontainer. Er hatte einen sauren Geschmack im Mund, aber es war nichts zu essen da.

Als er es endlich geschafft hatte, setzte er sich aufs Sofa und rieb sich mit den Handballen die Augen, bis seine Sicht verschwamm und kleine Funken in seinen Augenwinkeln aufstoben. Er musste sich ein neues Handy besorgen. Er musste seinen Mums Bescheid geben, dass er in der Stadt war, bevor sie es herausfanden und sauer wurden, weil er sich nicht meldete. Er musste die Tiraden über sich ergehen lassen, die Marie zweifelsohne auf seinem Anrufbeantworter hinterlassen hatte, und herausfinden, ob es irgendetwas gab, worüber er sich wirklich Sorgen machen sollte.

Stattdessen ging er unter die Dusche und nahm sich ein Bier, das ganz hinten im Kühlschrank versteckt war. Anschließend sah er sich einen Dokumentarfilm über die Polkappen an.

Der September war lang und belanglos. Es sprach sich herum, dass er in London war. Leute kamen vorbei, die alte Clique brachte Essen, Getränke und Aufmerksamkeiten und achtete sorgfältig darauf, sich nicht nach dem zu erkundigen, was sie über ihn gesehen oder gehört hatten. Seine Mutter Gabrysia erschien auf der Bildfläche und verbrachte eine halbe Stunde damit, mehr schlecht als recht die Spülmaschine zu bestücken, während sie ihm Suggestivfragen stellte, die er ignorierte, schmollend wie ein kleiner Junge. Den ganzen Monat über war er so sauer, dass es ihn beinahe selbst anödete. Er wachte mit geballten Fäusten auf. Er kam sich dumm und im Stich gelassen vor. Er fing wieder an, Yoga zu machen, um sich ein wenig herunterzufahren, aber er konnte die Posen nicht lange halten und sackte mit einem befriedigenden Wumms! auf dem Fußboden zusammen.

Natürlich drückten sich auch Fotografen in seiner Nähe herum. Nach und nach wurden es mehr, eine von einem Bein auf das andere tretende, rauchende Menge auf dem Asphalt, die miteinander fachsimpelte, während sie darauf wartete, dass er das Haus verließ. Leo machte sich nichts aus ihnen, und auch seine Freunde waren daran gewöhnt. Er fragte sich, ob die Presse schon von der Ehe erfahren hatte. Zweimal stand er kurz davor, hinauszugehen und es ihnen mitzuteilen, dann bremste er sich missmutig. Den

Aussagen seiner Freunde und einem gelegentlichen Blick auf die Zeitschriften-Cover vor dem Laden an der Ecke entnahm er, dass Win ebenfalls wieder im Vereinigten Königreich war. Sie hielt sich bedeckt und hatte sich in eins ihrer Häuser an der Küste zurückgezogen. Er hatte gedacht, dass sie diesen Monat mit irgendeinem Wahnsinnsprojekt beginnen würde, und redete sich ein, dass ihn das ohnehin nicht interessierte.

Als er sich das erste Mal wieder richtig nach draußen wagte, stattete er Theas Atelier einen Besuch ab. Er hatte noch immer kein Handy, also hatte sie ihm, einfallsreich, wie sie war, eine eindringliche Postkarte geschickt. Auf dem Weg zu seinem Wagen bekundeten einige Paparazzi ihre Aufmerksamkeit und riefen ihm Fragen zu.

»Leo, was ist passiert? Habt ihr euch wieder zerstritten?«

»Ist sie zu Nathan zurückgekehrt, Leo? Hast du es erneut vermasselt?«

Leo blickte zu ihnen hinüber und gähnte unbeeindruckt, während er den Wagen aufschloss. »Du siehst müde aus, Leo«, rief einer, als er gerade einsteigen wollte.

Danach gab er sich Mühe, häufiger aus dem Haus zu gehen. Er nahm an der Galerieeröffnung eines Freundes teil und kehrte aufgewühlt zurück; es war die Art von Ausstellung, die er normalerweise genossen hätte, aber er hatte die ganze Zeit über Wins Stimme in den Ohren gehabt: *Du redest nur darüber, um zu verbergen, wie leer dein Leben ist.* Er besorgte sich ein neues Handy mit einer neuen Nummer. Einmal warf er für fünf Minuten einen Blick auf seine E-Mails, doch es warteten ungefähr dreitausend Nachrichten auf ihn, sodass er sich wieder ausloggte. Jedes Mal, wenn ein Anruf von einer unbekannten Nummer einging, tippte er auf Ablehnen, allerdings hatte er widerwillig Maries und Wins Nummern gespeichert, doch keine von beiden rief an.

Gum kam zu Besuch und deponierte stapelweise zollfreies Aftershave und Zigarren auf Leos Küchenanrichte. Ihr Vater machte sich Sorgen, dass Leo kurz vor einem öffentlichen Zusammenbruch stand, und wollte, dass Gum in der Nähe blieb und ihn davon abhielt, irgendetwas zu tun, was der Marke Milanowski Schaden zufügen konnte.

»Und wie stellt er sich deine Hilfe vor?«, wollte Leo wissen. Gum zuckte mit den Schultern.

»Keine Ahnung. Ich glaube, er hat bloß nach einem Vorwand gesucht, mich aus New York zu schaffen.«

Überrascht stellte Leo fest, was für eine Erleichterung es war, mit jemandem reden zu können. An ihrem ersten gemeinsamen Abend sprachen sie über die Hochzeit (»Sehr ungeschickt!«, sagte Gum), die Auswirkungen des Streits mit Win (»Was für ein Miststück!«, sagte Gum) und Leos aktuellen zornköchelnden Zustand (»Ermüdend!«, sagte Gum). Er riet Leo, in die Staaten zurückzukehren, die Ärmel hochzukrempeln und seine geschundene Seele mit Arbeit für das Business ihres Dads abzulenken. Leo, der sich nichts Schlimmeres vorstellen konnte als das, lehnte ab.

In dem Bemühen, ihn zu überzeugen, schleppte Gum Leo zu einer Reihe von Mittag- und Abendessen mit verschiedenen Bekannten der Familie. Gum war nach wie vor fest davon überzeugt, dass er aus einem bestimmten Grund in Wohlstand geboren war, und versuchte, dem gerecht zu werden, indem er ein Abziehbild seines Vaters wurde. Leo sah zu, wie sich Gum durch ein Meeting nach dem anderen hangelte, darum bemüht, gemocht zu werden, darum bemüht, als ernsthafter Geschäftsmann anerkannt zu werden, nicht wie ein unglückseliger Erbe mit einer Angststörung und ohne jeden Geschäftssinn. Leo hätte auch dieses Leben wählen können, doch es wäre sogar noch sinnloser gewesen als mit Lila in L. A. abzuhängen. Die Vorstellung, dass einer von ihnen sein Vermögen verdient hatte, erschien ihm lächerlich.

Die ganze Zeit über schwebte Leos üble Laune über ihnen, war präsent in jedem Zimmer. Am Ende der Woche stellte Gum seine Diagnose: Leo sei verzogen, die komplette Angelegenheit sei banal, und er solle sich endlich wieder einkriegen.

»Hannah behauptet, wir seien alle verwöhnt und verzogen«, sagte Leo.

»Ich denke nicht, dass sie das als Entschuldigung gemeint hat«, entgegnete Gum.

Ein paar Stunden später legte er eine Packung Xanax gegen Panikattacken und Angststörungen, eine E-Zigarette und einen Stapel Boulevardblätter, auf denen Leos Gesicht prangte, auf den Tisch und fuhr zum Flughafen. Die Nachricht, die er Leo hinterließ, lautete: *Du siehst scheiße aus! Schau endlich nach vorn!*

Leo blätterte halbherzig die Klatschpresse durch und stieß auf Aufnahmen, die sein Gesicht bei trübem Himmel mit Sonnenbrille abbildeten. Seine Mundwinkel deuteten missmutig nach unten. Andere Fotos zeigten Win, allesamt aus ungünstigen Perspektiven aufgenommen, sodass sie müde wirkte, überlastet, ausgelaugt. Er überflog die Schlagzeilen: WINS ZUSAMMENBRUCH, LEO WEG – WIN AUSSER KONTROLLE, gefolgt von DER EX-FAKTOR: LEO, NATHAN UND SCHMUTZIGE WÄSCHE. Träge überlegte er, ob er Nathan Spencer verprügeln sollte, dann schmiss er die Schmierblätter in den Müll.

Er hatte sich einlullen lassen, so wie immer, wenn jemand aus seiner Familie zugegen war, doch nach Gums Abreise war Leo wieder auf sich gestellt. Wins Schweigen erschien ihm wohlüberlegt und mitteilsam; hier ging es nicht darum wiederanzuknüpfen, die Tür war zu.

Während der folgenden Tage gab er sein Bestes, um den Rat seines Bruders zu befolgen und nach vorne zu blicken, aber es dauerte nicht lange, und der alte Zorn flammte wieder in ihm auf, flüsterte ihm leise und heimtückisch ins Ohr: *Denkst du etwa, ich bin eifersüchtig?*

Es ging auf Oktober zu, als Leo vor seinem Apartment aufgehalten wurde, begleitet von der üblichen Traube von Fotografen, die in einer undeutlichen Kakophonie auf ihn einredeten. Auf einmal hörte er, wie einer von ihnen rief: »Was ist in der Klinik passiert, Leo?«

Er blieb stehen. »Wie bitte?«

Der Paparazzo riss die Augen auf, als könnte er sein Glück kaum fassen. »Ist sie auf Drogen? Hat sie eine Essstörung? Wissen Sie das nicht?«

Leo starrte ihn an und klappte den Mund auf, um dem Paparazzo eine Frage zu stellen, doch er rührte sich nicht vom Fleck und war kurz darauf von den anderen Fotografen umringt. Ein anderer Mann trat vor.

»Haben Sie ihr etwas angetan?«

Leo schloss die Augen, dann schlug er sie blinzelnd wieder auf. »Nein, kommt schon, Jungs, ich habe Termine.« Er bahnte sich mit der Schulter einen Weg zur Haustür.

Zurück im Apartment, setzte er sich an den Tisch und klappte seinen Laptop auf. Er musste nur Whi in die Suchleiste eintippen, und schon erschien sie in den Suchvorschlägen. Gleich an zweiter Stelle stand Whitman Tagore und Leo Milanowski. Dahinter folgte: Whitman Tagore – Entzug. Die Headlines waren noch viel schlimmer: Tagore am Boden zerstört. Whitmans geheime Süchte – Klinikaufenthalt. Drogen und Verzweiflung: Whitmans Leben nach Leo.

Leo öffnete den ersten Artikel und scrollte eilig. Als er durch war, las er den nächsten, dann noch einen.

Er stand auf, drückte sich in der Mitte des Zimmers herum und fragte sich, was wohl Marie jetzt machte. Dann griff er entschlossen nach seinem Handy und den Schlüsseln.

East Sussex

Kapitel elf

Erst als er aus London heraus war, schaltete Leo das Radio an. Die Nachmittagssendung auf BBC Radio 1 war bereits in vollem Gange. Während die Musik lief, schickte ihm Robbie Hayes höchstpersönlich eine Nachricht: eine Reihe von Ausrufezeichen, gefolgt von Ich fühle mich verdammt geehrt, Kumpel, haha. Leo schnitt eine Grimasse. Seine Schultern waren verspannt, sein Rückgrat stockgerade. Er starrte auf sein GPS.

»Sieben Minuten nach fünf, ihr hört BBC Radio 1«, sagte DJ und Moderator Robbie, als der letzte Track verklungen war. »Geht's dir gut, Dunya? Mir geht es heute ausgezeichnet.«

»Alles bestens, danke«, antwortete Dunya, Robbies Produzentin.

»Anderen geht es leider gar nicht gut«, verkündete Robbie. Seine volle, leicht affektiert klingende Stimme bebte vor Vergnügen. »Kommen wir wie gewohnt zu einem Beitrag unserer beliebten Sendung *Prominenz und Schadenfreude* …«

»So nennen wir die Sendung nicht«, wandte Dunya ein.

»Aber sicher doch, wir sind hier sehr kultiviert«, entgegnete Robbie. »Wir haben für euch den neuesten unheilverkündenden Klatsch aus dem Kensington Palace, aber lasst uns ehrlich sein: Eigentlich wollen wir viel lieber über Whitman Tagore reden.«

»Du hattest schon immer ein Faible für sie«, sagte Dunya.

»Wer von uns hat das nicht? Ich habe sie kennengelernt – was für ein Mädchen! Auch unter Druck stets cool. Doch jetzt vielleicht nicht mehr, oder?«

Eine Nachricht von Marie blinkte auf seinem Handydisplay auf. *Das ist dein Stichwort.*

Leo steckte sein Telefon in den Halter und wählte die Nummer, die sie ihm geschickt hatte. »Ich meine, hier geht es um eine Frau, die für gewöhnlich sehr offen ist«, sagte Robbie, während man ihn durchstellte. »Sie lebt in der Öffentlichkeit, eine absolut bezaubernde Person, und dann – Bamm! – wird sie wie aus heiterem Himmel von Nathan Spencer abserviert, es folgt ein Riesentamtam mit ihrem On-off-Lover, der übrigens ein alter Kumpel von mir ist ...«

»Was du offenbar gar nicht genug betonen kannst«, fiel ihm Dunya ins Wort.

Leo atmete tief durch.

»Anschließend verschwindet sie«, fuhr Robbie fort, »vergräbt sich bei ihrer Mum und wird immer wieder fotografiert, wie sie die Klinik betritt und verlässt – ich meine, was sollen wir da denken? Zumal sie wirklich schrecklich aussieht ...«

»Oh, wir haben einen Anrufer«, sagte Dunya. »Was für

eine Überraschung – hast du nicht gerade eben von deinem alten Freund gesprochen?«

»Du machst Witze!«, rief Robbie mit gespieltem Erstaunen. »Hier ist Leo Milanowski!«

»Hi, Robbie«, sagte Leo leichthin. »Ich habe gehört, dass du meinen Namen erwähnt hast.«

»Ist das lange her! Du warst derjenige, der mir beigebracht hat, wie man Frauen abschleppt …«

»Nicht unbedingt erfolgreich«, bemerkte Dunya.

»Und jetzt rufst du nicht an, schreibst nicht …«

»Ich bin immer noch dabei, den Kater nach deiner letzten Geburtstagsfeier wegzustecken«, scherzte Leo.

Robbie lachte. »Was für eine Überraschung. Ist etwas passiert?«

»Nein, nein«, wehrte Leo ab. »Alles okay. Allerdings wurden in letzter Zeit ein paar seltsame Dinge verbreitet, jede Menge Gerüchte, total abgedrehte, unglaubliche … Darf ich fluchen, während ich auf Sendung bin?«

»Dunya würde es wirklich vorziehen, wenn du darauf verzichtest«, sagte Robbie. »Für die, die gerade erst zugeschaltet haben: Hier ist BBC Radio 1, ich bin Robbie Hayes, und ich habe Londons Badboy Nummer eins am Telefon – Leo Milanowski. Das hier ist dein erstes Interview seit wie vielen Jahren? Fünf? Wo bist du gerade, Leo? Wir hören dich ein bisschen undeutlich, rufst du aus dem Auto an?«

»Ich fahre gerade an die Küste«, sagte Leo und wechselte die Spur. Sein Blick fiel auf sein stressverzerrtes Gesicht im Rückspiegel. Mein Gott, wie sehr er Interviews hasste!

»*Interessant*«, kommentierte Robbie. »Hat Whitman Tagore nicht ein Haus an der Küste im Südosten? Stattest du ihr etwa einen Besuch ab?«

»Das könnte man so sagen«, antwortete Leo mit belustigter Stimme. »Wie du sicher weißt, ist Win seit einiger Zeit bei ihrer Mum, und ich fahre jetzt zu ihnen. Ich hatte einiges um die Ohren und musste eine Weile in London bleiben, aber nun freue ich mich darauf, endlich zu den beiden zu kommen.«

»Das ist großartig, Leo«, sagte Robbie. »Sollen wir über die Gerüchte reden? Warum bist du letzten Monat nach einem Riesenstreit mit Whitman aus Saint-Tropez abgehauen? Habt ihr zwei seitdem miteinander gesprochen …«

»Hör mal, Robbie: Nur weil Win und ich nicht im selben Zimmer sind, heißt das noch lange nicht, dass wir nicht miteinander reden«, sagte Leo und trommelte mit den Fingern aufs Lenkrad. »Sie ist einer der wichtigsten Menschen in meinem Leben, wir stehen ständig in Kontakt.« Er lächelte angespannt, nicht gerade beeindruckt von dem, was er da von sich gab. »Dir ist schon klar, dass es diese verblüffenden Dinger gibt, die man Handys nennt …«

»Schon gut, schon gut …«

»Aber du hast recht«, fuhr Leo fort, »wir streiten manchmal, genau wie andere Leute auch. Das ändert allerdings nichts an dem, was ich …« Er schnitt eine Grimasse. »… was ich für sie empfinde.«

»Dunya hat einen ganz verträumten Blick bekommen.«

Leo zwang sich zu einem Lachen. »Ich bin eben ein echter Romantiker.«

»Erzähl uns, wie das für dich ist, Leo«, forderte Robbie ihn auf. »Wie du schon sagtest, es kursieren jede Menge verrückte Gerüchte, die die Leute ziemlich verwirren. Das *muss* doch frustrierend für dich sein!«

»Ja, das macht mich wahnsinnig«, sagte Leo und bog von der Autobahn ab. »Du hast recht, ich gebe nicht viele Interviews, aber das hier ist außer Kontrolle geraten, und Win ist gerade ziemlich beschäftigt, sie hat einfach keine Zeit, sich damit zu befassen.« Er zögerte, weil er wusste, dass er sich auf gefährliches Terrain begab und er sozusagen auf Zehenspitzen über eine Landmine stieg. »Und ja, in letzter Zeit ist ziemlich viel Schlimmes passiert – eine Krankheit in der Familie, um genau zu sein.«

»O nein, das tut mir leid!«

»Danke. Win würde die Dinge momentan lieber für sich behalten, und ich möchte das ebenfalls. Weil die Gerüchte aber dermaßen aus dem Ruder laufen, dachte ich, ich rufe besser mal an und stelle klar, dass sie weder auf Entzug ist noch eine Essstörung hat. Es geht ihr gut und mir ebenfalls. Wir streiten ab und an, so wie alle anderen Menschen, aber das ändert doch nichts daran, wie viel sie mir bedeutet! Und deshalb fahre ich jetzt zu ihr und ihrer Familie, um sie zu unterstützen. Genau wie sie mich unterstützt.«

Er krampfte die Hände ums Lenkrad.

»Wie ritterlich«, sagte Robbie. »Du bist ein cooler Typ, Leo.«

»Oh, danke«, erwiderte Leo. »Ich gebe mir wirklich Mühe.«

Als der nächste Song eingespielt wurde, nahm Robbies Stimme einen normaleren Ton an.

»Vielen Dank, Leo«, sagte er. »Meine Produzentin ist ganz aus dem Häuschen.«

»He, ich danke dir«, entgegnete er, weil Robbie ein netter Kerl war, der nichts dafür konnte, dass Leo bei Interviews jedes Mal Zahnschmerzen bekam. Er warf einen Blick in den Rückspiegel. Ein großer schwarzer SUV hatte sich gerade an ihn drangehängt.

»Hör mal, Kumpel, lass uns mal wieder ein Bier trinken gehen. Ist ja schon Ewigkeiten her … Bring dein Mädchen mit, wenn du Lust hast.«

»Wie bitte? Damit du wieder mit ihr flirten kannst?«, fragte Leo, obwohl er sich kaum an das letzte Treffen erinnerte. Er nahm an, dass sie sich irgendwann in London begegnet waren oder vielleicht auch in L. A. Win war mit Sicherheit bezaubernd gewesen, und Robbie würde versucht haben, bei ihr zu landen.

»Das wäre schön«, sagte Robbie. »Ähm, richte Whitman bitte alles Gute von mir aus und gute Besserung an ihre … Familie.«

Es musste doch jedem klar sein, dass Whitmans Familie einzig und allein aus ihr und ihrer Mutter bestand, dachte Leo. Aber das konnte er nun mal nicht ändern, und sogar Marie hatte ihm beigepflichtet, dass irgendetwas Vages über Wins Mum besser war als die Entzugsgerüchte.

»Das mache ich«, sagte er daher. »Danke, Kumpel.« Es kam ihm seltsam vor, Robbie so zu nennen. Er spürte, wie Zorn in ihm hochkochte. Er hasste es zu lügen, er hasste

Verschwörungen, und er hasste Win dafür, dass sie ihm das antat.

Als er auflegte, wartete bereits eine SMS von Marie auf ihn: Guter Anfang. Leo schleuderte sein Handy auf den Rücksitz.

Es war nicht schwer, das Haus von Wins Mutter zu finden, obwohl es versteckt auf den Sandsteinfelsen lag. Auf dem letzten Abschnitt der Fahrt hatte Leo hinter den Feldern das Meer sehen können, das um diese Jahreszeit aufgewühlt und voller Schaumkronen war. Für gewöhnlich verpasste er die Abzweigung, doch heute war sie nicht zu übersehen. Jede Menge Paparazzi hatten sich auf der schlecht einsehbaren Zufahrt versammelt.

Die Fotografen erkannten Leos Fahrzeug und machten zögernd den Weg frei, damit er im Schritttempo an ihnen vorbei zum Tor fahren konnte, während sie versuchten, durch die getönten Scheiben ins Innere des Fahrzeugs zu gaffen. Dicht an dicht standen sie am Rand der Zufahrt und drängten sich vor dem Tor wie Pinguine. Dahinter sah Leo Wins Sicherheitsleute, die Arme verschränkt.

Der Wachmann vor dem Tor beäugte den Wagen misstrauisch. Leo ließ das Seitenfenster ein kleines Stück hinunter, gerade so viel, dass seine Augen zu sehen waren, doch zu seinem Pech kannte er den Wachmann nicht.

»Keine Besucher heute«, sagte der.

»Ich bin kein Besucher«, entgegnete Leo. Er konnte sehen, wie die Paparazzi näher kamen und die Ohren spitzten. »Ich muss mit Whitman sprechen.«

Win hatte das Haus vor ein paar Jahren für ihre Mutter gekauft, ein friedliches Fleckchen Erde, *an dem sie alt werden und in Ruhe mütterliche Urteile über mich fällen kann.* Genau die Worte hatte Win gewählt am Ende der Met-Gala, als sie eine ruhige Ecke gefunden hatten, wo sie sich hinsetzen konnten. Leo hatte sich alle Mühe geben müssen, sie nicht zu küssen. Jetzt konnte er die schräge Kante des strohgedeckten Daches sehen und den Rand des Vordachs. Jemand klopfte ans Rückfenster. Er drehte sich um und blickte in eine Kameralinse, die hoffnungsvoll gegen das Glas gedrückt wurde.

»Sagen Sie ihr, Leo ist da.« Als der Wachmann nur die Augen verengte, fügte er hinzu: »Bitte.«

Der Mann musterte ihn für einen langen Moment, dann seufzte er und zog sein Funkgerät hervor, allerdings sprach er so leise, dass Leo ihn nicht verstehen konnte. Mitten im Satz drang Gemurmel aus dem Lautsprecher, und er trat einen Schritt vom Wagen zurück.

»Bitte sehr«, sagte er. »Rein mit Ihnen.«

Leo stieß die Luft aus. Er hatte das Auto kaum durch das enge Tor gelenkt, als auch schon die Haustür aufschwang und Win herausgestürzt kam.

Ihre Haare waren frisch gewaschen und knisterten in der kalten Luft vor elektrostatischer Energie. Sie trug einen Oversize-Pulli, eine saubere Jeans und Schnürstiefel. Mit großen Schritten kam sie auf ihn zu, ihr Gesicht leuchtete auf vor Hoffnung. Leo stieg aus dem Wagen, und Win taumelte in seine Arme.

Er lächelte sie an, nahm ihr Gesicht in seine Hände und

betrachtete sie so intensiv, als wären Jahre, nicht Wochen vergangen, seit sie einander das letzte Mal gesehen hatten. Sie verbarg ihr Gesicht an seinem Hals und drückte ihn fest, und Leo ließ seine Hand ihren Rücken hinaufgleiten und streichelte ihr Haar. Hinter ihnen tobte ein wahres Kameragewitter, unzählige Blitze durchzuckten die einbrechende Dunkelheit.

Wins Haare fielen nach vorn und verdeckten sie halb. Ihre Stimme an Leos Ohr war leise und angenehm.

»Ich werde dich verflucht noch mal umbringen«, sagte sie.

Leo nahm seinen Rucksack und ging Arm in Arm mit Win ins Haus. Sie hatte ihre Wange an seine Brust gelehnt, als könne sie es nicht ertragen, von ihm getrennt zu sein. In dem Moment, in dem sich die Tür hinter ihnen schloss, zuckte sie zurück, als wäre es schmerzhaft, ihn zu berühren. Als sie auf ihn zugelaufen war, um sich in seine Arme zu werfen, hatte Leo für einen Augenblick geglaubt, sie würde sich tatsächlich freuen, ihn zu sehen.

»Es ist wirklich erstaunlich, dass du noch keinen Oscar gewonnen hast«, sagte er.

»Was zum Teufel machst du hier?«

»Gern geschehen, Whitman.«

»Willst du mich auf den Arm nehmen?«, blaffte sie. »Du kannst doch nicht im Ernst erwarten, dass ich dir dankbar bin? Hattest du nicht gerade erst beschlossen, mir das Leben zu versauen?«

»Das hast du selbst ganz gut hinbekommen«, gab er bissig zurück. »Es sei denn, die Gerüchte über den Entzug und die Essstörungen waren Teil deines großen Plans.«

»Das habe ich im Griff…«

»Da behauptet Marie aber etwas anderes«, konterte er. »Sie sagte, du könntest nichts dagegen tun, weil du deine Mum nicht allein lassen kannst…«

»Dann sprichst du also hinter meinem Rücken mit meinen Angestellten?«

»Ich… Marie hat mich angerufen«, sagte Leo, wobei er vielleicht eine Sekunde zu lange zögerte. Dennoch wurde Wins wütender Gesichtsausdruck etwas milder. »Hör mal, Win, ich bin hier, um dir zu helfen. Ich kann das wieder in Ordnung bringen.«

»Indem du beim Radio anrufst und erzählst, wie viel ich dir bedeute?«

Leo streckte sich ausgiebig, dann lehnte er sich mit dem Rücken gegen die Wand. »Oh, Whitman, hast du mir eigentlich zugehört? Treib mir nicht die Zornesröte ins Gesicht…«

»Du kannst das nicht wieder in Ordnung bringen, Leo. Ich würde dich in hohem Bogen rauswerfen, doch das ist nicht möglich. Du hast mich in die Falle gelockt!«

»Ich habe mich selbst in die Falle begeben«, knurrte Leo. »Ich war raus aus der Nummer, raus aus diesem dämlichen Randprogramm. Trotzdem bin ich jetzt hier.«

Er spürte förmlich, wie sich ihm der Magen zusammenschnürte, als er die Worte aussprach und das volle Ausmaß der Situation begriff, in die er sich hineinmanövriert hatte. Er hatte gedacht, Win würde zumindest ein bisschen Dankbarkeit zeigen. Er war so außer sich gewesen, dass er es fast geschafft hatte zu vergessen, wie wütend sie gewesen war, und eine schlecht gelaunte Win zählte zu den übelsten Dingen, die Leo jemals zugestoßen waren. Jetzt hockten sie hier drinnen aufeinander, während draußen die Paparazzi kampierten und zusahen, wie sie sich gegenseitig demontierten. Langsam dämmerte es Leo, dass es kein geheimes Schlupfloch gab, keinen Ausweg aus der Lüge, die Win und er um sich herum aufgebaut hatten wie ein Bollwerk. Lila hatte ihn nicht gerettet, genauso wenig wie L. A. oder Berlin oder London: Er war hier, wieder gefangen, mit einer Mitverschworenen, die ihn nicht einmal mehr mochte.

»Wenn du denkst, dass du so wiedergutmachen kannst, was du mir angetan hast …«, zischte Win.

»Ich versuche gar nichts wiedergutzumachen, und ich werde mich bestimmt nicht dafür entschuldigen, dass ich auch ein richtiges Leben habe.«

»Warum bist du dann hier?«

»Du brauchst mich! Und glaub mir, ich wäre wahrhaftig überall lieber als hier, aber du hast ein Chaos angerichtet, statt irgendetwas im Griff zu haben. Du musst das wieder in Ordnung bringen, und weißt du, was, Whitman? Ich bin alles, was du hast! Das passiert nun mal, wenn du dir von niemandem helfen lässt, und nun musst du mir am Ende vertrauen.«

»Ich werde dir nie vertrauen«, erklärte Win mit Nachdruck. »Den Fehler mache ich nie wieder.«

»Verdammt noch mal.« Leo stieß sich von der Wand ab und ging in dem dämmrigen Korridor auf und ab. Er versuchte, Win ins Gesicht zu sehen, doch er konnte es nicht. Irgendwann fragte er: »Ist alles okay mit deiner Mum?«

»Das hat Marie dir erzählt.«

»Nun, da hatte ich es schon herausgefunden.« Er wagte es, ihr einen Blick zuzuwerfen. Ihr Gesicht war angespannt und verschlossen, ihre Augen außergewöhnlich dunkel. »Ist der … Ist der Brustkrebs zurückgekehrt?«

»Ja.«

»Wird sie wieder gesund?«

»Ja.« Wins Stimme klang rasiermesserscharf.

»Gut.« Leo fuhr sich mit der Hand über den Kopf. »Gut. Nun, ich bin gekommen, um euch zu helfen.«

»Wir brauchen deine Hilfe nicht, aber du lässt uns ja keine Wahl«, entgegnete Win und ging ihm voran durch den dämmrigen Korridor. »Die Gästezimmer sind im ersten Stock. Du solltest mir besser aus dem Weg gehen.«

Am nächsten Morgen machte Leo Frühstück. Die Küche war riesig und auf eine wohldurchdachte Art und Weise rustikal eingerichtet, als stammte sie direkt aus dem Katalog. Es war noch früh, und im Haus war alles ruhig, als Leo sich auf Zehenspitzen daranmachte, die Dinge zusammenzusuchen, die er brauchte. Es handelte sich um eine von diesen IKEA-Küchen, wo alles beschriftet war. ZUCKER, TEE und BROT stand auf den entsprechenden Behältern. Als Leo die Zuckerdose öffnete, stieß er stattdessen auf Kaffee, drei halb leere Packungen, verschlossen mit Gummibändern. Der Brotkasten war randvoll mit Salzcrackern.

Leo beugte sich über die Spüle und steckte sich einen davon in den Mund.

Er hatte nicht viel geschlafen. Irgendwann in der Nacht hatte er gehört, wie Win telefonierte, aber er konnte nicht verstehen, was sie sagte. Anschließend hatte er nicht wieder einschlafen können.

Der Morgen war frisch, der Himmel war rau und rosa wie aufgeschürfte Fingerknöchel, die Welt draußen erwachte verschlafen zum Leben. Leo hörte das Brummen und Knattern der Fahrzeuge vor dem Tor. Die meisten Fotografen hatten wohl in ihren Wagen übernachtet.

»Sie sind wach.«

Leo zuckte zusammen und drehte sich um. Wins Mutter kletterte vorsichtig auf einen hohen Hocker an der Kücheninsel und verschränkte die Hände vor sich auf der Anrichte.

»Guten Morgen«, sagte er und gab sich Mühe, sie nicht anzustarren. Sie sah Win nicht sehr ähnlich, war kleiner und runder als ihre Tochter und hatte sich die Haare zu einem welligen Bob schneiden lassen. Sie trug einen schlichten, blau-weiß gestreiften Morgenmantel, den sie eng um sich gezogen hatte, und beäugte ihn mit unverhohlenem Misstrauen. Vielleicht war *Abneigung* das bessere Wort. In jedem Fall passte es besser zu Win. Leo zwang sich zu einem Lächeln und streckte die Hand aus. »Ich bin Leo.«

»Ich weiß«, sagte Pritha. Er kannte ihren Namen natürlich, aber es verunsicherte ihn, dass sie ihn nicht nannte.

Sie schüttelte auch nicht seine Hand. Nach einem Moment ließ er sie sinken. »Möchten Sie einen Kaffee?«

»Tee«, sagte sie. »Er ist im Oberschrank.«

Leo wandte ihr den Rücken zu und setzte den Kessel auf, überzeugt davon, dass sie ihn immer noch beobachtete. Sein Nacken kribbelte. Er betrachtete den Kessel, bis das Wasser anfing zu kochen.

Als er ihr die fertige Tasse Tee hinstellte, nickte sie und deutete auf den Salzbehälter, der mit Zucker gefüllt war. Sie griff nach dem iPad, das auf der Anrichte lag, und fing an, durch die E-Mails zu scrollen. Leo verspürte eine unerwartete Zuneigung, die nichts mit dieser seltsamen, stillen Frau und alles mit dem ihm vertrauten Stirnrunzeln zu tun hatte. Dann verdrehte er die Augen und wandte sich wieder ab, um weiter sein Frühstück zusammenzusuchen.

»Möchten Sie etwas Toast?«, bot er ihr an.

Sie sah ihn an, als würde er sich einen Scherz mit ihr erlauben.

»Meine Tochter hat mir einen Ernährungsplan zusammengestellt.« Sie deutete auf den Kühlschrank. »Wahrscheinlich gibt es wieder Müsli.«

»Igitt!«, sagte Leo und ging hinüber, um den Speiseplan zu studieren, der an der Kühlschranktür klebte. Er war in verschiedenen Farben gestaltet und mit Bemerkungen wie *Tu dir etwas Gutes!* und *Köstlich!* versehen. Es sah nicht nach Wins Werk aus, aber nach etwas, für das sie jemanden engagieren würde. Das heutige Frühstück bestand aus grünem Smoothie, Mandeljoghurt und zuckerfreiem Müsli. Er drehte sich zu Pritha um und zog eine Augenbraue in die Höhe. Sie nickte.

»Okay«, sagte Leo. »Also Müsli.«

Er füllte zwei Schüsseln für sie, auf denen SCHÜSSEL stand. Er war sich des Schweigens bewusst, aber Pritha schien es nichts auszumachen. Sie hatte ihre E-Mails geschlossen und öffnete jetzt ein Kartenspiel. Als er das Müsli vor sie hinstellte, sah sie auf und schnitt eine Grimasse. Es war trocken und mehlig, und beide kauten langsam und ohne zu sprechen.

»Oh«, sagte Win, die in der offenen Tür auftauchte. Sie sah erstaunt aus, als hätte sie erwartet, dass er längst auf dem Rückweg nach London war. »Wie fühlst du dich, Ma?«

»Gut«, antwortete Pritha, ohne von ihrem Kartenspiel aufzublicken. »Ich glaube, ich erziele heute eine neue Höchstpunktzahl.«

»Großartig«, befand Win. Sie rauschte an ihnen vorbei in Richtung Kühlschrank und nahm eine Flasche Mineralwasser heraus. Leo wartete.

Endlich sagte sie: »Du bist immer noch da.«

»Warst du schon auf Twitter?«

»Kein Interesse, Leo.«

»Das solltest du sehen«, erwiderte Leo, zog sein Handy hervor und öffnete die Nachricht, die er mitten in der Nacht von Marie bekommen hatte.

Er hatte sich das Video bereits angeschaut, eine amerikanische Talkshow. Vier strahlende Frauen saßen an einem runden Tisch, auf dem Greenscreen hinter ihnen wurde ein Ausblick auf Miami eingeblendet. Während der Film lief, aß er sein Müsli. Win kam widerwillig näher, wobei sie ihrer Mutter vorsichtig einen Arm um die Schultern legte.

»Noch einmal«, sagte eine der Frauen, »noch einmal, nun macht schon …«

»Ach Janine, du Romantikerin«, sagte eine andere.

»Nur noch einmal«, bettelte Janine, und tatsächlich wurde Leos Interview ein weiteres Mal abgespielt.

»Wir streiten ab und an, so wie alle anderen Menschen …«, sagte der aufgezeichnete Leo am Telefon. Er wirkte unbefangen, selbstsicher; das Unbehagen, mit dem er Interviews für gewöhnlich bestritt, ließ seine Stimme ernst klingen, als würde er über seine Zukunft sprechen. »… aber das ändert doch nichts daran, wie viel sie mir bedeutet!«

»Hört ihr?«, fragte Janine begeistert. »Ach Kirsty, erzähl mir nicht, dass dir das nicht ans Herz geht. Wie sehr er sich darum bemüht, ihre Ehre zu verteidigen! Es ist sein erstes Interview nach *fünf Jahren.*«

»Das ist süß, sehr süß«, pflichtete Kirsty ihr bei. »Wow. Wahrscheinlich bin ich bloß überrascht, dass es Whitman Tagore und Leo Milanowski diesmal länger als eine Woche miteinander ausgehalten haben.«

»Sie werden eben erwachsen«, schaltete sich die dritte Frau ein. »Leo ist in den letzten Jahren sehr viel reifer geworden. Ich denke, er ist jetzt bereit, sein Playboy-Dasein aufzugeben und sich zu der Frau zu bekennen, die er liebt. Seht nur, wie glücklich Whitman war, ihn zu sehen, wie sich ihr Gesicht aufhellt …«

»Wer sind diese Frauen?«, fragte Pritha.

»Das ist bloß irgendeine Talkshow«, sagte Win. »Das hat nichts zu bedeuten.«

»Es ist überall im Internet«, widersprach Leo zwischen zwei Mundvoll. »Laut Marie läuft es außerdem in fast allen Morgenshows.«

Win warf ihm einen finsteren Blick zu. Auf dem Bildschirm sagte Janine: »Ich sage euch, ich habe großen Respekt vor Whitman Tagore. Es kursieren zahlreiche Gerüchte über ihre Mutter, und ich denke, die meisten Promis würden einfach jemanden engagieren, der sich um sie kümmert, aber sie schaltet einen Gang zurück, schert sich nicht darum, was die Leute sagen, es geht ihr nur um ihre Mutter …«

Pritha schnaubte. Win presste die Lippen zusammen, streckte die Hand aus und stellte Leos Handy ab.

»Du hast deinen Standpunkt klargemacht.«

»Und es funktioniert. Nur darauf kommt es an.«

»Du hast mir keine Wahl gelassen«, hielt Win dagegen. »Und du hast meine Mutter der Öffentlichkeit ausgesetzt …«

»Das wäre früher oder später ohnehin passiert«, ließ sich Pritha vernehmen. Sie schob ihre Schüssel von sich. »Bei deiner … öffentlichen Position.«

»Auf diese Weise können wir die Sache kontrollieren«, sagte Leo.

Win schwieg für eine Sekunde. Sie hatte ihre Haare zurückgebunden, und Leo fand, dass sie müde aussah. Auf ihrem Gesicht lag derselbe frustrierte Ausdruck, den er schon Tausende Male an ihr gesehen hatte. Sie machte einen Schritt auf ihn zu, und er hätte beinahe die Hand nach ihr ausgestreckt, aber sie ging an seiner Schulter vorbei zur Sprechanlage an der Wand und tippte drei Ziffern nacheinander ein.

»Ich komme jetzt zum Laufen raus. Ist hinten alles frei?«, sagte sie in den Hörer.

»Alles frei«, kam es rauschend zurück.

»Ich bin froh, dass ihr zwei euch bereits verbündet habt«, bemerkte sie dann und verließ mit großen Schritten den Raum. »Wenn ich wieder da bin«, fügte sie mit einem Blick über die Schulter an Leo gewandt hinzu, »kannst du mir dein Programm für die Woche geben.«

Sie war weg, noch bevor Leo irgendetwas erwidern konnte.

»Ich gehe wieder ins Bett«, verkündete Pritha. »Heute scheint es kein guter Tag zu werden.«

Leo nickte. Sie rutschte vom Hocker. Als er ihr den Arm entgegenstreckte, um ihr zu helfen, nahm sie ihn seufzend und ließ ihn erst los, als sie sich wieder gefangen hatte.

»Benötigen Sie Hilfe beim Treppensteigen?«

Sie warf ihm einen langen, durchdringenden Blick zu. »Sie versuchen zu beweisen, dass Sie sich hier nützlich machen können, das ist mir klar. Allerdings kann ich Ihnen dabei keine Hilfe sein. Sie vertraut mir genauso wenig wie Ihnen.«

»Ich versuche gar nichts zu beweisen«, widersprach Leo. »Ich versuche nur zu helfen.«

»Schon gut«, sagte sie, als würde sie ihm nicht glauben. »Ich schaffe es allein die Treppe hinauf.«

Er sah ihr nach, wie sie davonschlurfte. Nun war er sauer auf beide. Unschlüssig, was er tun sollte, ging er in der Küche auf und ab und fing an zu grübeln. Vielleicht war es eine schlechte Idee gewesen herzukommen. Er hatte das Ganze nicht sauber durchdacht. Der Endloskatalog von Artikeln über Win und Kliniken und Krisenpunkte hatte ihm einen Schreck eingejagt, und Maries Anruf, bei dem sie ihm seinen Auftritt bei Radio 1 nahelegte, hatte es nur noch schlimmer gemacht. Er hatte sich endlich auf etwas anderes fokussieren wollen als auf seinen eigenen Zorn und die Erkenntnis, dass sie sich nie wirklich für ihn interessiert hatte. Er hatte sie wiedersehen wollen. Er hatte ihre physische Präsenz spüren, ihre Stimme hören wollen.

Weil ihm nichts Besseres einfiel, kehrte er in sein Zimmer zurück. Als er die Bettdecke zurückschlug, entdeckte er eine alte, griesgrämige Katze, die sich darunter zusammengerollt hatte und ihn mit schmalen Augen anblickte. Er setzte sich neben sie, stellte den Fernseher an und zappte durch die Kanäle, warf einen flüchtigen Blick auf die Promi-News für den Fall, dass sein Gesicht dort auftauchte, dann blieb er bei einem Cop-Film hängen, den er schon einmal gesehen hatte.

Das Haus fühlte sich trotz seiner Größe beengend an. Ohne sich dessen bewusst zu sein, hatte sich Leo Pritha als bettlägerige Invalidin vorgestellt, Win ergeben an ihrer Seite. Leo selbst war der Held, der kam, um die beiden zu retten. Stattdessen war Pritha eine unbekannte Größe, die mit Win zusammenarbeitete, als wären sie ein Team von Bombenentschärfern – sie sprachen nicht mehr als das Nötigste, verhielten sich professionell und distanziert. Leo passte nicht ins Bild, genauso wenig wie Win oder Pritha. Er verstand nicht, was vor sich ging.

Nach einer Weile wachte die Katze mit einem verschlafenen Miauen auf, kletterte auf seinen Schoß und drehte sich mehrere Male im Kreis, um es sich bequem zu machen. Er kraulte sie unterm Kinn. Sie hatte kein Halsband. Leo streichelte sie, bis sie mit der Pfote nach ihm schlug, damit er aufhörte. Er sah zu, wie sie einschlief.

Er selbst wachte erst wieder auf, als jemand den Fernseher ausstellte. Er schnappte hörbar nach Luft und schlug die Augen auf. Die Katze sprang von seinem Schoß und stolzierte davon.

Win stand in der offenen Tür des Gästezimmers, die Fernbedienung in der Hand. Es musste geregnet haben, denn sie war klatschnass. Ihre Wangen waren gerötet vom Laufen, an ihren Waden klebten Schlammspritzer. Er fragte sich, wie lange sie unterwegs gewesen war.

»Wie viele Leute wissen davon?«, erkundigte sie sich. »Von der Ehe?«

Leo rieb sich mit der Handfläche übers Gesicht. »Kaum jemand. Keiner, der mit der Presse reden würde. Lila zieht mich damit auf, aber ich glaube nicht, dass sie wirklich irgendwem etwas verrät.«

»Kennt Lila die Wahrheit über dich und mich?«

Leo starrte sie an. Das unerwartete Schläfchen hatte ihn aus dem Gleichgewicht gebracht, und er fühlte sich einer weiteren Auseinandersetzung nicht gewachsen. »Ja«, antwortete er daher schlicht.

»Wunderbar.«

»Ich habe nie zugesichert, meine Freunde zu belügen«, verteidigte er sich. »Das gehört nicht zu unserer Abmachung.«

»Oh, deine *Freunde*«, sagte Win und blickte mit geschürzten Lippen zur Seite. »Nun, vielleicht ist es tatsächlich hilfreich, dass du hier bist.«

Er zog die Augenbrauen in die Höhe. »Auch schon gemerkt?«

»Führ dich nicht auf wie ein Arschloch, Leo.« Sie klang so abweisend wie nie zuvor. »Das hier macht nichts wieder gut. Ich schulde dir gar nichts.«

»Okay.«

»Ich muss arbeiten«, fuhr sie fort. »Marie ruft uns heute Abend an. Sie ist dabei, einen Plan auszuarbeiten, wie wir das hier am besten handhaben. Bis dahin solltest du versuchen, dir keine weiteren Ehefrauen zuzulegen.«

Leo sah sie mit gefurchten Brauen an. »Bist du sicher, dass du mir keine genaueren Instruktionen erteilen möchtest? Vielleicht in Form eines Drehbuchs?«

»Du hältst dich doch eh nicht daran«, gab sie zurück. Ihre Stimme war bitterer als schwarzer Tee.

Kapitel zwölf

Marie schaltete sich aus New York zu, um bei einem Videoanruf zusammenfassend Bericht zu erstatten. Seit Wins Rückkehr nach Großbritannien kursierten diverse Gerüchte über ihren Nervenzusammenbruch: Sie käme mit dem Karrieredruck nicht zurecht; sie sei kontrollsüchtig und stoße die Männer zurück (erst Nathan, dann Leo); und jetzt – befeuert durch Leos Radiointerview – hieß es, sie kämpfe mit Familienproblemen, die sie völlig fertigmachten.

Marie blickte von ihren Notizen auf. »Es gibt hier also jede Menge zu tun.«

Leo warf Win einen ungläubigen Blick zu, aber Win nickte nur und bedeutete Marie, fortzufahren.

»Betrachten wir das Ganze als Chance für euch. Wir haben uns immer auf einem schmalen Grat zwischen einem gelassenen Auftreten trotz Pressekritik und der Gefahr, langweilig rüberzukommen, bewegt. Das hier ist *die* Möglichkeit, echte Schwachstellen aufzuzeigen. Ihr seid genau wie alle anderen, auch euch stoßen schlimme Dinge zu, und ihr überlebt.«

Sie würden auf romantische Fototermine und luxuriöse

Shoppingtouren verzichten. Stattdessen sollte sich Win verstört und beunruhigt in der Öffentlichkeit zeigen. Sie würden Make-up und Haare zurückschrauben und sie in Pulli und Leggins stecken, was Marie als »erschöpften, aber heißen« Kleidungsstil bezeichnete. Sie würde mit einem schwachen Lächeln auf Fotos mit ihren Fans zu sehen sein, und Marie wollte dafür sorgen, dass sie vor der Klinik von Paparazzi überfallen wurde – natürlich nicht vor der, in der Pritha behandelt wurde, sondern vor einer Klinik in einer anderen Stadt, wo man Win in die Enge trieb, die sich gerade noch in Leos wartenden Wagen flüchten konnte. Sie wollte, dass die Leute Mitleid mit ihr empfanden, anstatt sich an ihrem Unglück zu ergötzen. Sie wollte, dass junge Frauen ihr eigenes nervenaufreibendes Leben wiedererkannten. Sie wollte, dass Win als starke und gleichzeitig verletzliche Heldin erschien, die gestürzt und wieder aufgestanden war.

Leos Anwesenheit würde auf ein aktives Netzwerk der Unterstützung hinter den Kulissen hinweisen und dem Ganzen eine Prise Zärtlichkeit hinzufügen, damit verhindert wurde, dass Win allzu jämmerlich wirkte. Sie war nicht verlassen worden, sie hatte einfach nur beschlossen, sich zurückzuziehen. Die Tatsache, dass sie und Leo nach wie vor zusammen waren, stellte klar, dass hinter dieser neuen Oberfläche ohne Glanz und Gloria die alte Whitman Tagore steckte. Sie war noch immer schön, sie war noch immer faszinierend, und Leo war noch immer bei ihr.

»Stellt euch vor, die Abenddämmerung senkt sich auf

euch herab«, sagte Marie und klang dabei verträumter, als Leo sie je erlebt hatte. »Es war ein langer Sommernachmittag, und jetzt steht alles still und wartet. Wie eine neue Traumlandschaft, durch die ihr beide Hand in Hand wandert.«

»Du machst Witze«, sagte Leo und verzog spöttisch die Lippen. Er kam sich vor wie die einzige zurechnungsfähige Figur in einem absurden Theaterstück.

Marie kniff die Augen zusammen. »Ganz und gar nicht. Ich habe ein Moodboard erstellt, damit ihr es euch bildlich vorstellen könnt.«

»Du bist nicht glücklich damit«, stellte Leo mit einem Blick auf Wins verkniffenen Mund fest. »Ich weiß, du bist …«

»Sag mir ja nicht, was ich bin«, fuhr Win dazwischen und blickte wieder auf den Monitor. »Glaubst du wirklich, das funktioniert, Marie? Die Leute …« Sie zögerte und überlegte kurz, dann sprach sie weiter: »… die Leute mögen es nicht, wenn ich verstört bin.«

»Nicht verstört«, stellte Marie klar. »Verletzlich. Besorgt. Traurig. Sie werden sich mit alldem identifizieren.«

»Herrgott«, schaltete sich Leo ein. »Ihr wollt also einfach auf die Opferkarte setzen?«

Win warf ihm einen kühlen Blick zu. »Ich spiele hier niemandem etwas vor, Leo. Meine Mutter ist krank.«

»Du bist eine Heuchlerin«, entgegnete er. »Du sprichst weder mit mir noch mit sonst wem über schwierige Themen – nicht über deinen Vater, nicht über schauderhafte Regisseure, nicht über den verfluchten Nathan Spencer, wenn er mal wieder einen rassistischen Witz im Fernsehen reißt –, aber plötzlich erzählen wir der ganzen Welt, dass dein Leben den Bach runtergeht, und das ist dann in Ordnung? Du bist doch gar nicht außer dir …«

»Meine Mutter ist krank, und ich bin nicht verstört? Vielen Dank für diese verblüffende Einsicht …«

»Ich versuche bloß, dir zu helfen«, knurrte Leo. »Marie hat gerade eben angedeutet, dass die Leute es dir verübeln könnten, wenn ich jetzt abreise.«

»Soll sie dir deswegen dankbar sein?«, fragte Marie unerwartet. »Dafür, dass sie dich hier braucht, um Zustimmung zu erfahren? Wenn die Leute sie als eigenständige Person ernst nehmen oder ihr nur ein kleines bisschen Anerkennung zollen würden, wenn sie ihr die Arbeit nicht tausend Mal schwerer machen würden als allen anderen Schauspielerinnen, für die ich tätig bin …«

Win lächelte bitter. »Ja, danke, Leo. Es tut so gut, dass ich von einem Typen abhängig bin, weil ich ohne ihn als Schlampe gelte …«

Von einem Typen. Das tat weh. »Aber das ist doch nicht meine Schuld!«, wandte er ein.

»Nie ist etwas deine Schuld«, sagte Win. »Du bist ja nicht wie die anderen, richtig? Wie könnte jemand Leo Milanowski einen Vorwurf machen? Und du nennst mich eine Heuchlerin?«

Leos Gesicht wurde knallrot vor Verlegenheit. Er spürte, wie eine klaffende Verzweiflung von ihm Besitz ergriff. Es war nicht seine Schuld, dass die Menschen, die Whitman Tagore so sehr unter Druck setzten, Ausrede um Ausrede für Leo erfanden. Was erwartete sie von ihm? Was konnte er dagegen tun? Wie sollte er die Verantwortung für etwas so Kompliziertes, tief Verwurzeltes übernehmen?

Marie sagte schroff in das Schweigen hinein: »Deine Beschwerden wurden zur Kenntnis genommen, Leo. Wir befinden uns alle in einer unglücklichen Situation, und wir müssen noch ein paar Monate durchhalten; anschließend kann ich dich endgültig rausnehmen. Es ist ohnehin längst an der Zeit, Win als unabhängige Frau dastehen zu lassen.«

»Einverstanden«, sagte Win und rauschte aus dem Zimmer.

»Nicht mit mir«, erklärte Leo mit angespannter Stimme. »Ich werde da nicht mitmachen.«

Marie packte desinteressiert ihre Notizen zusammen, offenbar wandte sie sich bereits dem nächsten Problem zu.

Leo wollte gerade die Verbindung trennen, als sie aufblickte. »Ich bin neugierig«, sagte sie. »Findest du wirklich, das hier ist so anders als das, was du bisher getan hast?«

Sie gingen hinaus. Sie machten Spaziergänge am Strand. Marie gab einigen Paparazzi einen Tipp, und am nächsten Tag erschienen die Fotos im Internet: Win und Leo Hand in Hand, die Köpfe zusammengesteckt, aneinandergelehnt, als wären sie das letzte Liebespaar der Welt. Schnappschüsse von Win, die auf einem großen grauen Felsbrocken saß, während Leo vor ihr kniete und ihren Schal zurechtzog. Auf den Fotos war nicht zu sehen, wie Win, die Lippen nur einen Hauch von seinen entfernt, zu ihm sagte: »Ich glaube, noch näher müssen wir uns nicht kommen.«

Ausstaffiert mit dunklen Sonnenbrillen, umringt von

einer Traube von Bodyguards in dunklen Anzügen, statteten sie der Klinik, die Marie zur Ablenkung ausgewählt hatte, einen Besuch ab. Sie kauften Becher mit Latte macchiato zum Mitnehmen und huschten Hand in Hand aus Coffeeshops, die Köpfe gesenkt, die Gesichter traurig und verunsichert. Marie fand, es sei besser, wenn Win angegriffen und verletzlich aussah, also blieb das Styling-Team weg, und Win machte sich nicht die Mühe, die tiefen Schatten unter ihren Augen zu verbergen. Sobald sie wieder hinter den getönten Scheiben des wartenden Wagens saßen, rückte Win von Leo ab und zückte ihr Handy, um Textnachrichten zu verschicken, bis sie zu Hause ankamen. Leo war bei der Security immer noch nicht als Gast des Hauses freigegeben, deshalb musste sie sich jedes Mal, wenn sie ans Tor heranfuhren, über ihn beugen und mit den Sicherheitsmännern reden: »Schon gut, er gehört zu mir.«

Leo kam sich vor wie ein trotziges Kind, unwichtig und vernachlässigt, als wäre er wieder Teil der Entourage seines Dads. Er hätte sich beschwert, wäre er sich nicht absolut sicher gewesen, dass Win das wusste und es absichtlich machte.

Wenn Leo nicht zu einem Ausflug kutschiert wurde, schlenderte er durch Prithas Haus. Abgesehen von den gerahmten Fotos im Hausflur gab es keinerlei Hinweis darauf, dass Win oder Pritha etwas mit dem Ort zu tun hatten. Er fragte sich, was aus dem Haus geworden war, in dem Win ihre Kindheit verbracht hatte. Einige Fotos zeigten Ausschnitte davon: ein enges Reihenhaus mit hässlichem rotem Teppich und überquellenden Bücherregalen.

Auf manchen davon war Wins Vater zu sehen. Für gewöhnlich schob er Win oder ihre Mutter in den Vordergrund, den Arm liebevoll um ihre Schultern gelegt, die fröhlich blitzenden Augen hinter einer altmodischen Brille mit Schildpattgestell verborgen. Er schien unvereinbar zu sein mit der trübseligen, fragilen Vergangenheit, die Pritha und Win hervorgebracht hatte.

Leo fiel ein, dass Win eine Tante hatte, von anderen Familienmitgliedern wusste er nichts. Es fiel ihm schwer, sich Win inmitten einer großen Gruppe von Cousins und Cousinen vorzustellen, als Abkömmling einer langen, weitverzweigten Linie. Sie war ihm immer als etwas Besonderes erschienen, als Fremde in jedem Raum, den sie betrat.

Leo ging den beiden Frauen aus dem Weg, so gut er konnte. Das Haus war groß genug, der Kühlschrank gefüllt, die Räume voller Abwechslungen: In einem entdeckte er ein Mini-Fitnessstudio, in einem anderen ein riesiges Heimkino. Es hätte Sinn ergeben, eine Haushälterin zu engagieren, aber Leo sah nie jemanden im Haus, und die meisten Räume wirkten unbenutzt. Einmal in der Woche wurden Mahlzeiten zum Aufwärmen geliefert und kommentarlos halb gegessen weggeworfen; niemand schien großen Appetit zu haben. Die einzige tägliche Routinearbeit, die Leo übernahm, war es, die Spülmaschine zu leeren und neu zu befüllen. Nach zwei Wochen gab er es auf, ein nachvollziehbares System für die Ordnung in den Küchenschränken zu finden, und stellte die Sachen einfach irgendwo ab.

Den Rest der Zeit verbrachte er im Bett, wo er auf seinem Handy Klatschartikel las. Genau wie Marie und er vermutet hatten, war seine Ankunft hilfreich gewesen: Der Ton hatte sich drastisch verändert, und Leo nahm an, dass Marie weitere Informationen über Wins Mutter hatte durchsickern lassen. Jetzt lauteten die Schlagzeilen: LEO UND ICH GEGEN DEN REST DER WELT, und: LEO VERSPRICHT WIN: »ICH WERDE FÜR DICH DA SEIN.« Als er Wins Namen in den sozialen Medien suchte, ploppten die üblichen höhnischen Kommentare auf, in denen über ihre neu entdeckte Schwachstelle gelästert wurde, aber gegen jeden davon standen zehn Posts, die sie verteidigten. Lasst sie in Ruhe, ich würde für sie sterben!!!, schrieb ein Mädchen, das jung und strahlend auf seinem Profilbild aussah. Immer wieder tauchte ein langer, ernster Artikel auf, der Tausende Male geteilt worden war: WHITMAN TAGORE IST NICHT FREI VON FEHLERN. SIE IST ECHT.

Sie gingen in Supermärkte und besorgten Zutaten für erfundene Mahlzeiten, machten Selfies mit überwältigten Kassiererinnen. Ein Fan schrieb Was für ein verdammt süßer Prinz unter eine Fotocollage von Leo, der Win Kaffee kaufte und dafür unzählige Male gelikt wurde. Marie war sehr erfreut. Zurück im Wagen, stellte Win den Kaffee unberührt ab und ließ ihn kalt werden. Sie ignorierte Leo, um sich ihrem Handy zu widmen und aller Wahrscheinlichkeit nach garstige Berichte über ihn an Shift oder Emil zu schicken.

Es würde nicht gut aussehen, wenn man sie beim Knutschen erwischte, behauptete Marie, aber sie wollte, dass sie

Körperkontakt hatten. Also begaben sie sich mit eingezogenen Köpfen ins Blitzlichtgewitter, Leos Arm fest und besitzergreifend um Wins Schulter geschlungen. Jedes Mal, wenn er sie berührte, konnte er spüren, wie Win sich verspannte. Ihr Rückgrat war steif, ihre Umarmung gezwungen. Kaum waren sie außer Sichtweite, rückte sie von ihm ab.

Hinter den Kulissen lief Wins Karriere weiter, eine unaufhaltsame Gewalt, die unter Leos Füßen dahinraste wie eine rumpelnde U-Bahn. Ihren Nachbesprechungen mit Marie hatte er entnommen, dass *Zwischen Madrid und Paris* immer noch aktuell war, wenngleich man die Premiere auf einen späteren Termin verschoben hatte. Sämtliche Presseauftritte waren abgesagt worden, allerdings durchschaute Leo nicht, ob man sie gecancelt hatte, um Zeit für Pritha zu schaffen oder um den Eindruck zu vermitteln, Win *wolle* mehr Zeit mit Pritha verbringen. Chanel konnte nicht verschoben werden, und Win hatte zugesagt, die Frühjahrskampagne wie vereinbart abzuwickeln, weshalb Leo mit zu den unvermeidlichen Behind-the-scenes-Videos geschleppt wurde.

»Ich glaube nicht, dass das Konzept ›Hinter den Kulissen‹ hier greift«, sagte Leo, der in der Küche auf sie wartete.

»Sie könnten mich dabei filmen, wie ich mich in die Toilette übergebe«, schlug Pritha vor. »Oder ist das ein eher unpassendes Klatschthema?«

Win, die soeben zur Tür hereinkam, verzog verärgert das Gesicht. Leo war beinahe begeistert von der Vorstellung, dass sie sie gleich anschreien würde. Alles war besser als dieses eisige Schweigen. Sie sah ihn mit gerunzelter Stirn an, als wüsste sie, was er dachte. Ihre Haare lösten sich aus dem Haarband, und für einen Moment vergaß Leo, wo sie waren, was sie machten, und hätte ihr am liebsten einen Nasenstupser verpasst und einen Drink eingeschenkt.

»Da ist noch etwas«, sagte sie. »Riva Reed wurde ebenfalls zum Fotoshooting eingeladen. Wir haben ihnen in Saint-Tropez gefallen. Anscheinend stehen sie auf eine Art Hexenzirkel-Ästhetik.«

Pritha gab ein leises, ungläubiges Schnauben von sich. Win ignorierte sie. »Also?«, fragte Leo.

»Also … Sie hat uns erlebt, als wir … freundlicher zueinander waren«, sagte Win. »Du musst überzeugend wirken, sonst wird sie sofort merken, dass etwas nicht stimmt.«

»Warum erzählst du es ihr nicht einfach? Sie ist doch deine Freundin, oder?«

Win antwortete nicht. Ihr Blick war nicht zu deuten.

»Zum Teufel – du traust ihr nicht!«, rief Leo.

»Jemand hat mir beigebracht, niemandem zu trauen«, sagte Win leichthin und ging hinaus zum Wagen, noch bevor Leo etwas erwidern konnte.

Für das Shooting mussten sie ein Stück weit die Küste hinauffahren. Es sollte der Eindruck menschenleerer Wildnis erweckt werden, vermutete Leo – grüne Felder, ein felsiger Strand, Bäume, die im kräftigen Oktoberwind wogten, doch als sie eintrafen, brummte es am Set nur so vor Geschäftigkeit. Es gab mehrere Trailer und improvisierte Studios. Leo musste an Nachmittage denken, die er mit seiner Mum bei Shootings verbracht hatte, und an den katastrophalen Monat, als er sechzehn gewesen war und ein Praktikum bei Marc Jacobs absolvierte. Menschen mit gleichmütigen Gesichtern hasteten an ihm vorbei, Stangen voller Kleider hinter sich herziehend. Win hakte sich bei ihm ein, als sie aus dem Wagen stiegen und sich unter die Menge mischten; in dem plötzlichen Gestöber aus Kampagnenteam, Stylisten und Assistenten klammerte sie sich an ihn, als wäre er ihr Fels in der Brandung. Leo blickte über die Köpfe hinweg, den Blick in die Ferne gerichtet, während seine Mundwinkel immer weiter nach unten rutschten. Er zwang sie zu einer geraden Linie.

Der Wind fuhr unter seinen Kragen. Win wurde in einen der Trailer gebracht, wo man sie zweifelsohne in etwas viel zu Dünnes für das Wetter stecken würde. Er dachte daran, wie er sie vor zwei oder drei Jahren an einem klaren, eiskalten Oktobertag zu Dreharbeiten in Neuengland begleitet hatte. Zwischen zwei Takes hatte man sie in einen großen, flauschigen Bademantel gehüllt, und sie hatte sich in seinen Arm gekuschelt und heimlich von seinem Kaffee getrunken, weil man sie wieder einmal auf eine seltsame Diät gesetzt hatte, bei der kein Kaffee erlaubt war.

Win kehrte zurück, eine dunkle, verkrampfte Gestalt auf der anderen Seite des Felds. Sie hatten ihr ein hochgeschlossenes, beinahe transparentes edwardianisches Kleid angezogen. Leo gähnte unbeeindruckt, und sie blickte in seine Richtung – ein einstudierter, liebevoller Blick für alle, die ihnen zusahen. Leo hob die Hand, formte mit den Fingern eine Pistole und richtete sie auf sie, und Win legte spielerisch die Hand aufs Herz. Anerkennendes Gemurmel wurde laut, das schnell wieder abflaute.

Riva traf gegen Mittag ein und stürzte sich in Wins Arme. Leo schlenderte näher, die Hände in den Hosentaschen. »O mein Gott, Süße«, hörte er Riva sagen. »Deine Mom? Das tut mir so leid. Wird sie wieder gesund? Ist alles okay mit dir?«

»Es geht uns gut«, sagte Win, warf Leo einen kurzen, genervten Blick zu und bedeutete ihm verstohlen, zu ihr zu kommen. Er legte die letzten Meter zu ihr zurück, schlang einen Arm um ihre Taille und zog sie an sich. »Außerdem bin ich ja nicht allein.«

Riva schüttelte den Kopf. Sie hielt noch immer Wins Hand fest. »Ich bin so froh, dass ihr zwei euch gefunden habt. Ich gehe schnell in die Maske, aber dann möchte ich alles erfahren, okay?«

»Wie wäre es, wenn du ihr alles erzählst?«, fragte Leo, als sie weg war.

Wins Lächeln veränderte sich nicht.

Sie wurde davongerufen, um vor einem Baum zu posieren, und nach einer Weile gesellte sich Riva zu ihr. Die zwei schlangen die Arme umeinander und starrten mit gläsernem Blick in die Kamera. Leos Fingerspitzen kribbelten vor Zorn. Wenigstens konnte er hier stehen und finster dreinblicken, und alle würden ihn einfach nur für beschützerisch halten.

Als Einzelaufnahmen von Riva gemacht wurden, ließ sich Win auf den Stuhl fallen, den man für sie bereitgestellt hatte. Ein zweiter, der offenbar für ihn gedacht war, stand daneben. Leo setzte sich ebenfalls.

»Riva sagt, du bist ein traumhafter Freund, aber ich soll

vorsichtig sein.« Ihre Augen glitzerten. »Anscheinend bekommen reiche weiße Jungs sehr schnell eine Glatze.«

Leo brach in brüllendes Gelächter aus. »Marie würde mich sicher in ein Altersheim für ausgediente Ex-Freunde schicken.«

Noch immer grinsend beugte er sich zu ihr, doch in dem Moment klingelte das Handy in seiner Hosentasche. Ihr Gesicht spannte sich an.

»Es ist bloß Gum«, sagte er mit einem Blick aufs Display. »Mach dir keine Sorgen.«

»Ich mache mir keine Sorgen.« Win strich sich die Haare aus dem Gesicht und schloss die Finger um die Armlehnen ihres Stuhls. »Du kannst reden, mit wem du willst.«

»Wenn du das mal ernst meinst«, hielt Leo dagegen. Win straffte die Schultern und setzte gerade zu einer Erwiderung an, als es plötzlich blitzte und sie beide in das dunkle Auge einer Kameralinse blickten.

»Lasst euch nicht von mir stören!«, rief die junge Frau dahinter. »Das ist bloß für das Pressepaket, wenn das für euch okay ist.«

»Klar«, sagte Win, lehnte sich über die Stuhllehne und lehnte ihre Wange gegen seine Schulter. Ihr Mund berührte beinahe sein Hemd. »Jetzt mach schon, fass mich an«, murmelte sie.

»Ihr seid großartig!« Die Kamera tanzte um sie herum, die Fotografin suchte nach einem neuen Winkel, damit im Hintergrund das Meer zu sehen war.

»Okay«, flüsterte Leo. »Wir benehmen uns einfach ganz normal.«

Er war schon wieder wütend. Der Nachmittag war ihm irgendwie entglitten, und er wusste nicht, was Win wollte, also legte er zwei Finger unter ihr Kinn und hob ihr Gesicht an, dann beugte er sich zu ihr hinunter und küsste sie, leicht, die Lippen an ihrem geöffneten Mund. Sie schauderte.

Leo wusste, wie es sich anfühlte, wenn Win etwas mochte. Er kannte die Art und Weise, wenn die knisternde Spannung durch sie hindurchlief wie ein goldener Faden, die Art und Weise, wie sie seinem Drängen nachgab und sich an ihn schmiegte. Das hier war nicht so. Das hier war Abneigung.

»Okay«, wiederholte Leo. Er ließ sie nicht zu schnell los, denn die junge Frau mit der Kamera schwirrte immer noch um sie herum. »Wann können wir abhauen?«

Win antwortete nicht, stattdessen schenkte sie der Kamera ein strahlendes Lächeln. »Ich mache mich besser wieder an die Arbeit.«

Es dauerte Stunden, bevor sie endlich die Flucht antreten konnten. Der Himmel öffnete gerade seine Schleusen, als Win entlassen wurde. Nach herzlichen Verabschiedungen und dem inbrünstigen Versprechen, Riva bald wiederzutreffen, wandte sich Win an Leo.

»Ich dachte, wir fahren allein zurück, nur wir beide.« Wins Blick war unmissverständlich und wachsam, ihre Finger ruhten leicht auf seinem Unterarm. »Klingt das gut? Ich fahre.«

Jetzt steckte Leo in Schwierigkeiten. Er erwiderte ihr

Lächeln, liebenswürdig und beipflichtend für die Kameras und ihr Publikum. »Sicher.«

Wins Bodyguards nahmen ihren Fahrer mit und fuhren ihnen in einem eigenen Wagen dicht hinterher. Win und Leo rollten über die lange, windgepeitschte Straße, ohne einander anzusehen.

Leo sprach als Erster. Er fühlte sich elend und erschöpft, und er musste immer wieder daran denken, wie Win voller Abneigung vor ihm zurückgezuckt war, als wären seine Lippen ein weiterer erzwungener Kompromiss, den sie ertragen musste. »Du kannst Marie sagen, dass wir uns nicht mehr küssen, wenn du das so sehr verabscheust.«

»Mein Gott, Leo«, sagte Win und schlug mit der Hand aufs Lenkrad, als hätte sie nur auf eine Gelegenheit gewartet, endlich zu explodieren. »Das kannst du doch nicht ernst meinen. Es ist schon schlimm genug, dass du hierherkommst und mich dazu zwingst, mit dir durch die Gegend zu stolzieren, und jetzt soll mir das auch noch Spaß machen?«

»Niemand zwingt dich. Ich helfe dir!«

»Du quälst mich«, sagte Win.

Leo sah nur die Hälfte ihres Gesichts im Licht der Straßenlaternen. Er wünschte sich, er könnte die Tür öffnen und aus dem Wagen springen, aber der Sturm wurde immer heftiger, Regen prasselte in der zunehmenden Dunkelheit gegen ihre Scheiben. Er spürte, wie sich Kopfschmerzen zusammenbrauten.

»Win«, sagte Leo. »Warum reden wir nicht einfach darüber?«

»Okay«, erwiderte Win. »Klar. Dann erzähl mir von ihr.«

Leo hielt inne und warf Win einen neuerlichen Seitenblick zu. Sie hatte das Lenkrad so fest umklammert, dass ihre Fingerknöchel weiß hervortraten, und befand sich offensichtlich mitten in einem Gespräch, von dem er gar nicht mitbekommen hatte, dass sie es führten. Vorsichtig sagte er: »Ich meinte uns.«

»Über uns gibt es nichts zu sagen«, befand sie. »Ich dachte, wir wären Freunde, und du dachtest das anscheinend nicht, sonst hättest du mich ja wohl kaum belogen …«

»Wir waren Freunde«, stellte Leo klar. »Wir können immer noch Freunde sein. Du bist doch diejenige, die mich nicht einmal ansieht.«

»Entschuldige.« Win warf ihm einen gefährlich süßen Blick zu. »Erzähl mir von deiner heimlichen Ehefrau, Freund.«

Leos Mund schmeckte sauer. »Ich bin mir sicher, du hast bereits ein Dossier angelegt. Vorlieben und Abneigungen, Stärken und Schwächen …«

»Leck mich.« Ihre Stimme zitterte, eine matte Röte stieg ihren Hals hinauf, ihr Gesicht wurde fleckig. »Das habe ich nicht. Ich weiß nichts über sie, und wessen Schuld ist das?«

»Ich …«, setzte Leo an, dann brach er ab. »Na schön, dann spielen wir eben dein seltsames, unangenehmes Spiel. Lila ist großartig. Sie ist eine richtig gute Musikerin, und sie arbeitet ständig an irgendeinem neuen Projekt. Sie hat mir aus dem Nichts ein Fahrrad gebaut, während sie diesen Song für einen der *America's Got Talent*-Stars geschrieben hat, das Weihnachtslied, das letztes Jahr überall lief …«

»Ich habe den Song gehasst«, knurrte Win.

»Wie schön für dich«, erwiderte Leo. »Sie ist allergisch auf Bienen, und jedes Mal, wenn wir gewandert sind, mussten wir einen extrastarken Insektenschutz und einen EpiPen mitnehmen. Sie lässt sich von niemandem etwas gefallen, und sie ist nicht hinterlistig, sie sagt die Wahrheit. Sie hat ständig tausend Dinge zu tun, aber manchmal habe ich den Eindruck, sie weiß noch nicht wirklich, was sie mit ihrem Leben anfangen will. Sie hat erkannt, dass sie keine feste Berufung hat, dass sie Dinge herausfinden will, sie hat nicht jedes verdammte Detail ihres Lebens bis ins Kleinste geplant und verurteilt diejenigen, die …«

»Ich hab's kapiert«, fauchte Win. »Klingt so, als wäre sie perfekt. Wie erfrischend für dich, mit jemandem zusammen zu sein, der sich um nichts Sorgen machen muss …«

»Sie ist reizend, und sie ist geduldig«, schnauzte Leo, »und sie ist meine Freundin, und ich liebe sie. Das ist alles.«

Win wurde bleich. Leo saß schweigend da, außer Atem, wartend. Er wollte eine Antwort, ein Mindestmaß an Verständnis, aber Wins Gesicht war verkniffen vor Ärger, und sie sah ihn nicht an. Es war, als könnte er nichts tun, als gäbe es keine Chance zu gewinnen. Er konnte sich zur Wehr setzen oder klein beigeben, es machte keinen Unterschied – Wins Zorn würde ihn so oder so treffen.

»Wenn du nicht willst, dass ich dir etwas erzähle, solltest du mich nicht danach fragen«, sagte er. »Ich muss mich nicht entschuldigen, weil ich ein Leben außerhalb der *Whitman Tagore Show* führe. Ich hätte dir von Lila erzählen sollen, und ich möchte das wiedergutmachen, aber …«

»Das kannst du nicht wiedergutmachen«, sagte Win leise. »Nie mehr.«

Leo starrte sie an. »Was soll ich denn dann tun?«

»Das sage ich dir doch immer wieder: Ich möchte, dass du gehst.«

Leo schaute durch die Windschutzscheibe. Regendunkle Hügel, eine brodelnde See. Er wusste nicht, was er hier noch länger machte.

»Also gut«, sagte er. »Ich werde gehen.«

Als sie ankamen, stieg er wortlos aus dem Wagen. Vielleicht schossen die Paparazzi ein Foto von ihm, wie er ins Haus stürmte, aber es war ihm egal. Es konnte ihn nicht verletzen, konnte ihn nicht einmal berühren; es war nicht echt, anders als die echten Menschen in seinem Leben, und Leo wollte genau die, wollte Gums herablassende Bemerkungen, Theas Nachsichtigkeit, Hannah, die nach Hause kam und sein Bier klaute. Sein Herz hämmerte, als kämpfte er gegen ein Netz an, in dem er sich verfangen hatte. Er wollte sich befreien, wollte daran glauben, dass es etwas anderes für ihn gab. Win wollte ihn nicht einmal dort haben.

Hinter ihm schlug die Tür, als Win das Haus betrat, dann hörte er Prithas überraschte Stimme, unterbrochen von Wins scharfer Erwiderung. Leo furchte die Stirn. Vielleicht würde er auf der Heimfahrt einen Abstecher ins Fitnessstudio machen und seinen Frust herausrennen oder -boxen. Sein ganzer Körper bebte und schien vor Zorn Funken zu sprühen.

Oben warf er mit zusammengebissenen Zähnen seine

Klamotten in die Reisetasche. Er wollte hier raus. Entschlossen schwang er die Tasche über die Schulter und lief die Treppe hinunter Richtung Haustür.

Er hatte es fast geschafft, als er aus dem Wohnzimmer eine Stimme hörte.

»Verdammte Scheiße«, schimpfte jemand leise.

Leo zögerte, dann blieb er stehen und streckte seinen Kopf zur Tür hinein. »Ich wusste gar nicht, dass Sie fluchen.«

Pritha sah auf, die Augen frustriert zusammengekniffen. Sie sah Win ähnlicher, als er gedacht hatte. »Weil ich über sechzig bin oder weil Englisch nicht meine Muttersprache ist?«

»Uff«, sagte Leo.

»Ich kriege dieses dämliche Ding nicht in Gang«, erklärte Pritha. Sie kniete neben einem gewaltigen Fernseher, vor einer schmalen weißen Box, an der jede Menge Kabel hingen. »Keine Ahnung, warum ich so etwas besitze. Ich mochte den DVD-Spieler.«

Leo zuckte mit den Schultern. »Dann benutzen Sie den DVD-Spieler.«

»Der wurde ausgesteckt und weggepackt. Man hat mir weisgemacht, das hier sei sehr viel besser.«

Leos Hand schloss sich reflexartig um seine Reisetasche. Er *würde* abreisen.

Pritha krauste die Nase. »Sinnlos«, murmelte sie. Es war unklar, ob sie Leo oder die Box meinte.

»Lassen Sie mich mal einen Blick darauf werfen«, sagte Leo und stellte seine Tasche ab.

Fünfundvierzig Minuten später fluchte Leo, und Pritha saß gleichmütig auf dem Sofa, einen Pashmina-Schal um die Schultern geschlungen, die Beine zum Schneidersitz überkreuzt.

»Keine Ahnung, warum das nicht läuft«, stellte er genervt fest. »Alles ist angeschlossen, das Bild ist da, aber es gibt keinen Ton …«

»Ich hab doch gesagt, Sie sollen das gelbe Kabel angesteckt lassen.«

»Aber dann bekommen wir keine WLAN-Verbindung.«

Pritha zuckte mit den Schultern. »So ein dämliches Gerät.«

Leo nickte und nahm es auseinander, dann setzte er alles wieder zusammen.

Diesmal funktionierte der Ton, das Bild ebenfalls, nur die Fernbedienung nicht, was bedeutete, dass sie das muntere Startbild nicht wechseln konnten.

»Ich verstehe den Sinn des Ganzen nicht«, sagte Leo und riss mit grimmigem Blick die Kabel erneut raus. »Warum können wir nicht einfach weiter DVDs benutzen?«

»Sag ich doch. Sie haben übrigens gerade den Fernseher ausgesteckt.«

Leo fluchte, dann warf er einen Blick über die Schulter. »Tut mir leid.«

Pritha machte eine großmütige Geste.

Leo steckte den Fernseher wieder ein. Das Bild erwachte flackernd zum Leben.

»Kein Ton.«

Er schnaubte frustriert und hämmerte auf die Box. Das

Schluchzen einer Frau erfüllte den Raum, und Pritha sagte zufrieden: »Oh, das ist *Yeh Rishta.*«

Leo machte ein paar Schritte zurück und ließ sich auf das andere Ende der Couch neben Pritha fallen. »Was ist das?«

»Eine Fernsehserie«, antwortete Pritha und starrte gebannt auf den Bildschirm. »Sehr albern.«

Leo legte den Kopf schräg. »Sprechen die Bengalisch?«

»Hindi«, sagte Pritha.

»Sprechen Sie auch Hindi?«

»Ich war eine Zeit lang in Delhi«, antwortete sie. »Ich verstehe es.«

»Aha.« Jetzt waren ein paar dramatische Close-ups zu sehen, untermalt von herzzerreißender Geigenmusik. Ohne lange nachzudenken, fragte Leo: »Spricht Win Bengalisch?«

Pritha sah ihn an. Leo reckte das Kinn vor und hielt die Augen auf den Fernseher gerichtet.

»Ich denke, sie versteht es, aber sie spricht nicht sonderlich viel. Wir haben immer Englisch mit ihr geredet, da wir nicht wollten, dass sie sich in der Schule schwertut. Ab und an hat sie mit ihren Großeltern telefoniert, doch nach Jotishs Tod ist der Kontakt abgebrochen. Meine Eltern sind gestorben, noch bevor Win auf die Welt kam.«

»Oh. Das tut mir leid«, sagte Leo überflüssigerweise. Pritha reagierte nicht darauf. Leo ließ sich gegen die Polster sinken.

Ohne nachzudenken, sah er sich drei Episoden an. Er verstand kaum, was vor sich ging, aber wenn er nachfragte, erklärte Pritha ihm die Handlung mit knappen, desinteressierten Sätzen. Ab und zu kam eine Tanzeinlage, die ihm gefiel. Pritha sah krank und erschöpft aus, ihre Haut wirkte wächsern in dem schummrigen Licht. Leo ging in die Küche und machte ihnen Tee, dann durchwühlte er die Schränke, bis er eine Packung Kekse fand.

Als er sie Pritha reichte, sagte sie: »Das steht aber nicht auf meinem Ernährungsplan.«

»Sie können mir die Schuld zuschieben. Win ist momentan ohnehin nicht mein größter Fan.«

»Stimmt. Sie behauptet, Sie seien ein Arschloch und dass Sie abreisen würden.«

»Sie ist eine solche …« Leo unterbrach sich und zog scharf die Luft ein. »Nun, ich reise tatsächlich ab. Ich möchte nur noch kurz sehen, wen Kartik heiratet.«

»Hm«, sagte Pritha. »Schwer zu sagen.« Während er in der Küche war, hatte sie die Untertitel für ihn eingeschaltet.

Langsam nahm die knisternde Energie seines Zorns eine andere Form an, sickerte wie Blei in seine Knochen, machte ihn traurig und erschöpft. Die Kekse schmeckten nicht, also kehrte er in die blitzblanke Küche zurück und wärmte eine Pizza auf. Von Win war weit und breit nichts zu sehen. Pritha brachte anderthalb Stücke Pizza hinunter, dann schob sie mit bleichem Gesicht den Teller von sich. Leo trug ihn kommentarlos in die Küche und holte ihr eine Flasche Tafelwasser. Mit glasigen Augen trank sie ein paar Schlückchen.

»Was haben die Ärzte heute gesagt?«

Pritha zuckte mit den Schultern.

Er fragte sich, ob sie Angst hatte, ob sie an ihren Ehemann dachte, der an denselben bösartigen Zellen gestorben war, doch in erster Linie wirkte sie genervt.

»Gib mir den letzten Keks«, forderte sie ihn auf. Leo reichte ihn ihr. Als sie auf einen Sender umschaltete, auf dem die Wiederholung einer alten *MasterChef*-Folge lief, sagte er nichts und machte auch keinerlei Anstalten aufzustehen. Nicht nur, dass er Kochsendungen mochte – es war noch genug Zeit, um aufzubrechen.

Er wachte vor dem trüben weißen Licht des Bildschirmschoners auf. Ein Logo hüpfte auf und ab. Sein Mund war trocken und pelzig. Er wusste nicht, wie spät es war. Auch Pritha war eingeschlafen, am anderen Ende der Couch, den Kopf nach hinten gegen die Kissen gelehnt, den Mund geöffnet.

Win stand vor ihnen, ihr Gesichtsausdruck war undurchschaubar. Sie trug noch dieselben Sachen wie zuvor und sah perfekt und unerreichbar aus.

»Ich habe Gus gebeten, dir eine Sicherheitsfreigabe auszustellen«, sagte sie.

Leo leckte seine rissigen Lippen und bemühte sich, etwas zu sagen, aber beim ersten Versuch kam nur ein heiseres Krächzen heraus. Er räusperte sich und probierte es noch einmal. »Wie bitte?«

»Dann kannst du kommen und gehen, wann immer du möchtest«, erklärte sie mit kühlem, abwägendem Blick. »Es ist schon spät. Du solltest jetzt ins Bett.«

Kapitel dreizehn

Anschließend gingen sie mehrere Tage ausgesprochen höflich miteinander um.

Sie teilten sich das Haus wie in einer Wohngemeinschaft, in der keiner viel mit dem anderen zu tun hatte. Win gab sich nicht eisig, wenn sie aufeinandertrafen, stattdessen wirkte sie abwesend und behandelte ihn mit ebender reservierten Höflichkeit, die sie sich sonst für Journalisten vorbehielt.

Die meiste Zeit verbrachte er mit Pritha, als wäre sie das einzige Lebewesen im Haus, mit dem er interagieren konnte. Die Katze eignete sich nicht dafür. Leo hatte nichts gegen Katzen, aber die hier hatte beschlossen, ihn zu hassen, seitdem er sie bei ihrem Nickerchen gestört hatte, und jetzt fauchte sie ihn an und machte einen Buckel, sobald er auch nur in ihre Nähe kam. Einmal ging er in die Küche und sah sie auf einem der Barhocker vor der Anrichte sitzen. Win lehnte am Kühlschrank und trank ein Glas Wasser. Als er die Hand ausstreckte, um die Katze zu streicheln, drehte sie blitzschnell den Kopf und biss ihn in die Finger, woraufhin Win das erste Mal seit Langem die Lippen zu einem Grinsen verzog.

»Autsch!«

»Ha!«, rief Win so unerwartet und ungekünstelt, dass er sie anstarrte. Sie rieb sich die Nase. »Sie ist eben schüchtern.«

»Aha«, sagte Leo, und Win stieß sich vom Kühlschrank ab und schlenderte aus der Küche.

Leos Tage gewannen eine neue Routine. Morgens verließ er das Haus, setzte sich ins Auto und lenkte die Paparazzi ab, damit sich Win und Pritha eine Stunde später zu den Klinikterminen davonstehlen konnten. Manchmal begleitete Win ihn, und sie setzten sich in ein vom Sicherheitsdienst freigegebenes Restaurant, wo sie einander ignorierten und sich mit ihren Handys beschäftigten.

Wenn Win nicht mitkam, kehrte er für gewöhnlich nach dem Mittagessen zum Haus zurück, wo Win ihn am Tor erwartete, um ihn willkommen zu heißen. An seine Seite geschmiegt, gingen sie zur Haustür und lösten sich voneinander, sobald sie drinnen waren. Manchmal sagte sie »Danke«, und Leo strich sich mit der Hand über den Nacken, dann verschwanden sie in ihren Zimmern. Einmal sagte sie: »Marie ist der Ansicht, ich soll etwas online stellen«, also tat Leo so, als würde er kochen, und wendete Zwiebeln in einer kalten gusseisernen Pfanne. Win fotografierte ihn dabei und postete die Aufnahme mit der Überschrift: Liebe geht durch den Magen. Es folgte eine Flut von Kommentaren, begleitet von unzähligen Herzaugen-Emojis und dem Hashtag #beziehungsziele.

Die Nachmittage verbrachte Leo mit Pritha auf der Couch, wo sie sich indische Seifenopern, Kochsendungen oder endlose BBC-Historienfilme anschauten, über die Pritha spottete, um ihre wahre Begeisterung zu verbergen. Ein paar Tage lang klagte sie über Kreuzschmerzen – sie war zu schwach für ihre Übungen, und ihre Muskeln schmerzten –, bis Leo eines Nachmittags durch verschiedene Online-Shops klickte und laut die Bewertungen von Artikeln gegen Rückenbeschwerden vorlas. Pritha schürzte die Lippen und wirkte unentschlossen, doch dann erlaubte sie ihm, ihr ein ergonomisches Kissen zu bestellen. »Nicht schlecht«, befand sie, als es eintraf. Mehr sagte sie nicht, aber nach ein paar Tagen bemerkte Leo, dass sie es von Zimmer zu Zimmer trug und es sich in den Rücken steckte, sobald sie sich auf die Couch oder einen der Küchenstühle setzte.

Er wusste, dass Pritha und er keine Freunde waren – dafür mochte sie ihn nicht genug –, aber sie war unterhaltsam. An den Tagen, an denen sie munterer war, weil sie gute Nachrichten von den Ärzten erhalten hatte und die Chemotherapie Erfolge zeigte, fragte sie ihn gnadenlos aus, wie es sich anfühle, noch niemals einen Job gehabt zu haben, und wollte wissen, was er mit seinem Leben vorhatte. Überrascht stellte Leo fest, dass er diese Gespräche genoss; sie fühlten sich nicht tadelnd und bissig an wie Wins Vorwürfe. Stattdessen schien sich Pritha über ihn zu amüsieren, wenn sie sich laut fragte, welche unglückliche Kombination aus Erziehung, Trägheit und globalen wirtschaftlichen Kräften Menschen wie Leo hervorbrachte – kräftige, intelligente Menschen, die nie gearbeitet und sich nie für irgendetwas krummgelegt hatten.

»Deine Eltern müssen sich so schämen«, sagte sie eines Tages zu ihm. »All die Zeit, die sie damit verbracht haben, dich großzuziehen und dir eine Ausbildung angedeihen zu lassen. All die teuren Schulen.«

»Nun, manchmal helfe ich meinem Dad. Er führt eine Hotelkette, und ich suche die Kunstgegenstände für die gehobeneren Häuser aus.«

Pritha wirkte nicht sonderlich beeindruckt. »Dann kaufst du also Dinge, um deinen Lebensunterhalt zu bestreiten.«

»Nun, es geht nicht unbedingt um meinen Lebensunterhalt«, erwiderte Leo. »Ich meine, ähm … ich muss das nicht tun. Allerdings habe ich mich immer schon für Kunst interessiert, es war mein Lieblingsfach in der Schule.«

»In der Schule?« Pritha stemmte sich vom Sofa hoch und warf Leo einen unwirschen Blick zu, als dieser Anstalten machte, ihr zu helfen. Sie schlurfte zum Schrank hinüber und kehrte mit einem Stift und Notizblock zurück. »Dann zeig mir etwas davon. Zeichne …« Sie suchte nach einer Inspiration. »Zeichne Whitman.«

Ihr Gesicht blieb ausdruckslos, dennoch erkannte er Missbilligung. Leos Brust wurde eng. Sie erinnerte ihn an Win in ihrer eisigsten Stimmung; offenbar ging sie fest davon aus, enttäuscht zu werden, und wartete nur darauf, dass sie recht bekam. Er musste Win nicht vor sich sehen, um sie zeichnen zu können. Sie hatte sich ihm ins Gedächtnis eingebrannt, und es schien, als folgte ihm ihr dunkler, zorniger Blick, selbst wenn sie nicht da war. Ohne es wirklich zu wollen, brachte er sie so aufs Papier, wie er sie in Frankreich gesehen hatte, am Balkongeländer ihrer Suite lehnend, eine Hand in ihrem Haar, den Mund zu einem halben Lächeln verzogen, als sie sich umdrehte und ihn entdeckte.

Pritha nahm die Skizze und betrachtete sie schweigend. Leos Gesicht wurde heiß; er spürte, wie er ärgerlich wurde, ohne recht zu wissen, warum.

»Nicht schlecht«, sagte Pritha schließlich. »Es gibt Berufe, die mit Kunst zu tun haben. Vielleicht solltest du Grafikdesigner werden.«

Leo lachte und machte es sich wieder auf der Couch bequem. »Vielleicht«, sagte er und stellte den Fernseher lauter.

Meistens war sie zu erschöpft, um ihn weiter zu bedrängen, und sie saßen schweigend auf dem Sofa und zappten abwechselnd durch die Kanäle. Einmal blieben sie bei einem Western mit beeindruckenden Panoramaaufnahmen von roten Canyons und der Prärie hängen. Eine schmale, dunkle Gestalt ritt auf einem Pferd davon. Die Kamera schwenkte auf das Gesicht der Heldin. Aus irgendeinem Grund dauerte es fast zwanzig Sekunden, bis Leo erkannte, dass es sich um Win handelte.

»Oh«, sagte Pritha. Wie erstarrt saßen sie vor dem Bildschirm. Leos Herz pochte in seiner Brust, als würde er etwas Illegales tun. Es ergab keinen Sinn, er hatte den Film längst gesehen. Er hatte alle Filme von Win gesehen, entweder als ihr Begleiter bei der Premiere oder einfach so, damit er sie anschließend anrufen konnte. Doch sie jetzt zu sehen, während die echte Win ihn so konsequent mied, fühlte sich aus irgendeinem Grund seltsam und aufdringlich an. Ihm wurde beinahe übel vor Beklommenheit. Der Moment, in dem er endlich realisierte, dass sie die Gestalt auf dem Bildschirm war, geriet in seinem Kopf zur Endlosschleife.

Das Cowgirl hatte eine gedehnte, texanische Sprechweise und verzog die Lippen so, als würde sie jeden Moment ihre Zähne ausspucken. Ihr Lachen war ordinär und wiehernd, ein Glucksen, das nicht im Mindesten an Wins echtes Lachen erinnerte, das herzhaft, mitreißend und fröhlich war. Doch selbst als Leo die Unterschiede auflistete, war da noch etwas, das er nicht recht benennen konnte, als würde sich Wins Energie verändern, wenn sie eine Rolle spielte. Es war, als hätte man eine Fremde mit Wins Gesicht versehen oder als hätte Win den Platz freigemacht für die Fremde, die sie die ganze Zeit über gewesen war.

»Dafür hätte sie einen Oscar gewinnen müssen«, sagte Leo.

Seine Stimme klang seltsam, als käme sie von weit her. Er fürchtete, Win könne plötzlich hereinkommen und sie ertappen, trotzdem regte er sich nicht, und Pritha schaltete nicht um. »Sie wurde nominiert. Ich weiß nicht mehr, wer stattdessen gewonnen hat.«

Pritha hatte die Lippen fest aufeinandergepresst. Schweigend betrachtete sie Win auf dem Bildschirm. Nach einer Weile sagte sie: »Ja. Sie war schon immer so. Natürlich ist sie besser geworden. Doch als Jotish und ich ihr bei ihrer ersten Theateraufführung zugesehen haben, war da diese kleine Gruppe von Schulkindern … und sie.« Sie zögerte. »Wir wussten es nicht. Jotish dachte, es wäre eine nette Nachmittagsveranstaltung, vor allem, weil sie etwas schüchtern war und Probleme hatte, Freunde zu finden. Wir hofften, das würde sie aus ihrem Schneckenhaus locken. Dass es dazu führen würde, konnten wir ja nicht ahnen.«

Leo sah sie an. »Waren Sie glücklich darüber?«

»Ich weiß es nicht«, antwortete Pritha. »Ich kann mich nicht erinnern. Auf alle Fälle waren wir sehr stolz. Jotish war der Überzeugung, dass jeder Mensch über ein bestimmtes Talent verfügt. Er glaubte an Berufungen. Er selbst fühlte sich immer zum Lehrer berufen. Ich mag meine Arbeit, aber ich denke nicht, dass sie mich definiert. Allerdings ist es schwer zu widersprechen, wenn …«

Sie deutete vage auf den Bildschirm. Ein ungestümes Streicherglissando ertönte, als Win sich über ihr Pferd beugte, ihm etwas ins Ohr murmelte und über die Prärie davonpreschte.

»Außerdem ist Whitman erst berühmt geworden, nachdem Jotish … Es war immer ihr gemeinsames Ding. Manchmal frage ich mich, was er von alldem gehalten hätte. Ich wollte mich nicht in etwas einmischen, was den beiden so wichtig zu sein schien.«

»Das ist verständlich«, sagte Leo, doch wenn irgendetwas verständlich war, dann auf eine kaleidoskopische Art und Weise – verschwommene Bilder, die er noch nicht ganz einordnen konnte. Er dachte daran, wie er in London einmal eine von Wins Premieren besucht und sie gefragt hatte, warum ihre Mutter nicht da war. *Oh, sie versteht nicht viel von der Schauspielerei. Sie ist der Meinung, ich habe mir einen seltsamen Beruf ausgesucht,* hatte sie geantwortet und das Thema gewechselt. Jahre später, auf einer anderen Premiere, hatte sie behauptet: *Sie mag die vielen Menschen nicht.* Danach hatte er nicht mehr gefragt.

Pritha schien sauer auf sich selbst zu sein. »Egal«, sagte sie und suchte offenbar nach einer Möglichkeit, das Thema zu wechseln.

Leo kam ihr entgegen: »Ich bin mir ziemlich sicher, dass ich sie besucht habe, als sie den Western gedreht hat. Sie hatte einen freien Nachmittag, und wir sind reiten gegangen. Es war ein tolles Set.«

Leo war seit der Schule nicht mehr geritten, aber er hatte sich ziemlich gut gemacht, und Win hatte gelacht und ihn ein reiches Söhnchen genannt, dann war sie mit ihm über die struppige Ebene gejagt. Obwohl sie sich ausgesprochen geschickt auf dem Pferderücken anstellte, hatte sie das Reiten erst vor Kurzem gelernt, und als sie zum Mittagessen Rast machten, legte sie ihre Beine über seinen Schoß und seufzte vor Erleichterung, als er seine Finger in ihre Sitzmuskeln grub. An jenem Abend saßen sie noch lange auf den Stufen vor ihrem Trailer und tranken Bourbon. Win musste am nächsten Tag eine Szene drehen, in der sie einen Ölmagnaten mit einem Lasso einfing, und Leo stand geduldig im Mondschein, während sie immer wieder übte, das Seil zu werfen, bis es über seinen Kopf rutschte und sie es an seiner Taille zusammenziehen konnte.

»Ein tolles Set?«, fragte Pritha nach und warf ihm einen merkwürdigen Blick zu. »Ich dachte, der Regisseur sei ziemlich unverschämt gewesen. Sie hatte nachher so viel Ärger.«

Leo blinzelte. »Ärger?«

»Sie haben keinen Oscar gewonnen«, erläuterte Pritha. »Es gab noch einige andere Nominierungen, aber auch da hat es nicht geklappt. Der Regisseur war total sauer und behauptete, der Film sei zu unzeitgemäß für das Publikum, und er sei gezwungen gewesen, seine Geschichte zu verwässern – aus politischen Gründen. Darstellerischen Gründen.«

»Das hat sie mir gar nicht erzählt«, sagte Leo schockiert. »Was für ein Arschloch. Sie sollte auf keinen Fall noch einmal mit ihm zusammenarbeiten.«

»Nun, sie meint, er würde sie nach ihrer Reaktion ohnehin nicht mehr casten. Alle waren wütend auf sie, als sie erklärte, sie wisse nicht, warum ihr Mitwirken automatisch einen Film ruiniere. Es hieß, sie würde diesen Gesichtspunkt bewusst ausblenden.«

»Wie bitte?« Leo war fassungslos. »Wieso hat sie denn nie etwas erwähnt?«

Pritha sah ihn verdutzt an. »Sie behauptete, das sei keine große Sache. So etwas passiere andauernd. Ich denke, Marie und sie haben das wieder hingebogen.«

»Richtig«, sagte Leo.

Er erinnerte sich schwach daran, kurz nach den besagten Oscars in eine aggressive Medienkampagne verwickelt worden zu sein, bei der wieder einmal die alten Gerüchte hochgekocht waren, Win sei zu schwierig und habe nicht nur einen Opferkomplex, sondern auch ein Problem mit

Männern. Er war nach L. A. geflogen, und sie hatten gemeinsam eine Reihe von Filmpartys besucht, Win lachend und glücklich in seinem Arm, Leo plump-vertraulich mit den anderen männlichen Gästen. *Lass einfach den freundlichen Leo raushängen,* hatte Marie trocken gesagt.

Arschloch, hatte er immer gedacht, wenn er diese Geschichten hörte, *was für ein Arschloch, was für ein Scheißkerl* – und plötzlich fragte er sich, was man tun sollte, wenn so viele Menschen, denen man begegnete und mit denen man zusammenarbeitete, Arschlöcher waren: ob es sich dann immer noch so anfühlte, als handelte es sich bloß um ein paar Fieslinge, oder ob man den Eindruck gewann, als wäre das Ganze ein riesiges, allumfassendes Problem und es gäbe nichts anderes mehr.

Plötzlich hörten sie, wie die Haustür aufging. Leo und Pritha zuckten zusammen. Eilig schaltete Pritha auf eine Gameshow um. Sie blickten einander an, mit großen, schuldbewussten Augen, wie kleine Kinder, die wussten, dass sie etwas Verbotenes getan hatten.

Am Abend überließ Leo Pritha und Win ihren seltsamen, unangenehmen Mahlzeiten und aß allein in seinem Zimmer. Nachdem er drei Wochen bei den beiden verbracht hatte, rief er Lila an.

»Mein nicht anwesender Ehemann«, sagte sie mit trockener Stimme, als sie dranging. »Baby, man könnte fast meinen, du wärst in den Krieg gezogen.«

»Tut mir leid«, erwiderte Leo. »Es ist hier ziemlich anstrengend, ich hatte nicht viel Zeit.«

»Ich weiß, ich hab's auf Twitter gesehen.« Trotz ihres munteren Tons klang sie sauer, als wüsste sie, dass er log. »Alle denken, du hättest ihr das Leben gerettet.«

»Alle?«

»Alle im Internet.«

»Aha. Ich weiß, das ist seltsam.«

»Nur so seltsam wie zu der Zeit, als du mit ihr am Mittelmeer unterwegs warst«, hielt Lila dagegen. »Wenigstens kommst du diesmal nicht rüber wie ein Scheißkerl. Keine Sorge, ich gönne dir deinen trübseligen Englandurlaub. Hast du zumindest ein bisschen Spaß?«

»Das hier ist eher das Gegenteil von Spaß«, gab Leo zu. Es gefiel ihm nicht zu lügen, und etwas vortäuschen musste er schon die ganze Zeit, wenn er mit Win zusammen war. »Sie ist immer noch wütend. Wir reden kaum miteinander.«

Lila gackerte vor Lachen. »Du Mistkerl.«

»Das ist nicht meine Schuld«, erwiderte Leo grinsend. Es tat gut, ihr Lachen zu hören, diesen grauenhaften Monat in eine witzige Anekdote zu verwandeln. »Ich habe ihr von meiner heimlichen Ehefrau erzählt. Keine Ahnung, warum sie so wütend ist.«

»Es wäre gut, wenn sie sich wieder einkriegt«, pflichtete Lila ihm bei. »Sie kommt ja rüber wie ein Kontrollfreak.«

»Na ja, das sieht sie anders. In ihren Augen ist das rein pragmatisch. Als könnte sie Schwierigkeiten aus dem Weg gehen, wenn sie nur alle richtigen Schritte befolgt. Sie macht das Gleiche mit ihrer Mum, als könnte man Krebs mit der geeigneten Planung heilen.«

Lila quietschte vor Lachen. »Du bist *so* ein Ekel! So etwas sagt man nicht, Leo!«

Leo konnte die Zuneigung in ihrer Stimme hören. Lila und er hatten einander immer verstanden, und genau das hatte ihr Zusammensein so angenehm gemacht. Sie tickten auf dieselbe Art und Weise, hatten dasselbe unkomplizierte Verständnis von Leben, Spaß und Beziehungen. Das Einzige, was Lila nie wirklich hatte nachvollziehen können, war sein Verhältnis zu Win. Für eine Minute war Leo wieder mit Lila in L. A., derart überwältigt von nicht näher zu benennenden Schuldgefühlen, dass er vergaß, sich den Schlaf aus den Augen zu reiben.

Eine Stunde später legte er auf und durchstreifte das Haus, damit ihm nicht die Decke auf den Kopf fiel. Niemand hatte die Uhren auf Winterzeit zurückgedreht, also ging er von einem Zimmer ins andere und stellte die richtige Zeit ein, auch bei der Wanduhr am Eingang und dem digitalen Timer am Kühlschrank. Er folgte den Geräuschen des Fernsehers ins Wohnzimmer, aber es war nicht Pritha, die auf der Couch saß und ihre dämlichen Gameshows schaute; es war Win, ein Glas Wein in der Hand, eine Flasche auf dem Tisch neben ihr.

»Oh«, sagte Leo, erschrocken und nervös, als wüsste sie, dass er mit Lila telefoniert und ihr alles erzählt hatte. »Tut mir leid, ich dachte, du wärst – deine Mum.«

Win sah zu ihm hinüber, und Leo bekam einen Schreck: Im bläulichen Licht des Fernsehers sah sie grauenhaft aus. Unter ihren Augen lagen tiefe Schatten, die sicher schon seit Tagen da gewesen waren, doch jetzt erst richtig sichtbar wurden. Er glaubte nicht, dass sie geschminkt war. Ihre Haare waren zurückfrisiert, und sie trug ein altes, weiches Shirt mit einem Ausschnitt, der ihr bis weit übers Schlüsselbein reichte. Er streckte die Hände aus und zog sie wieder zurück.

»Tut mir leid, dass du enttäuscht bist«, sagte sie. »Ich weiß ja, dass ihr richtig gute Kumpel seid.«

Leo presste die Kiefer aufeinander. »Ich meine doch nur …«

»Ich weiß.« Müde wiederholte sie: »Tut mir leid. Sie ist schon ins Bett gegangen.«

Leo nickte und wollte instinktiv zu ihr treten. Wollte ihre Haare berühren. Sie wirkte so leicht und zart, als könne er sie mit einem Arm hochheben und ins Bett tragen. Er ging nicht zu ihr. Stattdessen blickte er an die Decke. »Alles okay?«

»Alles in Ordnung.« Wins Blick schweifte zurück zum Fernseher. Sie nahm einen Schluck Wein. Leo ließ sie in Ruhe.

Er hatte sie noch nie so gesehen. Vermutlich hatte sie kaum jemand so gesehen. Win hatte vor der Kamera die Verletzliche gespielt, als sie das Interview über ihren Dad gegeben hatte, und selbst das war für ihn gewesen. Als Leo es sich angesehen hatte, krank vor Erleichterung und Dankbarkeit, war er überzeugt, alle würden ihre Anspannung bemerken, würden merken, wie sehr sie es hasste. Aber alle sprachen nur darüber, wie traurig und liebenswert sie doch sei, wie eine zarte Blume, die die Blütenblätter hängen ließ und dringend wieder aufgepäppelt werden musste.

Der Moderator hatte sie gefragt, wie sie nach dem Tod ihres Vaters zurechtkam. »Meine Mutter ist eine sehr starke Frau«, hatte Win geantwortet. »Ich bin ihrem Beispiel gefolgt und habe nach vorn geblickt.«

Damals hatte Leo ihre Haltung bewundert, ohne sich etwas Konkretes darunter vorstellen zu können. Als er sich jetzt in dem trostlosen, unpersönlichen Haus umsah, stellte er fest, dass er nach liebevollen Erinnerungsgegenständen an Wins Vater Ausschau gehalten hatte, nach Fußabdrücken seines Lebens, Spuren der Trauer. Er hatte gedacht, er würde keine finden, aber sie waren hier; überall um ihn herum. Pritha und Win waren noch immer davon umhüllt, konnten einander kaum erkennen im dichten Nebel der Erinnerungen.

Win verkündete kühl, dass sich Leo beim letzten Chanel-Shooting nicht als die richtige Art von Ablenkung erwiesen habe, und nahm beim nächsten Mal stattdessen Emil mit. Emil war nach einem Nachtflug erschöpft mit einem Karton voller Unterlagen und Drehbücher sowie einem Glas Seeigelrogen aus Palermo im Haus eingetroffen. Leo und Pritha waren zunächst zurückgezuckt, dann hatten sie die kleinen Finger hineingetaucht und spaßeshalber probiert. Emil und Win hatten kurz miteinander geflüstert, und Emil hatte Leo wiederholte enttäuschte Blicke zugeworfen, als wäre Leo ein Rennpferd, das ihn bei der letzten Hürde abgeworfen hatte. Er hatte sich gewünscht, Emil würde im Nebenzimmer über ihn lachen, hatte die vertraute Dynamik herbeigesehnt, dass Win und Emil voller Zuneigung die Augen verdrehten, doch stattdessen gab sich Emil ernst und professionell.

Vorhin waren die beiden aus dem Haus gegangen, ohne ihn eines einzigen Blickes zu würdigen.

Leo ergab sich der Langeweile, schlenderte wieder einmal durch die Räumlichkeiten und schreckte auf, als er auf der hinteren Terrasse auf Pritha stieß, halb verborgen vom grauen Dunst, die auf die hohe Hecke und die Wellen dahinter blickte – eine einsame, verlorene Gestalt im Morgenlicht. »Wo bleiben eigentlich die anderen?«, fragte er, ohne nachzudenken.

Pritha sah ihn mit zusammengekniffenen Augen an.

»Wenn meine Mum krank wäre, würden wir einen Türsteher brauchen«, erklärte er und deutete mit einer Hand auf das riesige leere Haus. »Es würden ungefähr fünfzig Cousins und Cousinen kommen, Theas Künstlerfreunde würden in der Küche Salbei verbrennen, und Hannah, Gum und ich müssten uns eine Campingliege teilen. Wo sind *Ihre* Leute, Pritha?«

»Ich bin in einem Buchclub«, antwortete Pritha verhalten. »Wir lesen gerade *Unendlicher Spaß*, deshalb setzen wir diesen Monat aus, um allen genügend Zeit zu geben.«

Leo strich sich mit einer Hand über die borstigen Haare. »Tut mir leid. Das war unhöflich. Ich weiß, das ist etwas anderes – Sie sind hier draußen, und meine Familie ist in London, ich habe Geschwister, eine völlig andere Situation also. Entschuldigung.«

Pritha erwiderte nichts, doch ihre Augenbrauen bildeten eine gerade Linie, die Leo verriet, dass sie sich Mühe gab, nicht zu lachen. Er wünschte, sie würde es tun, aber sie sah ihn nur an, als warte sie darauf, dass er fortfuhr. Schließlich sagte er: »Sie lesen *Unendlicher Spaß*?«

»Wir wollen herausfinden, warum so viel Wirbel darum veranstaltet wird«, sagte Pritha.

Leo überlegte kurz, dann ließ er sich neben sie auf die Holzbank fallen, auf der sie Platz genommen hatte.

»Nun, dann geben Sie mir Bescheid.« Er fuhr sich mit der Handfläche übers Gesicht und stellte sich Win bei dem Chanel-Shooting vor, in einem leeren Swimmingpool, grün angeleuchtet und mit roten Lippen. Er konnte sie vor sich sehen, wie sie sich langsam in dem leeren Raum mit der hohen, gewölbten Decke drehte.

»Meine Schwester lebt in Birmingham«, sagte Pritha wie selbstverständlich, als würde sie mit Leo Smalltalk halten. »Sie besucht mich, wenn sie kann, aber sie hat vier Kinder, und zwei von ihnen sind noch klein. Davon abgesehen ist sie zehn Jahre jünger als ich, und wir haben uns nie sonderlich nahegestanden.«

»Oh.« Leo schluckte. »Meine Geschwister und ich sind innerhalb von vier Jahren geboren«, berichtete er. »Wir sind der Meinung, unsere Eltern haben uns nur in die Welt gesetzt, damit sie über irgendetwas reden können.«

»Jotish und ich hatten Probleme, Kinder zu bekommen«, sagte Pritha. »Wir wollten noch weitere haben, aber es dauerte und dauerte, auch nachdem Win geboren war und man uns gesagt hatte, jetzt wäre es leichter. Als sie sechs Jahre alt war … Nun, ich fand, der Altersunterschied würde mehr Probleme bereiten, als es wert war.«

Leo wartete. Er verhielt sich ruhig, wollte sie nicht bedrängen.

»Jotish war eins von acht Kindern«, erzählte Pritha weiter. »Er wollte stets mehr Raum und Aufmerksamkeit für sich. Er hätte es nie zugegeben, aber ich denke, ihm gefiel die Vorstellung von einem Einzelkind, das er verwöhnen konnte.« Sie verstummte und griff nach der Teetasse, die neben ihr auf der Bank stand. »Der Großteil seiner Familie blieb in Indien«, fuhr sie fort, nachdem sie einen Schluck genommen hatte. »Als er starb, sollten Win und ich nach Kalkutta ziehen, um näher bei ihnen zu sein. Ich hielt es für eine schlechte Idee, sie nach dem Tod ihres Vaters aus der Schule herauszureißen, ihr die beste Freundin und die Schauspielerei zu nehmen – und ich fragte mich, ob die Veränderung nicht zu einschneidend wäre, zumal sie die Sprache nicht gut genug beherrschte. Also habe ich Nein gesagt, aber sie haben mich immer wieder bedrängt, und so …« Sie schnitt eine Grimasse. »Ich war nicht besonders höflich. Gelegentlich reißt mir der Geduldsfaden«, fügte sie hinzu.

Leo dachte an Win und hätte beinahe gelacht. Ihre zusammengekniffenen Augen und ihr Hang, erst zu knurren und dann loszuschreien, wenn sie wütend war, lagen offensichtlich in der Familie.

»Ich habe den Kontakt zu seinen Leuten verloren. Das hat sich bis heute nicht geändert.«

Leo überlegte. »Und Ihre Eltern sind schon vor langer Zeit gestorben?«

Pritha nickte.

»Dann gibt es also nur noch Sie und Whitman? Seit … zehn Jahren?«

»Vierzehn«, sagte Pritha. »Im Grunde genommen *ist* jeder hier. Sie ist zurückgekehrt.«

Leo starrte sie an, aber Pritha wirkte nicht einsam oder sentimental oder bedauernd, sondern sachlich-nüchtern. *Jeder.* Das waren sie und ihre Tochter, die alte Katze, das große Haus … und Leo.

Jegliche Reste seiner Schuldgefühle, weil er mit Lila telefoniert hatte, verschwanden eine Woche später, als er die Küche betrat, wo Win einen Videoanruf machte. Eilig trat er einen Schritt zurück, murmelte »Oh, entschuldige« und wollte gerade kehrtmachen, als er eine blecherne Stimme hörte.

»Oh, richtig«, sagte Nathan Spencer. »Ich hatte vergessen, dass du auch da bist.« Leo wirbelte herum und stellte fest, dass Nathan eine angesagte Krawatte mit Polkadot-Muster und einem schmalen Knoten trug.

Win blickte Leo über ihre Teetasse hinweg an. Sie saß auf einem der Barhocker, die Knöchel verschränkt. Ihre Mundwinkel waren amüsiert nach oben gezogen.

»Nathan hat mir gerade von den Gästen erzählt, die er diese Woche für seine Show im Visier hat«, sagte sie. »Es handelt sich um ein Reality-TV-Special. Vielleicht kannst du es dir zusammen mit Ma ansehen.«

»Ich mache mir nichts aus Reality TV«, lehnte Leo ab, »aber viel Spaß.« Er richtete die Fingerpistole auf den Monitor und verließ die Küche.

Eine Stunde später lief Win ihm im Wohnzimmer über den Weg. Leo bezweifelte, dass dies ein Zufall war. Er sah sie fragend an. »Ich wusste nicht, dass du noch Kontakt zu dem Arschloch hast.«

»Er hat mich angerufen, als er von meiner Mum erfahren hat. Wir haben beschlossen, Freunde zu sein.«

»Oh, tolle Idee. Er war dir diesen Sommer wirklich ein großartiger Freund.«

»Es ist lange her.«

»Wen interessiert's, wann das war? Er reißt rassistische Witze über deine Mutter!«

»Du musst mir nicht sagen, wann Leute rassistisch sind, Leo«, sagte Win. Ihre Stimme war leise und bebte vor Ärger. »Ich kann das ganz gut selbst erkennen.«

»Ich … ja, ich weiß«, gab Leo zurück und drückte zwei Fingerknöchel gegen seine Augenbraue. »Ich verstehe, dass du ihn nicht herausfordern solltest, aber musst du deshalb gleich *nett* zu ihm sein?«

»Ich halte nichts von Wildcards«, sagte Win. »Wenn er nicht wütend auf mich ist, wird er sich auch nicht an die Presse wenden.«

»Darum geht es dir also? Du willst sichergehen, dass er immer noch fügsam ist?«

»Ja, genau, das will ich. Danke, dass du mich wieder einmal daran erinnerst, was für eine Psychopathin ich doch bin.«

»Es würde mir schwerer fallen, wenn du nicht jeden in deiner Nähe behandeln würdest, als wäre er dir eine Last.«

»Nathan weiß Dinge über mich, und ich möchte nicht,

dass er mich hasst. Das rät mir mein gesunder Menschenverstand.« Ihre Stimme war noch immer kühl und unnahbar, aber sie hatte ihr Kinn vorgereckt.

Leo kniff die Augen zusammen. Er wusste, wie Win aussah, wenn sie einen Streit vom Zaun brechen wollte. Ein Teil von ihm hatte darauf gewartet, dass die Anspannung explodierte, und er war überrascht, dass es so lange gedauert hatte. Breitbeinig lümmelte er auf dem Wohnzimmersofa.

»Klar«, sagte er gedehnt. »Ich nehme an, das ergibt Sinn. Ohnehin muss es schwer sein, neue Leute zu finden, mit denen man reden kann, ohne dass Marie sie zuvor auf Herz und Nieren prüft.«

»Maries Sicherheitscheck ist nicht perfekt«, entgegnete Win. »Es hat sich herausgestellt, dass man nie genau weiß, was die Leute verbergen.«

»Ach Whitman«, sagte Leo. »Ich dachte, wir wären wieder Freunde.«

Win verdrehte die Augen und wandte sich zum Gehen. »Grüß deine Frau von mir«, sagte sie, als sie das Wohnzimmer verließ. Leo verlor die Beherrschung. Er sprang vom Sofa auf und lief ihr nach in den Flur.

»Du darfst mit Nathan reden, aber ich nicht mit Lila?«

»Geh mir aus dem Weg, Leo.«

»Sie hat dir nichts getan«, blaffte er. »Nathan dagegen …«

»Es geht dich nichts an, mit wem ich spreche«, beharrte Win. »Und habe ich dir nicht gesagt, dass du dich nicht …«

»Ach, eine kleine Stichelei wie diese hat nichts zu bedeuten?«

Win zog die Augenbrauen in die Höhe. »Du hast angefangen.«

»Das war überfällig«, erwiderte Leo.

»Ich habe keine Zeit für so was«, knurrte Win. Für einen Moment stand sie neben ihm, und er spürte ihre Wärme und ihren Atem an seiner Seite, dann schlüpfte sie an ihm vorbei und eilte den Flur entlang. »Ich gehe laufen.«

»Du läufst immer vor mir weg!«

Win warf einen Blick über die Schulter. »Sei nicht so dramatisch.«

»Das bin ich nicht«, sagte Leo. »Ich sehe dich kaum. Ich weiß, dass du wütend bist, aber Herrgott, Whitman, du kannst doch nicht jedes Mal das Zimmer verlassen, wenn ich hereinkomme …«

»Im Grunde leben wir zusammen. Ich sehe dich die ganze Zeit über …«

»Wir waren Freunde.«

»Ich bin nicht diejenige, die das versaut hat«, fauchte sie und machte einen Schritt auf ihn zu. »Ich bin nicht diejenige, die gelogen hat. Ich habe dir vertraut, und du …«

»Ich weiß.« Leo hatte das Gefühl, am Ende seiner Kraft zu sein. »Ich weiß. Es tut mir leid. Ich habe versucht, dir das zu zeigen.«

»Das ist mir gleich. Es … es zählt nicht.«

»Doch. Das tut es.« Sie standen nun beinahe Nase an Nase und funkelten einander an. Wins Augen waren dunkel vor Ärger. Als Leo die Hand nach ihr ausstreckte, packte sie sein Handgelenk. Sie hatte das schon oft getan, in Saint-Tropez – eine stille, besitzergreifende Geste.

Nach einer Weile schüttelte sie den Kopf und ließ ihn los. »Na schön. Zieh deine Laufschuhe an.«

»Wie bitte?«

»Du willst etwas mit mir unternehmen? Ich gehe laufen, also zieh dich um. Ich warte fünf Minuten.«

»Ich lasse mir nicht gern vorschreiben, was ich zu tun habe.«

»Na, das überrascht mich«, sagte Win und warf einen Blick auf ihre Uhr.

Leo schnitt eine Grimasse und stürmte davon in Richtung Treppe. Im Gästezimmer angekommen, zögerte er, doch dann kramte er seine Jogginghose hervor.

Win lief jeden Tag. Wäre er nicht so groß gewesen, hätte er vermutlich Schwierigkeiten gehabt, mit ihr Schritt zu halten. Sein Herz hämmerte immer noch von dem Streit, sein Atem ging schwer.

Win lief neben ihm her, und er war fest entschlossen, sich nichts anmerken zu lassen. Sie joggten die schattigen, von Bäumen gesäumten Wege entlang, die zum Meer hinunterführten. Es war ein kalter Nachmittag, der Himmel tiefblau, die Sonne ging bereits unter, um ihre Knöchel waberte eine feine Nebelschicht. Win lief in der Mitte, Leo am Rand durch den rutschigen Matsch der abgefallenen Blätter.

Die Strecke führte hügelabwärts, was Leo genug Schwung für ein paar Meter Vorsprung verlieh. Als sie die dicht stehenden Bäume verließen, rief er mit einem Blick über die Schulter: »Kommst du noch mit, Tagore?«

Win verzog unwirsch das Gesicht, und Leo lachte und wich nur knapp einem auf den Weg ragenden Ast aus. Win beschleunigte, bis sie Schulter an Schulter mit ihm war. Auch Leo wurde nun schneller, gab alles. Sein Herz raste, seine Brust wurde eng, sein Atem ging stoßweise. Sein Blickfeld verschwamm. Er lief weiter, die wütende Win neben sich.

Sie rannten durch eine leere Straße und über eine Brücke. Die Bäume hoben sich kahl und dunkel vor dem grauen Himmel ab. Er konnte die Wellen hören. Alles sah öde und trostlos aus, und er war immer noch sauer. Win rammte ihre Schulter gegen seine. Leo rempelte zurück. Ein paar Meter hinter ihnen kroch der SUV von Wins Sicherheitsteam die Straße entlang, immer in Sichtweite.

»Ich biege links ab«, keuchte Win. Leo ignorierte sie und lief schnurstracks aufs Meer zu. Win folgte ihm fluchend und überholte ihn. Jetzt sah er nur noch ihren Pferdeschwanz, der vor seinen Augen auf und ab hüpfte. Er senkte den Kopf und rannte schneller.

Gemeinsam stürmten sie über den leeren Strand runter zum Ufer, gerieten ins Stolpern und wären beinahe gestürzt. Kieselsteine spritzten unter ihren Füßen auf. Am Wasser blieb Leo abrupt stehen und schnappte nach Luft. Win prallte gegen ihn.

Leo packte ihre Unterarme und konnte sie gerade noch halten. Mit roten Gesichtern, schwitzend, sahen sie einander an.

»Du bist so ein *Angeber*«, stieß sie keuchend hervor.

»Wie bitte? Du wolltest doch laufen gehen.« Leo wischte

sich mit dem Handgelenk den Schweiß von den Augenbrauen und versuchte, lässig zu wirken. Es wäre beeindruckender gewesen, hätte er dabei nicht so schnaufen müssen. »Mein Gott, ist das heiß.«

»Stimmt doch gar nicht.«

Sie hatte recht: Das Wetter war trüb, Herbstwetter, fast schon Winter.

»Es ist ziemlich warm heute«, behauptete Leo und zog sein Shirt über den Kopf. Anschließend stemmte er die Hände auf die Knie und ließ den Kopf kreisen, und als er wieder aufblickte, sah er, dass Win grinste. Mit zusammengekniffenen Augen streifte er seine Laufschuhe ab.

»Was machst du da?«, fragte Win wenig beeindruckt.

»Ich kühle mich ab.« Leo ließ seine Jogginghose auf die Knöchel fallen und hüpfte hinaus. Wins Mund verzog sich zu einer schmalen, missbilligenden Linie. Leo, der jetzt in Unterhose dastand, streckte sich, dann wandte er sich in Richtung Ozean.

»Sei nicht albern«, warnte Win. »Es ist November!«

»Danke, aber meistens kann ich mich erinnern, welcher Monat gerade ist«, erwiderte Leo und ging ins Wasser. »Übrigens: Mach, was du willst. Es ist keine Schande, wenn du das nicht packst.«

»Pah«, sagte Win, als die ersten Wellen seine Knöchel umspülten. Leo erstarrte, krümmte die Schultern, dann ging er tiefer hinein. *»Leo.«*

»Whitman«, äffte Leo sie nach.

Win fluchte, und Leo nahm an, dass sie sich an ihren Klamotten zu schaffen machte, aber er wagte nicht, sich umzudrehen. Er lief ein paar Schritte weiter ins eisige Wasser, das sich wie Nadelstiche auf seiner Haut anfühlte. Er biss die Zähne zusammen, bis es seine Knie umspülte. Seine Füße schmerzten. »Herrje«, murmelte er, in erster Linie an sich selbst gewandt.

Hinter ihm ertönte ein entschlossenes Platschen. Leo drehte sich um, gerade noch rechtzeitig, um zu sehen, wie Win in – *gütiger Himmel* – Sport-BH und Unterhöschen an ihm vorbei in die Wellen stürmte.

Er brachte eben noch ein verblüfftes »Du bist so konkurrenzsüchtig!« hervor, dann tauchte Win unter. Ihr Körper beschrieb eine flache, enge Kurve, bevor sie vom Ozean verschluckt wurde.

»Das war eine schlechte Entscheidung«, teilte Leo niemand im Bestimmten mit und tat es ihr nach.

Japsend kam er wieder hoch. Sein ganzer Körper brannte und zitterte, als wollte er die Haut abschütteln. Win kam ein kleines Stück von ihm entfernt an die Oberfläche, mit weit aufgerissenen Augen und klappernden Zähnen.

»O mein Gott«, stieß er hervor.

»Du bist so verflucht dämlich«, stammelte Win.

»Das weiß ich jetzt auch«, gab Leo zu und tauchte unter, in der vagen Hoffnung, er würde sich an die Kälte gewöhnen, wenn er ganz unter Wasser war. Er gewöhnte sich nicht daran, außerdem ging er in der eisigen Dunkelheit zu weit runter und schürfte sich das Knie an dem felsigen Grund auf. Vor Schreck verschluckte er einen Mundvoll Salzwasser. Hustend und würgend kam er wieder hoch.

»Nicht gerade eine Glanzleistung«, stellte Win fest.

»Ich bin immer noch besser als du.«

»Das glaubst du doch selbst nicht«, widersprach Win und stürzte sich auf ihn.

Sie klammerte sich an Leos Rücken und versuchte, seinen Kopf unter Wasser zu drücken. Leo wehrte sich. Sie schubsten einander, tauchten unter den Wellen hindurch und kamen nach Luft schnappend wieder hoch, um erneut aufeinander loszugehen.

»Du bist so ein *Arschloch!*«, schimpfte Win.

»Es macht mich wahnsinnig, wenn du nicht mit mir reden willst!«, rief Leo und drückte sie unter Wasser. Win blieb unten, umfasste seine Knöchel und zog ihm die Füße weg. Er schrammte sich das Schienbein an einem weiteren scharfen Felsen auf.

Als sie wieder hochkamen, fluchte er, und Win hustete, als hätte sie Salzwasser in die Lungen bekommen. Sie spuckte, der Speichel bildete auf dem Wasser eine schmale Linie.

»Du treibst mich in den Wahnsinn«, sagte sie. »Du bist immer *da.* Ich kann dir nicht entkommen!«

»Ich sehe dich doch kaum!«

»Du hast eine äußerst spürbare Präsenz.«

Sie starrten einander an.

»Ich denke nicht, dass das der Knackpunkt ist«, hielt Leo dagegen.

»Mir ist scheißkalt«, stieß Win hervor.

Leo zog an ihrem Pferdeschwanz, aber sanft. »Heißt das, du knickst ein und gehst zuerst raus?«

Win tauchte bis zum Kinn ins Wasser ein.

»Na schön, dann gehe ich zuerst«, gab Leo nach. »Aber nur, weil ich ein Gentleman bin.«

»Und eine Memme«, sagte sie, doch er hatte sich bereits umgedreht und watete bibbernd zum Ufer zurück, die Arme vor der Brust verschränkt.

Eine Sekunde später kam Win hinterhergestolpert, rutschte aus und klammerte sich an seinen Arm. Zitternd drückte sie sich an ihn. Fast schon aus Gewohnheit hielten sie sich aneinander fest, ihre Hand auf seinem Unterarm, sein Arm um ihre Taille. Dann wurde Leo bewusst, dass es hier kein Publikum gab, dem sie etwas vorspielten, keine Paparazzi, und er erstarrte. Am Strand konnte sie niemand sehen. Wins Augen waren weit aufgerissen, Leos Zähne klapperten.

»Wir haben keine Handtücher«, stellte er fest.

»Ich hasse dich«, sagte Win, aber sie sah nicht so aus, als ob sie ihre Worte ernst meinte.

Kapitel vierzehn

Die nassen T-Shirts klebten an ihren Schultern, als sie zusammen zum Haus zurückrannten. Wins Lippen waren blau, der Schnitt an Leos Schienbein blutete, doch die Kälte trieb sie über den baumbestandenen Weg nach Hause. Vor der Tür bückte sich Leo, um seine Schnürsenkel aufzuziehen. Als er sich wieder aufrichtete, sah er, dass Win am Fuß der Treppe stehen geblieben war und ihn aufmerksam betrachtete.

»Wir sehen uns in zwanzig Minuten in der Küche«, sagte sie.

Er nickte. »Okay.«

Nachdem er geduscht hatte, drückte er sich unentschlossen an der Tür herum, bevor er sich umwandte und seine Reisetasche durchwühlte. Anschließend ging er die Treppe hinunter in Richtung Küche, eine Flasche in der Hand. »Ich habe Whisky mitgebracht.«

»Oh.« Win, die gerade den Kessel aufsetzen wollte, drehte sich um. »Ich mache Hot Buttered Rum.«

»Noch besser.« Leo setzte sich auf einen der Barhocker und beobachtete Win. Sie erwiderte seinen Blick, und er widerstand dem Drang, sich zu strecken. Zwischen ihnen hatte sich etwas verändert, hatte sich verschoben wie ein verrutschter Knoten, aber er wusste nicht genau, was und wie er damit umgehen sollte.

Wins Haare waren noch feucht. Sie hatte sie im Nacken zusammengeschlungen, sodass ihre Schulterlinie frei lag. Sie trug ein weiches, locker fallendes schwarzes Langarm-Shirt und eine verwaschene Jeans. Er nahm jeden Fleck nackter Haut in sich auf, von der Vertiefung ihrer Schlüsselbeine über die Finger, die aus den Ärmeln ragten, bis hin zu ihren langen, bloßen Füßen.

»Nathan hat wegen meiner Mum angerufen«, sagte Win. Trotz des höflichen Tons blitzte eine Warnung in ihren Augen auf. »Sie hat gerade ihre Chemo beendet. Er wollte sich nach ihr erkundigen. Seine Mum hatte vor ein paar Jahren ebenfalls Brustkrebs.« Sie stellte ein Glas mit dem heißen Rumgetränk vor ihn hin.

»Das wusste ich nicht«, sagte Leo. »Dass die Chemo abgeschlossen ist, meine ich. Du hast mir nicht gerade viel erzählt.«

»Du hast nicht gefragt.«

»Nein«, pflichtete Leo ihr bei und nahm vorsichtig einen Schluck. »Ich war mir nicht sicher, wie du darauf reagieren würdest.«

»Hm«, sagte Win, doch sie brach keinen weiteren Streit vom Zaun. »Nun, es ist noch zu früh, um Genaueres zu sagen, aber die Ärzte sind optimistisch.« Leicht gereizt rieb sie sich die Stirn. »Sie will schon wieder arbeiten gehen.«

»Noch ein Tagore-Workaholic«, stellte Leo nachdenklich

fest. »Eine seltsame Arbeitsauffassung, damit muss ich erst mal klarkommen …«

Er fürchtete, Win würde erneut in die Luft gehen, aber sie verzog die Lippen zu einem Grinsen.

»Halt die Klappe«, sagte sie und gab ihm einen Klaps aufs Handgelenk, als wolle sie ihn auffordern: *Nein, bloß nicht, mach weiter!* Zuvor war es leichter gewesen, sie zu berühren, sich an ihr vorbeizudrängen, wenn sie liefen, oder mit ihr im Meer zu kämpfen, wenn Adrenalin und die beißende Kälte für Ablenkung sorgten. Jetzt gingen sie so vorsichtig miteinander um, dass es Leo fast ein wenig das Herz brach, dass sie ihre Sticheleien derart zurücknahmen und so redeten, als befänden sie sich bei einer Verhandlung im Sitzungssaal. Er wusste, dass sie nicht einfach so zur Normalität zurückkehren konnten, doch plötzlich wollte er die Win zurückhaben, die sie gewesen war, die mutige, lachende Win, die immer wieder in sein Leben platzte, wollte die wilde Entschlossenheit in ihrem Blick sehen, wenn sie sich ihm entgegenstellte.

Nach einem Moment sagte Win: »Mein Dad hätte sie überredet, in den Ruhestand zu gehen, aber auf mich hört sie ja nicht.« Sie richtete diese Worte großteils an sich selbst, und Leo nickte, ohne etwas zu erwidern. Win starrte an ihm vorbei ins Leere, weit weg von ihm, wie eine Fremde in einem Traum. Dann schüttelte sie den Kopf und füllte ihre Gläser nach.

»Ich wünschte, es wären mehr Leute hier«, sagte sie. »Damit sie jemandem zum Reden hat, wenn ich nicht da bin. Sie hat sich nie leichtgetan, Freundschaften zu schließen.«

»Das große Zerwürfnis war sicher auch nicht gerade hilfreich«, gab Leo zu bedenken.

»Wie bitte?« Win blickte auf.

»Du weißt schon«, sagte Leo unbehaglich, als ihm bewusst wurde, dass er unsicheres Terrain betrat, »wenn sie manchmal die Familie deines Vaters anrufen könnte ...«

»Was für ein Zerwürfnis?«

Leo zögerte. »Du weißt nichts davon?«

»Leo ...« Win Stimme schnellte in die Höhe.

»Du weißt es tatsächlich nicht«, schlussfolgerte Leo und fasste die Geschichte so knapp wie möglich zusammen. Er war beinahe aufgeregt, weil er ihr endlich etwas Brauchbares erzählen konnte, bis er sah, dass ihr Gesicht aschfahl wurde und sie ihn ansah, als hätte er sie geohrfeigt. Mit unsicherer Stimme fügte er hinzu: »Ich dachte, du hättest das gewusst.«

»Nein. Das hat sie mir nie erzählt.« Win sah ihn fassungslos an. »Sie wollte nach Indien zurückkehren?«

»Sie hat nur gesagt, dass sie es für besser hielt zu bleiben. Wegen deiner Freunde und der Schule.« Leo räusperte sich. »Und vielleicht auch wegen der Schauspielerei.«

»Das verstehe ich nicht«, sagte Win. »Wie hast du das herausgefunden? Warum hat sie dir das erzählt?«

»Na ja«, antwortete Leo, dem nun noch mulmiger zumute war als zuvor, »ich habe sie gefragt.«

Win gab ein bellendes Lachen von sich, harsch und kompromisslos. »Das ist alles?«

»Ja.« Leo zögerte, dann fügte er an: »Hast du sie denn jemals gefragt?«

Als Win ihn mit einer Mischung aus Schock und Wut ansah, fing Leo an zu lachen, auch wenn er das eigentlich gar nicht wollte. Zwei sture Frauen, dabei war alles so offensichtlich! »Du musst sie nur fragen, Win.« Plötzlich kam ihm ein Gedanke. »Hast du sie überhaupt jemals zu einer deiner Premieren eingeladen?«

Wins Kiefer mahlten. Nach einem kurzen Moment sagte sie: »Anfangs ist sie ein paarmal mitgekommen, aber ich hatte den Eindruck, dass es ihr nicht wirklich gefällt, deshalb habe ich … Ich dachte doch, sie würde gar nicht kommen wollen …«

»Ich bitte dich inständig, mit ihr zu reden, Whitman«, sagte Leo halb lachend, halb ernst und beugte sich über die Anrichte, um Wins Hand in seine zu nehmen. »Stell ihr einfach ein paar grundsätzliche Fragen …«

Win schüttelte den Kopf, aber sie zog ihre Hand nicht weg. »Wir verstehen uns nicht, wir sind total verschiedene Menschen …«

»Wie kannst du sie verstehen, wenn ihr nie miteinander redet?«, wollte Leo wissen. »Win, ich stehe auf deiner Seite, aber deine Mum ist nicht gerade ein Buch mit sieben Siegeln. Sie ist nur eine griesgrämige ältere Dame, und es wird dich nicht umbringen, ihr ein bisschen aus deinem Leben zu erzählen.«

Win sah ihn finster an. »Du sagst, du stehst auf meiner Seite?«

Leo schluckte. »Ich stehe immer auf deiner Seite. Du vergisst das nur manchmal.«

»Manchmal zeigst du das aber auch nicht gerade deutlich«, hielt sie dagegen und reckte herausfordernd das Kinn vor.

An Leo zogen die wochenlangen Streitereien vorbei, und auf einmal erschien ihm der Waffenstillstand vom Nachmittag wie ein kurzer Impuls, den er getrost ignorieren konnte. Es wäre ein Leichtes, mit Win zu streiten, denn das war immer schon einfach gewesen.

»Manchmal vermassele ich's eben«, sagte er stattdessen. Er stellte fest, dass ihre Hand immer noch in seiner lag. Plötzlich war er sich nahezu übermäßig ihrer langen Finger bewusst, deren Knöchel noch rosig waren von der Kälte. »Aber ich bin trotzdem auf deiner Seite.«

Die Luft fühlte sich dick an, wie am Nachmittag am Strand, wie in Saint-Tropez, bevor alles auseinanderbrach. Leo ging nicht. Win auch nicht.

Ein paar Tage später schickte Marie sie in eine Kunstgalerie. Es war kaum Presse vor Ort, nur ein hausinterner Fotograf, der für die Website der Galerie zuständig war. Sie sollten sich eine Ausstellung von Lian Shen anschauen, die riesige Aquarelle von Geschwistern malte und berühmt-berüchtigt für ihre Abneigung gegen Ausstellungen war. Leo hatte sich ihre Exponate seit Jahren ansehen wollen.

Die Galerie hatte die großen Fenster geöffnet, damit das klare Herbstlicht in das alte, klosterähnliche Gemäuer fiel. Jetzt war auch das Rauschen der Wellen zu hören.

»Ich mag ihre Bilder«, sagte Win. »Warum stellt sie nicht öfter aus?«

Leo zuckte mit den Schultern. »Ich bin ihr nie begegnet, aber ich habe ein Interview gelesen, in dem sie erklärt, dass für sie nur das Werk an sich zählt. Alles andere sei Eitelkeit.«

Sie blieben vor einem Gemälde stehen, das drei Schwestern auf einer Treppe zeigte, in blassen Farben, mit feinen Pinselschwüngen gemalt. Sie hatten die Köpfe zusammengesteckt und schienen förmlich zu leuchten in einem weichen, diffusen Licht. Einmal hatte Thea Leo mit seinen Geschwistern gemalt, als Weihnachtsgeschenk für Gabrysia, als Leo vierzehn war. Sie hatte sie auf einer roten Samtcouch platziert und sie den Gegenstand in der Hand halten lassen, der ihnen am meisten bedeutete. Die siebzehnjährige Hannah hatte ihre Super-8-Kamera im Schoß liegen – eine Anmaßung, die sie seit Langem bereute. Der sechzehn Jahre alte Gum fuchtelte mit einer ledergebundenen Ausgabe von *Die gesammelten Werke von Cato dem Älteren* herum. Leo hatte Stunden damit verbracht, verschiedene Skizzenbücher, Postkarten und Kunstdrucke durchzugehen, bevor er sich schließlich die Familienkatze schnappte. Thea malte sie, wie sie schlafend in seinem Schoß lag. Gabrysia hängte das Porträt in ihr Atelier, und Gum hatte es immer noch als Hintergrundbild auf seinem Handy.

»Ich denke, deshalb habe ich meine Idee mit dem Gemeinschaftsatelier nie in die Tat umgesetzt«, sagte Leo, bemüht, seine Worte so klingen zu lassen, als sei er eben erst zu dieser Erkenntnis gelangt. »Es kommt mir zu sehr vor wie ein Prestigeprojekt.«

»Im Grunde kannst du tun, was du willst«, gab Win zu

bedenken. »Wofür du dich auch entscheidest – es wird immer ein Prestigeprojekt sein.«

Er spürte, wie ihm vor Verlegenheit und Entrüstung die Kehle eng wurde.

»Du meinst, weil ich vertuschen möchte, wie leer mein Leben ist?«, fragte er. Er konnte sie nicht ansehen.

»Nein. Aber du wirst dich damit abfinden müssen, dass es immer wieder Leute gibt, die dich als priviligiert bezeichnen. Ich denke, du benutzt das als Vorwand, gar nichts zu tun.«

Leo blickte stur geradeaus. »Das ist eine seltsame Entschuldigung.«

»Das war keine Entschuldigung«, sagte Win. Sie zögerte kurz, dann fügte sie hinzu: »Auch wenn es mir leidtut. Weil ich grob zu dir war. Ich war … wütend.«

»Ja«, sagte Leo. »Weil ich dir die Story vermasselt habe.«

»Ja«, echote Win. »Nun, du hast mir die Dinge sehr erschwert.«

Sie gingen in den angrenzenden Raum, der kleiner war und lichtdurchflutet. Die Pressefrau der Galerie war eine Weile um sie herumgeschwirrt, doch jetzt hielt sie sich zurück, und sie waren allein.

»Ich möchte keinen Streit anfangen«, stellte Win klar. Als er nichts erwiderte, schüttelte sie den Kopf und versuchte es erneut. »Wirklich, ich will mich nicht mit dir streiten. Aber du siehst die Dinge nun einmal nicht so, wie ich sie sehe, du lebst nicht so, wie ich lebe. Ich bin eine der wenigen indischen Frauen in Hollywood, die nicht nur kleine Rollen spielen, sondern die es wirklich bis an die

Spitze gebracht haben. Sollte ich das vermasseln, war's das für mich. Die Branche gibt Menschen, die aussehen wie ich, keine zweite Chance.«

»Das weißt du doch gar nicht«, widersprach Leo.

»Ich denke, *du* weißt das nicht«, konterte Win. »Denn wenn du es wüsstest, hättest du kein Geheimnis aus Lila gemacht.«

Leo schluckte. »Dir nichts von Lila zu erzählen war ein Fehler. Die ganze Sache hat sich …«

Wins Gesicht wurde verschlossen. »Entschuldige dich nicht bei mir für deine Ehe«, sagte sie. »Das gibt mir das Gefühl, ich wäre ein machiavellistisches Monster.«

»Okay«, lenkte Leo ein. »Aber ich wollte dir die Dinge nicht erschweren.«

Win zog scharf die Luft ein. »Es geht hier nicht nur um mich. Hör mal, Leo, ich weiß, dass du die Presse über mich nicht wirklich verfolgst, aber das ist wichtig, wenn ich zu einem Casting für eine Rolle eingeladen werde, es ist wichtig, wenn ein Regisseur das Risiko mit mir eingeht, was nicht oft vorkommt. Wenn ich also Mist baue, könnten sie denken, dass es das Risiko womöglich nicht wert ist. Und vielleicht gehen sie es dann nie wieder ein.«

Und wenn sie die Leute darauf hinwies, wie hoch die Messlatte für sie angelegt wurde, auf dieselbe ruhige, überdrüssige Art, wie sie es jetzt bei ihm tat, wurden sie sauer. Leo dachte an Prithas Geschichte über den Regisseur und an sich selbst, wie er sie gedrängt hatte, auf Nathan loszugehen. Das ist doch Scheiße, wollte Leo sagen, aber Win wusste bereits, dass es Scheiße war.

»Ich hätte es dir erzählen sollen«, räumte er ein. »An diese Zusammenhänge habe ich gar nicht gedacht.«

»Das musst du auch nicht«, sagte Win.

»Nein«, pflichtete Leo ihr bei. Er zögerte. »Ich nehme an, ich dachte stets, du könntest eines Tages darüberstehen. Wenn du den richtigen Schritt machst, das Richtige sagst … oder mit mir an dem richtigen, exotischen Ort rummachst.«

»Das dachte ich für eine Weile auch«, sagte Win.

Sie sahen einander an, still und ernst. Leo hätte sich am liebsten entschuldigt, aber das fühlte sich so an, als wollte er ihr ein weiteres Problem aufladen, das sie lösen sollte. »Kann ich dir irgendwie helfen?«, fragte er daher.

»Du hilfst mir doch schon.« Win klang überrascht. »Du bist hier, und du … du hilfst sehr. Ich bin dir dankbar. Ich weiß, dass Marie dich gezwungen hat, trotzdem bin ich froh, dass du gekommen bist.«

Er spürte ein Flattern in der Brust.

»Marie hat mich nicht gezwungen«, sagte er.

Win blinzelte. »Wie meinst du das?«

»Marie hat mich nicht geschickt.« Leo wusste nicht, wohin er blicken sollte. »Ich habe all den Mist in den Klatschzeitungen gelesen und sie angerufen, um ihr mitzuteilen, dass ich zu euch rausfahre.«

Win sah ihn perplex an. »Aber du warst sauer.«

»Ja, ich war wütend«, sagte Leo und lachte verlegen. »Aber … ich weiß nicht, es sah nicht gut aus, und ich musste daran denken, wie es beim letzten Mal war, als deine Mutter krank wurde. Ich dachte, ich könnte dich unterstützen, und ich wollte … ich wollte dich sehen.«

»Marie hat gar nicht erwähnt, dass …«

»Ich hatte sie gebeten, das nicht zu tun«, sagte Leo.

»Nun, ich bin … überrascht.« Wins Augen waren weit aufgerissen, ihr Tonfall nicht zu deuten.

»Ja.« Leo räusperte sich. »Ich wollte nur, dass du das weißt.«

Als sie die Galerie verließen, hatte sich draußen eine Gruppe von Fans versammelt, um sie zu begrüßen. Win blieb stehen, um einigen von ihnen Hallo zu sagen, und Leo hielt sich hinter ihr und beobachtete sie. Das kalte Sonnenlicht fiel auf ihre dunklen Haare und die hohen Wangenknochen. Der Herbst war fast vorbei, und die orangeroten Blätter auf dem Parkplatz wurden bereits braun.

»Du bist so eine Süße«, sagte Win, als sie sich bückte, um ein Foto mit einem jungen Mädchen zu machen. Ihr Gesicht wirkte jetzt weicher, verträumter, die Erschöpfung und Sorge der letzten Wochen verschwand. Es war, als würde sie von hinten beleuchtet, als stünde sie auch jetzt im Rampenlicht, selbst hier draußen, mitten am Tag.

Auf der Heimfahrt schlief sie ein, den Kopf nach hinten gelegt, dann rutschte sie zur Seite gegen seine Schulter. Er verhielt sich ganz still, wagte es nicht, sie zu berühren, selbst dann nicht, als sie durch ein Schlagloch fuhren und ihr Kopf abrutschte. Sie riss die Augen auf und starrte ihn schlaftrunken an, bevor sie sich entschuldigte. Leo schüttelte den Kopf. Anschließend rückte sie von ihm ab auf die andere Seite.

Er fragte sich, ob Win jemals nicht müde war. Ihn

machte es schon müde, auch nur über ihr Leben nachzudenken, an die Tage ohne Ende, die erschöpfende, nie endende berufliche Tätigkeit, Whitman Tagore zu sein. Während ihr Wagen über die Landstraßen kurvte, wurde ihm bewusst, dass er das Ganze – er und sie, sie und Pritha – für eine persönliche Angelegenheit gehalten hatte, mit gewissen Ansprüchen von außen. Doch persönliche Angelegenheiten wurden Win nicht zugestanden; alles war öffentlich, ständig saß sie auf dem Präsentierteller. Die Messlatte lag immer ganz oben. Win schlief wieder ein, das Gesicht gegen die Fensterscheibe gedrückt, und Leo dachte, dass es wohl nie einen Moment geben würde, in dem Win ihre Arbeit erledigt hatte, in dem sie sich keine Sorgen mehr um diese Dinge machen musste. Es würde niemals aufhören.

In diesem Augenblick kam ihm ein Gedanke. In seinem Kopf formte sich ein stiller Plan. Er musste Lila anrufen.

Kapitel fünfzehn

Wins Geschrei, das von unten die Treppe hinaufdrang, riss Leo abrupt aus dem Schlaf. Er konnte nicht verstehen, was sie sagte, doch jedes Mal, wenn sie eine Pause machte, hörte er eine ruhigere, rauere Stimme, die Pritha gehörte. Leo starrte an die Decke und kratzte sich die Brust. Er fragte sich, wie hoch die Chancen waren, dass er angebrüllt wurde, wenn er jetzt nach unten ging.

Sein Bedürfnis nach Kaffee war stärker als alles andere. In der Küche stand Win am Spülbecken, die Hände um den silbernen Rand gelegt, den Rücken durchgedrückt. Pritha saß an der Küchentheke und nippte an einem Tee.

»Guten Morgen«, sagte Leo.

Win murmelte etwas, aber Pritha drehte sich zu ihm und musterte ihn von oben bis unten.

»Warum bist du noch nicht angezogen?«

Er zuckte mit den Schultern. »Ich bin gerade erst aufgewacht.«

»Es ist fast Mittag.«

»Ich wollte Kaffee …«

»Perfekt, dann kannst du welchen besorgen. Wir brauchen auch noch mehr von den kleinen Keksen.«

»Die sollst du nicht ständig essen, Ma«, warf Win ein, den Blick noch immer zum Fenster gerichtet.

»Ich esse, was ich will.«

»Ich möchte dich nicht verärgern«, beharrte Win, »aber hier geht es nicht um mich. Deine Ärzte sagen …«

»Whitman«, erwiderte Pritha. »Bitte lass mich erst Leo loswerden, bevor wir dieses Gespräch fortsetzen.«

Win warf einen Blick über die Schulter und sah ihn endlich an. Sie war bereits laufen gewesen, ihre Haare standen lockig von den Schläfen ab, unter ihren Augen lagen dunkle Ringe. »Wenn du meinst.«

Pritha nickte Leo demonstrativ zu.

»Dann fahre ich mal los, Kekse kaufen«, sagte Leo.

Er salutierte, was Pritha misstrauisch blinzeln ließ, aber sie ließ ihn ohne weiteren Kommentar gehen. Nachdem er sich schnell etwas angezogen hatte, stürmte er, ohne sich zu verabschieden, aus dem Haus und eilte zu seinem Wagen. Kurz bevor die Tür hinter ihm ins Schloss fiel, fingen die beiden wieder an zu streiten, und er hörte, wie Win mit schriller Stimme fragte: »Wie kannst du mich selbstsüchtig nennen, nach alldem, was passiert ist?«

Er blieb den ganzen Tag weg, fuhr die Küste auf und ab, aß Prithas Kekse und schlug die Zeit tot, nur wenige Paparazzi im Schlepptau. Leo meinte, einen von ihnen gähnen zu sehen, als sie darauf warteten, dass er einen Coffeeshop mit dem dritten Latte macchiato verließ. Auf Prithas Empfehlung lud er sich ein Audiobuch herunter – *Wölfe*, ein historischer Roman von Hilary Mantel –, das er sich im Wagen anhörte, ließ sich umhüllen von der spannenden Darstellung der englischen Geschichte, die Füße auf dem aufgeweichten Erdboden, vor sich einsame Fischerboote, vertäut an den Stränden von Dungeness.

Gegen vier summte sein Handy. Er nahm das Gespräch entgegen, ohne zuvor aufs Display zu blicken, da er davon ausging, dass Pritha ihm eine längere Einkaufsliste durchgeben wollte. Stattdessen hörte er Gums näselnde, koffeinbefeuerte Stimme. »Bitte sag mir, dass dein selbst auferlegtes Exil bald vorüber ist.«

Leo lachte. »Wer behauptet denn, es sei selbst auferlegt?«

»Komm nach New York«, beharrte Gum. »Dad hat mir bis nächste Woche die Juniorsuite vom Kenmare zur Verfügung gestellt. Ich hätte natürlich das Penthouse vorgezogen, aber arme Leute dürfen nicht wählerisch sein.«

Leo grinste. Er stellte sich Gum vor, wie er völlig frustriert in seiner riesigen, leeren Suite am Fenster saß und methodisch seine Kontaktliste durchging – Leo, Charlie, Hannah –, als veranstaltete er einen tragischen Spendenmarathon.

Jetzt drang ein malmendes Geräusch aus dem Hörer, als würde Gum Erdnüsse essen. »Charlie trifft am Dienstag ein, wir werden seine Anzugfarben aussuchen und Maß nehmen lassen. Der arme Kerl ist es nicht gewöhnt, sich selbst die Klamotten auszusuchen, und anscheinend ist die Auswahl in Montreal *jämmerlich*. Wusstest du, dass er sein Apartment in New York verkauft hat? Offenbar haben Shift und er beschlossen, auf Dauer in Montreal zu leben. Keine Ahnung, was das für Charlies Karriere bedeutet.

Kennst du jemanden, der in Montreal erfolgreich seinen Lebensunterhalt bestreitet?«

Er betonte das Wort »Montreal«, als wäre es der Name eines Feldlazaretts oder Hochsicherheitsgefängnisses. Leo zwickte sich in den Nasenrücken. Manchmal erinnerte ihn Gum so sehr an Bernard. Während Leo den Großteil seiner zauberhaften Kindheit damit verbracht hatte, mit seinen Müttern kreuz und quer durch Europa zu streifen, war Gum die meiste Zeit hoffnungsvoll ihrem Vater hinterhergelaufen. Hannah schien von allen unabhängig zu sein und jeden zu mögen.

»Ich bin mir sicher, sie haben einen Plan, Gum.«

»Nun, Charlie hat auf alle Fälle jede Menge Pläne für die Hochzeit. Ich schleppe ihn nächste Woche zu einer Verkostung bei einem Couture-Tortenbäcker im Village, den unsere Mütter kennen. Ich habe ihm gesagt, dass alle komplett ausgebucht sind und er wohl auf Donuts umsteigen muss, es wird also eine totale Überraschung. Wahrscheinlich wird er vor Freude in Tränen ausbrechen«, fügte Gum zufrieden hinzu. »Ich schicke dir ein Video.«

»Darauf freue ich mich jetzt schon«, sagte Leo. Manchmal bekam Gum es richtig gut auf die Reihe, und Leo stellte sich vor, wie er Charlie von besagtem Maßschneider zum Floristen schleppte und ihm anbot, für sämtliche extravaganten Extras aufzukommen, einen Arm jovial um Charlies Schultern geschlungen.

»Ich gehe davon aus, dass ich euch beide auf jeden Fall bei der Hochzeit sehe«, sagte Gum. »Dich und deine geliebte Primadonna.« Seine Stimme klang freundlich, dennoch schwang ein Hauch von Missbilligung darin mit. Leo fragte sich, welche Gespräche in der Gerüchteküche der Familie Milanowski geführt wurden, wenn sich Hannah und Gum über mehrere Zeitzonen hinweg zusammenschlossen, um über Leos Beweggründe zu spekulieren.

»Ich weiß nicht, ob ich sie begleite«, sagte Leo. »Wir haben das noch nicht wirklich besprochen.«

»Ehrlich, Leo«, murrte Gum mit derselben gereizten Stimme wie als Kind, wenn er Leo gebeten hatte, ihm die Schnürsenkel zu binden. »Ich ertrinke in Verpflichtungen, trotzdem besitze ich den Anstand, eine Antwort zu schicken. Weißt du eigentlich, dass jemand von der *Vogue* kommt, mit einem Fotografen? Sie wollen ein Porträt von Charlie bringen, und vielleicht kommt er sogar aufs Cover. Es ist lächerlich – ich reiße mich seit Jahren um ein Porträt, aber offensichtlich haben sie mich nicht im Fokus. Er macht ein einziges Fotoshooting mit Burberry, und schon heißt es: ›Chazzy Chazzy Chaz: Die Chaz-Story‹.«

»So wollen die das nennen?«

»Wie dem auch sei, du musst kommen. Das ist eine echt große Sache, und ich habe dich seit Ewigkeiten nicht gesehen.« Gum seufzte. »Es fällt mir schwer, mich nicht im Stich gelassen zu fühlen. Hannah filmt noch immer in Kambodscha. Die Mütter scheinen davon auszugehen, dass du dich vor der Hochzeit drücken wirst. Sie behaupten, du seist in den letzten zwei Monaten so gut wie unerreichbar gewesen, und denken, du gehst ihnen aus dem Weg.«

»Warum unterstellen sie mir immer, ich würde ihnen

aus dem Weg gehen?«, fragte Leo. »Kann ich nicht einfach ein guter, altmodischer, gedankenloser Sohn sein?«

»Tja, die ewige Frage … Sie hätten es schon vor Jahren aufgeben sollen.«

»Ich treffe mich nächste Woche mit den beiden zum Essen«, sagte Leo.

Gum schnalzte zustimmend mit der Zunge. »Nimm den Filmstar mit, das wird ihnen gefallen.« Er machte eine kurze Pause, dann fügte er hinzu: »So oder so, Leonard, du wirst an dieser Hochzeit teilnehmen. Ich werde dir keinen Schwur abnehmen, aber ich zähle auf dein brüderliches Pflichtgefühl. Okay, ich habe jetzt ein Meeting mit Mimi. Ich bringe ihr eine Schachtel Trüffel mit. Mal sehen, ob sie das milder stimmt. Ciao.«

»He, warte, Gum – kannst du Miriam bitten, dass sie mich anruft?«

Am anderen Ende der Leitung entstand eine Pause. »Meine Mimi?«

»Sie ist nicht deine Mimi«, stellte Leo klar. »Sie ist seit Jahren Dads Anwältin.«

»Aber sie behauptet stets, dass ich der beste Mandant bin, den sie je hatte.«

»Ich wette, jedes Mal, wenn du zum Hörer greifst, kann sie sich ein neues Haus kaufen.«

»Bring sie ja nicht gegen mich auf, Leonard«, warnte Gum. »Mimi und ich haben die einzige funktionierende Beziehung, die ich je mit einer Frau hatte.«

»Weil du sie bezahlst?«

Gum seufzte erschöpft. »Ja. Ich werde ihr sagen, sie soll

dich anrufen und mit irgendeinem Skandal rechnen. Wir sehen uns bei der Hochzeit. Schick mir eine SMS mit deinen Maßen, und ich bestelle dir einen Anzug.«

»Ich brauche nur ihren Rat in einer bestimmten Angelegenheit«, sagte Leo, aber Gum hatte bereits aufgelegt.

Als er zurückkam, war es schon seit einer Weile dunkel. In der Küche spielte Musik. Er streifte geräuschvoll die Schuhe ab und klimperte zur Sicherheit mit den Schlüsseln. Überrascht stellte er fest, dass Win auf ihn wartete, anstatt bei seinem Eintreffen nach oben zu flüchten. Ihr neu gefundener Frieden fühlte sich zerbrechlich an.

In einem übergroßen Seemannspullover und Leggins saß sie am Küchentresen, vor sich ein Glas und eine Flasche Wein, beide leer.

»Du bist wieder da«, sagte sie. Ihre Stimme klang unversöhnlich, ihre Haltung war sehr aufrecht. Sie befand sich in einer gefährlichen Stimmung. Leo blieb an der Tür stehen und betrachtete sie.

»Ja, bin ich«, erwiderte er und warf die Schlüssel auf die Anrichte. Beide beobachteten, wie sie auf dem Marmor landeten und klappernd auf die andere Seite schlitterten, bevor sie auf den Fußboden fielen. Win schnaubte.

»Wir haben keinen Wein mehr«, sagte sie. »Möchtest du einen Drink?«

Leo nickte. Win glitt vom Barhocker und durchstöberte einen der Schränke.

»Ich denke, hier müsste noch etwas sein – aha …« Erfreut zog sie eine große grüne Flasche hervor, die sie vor seinem Gesicht schwenkte.

Leo steckte die Hände in die Taschen und musterte sie von oben bis unten. »Du bist betrunken.«

»Ja«, sagte Win. »Willst du jetzt etwas oder nicht?«

»Klar.«

Sie holte zwei Gläser und füllte sie mit Eis aus der Maschine am Kühlschrank. Als die Würfel klackernd gegeneinanderstießen, zuckte sie zusammen, als hätte das Geräusch sie erschreckt. Sie schenkte ihnen großzügig ein und gab anschließend einen Fingerbreit Wasser hinzu. Der Drink war gelb und süß und roch nach Anis. Auf dem Etikett stand in dekorativer Schrift: *Pastis Henri Bardouin* und darunter: *Mit besten Grüßen von Ihrem Hotel La Réserve, Saint-Tropez.*

»Als wären wir wieder in Frankreich«, stellte Leo fest.

Win sah ihn an. »Nicht wirklich.«

Leo konnte ihr nicht widersprechen, weshalb er es vorzog, das Thema zu wechseln. »Alles okay mit deiner Mum?«

»O ja«, sagte Win, als hätte sie nur auf seine Frage gewartet. »Danke der Nachfrage, *aber warum redest du nicht einfach selbst mit ihr*?« Win schwenkte ihr Glas, bis die gelbe Flüssigkeit beinahe über den Rand schwappte, dann äffte sie ihn mit einer hohen, dämlichen Stimme nach: »*Ich bitte dich inständig, mit ihr zu reden, Whitman.* Netter Versuch, danke.«

»Sie hat nicht gut reagiert?« Leo klang leicht belustigt.

»Nein«, sagte Win und leerte in einem Zug den Großteil ihres Glases. »Ich habe ihr gesagt, dass sie mir die familiären Dinge nicht hätte vorenthalten dürfen …«

»Dann hast du das Gespräch mit Kritik begonnen?«

»Nicht jeder ist ein Pritha-Tagore-Flüsterer«, blaffte Win. »Es fällt mir nicht leicht, mit ihr zu reden. Da gibt es jede Menge Vorgeschichten.«

»Ich … Tut mir leid«, sagte Leo. Er zögerte. »Meine Familie redet ständig über alles, selbst wenn wir streiten. Vor allem wenn wir streiten. Ich denke … ich kapiere das nicht ganz.«

»Nein«, pflichtete Win ihm bei. »Das tust du nicht.«

»Tut mir leid«, wiederholte er. »Keine weiteren Ratschläge.«

»Nicht?«, fragte Win spitzzüngig. »Keine Ratschläge mehr, meine Mutter betreffend, welchen Regisseuren ich einen Korb geben soll oder wie ich Nathan Spencer abwimmeln kann? Keine Geistesblitze über ethnische Beziehungen, die du mir mitteilen möchtest?«

Leos Gesicht brannte. »Nein.«

Win beäugte ihn mit zusammengekniffenen Augen. Die Luft in der Küche knisterte. Nach einer Weile zuckte sie mit den Schultern, als wollte sie die aufgestaute Anspannung abschütteln, und sackte mit gesenktem Blick in sich zusammen. »Ich hätte sie zu den Premieren einladen sollen. Mein Gott, ich dachte wirklich, sie würde diese Veranstaltungen für albern halten – meine ganze Karriere.«

»Aber?«

»Sie meint, es würde mich verlegen machen, mit ihr gesehen zu werden«, murmelte Win, die noch immer jeglichen Augenkontakt vermied. »Sie will mir nicht zur Last fallen.« Sie schlug die Hand vors Gesicht. »Es wäre leichter, wenn mein Dad noch leben würde.«

Leo schwieg. Win redete so gut wie nie über ihren Vater. Es war, als hätte sie ihr Vertrauen nicht ihm, sondern dem Talkshow-Moderator geschenkt, dem sie von Jotish Tagore erzählt hatte, damals, als Leo sie brauchte und Win ihn rettete. Die Worte kamen schleppend und rau aus ihrem Mund, als sie zu sprechen begann, als müsste sie sie aus dem tiefsten Innern ausgraben: harte, beschwerliche Arbeit.

»Es war immer mein Dad, der sich für Filme interessierte«, sagte sie. »Als ich klein war, schauten wir uns zusammen klassische Komödien an – am liebsten mochte er *Manche mögen's heiß*. Und natürlich Bollywood-Filme, die er als Kind gesehen hatte und von denen er dachte, sie könnten mir gefallen. Ich war total besessen von Waheeda Rehman. Jedes Jahr im Dezember nahm er mich zu all den verschiedenen Weihnachtsaufführungen in London mit, und anschließend spielten wir sie für Ma nach. Es war seine Idee, dass ich bei diesem Stadttheater für das Musical *Oliver!* vorsprechen sollte, doch ich blieb beim Refrain hängen. Ma sagte, wenn sie noch einmal »Consider Yourself« hören müsste, würde sie ausziehen. Aber Dad liebte es. Er fand eine Schauspielgruppe für mich, zu der ich nach der Schule gehen konnte.«

»Dann war das also euer beider Ding?«, fragte Leo. Langsam fügten sich die Puzzleteile zusammen: warum Win ihre Mum und ihren Dad als Gegensätze betrachtete, die ständig im Clinch miteinander lagen – Pritha, die sture Misanthropin, versus Jotish, den strahlenden Optimisten. Er sah, wie Win den Kopf schüttelte.

»In gewisser Hinsicht vielleicht, aber Ma war immer …

Sie gab ihm nach, und zwar gerne. Gelegentlich begleitete sie uns zu Aufführungen. Sie liebt das Globe noch immer. Ich denke, es gefiel ihr, wie glücklich es ihn machte, wenn sie sich uns anschloss. Sie trällerte oft schief mit, wenn wir in der Küche auf voller Lautstärke Musicals hörten, und wenn wir etwas für sie aufführten, sprang sie jedes Mal begeistert auf und klatschte Beifall. Vergiss nicht, Leo, sie hat zugelassen, dass er mich nach einem toten Dichter benannte, der noch dazu ein Amerikaner war. Dad schleifte sie in die Welt hinaus, er nahm sie zu sämtlichen Familientreffen und Abendveranstaltungen mit, zu denen sie ohne ihn nie hingegangen wäre, und wenn sie nach Hause kamen, massierte er ihr die Füße.«

Bei der Vorstellung musste Leo unwillkürlich lachen. Win lächelte ihn zerstreut an.

»Als er krank wurde, fuhr Ma mich durch die Gegend, sah bei den Proben zu und kümmerte sich um mein Bühnen-Make-up. Sie konnte es nicht ganz nachvollziehen, aber sie beschwerte sich nie.« Win schwieg für einen Moment und legte die Hand an die Lippen. »Es war … eine ziemlich schreckliche Zeit. Ständig hingen wir in irgendwelchen Krankenhäusern herum. Dad schnitt hinter dem Rücken der Ärzte Grimassen und hielt meine Hand, als wäre alles normal, obwohl er immer dünner und dünner wurde – und alt aussah. Was dann passierte, weißt du ja. Er starb.«

Sie griff nach der Pastis-Flasche. Leo sah ihr zu, ohne ein Wort herauszubringen.

»Danach ging ich nicht mehr zu der Schauspielgruppe«,

fuhr Win fort. Ihr Blick war umwölkt und wie in weite Ferne gerichtet. Leo hätte sie gern berührt, aber das wagte er nicht. »Ich weiß auch nicht … Ich schmiss alles hin. Nach ein paar Monaten sagte Ma nach der Schule zu mir: *Komm, ich bringe dich zum Theater,* und ich stand einfach auf und folgte ihr. Es lenkte mich ab. Gab mir ein Gefühl der Kontrolle. Und dann rief ein Agent bei uns an.

Ma sagte, wenn ich schon etwas tun würde, dann wenigstens richtig«, erzählte Win. Ihre Mundwinkel zuckten belustigt in die Höhe. Leo konnte Prithas sachlich-nüchternen Ton förmlich hören. *Vielleicht solltest du Grafikdesigner werden.* »Der Agent hat all diese Vorsprechen beim Theater organisiert, dann folgten Castings für Filme und TV-Shows. Den Rest kennst du.«

»Aber du warst fünfzehn«, sagte Leo. »Das muss schrecklich gewesen sein.«

»Tja«, entgegnete Win. Ihre Schultern sackten herab, was sie einsam und traurig wirken ließ. »Das Jahr davor hatten uns die Ärzte eine schlechte Nachricht nach der anderen überbracht, also war es nicht wirklich vergleichbar.« Sie blickte auf und begegnete Leos Augen, den Mund zu einer schmalen, zufriedenen Linie verzogen. »Außerdem habe ich die Rollen immer bekommen.«

»Du warst ein Wunderkind«, stellte Leo fest.

»Endlich etwas Anerkennung«, sagte Win, doch sie wirkte immer noch zerstreut. Sie griff nach der Flasche und füllte ihre Gläser nach. »Egal. Wenn Dad noch am Leben wäre, würde er mich zu sämtlichen Premieren begleiten, und er würde Ma mitschleifen, so wie er sie überall mit hinschleifte, und dann wäre es nicht so schwer, dann gäbe es nicht das hier …«

Sie fuhr mit der Hand durch die Luft, als würde sie tückisches Territorium kartieren. Leo dachte an Pritha und Win, die sich heute Morgen in der Küche angeschrien hatten. Sie waren einander noch ähnlicher, wenn sie wütend waren.

»Nun«, sagte Leo. »Wenigstens weißt du, dass sie dich nicht für einen Schwachkopf hält. In dem Fall müsste sich das Problem doch lösen lassen.«

»Ja. Vorausgesetzt, ich habe Zeit dafür.«

Leo drehte sich der Magen um. »Aber die Ärzte sagen doch …«

»Gott, nein!« Win wurde bleich. »Nicht das. Ich meine nur …« Sie sah ihn an, und plötzlich wusste Leo, was kommen würde. Eilig griff er nach seinem Glas, damit er es leeren konnte, während Win sagte: »Ich muss bald weg, arbeiten.«

Der Pastis war scharf, beinahe bitter, wenn man ihn in einem Zug in sich hineinkippte. Er stellte das Glas ab und lächelte. »Klar, natürlich.«

»Leo …«

»Du fängst mit dem Hemingway-Film an, richtig?«

Win zögerte, dann nickte sie. »Ja. Als Ma krank wurde, mussten wir die Arbeiten zurückstellen. Sie waren … sehr verständnisvoll.« Ihrem Stocken entnahm Leo, dass Patrick und der Rest von Wins Team dieses Verständnis mühsam erwirkt hatten. »Wir fangen mit den Winterszenen in Frankreich an und wechseln im Frühjahr nach Spanien.«

Sie fuhr sich mit der Hand übers Gesicht. »Aber die Pressetour von *Der Flussdampfer* muss auch noch irgendwie untergebracht werden, deshalb drehe ich den ersten Teil von *Zwischen Madrid und Paris* und fange unmittelbar danach damit an. Außerdem bin ich zwischendurch in Montreal wegen der Hochzeit.«

»Das wird ziemlich verrückt, oder?«

»Die Termine sind immer sehr eng getaktet. Aber damit«, sie deutete auf ihn und sich und schnitt eine Grimasse, »ist es dann wohl vorbei.« Sie sah ihn voller Bedauern an, als würde sie einem Hund mitteilen, wann er eingeschläfert werden sollte.

»Verstehe.« Leo nickte. Es war ihm bewusst, dass er sie das Ruder übernehmen ließ, was in der Vergangenheit schon öfter zu Schwierigkeiten geführt hatte. Er hatte sich nie die Mühe gemacht, das Kleingedruckte zu lesen, bevor er seinen Namen unter ihren setzte, denn er fürchtete, dass jegliches Zögern dazu führen konnte, dass sie an seiner Loyalität ihr gegenüber zweifelte. »Ergibt Sinn.«

»Am liebsten würde ich wenigstens noch ein paar Wochen warten, bis die Ärzte endgültig Entwarnung geben, aber Ma findet, ich sollte mich jetzt schon wieder an die Arbeit machen.«

»Oh«, sagte Leo, der sich zum ersten Mal fragte, wohin er nach Wins Abreise gehen würde. Vielleicht wäre Pritha damit einverstanden, dass er noch blieb.

Win ließ gedankenverloren die Eiswürfel in ihrem Glas kreisen. »Ich bin nicht selbstsüchtig. Ich versuche nur … einen Kompromiss mit ihr zu finden.«

»Ich weiß.«

Win seufzte. »Sie mag dich.« Als er fragend die Augenbrauen in die Höhe zog, fügte sie hinzu: »Das ist kein Kompliment.«

»Es gibt mir aber trotzdem das Gefühl, besonders zu sein«, sagte Leo und strich sich mit der Hand über die nachgewachsenen Haare.

Win lächelte nicht. »Ich hasse es, dass sie dich mag.«

Leo zögerte und suchte krampfhaft nach einem sicheren Thema. »Emil wird glücklich sein, wenn du wieder arbeitest. Bestimmt vermisst er dich.«

»Oh, er ist ziemlich beschäftigt. Das letzte Mal, als ich mit ihm gesprochen habe, war er in Mailand. Ich glaube, er veranstaltet drei verschiedene Fashion Weeks gleichzeitig. Er bat mich, dir auszurichten, dass du dir die Haare schneiden lassen sollst.«

»Ich weiß, dass ihm die Stoppelfrisur gefallen hat«, sagte Leo und fuhr sich erneut mit der Hand über den Kopf. Die ersten längeren Büschel fühlten sich an wie Schafwolle. »Ich könnte sie wieder abrasieren lassen. Vielleicht fahre ich nächste Woche nach London.«

»Du musst doch nicht bis nach London fahren, um dir einen Stoppelschnitt verpassen zu lassen«, sagte Win.

»Die Leute zahlen gutes Geld für Fotos von meinem blanken Schädel«, scherzte er. »Ich bin es ihnen schuldig, einen Profi ranzulassen.«

»Ein Kreuz, das nur du tragen kannst«, pflichtete Win ihm bei. Ihr Gesichtsausdruck war undurchschaubar, ihre Augen noch immer kritisch auf seinen Kopf gerichtet. »Ich könnte das machen. Bestimmt liegt irgendwo ein Rasierer rum.«

»Nein, das könntest du nicht.«

»Doch, klar, das kann ich.« Sie stellte ihr Glas ab. »Also ich bin bereit.«

Es gefiel ihm nicht, welche Richtung das Gespräch nahm. »Vielleicht morgen.«

»Ich will es aber jetzt machen«, beharrte sie. »Bestimmt fühle ich mich danach besser.«

»Ich glaube wirklich, wir sollten uns das noch einmal durch den Kopf gehen lassen«, hielt Leo dagegen, doch die Idee hatte es ihr angetan. Sie rutschte bereits vom Hocker und flitzte aus der Küche. Anhand der Geräusche konnte er ihren Weg durchs Haus verfolgen. Er hörte, wie Schubladen aufgerissen und wieder zugeschoben wurden, und schließlich ein *Ah!*, das ihn zusammenzucken ließ. Sie kehrte triumphierend zurück, einen Elektrorasierer in der Hand.

»Du hast ihn gefunden.«

»Ich bin ja so aufgeregt!«, rief sie und legte ihm ein Geschirrtuch um die Schultern.

»Das freut mich für dich.« Leo stürzte seinen Drink hinunter und wünschte sich, er hätte etwas Stärkeres. Wenigstens wirkte Win jetzt glücklicher, nicht länger aufgewühlt von ihrem Bericht über den Tod ihres Vaters. Er ließ sich von ihr den Kopf nach vorn kippen und spürte ihre kühlen Finger hinter seinen Ohren und an den Augenbrauen.

»Igitt«, sagte sie, als sie den ersten Streifen rasiert hatte. »Die Haare fliegen ja überall hin!«

»Du kannst jetzt nicht aufhören«, befand Leo. »Ich

möchte nicht mit einem halb rasierten Kopf herumlaufen.« Nun summte es direkt neben seinem Ohr, und er konnte die kleinen Metallzähne der Schneidefläche an seinem Schädel spüren. Win war verstummt. Er selbst verhielt sich absolut still.

Es dauerte nicht lange, und sie kam an seinem Hinterkopf an, dann ging sie um ihn herum und fuhr in großen Linien um seine Ohren bis hinunter zu seiner Kieferpartie. Sie strich mit dem Daumen über sein Ohr, legte die Finger unter sein Kinn und drückte seinen Kopf zur Seite, damit sie ihn betrachten konnte.

»Ich muss hier vorne weitermachen«, sagte sie und drückte ihn so auf den Hocker, dass er mit dem Rücken zum Küchentresen saß, dann stellte sie sich zwischen seine Beine.

»Whitman«, murmelte Leo.

»Hm«, sagte sie. »Bin gleich fertig.«

»Okay.«

Sie bearbeitete ihn weitere fünf Minuten mit dem Rasierer, wobei sie seinen Augenbrauen gefährlich nahe kam. Einmal musste Leo den Kopf zurückziehen. »He, pass auf!« Endlich stellte sie den Apparat ab und legte ihn neben sich auf die Anrichte, dann streckte sie die Hand aus und strich über Leos Schläfe, so wie sie es vor Monaten in der Lobby des La Réserve getan hatte.

»Fühlt sich gut an.«

»Win.« Seine Stimme klang rau. Seine Schenkel waren gegen ihre Hüften gepresst. Er konnte nicht aufhören, auf ihren Mund zu blicken.

Die Katze fauchte, strich um Wins Beine und schlug mit der Pfote nach Leo. Erschrocken sprang Win zurück, stieß sich am Tresen und fluchte. Der Fußboden war voller Haare, durch die nun die Katze tappte.

»Ich hasse diese Katze«, schnaubte Leo. Win, die damit beschäftigt war, ihre schmerzende Seite zu reiben, hielt inne.

»Das ist meine Katze«, sagte sie. »Ich habe sie schon seit Jahren.«

»Sie hasst mich, und ich weiß nicht, warum.« Leo stieß mit dem Zeh nach der Katze. Sie fauchte ihn an. »Böse Katze. Böse, böse Katze.«

Und zum ersten Mal, seit er in diese selbst gestellte Falle getappt war, seit sie das letzte Mal zusammen gewesen waren, seit jener letzten Nacht in Saint-Tropez, brachte Leo Win zum Lachen. Sie drückte eine Hand auf ihren Mund, als wollte sie sich zwingen, damit aufzuhören, aber sie lachte und lachte, ein klares, goldenes Lachen in dem kühlen, dunklen Haus.

Am nächsten Tag hatten sie einen Auswärtstermin, damit einer von Prithas Kollegen ungestört zu Besuch kommen konnte. Sie fuhren zu einer anderen, etwas weiter entfernten Kunstgalerie an der Küste, und Leo machte im Waschraum ein Selfie von seinem neuen Haarschnitt und stellte es online. Rückkehr zur Tagesordnung, schrieb er dazu.

»Nette Frisur, Leo«, rief einer der Fotografen, als sie die Galerie verließen.

»He, danke, Mann!«, rief er zurück, während Win ihm erfreut mit der Hand über den Schädel strich.

Kapitel sechzehn

Der Gedanke, dass Win jeden Augenblick abreisen konnte, verlieh den Tagen eine Bedeutung, die ihnen zuvor gefehlt hatte, und sorgte gleichzeitig dafür, dass sie mit einer gewissen Dringlichkeit an Leo vorbeizogen. Das Haus veränderte sich; die zerklüfteten Schatten des Herbstes wichen dem klaren grauen Licht des Winters. Win schien halb in und halb jenseits dieser Welt zu sein; mit einem angespannten, besorgten Gesichtsausdruck saß sie neben ihrer Mum, als würde sie mit aller Kraft gegen die Strömung ankämpfen. Er musste dem Drang widerstehen, sie zu packen und an sich zu drücken. Manchmal fasste sie ihn leicht an der Schulter, wenn sie vorbeitrieb, als wollte sie sich selbst verankern.

Pritha wurde kräftiger, und Win und sie umkreisten sich wie Boxer, doch die Spannung zwischen ihnen kippte nicht um in Zorn. Stattdessen musterten sie einander, versuchten sich vorsichtig in Gesprächen, als würden sie sich gerade erst kennenlernen. Leo war bei seinen Geschwistern immer der Friedensstifter gewesen, aber das hier war neu für ihn, ein unterschwelliger Konflikt, den er einfach nicht zu entschärfen wusste. Pritha hielt ihn mit einem langen

Katalog von Aufgaben auf Trab, so sollte er zum Beispiel die Bücherregale in ihrem Zimmer neu ordnen, die Pflanzkübel aus dem Garten für den Winter ins Haus schaffen, ein paar Bilder im Flur gerade rücken. Die Arbeit machte ihm zum Großteil Spaß, doch dann wurde ihm eines Abends klar, dass ihr womöglich bewusst war, dass er nicht mehr lange bleiben würde – eine Vorstellung, die ihm ganz und gar nicht behagte.

Sie hatten angefangen, gemeinsam zu Abend zu essen, alle drei zusammen an der Küchentheke oder im Wohnzimmer – Speisen, die Wins Leute geschickt hatten, Takeaway oder – was selten vorkam – Selbstgekochtes. (»Was ist das?«, wollte Win wissen. Leo stocherte im Essen und erwiderte: »Vielleicht ein Auflauf?«, woraufhin Win die Ellbogen auf den Küchentresen stemmte und in hilfloses Gelächter ausbrach, den Kopf nach vorn gebeugt, die Haare vor dem Gesicht. Sie aßen mit Löffeln direkt aus der Schüssel, fischten heraus, was sie für essbar erachteten, und kämpften um das nicht angebrannte Gemüse.) Das Esszimmer benutzten sie nie; Pritha behauptete, es sei zu groß, Leo hielt es für zu förmlich, und Win war es egal.

An dem Abend, an dem Prithas Arzt anrief, um ihnen mitzuteilen, dass die ersten Scans ohne Befund zurückgekommen seien, knickte Win ein, und sie aßen Pizza, ausgestreckt auf dem Wohnzimmerboden, während im Hintergrund die indische Soap *Yeh Rishta* lief. Sogar Pritha hatte sich auf den Fußboden gesetzt, den Rücken gegen die Couch gelehnt, ihre Tochter an ihrer Seite. Win konnte kaum die Augen von ihrer Mum abwenden.

»Ich verstehe nicht, warum ihr zwei so besessen davon seid«, sagte Win und deutete auf den Bildschirm. »Es dauert jedes Mal gute zwei Stunden, bis etwas passiert …«

»Das ist ja das Tolle«, meinte Leo. »Man kann sich derweil unterhalten und verpasst trotzdem nichts.«

»Leo mag Kartik«, ließ Pritha sich vernehmen. »Weil er ebenfalls ein Badboy ist.«

»Das stimmt nicht!«, rief Leo, auch wenn das durchaus der Wahrheit entsprach.

Win verdrehte die Augen. »Herrje, schmeckt das gut«, sagte sie dann und nahm einen weiteren Bissen von ihrem Stück mit Pepperoni. »Seit wir in jener Nacht in Saint-Tropez auf der Dachterrasse beim Schwimmen waren, habe ich keine Pizza mehr gegessen.«

Leo begegnete ihrem Blick. Ihre Augen waren groß, als wäre sie selbst überrascht. Ein Bild blitzte in Leos Erinnerung auf: Wins braune Haut, Win, wie sie geschmeidig den Pool durchquerte, ihre langen Beine, die kleine Vertiefung unterhalb ihres Schlüsselbeins. Damals hatte er sich bemüht, ein Gentleman zu sein und nicht allzu genau hinzusehen. Er war so eingebildet gewesen zu meinen, dass er die sanften Kurven von Wins Körper bereits kannte, ihre Brustspitzen, die sich unter dem BH abzeichneten, den Schwung der Innenseite ihrer Oberschenkel. Jetzt erkannte er, dass es einen Unterschied zwischen Erinnerung und realem Erleben gab.

»Du bist doch bald wieder dort«, sagte Pritha.

»Ma.« Wins Stimme war leise.

»Wo?« Leo schüttelte den Kopf. »Wieder in Frankreich?«

»Es ist ja nicht gerade so, dass ich in Frankreich ständig Pizza esse«, sagte Win, in erster Linie zu sich selbst. »Es ist nur …«

»Wann kehrst du dorthin zurück?«

Win zögerte. »Nächste Woche geht es nach La Roche-Guyon.«

»Wow«, saget Leo. Er spürte, wie er lächelte, ein seltsames, eingefrorenes Grinsen, doch er konnte einfach nicht aufhören. »So bald schon.«

Win schluckte. »Es ist nur für ein paar Tage. Anschließend fliege ich nach Montreal zu Shifts Hochzeit, und dann komme ich hoffentlich wieder her …«

Pritha schüttelte bereits den Kopf. »Patrick hat gesagt, dass sie dich nach der Hochzeit in Frankreich brauchen, und danach musst du bis Weihnachten in New York sein.«

»Das möchten die, Ma«, entgegnete Win, »aber das heißt doch nicht zwingend, dass ich mich daran halte. Ich muss hier bei dir sein. Die Ärzte wollen noch mindestens eine weitere Nachuntersuchung vornehmen …«

»Mir geht es gut«, versicherte Pritha. »Ich könnte zu dir kommen, dich besuchen. Du musst nicht meinen Babysitter spielen.«

Win zuckte zusammen, als hätte man sie geohrfeigt. Leo fuhr hoch, leicht benommen von der Geschwindigkeit, mit der all das passierte. »Win, du hast dir doch schon so viel Zeit genommen, wenn das also wichtig ist, solltest du …«

»Ja, herzlichen Dank, du musst mir nicht erklären, was meine Mutter meint«, zischte Win, und alle drei verstummten. Nach einem Moment strich sich Win mit der Hand über die Augen und reichte Leo das Mineralwasser, als wollte sie ihm ein Friedensangebot machen. »Entschuldige. Es ist doch nur so, dass noch gar nichts feststeht. Bislang hängt alles in der Schwebe.«

»Und könnte überall zu Boden stürzen«, bemerkte Leo trocken, in dem Versuch, die beiden zum Lachen zu bringen, aber Win und ihre Mutter sahen ihn nur an, als hätte er recht, worüber sie ziemlich besorgt schienen.

Leo schlief länger denn je, da die Zeit eine Eigendynamik annahm, gegen die er nicht ankämpfen konnte. Gelegentlich traf er sich mit Win – sie verabredeten sich mittlerweile immer seltener, da Win und Marie die Welt insgeheim darauf vorbereiteten, dass Win und Leo bald wieder getrennte Wege gehen würden –, und er telefonierte ab und zu mit Lila. Wins Telefonate mit Marie wurden immer häufiger auf Emil umgeschaltet: »Stets ein Zeichen dafür, dass mein Leben wieder in der Spur ist«, stellte Win nüchtern fest. Sie war umgeben von Stapeln von Papierkram, ausgedruckten Kalendern und Vorschlägen zu möglichen Terminplänen. Eines Morgens rief Miriam, Gums Anwältin, an, um Leo mitzuteilen, dass alles vorbereitet sei und sie ihm die Unterlagen zukommen lasse. Leo brach in Panik aus und bat sie, diese an das Postamt von Hastings umzuadressieren, wo er sie abholen konnte, ohne sich Sorgen machen zu müssen, dass Win oder Pritha etwas davon mitbekamen.

Win war nicht da, als er von der Post zurückkehrte, und Pritha trank eine Tasse Kaffee mit einer Frau aus ihrem

Buchklub, die Leo für seinen Geschmack mit viel zu großem Interesse beäugte. Hastig zog er sich nach oben zurück und fragte sich, was er tun sollte, jetzt, da es fast vorbei war. Es stand noch die Hochzeit an, aber die dauerte ja nur ein Wochenende lang.

Vielleicht war es tatsächlich an der Zeit, endlich das Projekt »Gemeinschaftsatelier« in Angriff zu nehmen, obwohl allein die Vorstellung, sich damit zu befassen, bei Leo ein mulmiges Gefühl in der Magengrube hervorrief. Alles fühlte sich ungewiss an. Allerdings musste er Win nichts davon erzählen; er musste niemandem etwas davon erzählen. Wenn er es unbedingt wollte, konnte er Pritha davon berichten, die ihn mit gerunzelter Stirn ansehen und erklären würde, er hätte das schon vor Jahren tun sollen, wodurch sein Vorhaben eher unvermeidlich als beängstigend erschien.

Vielleicht wäre es sogar schön, ein richtiges Projekt anzugehen. Auch die vergangenen Monate waren ein Projekt gewesen. Er war hier gewesen, um zu helfen, nicht um wie sonst von einem Fotoshooting zum nächsten zu jetten und ein angenehmes Leben vor der Öffentlichkeit und zu seinem eigenen selbstsüchtigen Vergnügen zu führen. Diesmal war es anders gewesen. Selbst in unangenehmen Momenten hatte es ihm ein Gefühl der Zufriedenheit gegeben, nützlich zu sein, ein Werkzeug, kein Schmuckstück. Vielleicht sollte er das Projekt »Gemeinschaftsatelier« auf dieselbe Art und Weise angehen.

Vielleicht hatte er während der letzten Jahre einfach das Falsche angestrebt. Immer wieder hatte er sich eingeredet, er sei nur auf der Suche nach der passenden Location, als wäre es schwer, in den Hauptstädten dieser Welt Lofts und Atelierräume zu finden. Die Location war nicht das Problem – das Problem war Leo. Leo als Macher, Leo mit seinem unbedeutenden Prestigeprojekt. Aber so musste es ja nicht bleiben. Leo hatte Freunde, er hatte Kontakte, er hatte Lila und Riva und tausend andere Leute, die angeboten hatten, ihm Künstler vorzustellen, die sie kannten – echte Künstler mit ebender Vision, die Leo fehlte, und den Anforderungen, die Leo erfüllen konnte. Leo verstand etwas von Kunst, aber er verstand nicht, was Nachwuchskünstler brauchten oder wie er sie zusammenbringen oder was er ihnen bieten sollte. Was er hatte, war Geld im Überfluss und ein Name, der ihm einige Türen öffnen dürfte. Es war immerhin ein Anfang.

Heute Abend würde er nach London fahren und sich mit seinen Müttern zum Dinner treffen. Er beschloss, Thea nach ihrer Meinung zu fragen. Sie würde ihn ermutigen, ganz gleich, was er vorhatte, aber sie ging überlegter und klüger vor als er und würde eventuelle Schwachstellen in seinem Plan entdecken und sie einfühlsam mit ihm besprechen. Langsam senkte sich die Abenddämmerung herab, und Leo spürte, wie er unruhig wurde. Er stand im Halbdunkel auf der schwach beleuchteten Terrasse vorm Haus und rauchte, als Win zurückkehrte.

Er hörte, wie der Kies auf dem Weg vom Wagen zum Haus unter ihren Füßen knirschte. Der Frost setzte sich bereits ins Gras und auf die letzten vertrockneten Blätter an den Bäumen, und alles sah aus, als würde es einem unter den Händen zerfallen, wenn man es berührte. Die Meute der Paparazzi war mit den sinkenden Temperaturen immer kleiner geworden, und diejenigen, die geblieben waren, saßen in ihren Fahrzeugen, solange es keine Anzeichen von Bewegung gab. Einer von ihnen hatte einen Petroleumkocher mitgebracht, auf dem er sich heißen Tee und Kaffee zubereitete.

»Du sollst hier doch nicht rauchen«, tadelte Win ihn, als sie auf die Terrasse kam, und streckte die Hand nach seiner Zigarette aus. Er reichte sie ihr, und sie nahm einen tiefen, befriedigenden Zug.

»Deine Mum schläft schon«, sagte Leo.

Win nickte, auf die Zigarette konzentriert. Schweigend drehte Leo eine weitere.

Nach einer Weile brach Win das Schweigen. »Ich breche am Donnerstag auf.«

Leo nickte. »Frankreich, nicht wahr?«

»Ja«, sagte Win. »Aber ich komme zwischendurch nicht wieder her, höchstens ein, zwei Tage an Weihnachten.«

Er hatte damit gerechnet, trotzdem hatte er plötzlich einen Stein im Magen. »Ach?«

»Ma geht es gut. Die Ärzte sind der Ansicht, dass sie sich gut erholt. Sie erlauben ihr sogar, ab nächste Woche für ein paar Stunden ins Büro zu gehen, wenn sie das möchte.«

»Wie kommen sie dazu?«

Win hob wortlos die Schultern. Im trüben Schein der Terrassenlampe sah sie jünger aus als sonst. Leo war sich nicht sicher, ob die Paparazzi sie auf diese Entfernung mit ihren Kameralinsen einfangen konnten, aber vermutlich sollte er davon ausgehen. Er legte den Arm um ihre Schultern und streichelte mit dem Daumen über ihr Schlüsselbein.

»Wie sie dazu kommen?«, echote Win und lachte. »Leo, sie sind *Ärzte.*«

»Ja, das schon, ich meinte auch nur …«

»Sie verfügen über jede Menge äußerst beeindruckende Technologien«, erklärte Win sichtlich amüsiert. »Sie können Tests machen, Blut abnehmen und dann gibt es da noch diese ganz speziellen Dinger, die sie Röntgenstrahlen nennen und mit denen sie in einen hineingucken können …«

»Okay, okay«, wehrte Leo ab. Win lachte auf und ließ die halb gerauchte Zigarette auf den Holzboden fallen, um sie mit dem Stiefelabsatz auszutreten. Leo zog an seiner Selbstgedrehten. Seine Brust fühlte sich eng an. Seine Mutter drängte ihn ständig, mit dem Rauchen aufzuhören. »Nun, das ist prima. Dass es deiner Mum gut geht, meine ich.«

»Ja«, pflichtete Win ihm bei.

»Das ist eine Erleichterung.«

»Ja«, sagte Win wieder. Er spürte ihre Wärme an seiner Seite. Sie streckte die Hand aus und nahm erneut Leos Zigarette, nachdenklich, als würde sie gar nicht merken, was sie gerade tat. »Ich weiß nicht. Natürlich ist es nicht einfacher, wenn sie krank ist. Es ist schrecklich. Furchteinflößend. Aber immerhin gibt es Dinge, bei denen ich sie unterstützen kann. Wenn es ihr gut geht, ist es schwieriger herauszufinden, was sie braucht. Wie ich … wie ich ihr eine gute Tochter sein kann.«

»Mütter sind kompliziert«, stimmte Leo ihr zu.

Win schnaubte. »Musst du gerade sagen. Du hast zwei Mums, und beide vergöttern dich.«

»Das weißt du doch gar nicht!«

»O doch«, widersprach Win. »Du bist das größte Muttersöhnchen, dem ich je begegnet bin.«

»Du kannst mich mal«, sagte Leo lachend und knuffte sie. »Wenn es dir hilft: Ich habe jede Menge Probleme mit meinem Vater.«

»Wie originell«, spottete Win, doch er sah sie im Dämmerlicht lächeln. »Du meine Güte, es ist … okay. Es ist bloß … Ich denke immer wieder an die Zeit, als mein Dad krank wurde. Sie haben mir nicht gesagt, dass er sterben würde, obwohl sie wussten, dass er Krebs im Endstadium hatte. Er und Ma, meine ich. Später hat Ma mir erzählt, Dad wollte es nicht, weil es zu schwer für mich sei und noch dazu so unfair. Er meinte, ich müsse mich ohnehin damit auseinandersetzen, warum sollte er mich jetzt schon damit belasten, und nicht erst in einem Jahr, wenn es so weit sein würde? Das Jahr war ganz okay, obwohl er so krank war. Sie taten beide so, als würde alles wieder gut. Ich denke, das war besser, als wenn ich gewusst hätte, dass er sich nicht mehr erholen würde. Wir waren die ganze Zeit über zusammen und …« Sie schüttelte den Kopf. »Als er dann starb, war es für mich wie ein Weltuntergang, zumal sich herausstellte, dass alle außer mir Bescheid gewusst hatten.«

»Das ist natürlich Mist«, murmelte Leo und verstummte, da er nicht wollte, dass Win aufhörte zu reden.

»Es fühlte sich so surreal an. Ich weiß bis heute nicht, ob es eine gute Idee war oder nicht. Ma erzählte mir später, sie habe deswegen andauernd mit ihm gestritten, weil sie es mir unbedingt sagen wollte.«

Sie hielt inne. Nachdenklich blickten sie in die Dämmerung, in das schwindende Licht. In Leos Kopf drehte sich alles; er konnte sich gar nicht vorstellen, wie es sein würde, wenn eines seiner Elternteile starb. »Weil … sie dir die Möglichkeit geben wollte, dich zu verabschieden?«, fragte er vorsichtig.

»Ich denke, ich konnte mich verabschieden«, sagte Win. »Nicht bewusst, aber wir haben so viel Zeit miteinander verbracht – es war ein richtiges Dad-Jahr. Ma erklärte mir, er sei der Ansicht gewesen, sein Tod würde mich erwachsen machen, er würde das Ende meiner Kindheit bedeuten. Er wollte, dass ich so lange wie möglich daran festhalten kann.«

Leo nickte. Win fuhr sich mit der Hand durchs Haar.

»Er hatte recht«, sagte sie. »Trotzdem denke ich manchmal daran, dass er nie die Chance hatte, mich erwachsen werden zu sehen. Hat er nicht etwas verpasst, was er auf eine gewisse Weise hätte haben können?«

»Win«, sagte Leo und drückte ihre Schulter.

»Wie dem auch sei«, murmelte Win und verzog unsicher die Lippen. »Ich denke halt immer wieder darüber nach.«

»Ihr habt doch noch jede Menge Zeit«, gab Leo zu bedenken. »Es wird nicht so sein wie beim Tod deines Dads. Sie wird nichts verpassen. Genauso wenig wie du.« Am liebsten hätte er hinzugefügt: *Das verspreche ich dir,* aber das konnte er nicht.

»Ich weiß«, sagte Win und straffte die Schultern. Leo spürte, dass sie dichtmachte. »Außerdem wird es mir guttun, wieder zu arbeiten. Ich werde nicht nur drehen, sondern muss auch jede Menge Drehbücher durchsehen. Abgesehen davon werden wir Ende der Woche den Vertrag für diesen Thriller unterzeichnen, und dann ist da auch noch Shifts Hochzeit, bevor die ganzen Preisverleihungen beginnen.«

Leo schluckte und versuchte, seine Gedanken auf das zu konzentrieren, was für sie wichtig war. »Ich mag die Oscars«, sagte er. »Exzellenter Champagner.«

Win warf ihm einen amüsierten Blick zu. »Du magst die Woche *vor* den Oscars«, stellte sie klar.

»Das stimmt«, räumte Leo ein.

Er liebte es, wenn Hollywood vor lauter Aktivitäten brummte, wenn alle aufgeregt und ein bisschen kopflos waren, wenn es jede Menge belanglose Dramen und jede Menge Vorab-Partys gab. Win und er waren zusammen hingegangen, vor Jahren, als Win noch nicht so berühmt war. Sie hatten alle guten Ratschläge in den Wind geschlagen und Fotos gemacht. Leo hatte Win überredet, im Garten eines Produzenten auf einen Lorbeerbaum zu klettern, und war begeistert gewesen, als sie es tatsächlich machte. Umrahmt von grünem Blattwerk, kleine Zweige in den Haaren, hatte sie in ihrem Designerkleid dort oben gesessen und auf ihn herabgegrinst.

»Es wird mir guttun, mal wieder richtig rauszukommen«,

sagte Win, »nicht nur …« Sie wedelte unbestimmt mit der Hand zwischen ihnen hin und her.

Ihre Blicke begegneten sich. Ihr Atem streifte warm seine Wange. Leos Magen verknotete sich.

»Ich weiß nicht«, sagte Win. »Ich war so sauer, als du kamst.« Sie schluckte trocken, Leo hörte das leise Knacken in ihrem Hals. »Vielleicht war es gut, dass du mir nicht gesagt hast, dass es deine Idee war. Aber ich bin froh darüber«, fügte sie sehr leise hinzu. »Ich weiß nicht, was ich ohne dich getan hätte.« Sie lachte leicht verlegen. »Trotz all unserer Streitereien.«

»Ich dachte, du magst es, mit mir zu streiten«, sagte Leo.

»Ich nehme an, ich werde erwachsen«, erwiderte sie.

Er drehte sich so zu ihr, dass sein Arm von ihrer Schulter rutschte. Wins Gesichtsausdruck war im Schatten der Außenbeleuchtung verborgen. Ohne dass er es bemerkt hatte, war es stockdunkel geworden.

»Es wird ein merkwürdiges Gefühl sein, von ihr fortzugehen«, sagte Leo. »Ich habe mich daran gewöhnt, mit deiner Mum und deiner schrecklichen Katze abzuhängen.«

»Sie ist eine nette Katze«, widersprach Win, aber sie nickte. »Ich freue mich darauf, unterwegs zu sein, auch wenn es diesmal anders sein wird. Ich bin es gar nicht mehr gewöhnt, mit Menschen zu reden. Keine Ahnung, wie ich so schnell wieder in diese andere Welt hineinfinden soll.«

Leo zögerte. Dann sagte er: »Nun, ich habe eine Idee.«

Kapitel siebzehn

Win bestand darauf, sich umzuziehen, obwohl Leo betonte, dass das, was sie trug, absolut passend war. Anschließend bestand sie darauf, dass er anrief und sich erkundigte, ob es auch wirklich in Ordnung war, dass er sie mitbrachte, obwohl er ihr versicherte, dass das überhaupt nicht nötig war. Kurz darauf saß sie mit geradem Rücken und unbewegtem Gesichtsausdruck neben ihm im Wagen. Erst als er in die Straße seiner Mütter in Chelsea einbog, wurde ihm klar, dass sie nervös war.

»Na und?«, sagte Win, als er sie darauf ansprach. »Ich bin ihnen noch nie zuvor begegnet. Das ist doch ganz normal.«

»Es ist nicht normal«, widersprach Leo lachend. »Du wirst nicht nervös. Jetzt tu bloß nicht so, als würdest du immer so reagieren.«

»Tue ich aber«, entgegnete Win beleidigt.

»Ich glaube, ich habe dich nicht mehr nervös erlebt, seit …« Leo verstummte und versuchte nachzudenken. Er schnitt eine Grimasse. »Seit wir bei den Golden Globes waren?«

»Nein, da war alles gut.«

»Du warst so gemein zu mir«, sagte Leo. »Du hast mir mitgeteilt, du würdest mein Gesicht für ›überschätzt‹ halten. Hey, Ben!« Er ließ das Fenster herunter.

»Hi, Leo.« Ben begrüßte Leo mit einem Faustcheck. »Nur ihr beide?«

»Ja, danke. Das ist übrigens Whitman – Whitman, Ben, er arbeitet als Security-Mann für meine Mums …«

»Nett, Sie kennenzulernen«, sagte Win und nickte ihm zu.

Ben erwiderte ihr Nicken und bedeutete ihnen weiterzufahren. »Herein mit euch.«

Leo lehnte sich ein Stück weiter heraus und winkte der kleinen Reihe von Paparazzi, die ihre Namen riefen und die Kameras aus den Wagenfenstern hielten. »Tut mir leid, Jungs, hier trennen sich unsere Wege!«

Die Barriere war auf Wunsch eines der anderen ansässigen Millionäre errichtet worden, was den beiden Müttern sehr gelegen kam, da sie die Paparazzi fernhielt, die noch immer ein gelegentliches Interesse an Gabrysia Milanowski bekundeten. Die Straße ging auf die Themse hinaus, alles war dunkel und ruhig. Die Fenster der Reihenhäuser waren riesig.

Win stieg aus, noch bevor Leo ihr die Tür öffnen konnte. »Welches gehört ihnen?«

»Oh Mann. Komm schon, ich bin mir sicher, dass ich es dir erzählt habe«, sagte Leo und deutete auf die Pier.

»Nein«, hauchte Win begeistert und nahm seine Hand.

Leos Herz schlug schneller. Er blickte auf ihre verschränkten Finger und redete weiter, wobei er denselben hochtrabenden Tonfall anschlug wie Thea. »Sie fühlen sich nicht gern ans Land gebunden.«

»Aha«, sagte Win, als sie auf das Hausboot zugingen. »Aber sind sie denn nicht genau das?«

Leo lachte. »Du solltest das Gespräch mit exakt dieser Feststellung beginnen«, sagte er, ohne sie aus den Augen zu lassen.

Er genoss es, ihr dabei zuzusehen, wie sie alles in sich aufnahm. Das Hausboot war ein seltsamer, quadratischer Klotz auf dem Wasser, mehrere Stockwerke hoch, rot und schwarz lackiert, mit einem Deck, das sich spiralförmig um den Rumpf wand, und einer bronzenen Galionsfigur, die Thea bei ihrem Einzug selbst angefertigt hatte. Ursprünglich war sie das Ebenbild der barbusigen Gabrysia gewesen, aber nachdem Hannah ihr mitteilte, wie unangenehm ihr das sei, bedeckte Thea Gabrysias Brüste mit einem Schal aus brüniertem Kupfer. Das Boot war protzig, überteuert, doch der Geschmack seiner Mütter hatte schon immer in diese Richtung tendiert. Hannah nannte es nach wie vor »das hässlichste Ding«, das sie »je gesehen« hatte, aber Leo gefiel es. Gabrysia und Thea zogen die meiste Zeit über die Vorhänge zu, aus dieser Nähe konnte er allerdings die warmen Lichter in Theas Atelier sehen und das Büro seiner Mum mit seinen klaren weißen Linien ganz oben auf dem Boot.

»Es stammt aus einem von Dads Resorts. Er hat es den beiden zum Jahrestag geschenkt.«

»Deine Eltern feiern noch immer ihren Hochzeitstag?«

»Nein, den Tag, an dem Mum sich von ihm scheiden

lassen hat. Sie schmeißt jedes Jahr eine Party. Bist du bereit?«

Win stieß gereizt die Luft aus. »Ja. Du musst dich übrigens nicht ganz so selbstgefällig geben.«

»Ich möchte es aber«, sagte Leo und blickte wieder auf ihre Hände. Er drückte ihre Finger. »Ähm, nicht dass mir das etwas ausmacht, doch sie wissen fast alles über uns. Wir müssen also nicht so tun …«

»Oh!« Win ließ seine Hand los. »Richtig. Tut mir leid. Die Macht der Gewohnheit.«

»Klar«, sagte Leo und klopfte.

Thea riss sofort die Tür auf, was bedeutete, dass sie verstohlen durch den Spion geblickt hatte. *»Liebling!«,* rief sie und schlang die Arme um ihn.

Leo erwiderte ihre Umarmung. »Hey, Mum«, begrüßte er sie. »Alles klar?«

»*Alles klar?* Ehrlich, mein Schatz, du klingst wie ein Volltrottel«, sagte sie. Sie war klein und rund, mit Sommersprossen und fluffigen weißen Haaren, die sie beiläufig zu einem seitlichen Zopf geflochten hatte, als wäre sie eine mildtätige Feenkönigin. Leo hatte sie von jeher bedingungslos geliebt.

»Es wird Zeit, dass du dich mal wieder blicken lässt. Deine Mutter war ganz außer sich vor Sorge um dich.«

»Tatsächlich?«, sagte Leo und fügte hinzu: »Das ist Whitman. Whitman, Thea …«

»*Whitman!*«, rief Thea und schob Leo zur Seite, um stattdessen die Arme um Win zu schlingen. Win grinste Leo über Theas Schulter hinweg an. »Ich kann dir gar nicht sagen, wie wunderbar es ist, dich endlich kennenzulernen. Du bist sogar noch schöner als auf den Fotos. Und *so groß*!«

»Ich freue mich auch, dich endlich kennenzulernen«, sagte Win. Thea trat zurück und strahlte sie an, dann nahm sie Wins Hand in ihre und drückt sie an ihr Herz. »Ich habe so viel von dir gehört«, fügte Win hinzu, »dass ich das Gefühl hatte, etwas zu verpassen, wenn ich dir nicht endlich persönlich begegne.«

»Du bist so ein liebes Mädchen«, sagte Thea. »Ich habe keine Ahnung, warum du dich mit unserem geliebten Schlingel abgibst.«

»Ich fürchte, meine Mum denkt genauso«, pflichtete Win ihr bei.

»Ich konnte Pritha von mir überzeugen«, brüstete sich Leo.

»Selbstverständlich konntest du das«, erwiderte Thea munter. »Kommt rein, ihr zwei, wir hatten unlängst ein paar Probleme mit diesen grässlichen Männern.«

»Paparazzi?«, fragte Win.

Thea nickte. »Einer von ihnen ist auf einen Baum geklettert und hat versucht, Fotos von meinem Atelier zu machen. Vermutlich um meiner nächsten Ausstellung zuvorzukommen.«

»Schrecklich«, sagte Win, der es nicht gelang, ein Grinsen zu unterdrücken, aber Thea grinste einfach mit.

»Nun, das Ganze ist gut ausgegangen. Gabrysia hat ihn angebrüllt, und er ist in den Fluss gefallen. Ich kann mir nicht vorstellen, dass das seiner schicken Kamera gut bekommen ist. Aber jetzt kommt doch endlich rein …«, drängte sie, dabei war sie diejenige, die die Tür blockierte. »Gabrysia kann es kaum erwarten, euch beide zu sehen …«

»Ist sie im …«

»Im Wohnzimmer, aber natürlich, Liebling«, sagte Thea. »Hereinspaziert! Whitman, möchtest du, dass ich dir das Boot zeige? Ich gebe dir gern …«

»Sie sollte besser erst Mum kennenlernen«, fiel ihr Leo ins Wort.

»Nun, dann sollten wir nicht länger im Flur herumstehen.« Thea schlug mit der freien Hand nach Leo, während sie mit der anderen Win mit sich zog.

Im Wohnzimmer herrschte wie üblich Chaos. Über jeder Stuhllehne hingen ausrangierte Hemden und Tücher, ein Stapel Pantalettes war liebevoll auf einer grünen Samtottomane drapiert. In den Bücherregalen standen Farne, deren Blätter auf schwere Künstlermappen und Detektivromane hinabhingen, auf einem freien Sessel lagen neben schwankenden Stapeln mit Modezeitschriften die losen Blätter eines Skizzenblocks verstreut, die Gabrysias halb fertiges Profil in Kohle zeigten, beschwert mit leeren La-Mer-Tiegeln. Der vom Boden bis zur Decke reichende Spirituosenschrank war vollgestopft mit schweren, importierten Flaschen, doch es standen auch vergoldete Parfümflacons darin, eine Kanne Terpentin und eine ominöse Flasche ohne Etikett mit einer schwarzen Flüssigkeit und einem Korken. Ein Haifischgebiss mit dreißig Zentimetern Durchmesser lag vergessen auf dem Couchtisch. Das Licht fiel glitzernd durch die auskragenden Fenster auf den Fluss, das Wasser schwappte sanft gegen den Rumpf – ein

Geräusch wie von einem Hofhund, der durstig die Flüssigkeit aus seinem Napf leckte.

In einer Ecke stand der große Korbschaukelstuhl im gedämpften Licht, den Gum im Alter von sechs Jahren von seinem ersten Ausflug auf den Portobello Market mitgebracht hatte, und in dem Schaukelstuhl, der auf das tintenschwarze Wasser hinausblickte, saß Leos Mutter, ein schwarzes, transparentes Kleid über einem Slip Dress. Ihr Blick war abwesend, ihr Gesicht friedlich. Sie hatte die langen Beine auf den Couchtisch gelegt und an den Knöcheln übereinandergeschlagen.

»Hi, Mum«, sagte Leo und ging zu ihr.

»Leo!« Gabrysia schlängelte sich aus ihrem Stuhl und umarmte ihn. Sie waren genau gleich groß. Leo strich mit dem Daumen über eine graue Haarsträhne. Sie fasste ihn bei den Schultern und schob ihn ein Stück weit zurück, um ihn von oben bis unten zu mustern.

»Wie geht es dir?«

»Gut!«, antwortete Leo. »Wirklich gut.«

»Hm«, sagte Gabrysia.

»Nein, im Ernst.« Leo schenkte ihr sein überzeugendstes Lächeln.

»Na dann.« Sie griff nach ihrem Glas Wein, das sie auf einem Stoß alter Einladungen abgestellt hatte. »Schön, dich zu sehen. Hast du dich nicht getraut, das Mädchen mitzubringen?«

»Thea hat sie in die Finger bekommen.«

»Thea!«, rief Gabrysia. »Wo seid ihr?«

Sie hörten einen Ausruf im Nebenraum, dann traten

Thea und Win ein. Ohne mit der Wimper zu zucken, sah sich Win im Wohnzimmer mit seinem explosiven Inhalt um.

»Darling«, sagte Thea, »Whitman hat mir gerade von ihrem neuesten Film erzählt. Es klingt absolut wundervoll, den müssen wir uns unbedingt ansehen. Hast du Whitman schon begrüßt?«

»Es ist mir ein Rätsel, wie ich das hätte anstellen sollen«, sagte Gabrysia, »wenn man bedenkt, dass du sie von der ersten Sekunde an mit Beschlag belegt hast.« Sie ergriff Wins Hand. Die beiden musterten sich einen Moment lang. Leo steckte die Hände in die Taschen und nahm eine lässige Haltung ein. Er fühlte sich seltsam exponiert, obwohl ihn niemand beachtete. »Es freut mich, dich endlich kennenzulernen, Whitman«, sagte Gabrysia.

»Mich auch«, erwiderte Win. Sie küssten einander auf die Wangen.

»Also gut«, sagte Leo. »Was trinken wir?«

Wein von einem Weingut, das einer von Theas Ex-Freundinnen gehörte. Wie sich herausstellte, war er ausgezeichnet. Sie setzten sich an den Esstisch, der lang und abgenutzt war und aus dem Haus stammte, in dem Thea ihre Kindheit verbracht hatte. Thea beruhigte sich, sobald sie wieder zu Atem gekommen war, und Win entspannte sich, nachdem sie ihr erstes Glas zur Hälfte geleert hatte. Leo war ziemlich zufrieden mit sich selbst.

»Befindet sich deine Mutter auf dem Weg der Besserung?«, erkundigte sich Gabrysia. »Es tat mir leid zu hören, dass es ihr nicht gut ging.«

»Ja. Die Chemo ist abgeschlossen, und die ersten Scans waren eindeutig. Es ist nur so …« Win machte eine vage Handbewegung.

»Es ist mehr als wahrscheinlich, dass der Krebs zurückkehrt, wenn man schon einmal erkrankt war, oder?«, beendete Gabrysia den Satz für sie.

»Ja. Ja.« Win stieß die Luft aus. »Sie hat eine doppelte Mastektomie hinter sich.« Leo zuckte zusammen. Das hatte Win ihm nicht erzählt; die Operation musste vor seiner Ankunft erfolgt sein. »Diesmal war man sich nicht sicher, ob es sich um eine Wiedererkrankung oder einen neuen Krebs handelt, deshalb hat man zur Sicherheit die Chemo gemacht. Hoffentlich geht der Plan auf. Wie dem auch sei, die Ärzte sind optimistisch. Daran halte ich mich fest.«

»Das klingt so, als sei sie eine sehr tapfere Frau«, sagte Thea.

»Sie ist eine Kämpferin«, pflichtete Leo ihr bei.

»Leo mag sie nur, weil sie ihm Angst einjagt«, behauptete Win, und beide Mütter lachten.

»He, wir fühlen uns einander verbunden«, wehrte sich Leo. »Wir sind Mitbewohner. Ich habe einen geschlagenen Monat lang ihren Fernseher eingerichtet.«

»Ich wusste gar nicht, dass du so etwas kannst, Liebling«, sagte Thea.

»Nun ja«, entgegnete Leo und widerstand dem Drang, seinen Bizeps anzuspannen. »Ich habe mich eben schlaugemacht.«

»Was habt ihr zwei denn so getrieben?«, wollte Thea wissen. »Die Klatschpresse ist sicher voll damit, aber wie ihr wisst, fassen Gabrysia und ich diese Blättchen nicht an.«

»Zumindest nicht offiziell«, hielt Gabrysia mit einem Augenzwinkern dagegen.

»Wir haben uns einfach nur – beschäftigt«, sagte Win und warf Leo einen besorgten Blick zu. Sie war es nicht gewöhnt, mit jemand anderem als ihm und Marie offen über ihre Übereinkunft zu sprechen.

»Win hat mir die Haare rasiert«, sagte Leo. »Und wir waren schwimmen.« Keine seiner Mütter wirkte sonderlich beeindruckt; Thea schwamm das ganze Jahr über. Leo warf Win einen Blick zu, dann hob er das Glas an die Lippen und fügte hinzu: »Die Presse setzt Win und ihrer Mum ziemlich zu, und wenn ich vorbeischneie und so tue, als würde eine ganz große Liebesgeschichte laufen …«

»Es ist seltsam, aber es funktioniert«, sagte Win und stieß erleichtert die Luft aus.

»Für mich ergibt das Sinn«, stimmte Gabrysia ihr zu. »Irgendwann hatte ich etwas ganz Ähnliches vor, nur dass ich es dann …«

»… vermasselt habe«, ergänzte Thea. »Ach, Unsinn. Ich finde, du hast deine Sache gut gemacht.«

»Hmm«, sagte Gabrysia, aber sie lächelte in ihr Glas.

»Das war … wirklich nett von Leo«, kommentierte Win.

»Ach, hör doch auf.« Thea winkte ab und nickte in Richtung Leo und Gabrysia. »Die zwei sind Romantiker, alle beide, und wenn man sie darum bittet, fangen sie an, total überschwänglich die herzzerreißende Liebesgeschichte zwischen mir und …«

»Das habe ich nicht mehr gemacht, seit ich fünfzehn war«, unterbrach Leo.

»Kam bei seiner Geburtstagsfeier supergut an«, erklärte Thea. »Reiche Jungs lieben nun mal lesbische Lovestorys …«

Win fing an zu lachen.

Gekränkt sagte Leo: »Ich denke, ein paar von ihnen waren sehr bewegt. Ich habe ihnen die Sache ganz hervorragend geschildert. Nicholle behauptete immer, ich sei der geborene Geschichtenerzähler.«

»Die wievielte von den Ehefrauen deines Dads war Nicholle?«, erkundigte sich Win.

»Die dritte«, antwortete Leo. »Die, die ihn über den Tisch …«

»Ah, die, die das Geld unterschlagen hat«, sagte Win und prustete erneut los.

Leo grinste und stützte sein Kinn auf die Hand. Er hatte Win schon lange nicht mehr so lachen hören. »Das gefällt dir, hab ich recht? Der Kummer meiner Familie amüsiert dich?«

»Er amüsiert *mich.*« Gabrysia schmunzelte.

»Mich nicht«, sagte Thea. »Diese Frau hat viel zu viel Zeit mit den Kindern verbracht. Ich mache mir immer noch Sorgen, dass sie Geoffrey vom Pfad der … Egal.« Sie unterbrach sich und seufzte.

»Niemand hat Gumbo von irgendeinem Pfad abgebracht«, sagte Gabrysia und legte Thea die Hand auf die Schulter. »Es sei denn, du spielst darauf an, dass er sich gern Hals über Kopf in Schwierigkeiten stürzt. Er möchte einfach nur geliebt werden, und er hat eine schlimme Woche hinter sich, der arme, kleine Frosch.«

Leo runzelte die Stirn. »Was ist denn passiert?«

»*Forbes* hat ihn schon wieder übergangen«, erklärte Thea. »Er ist sehr enttäuscht. Es war seine letzte Chance, auf die 30-Under-30-Liste zu kommen, nächstes Jahr ist er zu alt dafür, dann kann man ihn nicht mehr wählen.«

»Finstere Zeiten«, frotzelte Leo, während Win hin und her gerissen wirkte zwischen Mitleid und Belustigung. »Warum habe ich noch nichts davon gehört?«

»Hannah kümmert sich um ihn«, sagte Gabrysia. »Die beiden haben gestern vier Stunden lang miteinander telefoniert.«

»Vier Stunden?«, echote Win.

»Das ist bei ihm gar nicht so abwegig«, erklärte Leo. »Gum ruft Hannah täglich an, um den neuesten Familientratsch mit ihr auszutauschen. Dann hat sie ihn also wieder in die Spur bringen können?«

»Nun, ich denke schon, allerdings ist da diese Zeitverschiebung«, antwortete Thea verdrossen. »Sie ist anschließend ins Bett gegangen, während Geoffrey Jim Barnes von der *New York Post* angerufen hat …«

»Er hat *was* getan?«, fragte Win.

»Oh, Gum macht so etwas ständig«, teilte Leo ihr mit. »Er hat Jim Barnes vor Jahren bei einer Benefizveranstaltung kennengelernt und beschlossen, dass sie beste Freunde sind …«

»Geoffrey ist sehr einsam, musst du wissen«, erläuterte Thea. »Er klammert sich an die Menschen …«

»Alle paar Monate ruft er diesen Kerl an und erzählt ihm, er hätte einen Wahnsinnsknüller für ihn, und dann plappert er frei heraus über das, was ihm gerade in den Sinn kommt«, fuhr Leo fort. »Das meiste davon ist für Barnes nutzloses Zeug, aber ab und an gelingt es ihm, echten Schaden anzurichten. Einmal hat er ganz nebenbei erwähnt, dass Dad ein Hotel unter der Hand verkaufen wollte, und Barnes ist neugierig geworden und hat angefangen zu recherchieren. Dabei hat sich herausgestellt, dass Dads Käufer Verbindungen zur Mafia hatte …«

»Nein«, hauchte Win. »Wieso wusste ich das nicht?«

»Oh, Dad hat es hingekriegt, die Sache auszusitzen«, antwortete Leo. »Für einen kurzen Moment wurde es hässlich, und ich hatte schon überlegt, ob ich dich anrufen soll, um das Interesse von ihm abzulenken, aber damals warst du mit diesem Typen zusammen – wie hieß er noch gleich?« Er schnippte mit den Fingern. »Der Hässliche?«

Win seufzte. »Dermott.«

Leo schüttelte ungerührt den Kopf. »Nein, der andere Hässliche.«

»Adam«, antwortete Win. Ihre Mundwinkel zuckten. »Du hast damals übrigens Kristina gedatet.«

»Nein, wir hatten uns bereits getrennt«, stellte Leo richtig. »Aber es stimmt, es war kurz nach dieser Sache in der Met. Ich wusste, dass Marie mich für Monate nicht in deine Nähe lassen würde.«

»Tja, du musst eben lernen, dich zu beherrschen«, sagte Win. In ihrem Blick lag etwas Abschätziges. Sie wandte sich an Thea. »Was hat Gum denn diesmal erzählt?«

»Er war sehr theatralisch deswegen«, meldete sich Gabrysia zu Wort. Ihr Akzent trat stärker zutage, für gewöhnlich ein zuverlässiger Indikator dafür, dass sie gereizt war. Sie beugte sich vertrauensvoll zu Win vor. »Ich fürchte, Gumbo ist eine ziemliche Dramaqueen.«

»Hier hab ich's«, sagte Thea, blickte mit zusammengekniffenen Augen auf ihr Handy und tippte mit dem Zeigefinger aufs Display. Ihre Lesebrille steckte keck auf dem Kopf eines ausgestopften Pelikans im Bücherregal. Leo sah sie fragend an. »Äh-ähm: ›Nun, vielleicht habe ich meine besten Jahre bereits hinter mir, aber wenn diese Babys mit den strahlenden Augen irgendwann zu mir aufschließen, weht ein anderer Wind. Das Leben ist Verfall. Die Freunde verlassen einen, die eigenen Leistungen bleiben auf der Strecke, die Zeit schreitet unerbittlich voran.‹«

»Herrje!«, rief Leo.

Win machte einen betroffenen Eindruck. »Ist alles in Ordnung mit ihm?«

»O ja, er freut sich darüber«, sagte Thea. »Er ist ganz aufgekratzt, weil er in der *Post* zitiert wird. Ich denke, er zieht in Betracht, sich von nun an als gequälte Künstlerseele zu präsentieren. Er hat mich gefragt, wo er sich ein Barett kaufen kann.«

Win platzte beinahe vor Lachen. Gabrysia sagte lächelnd: »Diese Launen halten bei ihm nie lange an.«

»Gerade lang genug, um einem den Abend zu verderben«, bemerkte Leo. Win lachte noch immer und wiegte sich auf dem Stuhl vor und zurück. Leo strich mit den Fingern über ihre sanft geschwungene Nackenlinie, als sie ihre

Stirn auf seine Schulter fallen ließ. »Ihr wisst, dass es dabei zumindest zum Teil um Charlies Hochzeit geht, oder? Er flippt anscheinend aus. Was, wenn seine Trauzeugenrede zu einer Trauerrede über die verlorene Jugend des Brautpaars gerät?«

»Ach du liebe Güte«, sagte Gabrysia, was Leos Meinung nach eine ziemlich milde Reaktion war. Sie streckte die Hand nach der Weinflasche aus, und Thea leerte eifrig den Rest des Inhalts in Gabrysias Glas.

»Mir war gar nicht bewusst, dass er sich deswegen so aufregt«, ließ sich Win vernehmen.

»Der arme Gumbo. Er ist in der Tat äußerst labil«, sagte Gabrysia. »Es fällt ihm schwer, mit Veränderungen zurechtzukommen. Ich denke, diese Hochzeit wird ihm arg zusetzen.«

»Leo wird sich um ihn kümmern«, warf Thea ein.

Gabrysia sah Win an. »Ich hoffe, es macht dir nichts aus, ihn zu teilen.«

»Wenn ich ihm damit helfen kann …«, erwiderte Win.

Leo stutzte. Er hatte gedacht, sie wären so gut wie fertig mit ihrer Scharade, und Win und er würden bald wieder getrennte Wege gehen. Er musterte sie schweigend.

Win wandte sich ihm zu. »Wir sollten zusammen hingehen.« Sie warf Leo diesen verwegenen Blick zu, den sie immer dann aufsetzte, wenn sie eine Wette einging. »Es sei denn, du hast ein besseres Angebot.«

»Nein«, erwiderte Leo und berührte ihre Kinnlinie. Er wusste, dass die Mütter ihn beobachteten, aber sie würden ohnehin längst im Bilde sein, ganz gleich, ob er Win nun berührte oder nicht. Er fühlte sich angenehm durchschaubar, es gab keinen Grund, sich zu beherrschen. »Ich möchte nach wie vor mit dir hingehen.«

Er hatte sich nicht an ihr sattgesehen, nicht in Frankreich und Sussex, nicht vor all den Jahren in New York. Er hatte noch lange nicht genug von ihr. Bald wäre sie fort, und langsam begriff Leo, was die nagende Anspannung bedeutete, die jedes Mal von ihm Besitz ergriff, wenn er sie ansah. Er war hungrig, hungrig nach ihr.

Als sie gegessen hatten, blieben sie vor ihren leeren Tellern sitzen und redeten, und zu Leos Entsetzen holten seine Mütter mehrere ledergebundene Fotoalben hervor. Win schob ihren Stuhl zu ihnen und lachte über Leos schräge Frisuren und Aufnahmen, die ihn und seine Schulfreunde zeigten, wie sie offensiv vor diversen europäischen Wahrzeichen posierten, die Brust herausgedrückt, die dürren Beine in hellbraunen Shorts steckend.

»Diese Kids sehen alle total bescheuert aus«, gluckste Win.

»So ist da nun mal an einem Schweizer Internat«, sagte Gabrysia. »Ich war mir ja nicht sicher, aber sein Vater hat darauf bestanden ... Oh, seht mal, da ist Sami.«

Leo stöhnte. Sami bedeutete, dass sie bei den Fotos angekommen waren, auf denen er pastellfarbene Button-down-Hemden und Segelschuhe trug. Warum konnten sie sie nicht überspringen?

Auf Theas Gesicht spiegelte sich Zuneigung. »Was für ein nettes Kind. Leo war hin und weg.«

»Ähm, ja«, sagte Leo. »Ich war verliebt.«

»Das war so süß«, wandte sich Gabrysia an Win. »Die beiden waren beste Freunde.«

»Ja«, sagte Win und sah ihn lachend an. »Das ist genau Leos Typ.«

Leo kniff die Augen zusammen.

»Apropos Fotos«, warf Thea ein, und Gabrysia stand und sagte: »O ja, wir wollten dir etwas zeigen – Anya hat es uns geschickt.«

Win und Leo tauschten schnelle Blicke aus.

»Hier.« Mit nervenaufreibender Sorgfalt zog sie die Herbstausgabe von *Ci Sarà* unter drei leeren Weingläsern, einem Pashmina-Schal und mehreren Zeitungsausschnitten hervor, von denen Leo hoffte, dass sie sich um Gum drehten, und ließ sie in Wins Schoß fallen.

Sein eigenes Gesicht blickte ihm vom Cover entgegen, der Blick abwesend, die Lider schwer. Wins Lippen waren gekräuselt, der Ausdruck wissend und gleichzeitig in sich gekehrt. Leo hätte die Zeitschrift am liebsten gar nicht angefasst. Auch darüber redeten sie nicht, weil es unbequem war, ein Relikt des Sommers, bevor alles auseinandergebrochen war.

Win dagegen zögerte nicht. Sie blätterte das Magazin mit einer geschickten, erfahrenen Drehung des Handgelenks auf.

»Oh«, sagte Leo, dem plötzlich etwas klar wurde, und berührte sie an der Schulter. »Du kennst das schon.«

»Ich hab's ein paarmal aufgeschlagen, in der Absicht, dich zu verunstalten.«

»Ein *paarmal*«, sagte Leo.

Win strich mit der Hand über das glänzende Papier. Die Win auf dem Foto in Cutout-Lingerie blickte zu ihm auf, der Gesichtsausdruck kühl, die Augen dunkel. Er betrachtete die Aufnahme für einen Moment, verweilte bei dem scharfen Umriss ihrer Hüften, den Wölbungen ihrer Brüste unter der Spitze, dem Höschen, das sich leicht in ihre Haut drückte. Als sein Blick zu ihr zurückschweifte, stellte er fest, dass sie ihn immer noch beobachtete. Ein Anflug von Zufriedenheit umspielte ihre Mundwinkel, als hätte sie ihn ertappt. Leo ließ träge den Blick über sie gleiten, so wie er es beim Foto getan hatte. »Sehr schön.«

»Vielen Dank.« Win räusperte sich und schlug die Zeitschrift zu. Leo konnte nicht sagen, was sie dachte. »Hilfst du mir, den Tisch abzuräumen?«

»Wie bitte? O ja, natürlich.« Leo sammelte den Rest der Teller ein und folgte Win in die Küche.

Sie sah sich um. »Keine Ahnung, ob es hier eine Spüle gibt. Deine Mütter sind …«

»Kleine Ferkel, ich weiß«, sagte er und stellte seinen wackeligen Tellerstapel auf einen weiteren wackeligen Tellerstapel, dann lehnte er sich gegen Wins Rücken, einen Arm locker um ihre Schultern geschlungen. Win blickte zu ihm zurück.

»Du bist betrunken«, stellte sie fest.

»So angeheitert bin ich gar nicht«, widersprach er. »Nun, vielleicht ein bisschen. Ich würde gern noch etwas Wein …«

»Ah-*ha*«, triumphierte Win, zog ihn nach vorn und

schob mit dem Fuß mehrere tief hängende Farnblätter aus dem Weg. »Sieh mal, ist das da ein Geschirrspüler?«

Leo blinzelte. »Keine Ahnung, ob der jemals benutzt wurde.«

Die Spülmaschine war leer und blitzsauber.

»Komm, sehen wir mal, wie viel wir reinkriegen«, schlug Win vor.

»Es macht echt Spaß, mit dir abzuhängen«, sagte Leo. Win lachte leise in sich hinein, ein angenehmes, fröhliches Summen in der Küche.

»Danke, dass du mich mitgenommen hast.«

»Was? Oh, ähm, du bist herzlich willkommen«, versicherte Leo. »Sie amüsieren sich prächtig.«

Win warf ihm einen schüchternen Blick zu. »Glaubst du wirklich?«

»Du bist heiß auf Familienklatsch und räumst den Tisch ab«, sagte er. »Wahrscheinlich planen sie in diesem Augenblick unsere Hochzeit.«

Er wandte sich ab, nicht sicher, ob er soeben eine Grenze überschritten hatte, aber Win sagte nur: »Dann sind sie ja schneller als Marie.«

»Tatsächlich?«

»Sie zieht diesen Schritt definitiv in Erwägung«, erklärte Win und stellte die Gläser in die Maschine. »In ihren finstersten Momenten. Ich denke, sie hat einen ganzen Kalkulationsbogen mit Worst-Case-Szenarien.«

»Du hast gut reden«, sagte Leo. »Warte. Meinst du, sie will uns verheiraten, solltest du jemals eine Bank ausrauben, oder … erwartet sie, dass wir zusammen durchbrennen?« Win räumte die Teller ein, den Rücken ihm zugewandt. Leo starrte auf ihre Schultern, ihre Haare, die zu einer Seite fielen, ihr Genick. Am liebsten hätte er seine Hand dorthin gelegt und mit dem Daumen den obersten Halswirbel massiert. Er wusste, wie sie reagieren würde.

»Marie traut dir nicht«, sagte Win schließlich.

»Sie fürchtet, dass ich dich dazu bringe, alles hinzuschmeißen und mich heimlich zu heiraten?«

Win warf ihm einen kühlen Blick zu. »Es wäre nicht deine erste heimliche Hochzeit, nicht war?«

Leo schluckte. »Es war keine heimliche Hochzeit.«

»Ach«, sagte Win. »Dann hast du also nur mich belogen.«

Sie lachte jetzt nicht mehr. Sie sah ihn nicht einmal an.

»Falls es dir hilft«, entgegnete Leo, »ich denke, ich habe alle belogen.«

»Ich hatte dich gebeten, dich nicht bei mir wegen deiner Ehe zu entschuldigen«, sagte Win. »Es gibt mir das Gefühl, verrückt zu sein …«

»Ich habe das Gefühl, dass *ich* verrückt war«, hielt Leo dagegen.

Seine Stimme klang rauer als beabsichtigt. Er wusste nicht, was er sagen oder tun sollte. Er spürte, dass Win drauf und dran war, die Küche zu verlassen, und hätte am liebsten die Arme nach ihr ausgestreckt und sie aufgehalten.

»Ich habe versucht, jemand anderes zu sein. Mit Lila war es einfach, was ich für ein gutes Zeichen hielt, doch dann wusste ich plötzlich nicht mehr, was ich dort eigentlich zu suchen hatte. Ich hatte das Gefühl, ich würde die Hälfte der Zeit nur darauf warten, dass du mich wieder anrufst. Ich konnte nicht von dir loskommen, obwohl du doch gar nicht da warst. Und mich kaum gebraucht hast.«

Sie errötete so tief, wie sie es selten tat, auf ihren Wangen bildeten sich hektische Flecken. Leo wusste, dass er aufhören sollte, aber er sprach weiter, hilflos.

»Ich wollte etwas Echtes. Und ich wollte es unbedingt.«

»Das wusste ich nicht«, sagte Win, eine Kaffeetasse in der Hand. »Ich wusste nicht, dass du so unglücklich warst mit dem, was wir getan haben ...«

Leo lachte auf. »Ich war nicht unglücklich. Die Sache mit uns ist das Einzige, worin ich gut bin.«

»Das ist nicht wahr.«

»Nun«, entgegnete Leo, unfähig, den Blick von ihr loszureißen, »nur dann fühle ich mich nützlich.« Er versuchte zu lächeln.

»Ich denke, vielleicht brauchst du einfach etwas Zeit«, sagte Win mit sachlicher Stimme. »Vielleicht ist das, was wir getan haben, nicht ... gesund. Wenn du eine Auszeit von mir und meinen Angelegenheiten brauchst, könnten Lila und du womöglich wieder zueinanderfinden.«

»Wie bitte?«, fragte Leo verwirrt.

»Wenn ich nicht da wäre ...«

»Ach, komm schon. Lila und ich haben uns getrennt. Ich will nicht mit ihr zusammen sein.«

Win starrte ihn an. »Aber du hast es doch gesagt. Nach dem Chanel-Shooting. Du hast gesagt, du würdest sie lieben.«

»Ich habe auch gesagt, dass sie nur eine Freundin ist«, erwiderte Leo vorsichtig.

»Es ging dir wochenlang dreckig.«

»Ja«, bestätigte Leo. »Weil du nicht mit mir geredet hast.«

»Leo«, sagte Win und stellte die Kaffeetasse ab. Leo machte einen Schritt auf sie zu, nicht sicher, ob das eine gute Idee war, allerdings trippelte auch Win in nervösen, kleinen Schritten zu ihm hin.

»Du dachtest, ich wäre wegen Lila traurig?«, fragte Leo. Seine Hand zuckte, so gern hätte er ihre Haare, ihre Schultern, ihren Arm berührt. »Du dachtest …«

»Ich dachte, du wärst in sie verliebt«, sagte Win, fasste ihn ruhig und bestimmt beim Hemd und legte die Faust auf sein hämmerndes Herz. »Ich dachte, du hättest sie geheiratet, weil du dieser … dieser grauenhaften Verpflichtung entkommen wolltest …«

»Ich habe sie geheiratet, weil ich dir nicht entkommen konnte«, sagte Leo. Seine Stimme klang tiefer als erwartet, und Win war sehr viel näher als gedacht. Er hatte nicht damit gerechnet, dass der Abend so enden würde; ganz anders, als er es sich vorgestellt hatte. Er war davon ausgegangen, er hätte es vermasselt.

»Genug aufgeräumt«, sagte Gabrysia, die in diesem Moment in die Küche geschlendert kam. Sie warf ihnen einen neugierigen Blick zu. »Möchtet ihr noch einen Schluck Wein mit uns trinken?«

Gegen zehn fing Leo an sich zu fragen, ob seine Mütter an einer Verschwörung beteiligt waren. Thea füllte immer wieder ihre Gläser, und als Leo protestieren wollte, warf Gabrysia ihm einen Blick zu, der ihn an Hannah erinnerte, zurechtweisend und fordernd zugleich.

Und Win war so glücklich. Sie lachte und beugte sich über den Tisch, sodass ihre Haare nach vorn über die Schultern fielen. Sie und Gabrysia tauschten Kriegsgeschichten über eisige Fotoshootings, hundsgemeine Casting-Leute und grauenhafte Diäten aus. Sie erzählte einer hocherfreuten Thea von den Campingreisen nach Frankreich, die sie als Kind mit ihren Eltern unternommen hatte. Damals war sie zehn gewesen und zu schüchtern, um mit den anderen Kids auf dem Campingplatz zu sprechen. Auch die Mütter leisteten ihren Beitrag, und Leo half gelegentlich mit Details aus. Nein, korrigierte er Thea, es war Gum, der Mumps hatte, während Hannah und er an Windpocken und Kopfläusen litten. Ja, bestätigte er Win, es war in Mexico City, wo sie durch den Hintereingang eines großen Gebäudes schlüpften, um Schutz vor der glühenden Hitze zu finden, und bei einer Probe von Haydns Siebter Symphonie landeten, doch überwiegend verhielt er sich still.

Gegen Mitternacht gab Thea schließlich ihrem Gähnen nach. »Mein Gott, bin ich müde.« Sie stellte sich hinter Gabrysias Stuhl und schlang die Arme um ihre Schultern, während sie Win und Leo voller Sorge betrachtete. »So kannst du dich unmöglich ans Steuer setzen, Leo, du hast viel zu viel getrunken. Gabrysia, hast du das Gästezimmer fertig gemacht?«

»Keine Umstände«, sagte Win. »Das können wir doch übernehmen.«

»Sind Laken auf den Betten?«, fragte Leo, der seine Mütter besser kannte als Win.

»Selbstverständlich«, erwiderte Gabrysia. »Ich denke, sie wurden erst vor ein paar Monaten gewechselt.«

»Vor ein paar Monaten?«, wiederholte Win skeptisch.

»Es ist Unsinn, dass man seine Laken öfter wechseln soll«, behauptete Thea. »Der Aufbau von Zellen ist gut. Man wechselt ja auch nicht alle zwei Wochen seinen *Körper*, nicht wahr?«

»Ähm, na ja«, sagte Win. »Allerdings wasche ich meinen Körper regelmäßig …«

»Bring Thea nicht dazu, sich über die Duschtyrannei auszulassen«, warnte Leo.

Thea sah ihn missbilligend an. »Gabrysia besteht darauf.«

Gabrysia machte eine elegante Handbewegung, die alles bedeuten konnte.

»Wie dem auch sei, es gibt Laken«, sagte Thea, »aber nicht genügend Betten. Wir haben das zweite Gästezimmer zu meinem Meditationsraum umfunktioniert. Weißt du noch, wie du mir geholfen hast, die Tapete auszusuchen, Leo?«

»Ja, ich erinnere mich nur allzu gut«, sagte Leo, biss sich auf die Lippe und sah Win an, zögernd. Win erwiderte seinen Blick.

»Was denkst du, Whitman?«, fragte er. »Erträgst du mich eine Nacht lang?«

»Wenn du brav bist«, sagte Win mit einem mysteriösen Lächeln.

Kapitel achtzehn

»Sie sind nett«, sagte Win und beugte sich über das Waschbecken im Badezimmer. Sie hatte ihr Haar zu einem Knoten geschlungen und wusch ihr Gesicht, anschließend beäugte sie mit neugierigem Kennerblick das Sammelsurium an Fläschchen und Tiegeln im Spiegelschrank. »Deine Mütter.«

»Hm, sie sind ganz in Ordnung.« Leo drückte sie mit dem Ellbogen zur Seite, kramte eine zweite Zahnbürste hervor und fing an, sich die Zähne zu putzen. »Sie leben in ihrer ganz eigenen kleinen Welt.«

»In einer schönen Welt.« Win nahm eine große Tube vom obersten Regalbrett und verteilte mit gleichmäßigen Handbewegungen großzügig Reinigungsschaum in ihrem Gesicht. Leo sah ihr zu, mäßig interessiert. »Sie lieben dich«, fügte sie mit geschlossenen Augen hinzu.

»Nun ja«, sagte er. Win öffnete blinzelnd ein Auge, schnitt eine Grimasse und wusch den Schaum ab. Leo reichte ihr ein Handtuch. Sie drückte das Gesicht in den weißen Frotteestoff. »Dich auch, glaube ich.«

Win sah ihn an und nickte.

Leo spuckte Zahnpasta ins Waschbecken.

»Nicht dass ihr sonderlich schwer zu bezaubern wärt«, sagte sie dann. »Ihr seid wie eine Labradorfamilie.«

»Mum ist ein ziemlich furchteinflößendes Supermodel, vielen Dank.«

»Ein *ehemaliges* Supermodel«, stellte Win klar, dann scheuchte sie ihn aus dem Badezimmer. »Raus mit dir, ich muss mal.«

Leo spülte sich den Mund aus, ging ins Gästezimmer und zog die Tür hinter sich zu. Vor dem Bett blieb er stehen und beäugte es skeptisch.

»Das Bett ist ziemlich klein, Whitman!«, rief er durch die geschlossene Tür.

»Dann wirst du dich eben benehmen müssen!«, rief Win zurück.

»Hm«, sagte Leo, zog seinen Pulli aus und durchwühlte die Schubladen, bis er auf eine Jogginghose stieß.

Win kam ins Gästezimmer und zog ihre Jeans aus. Ihr Seidentop ließ sie an und musterte ihn herausfordernd. »Du weißt, dass ich nichts für eine Übernachtung mitgebracht habe.«

Leo setzte sich aufs Bett, lehnte sich zurück und stützte sich auf seine Hände. »Interessant.«

»Ich meine, du hast mir nicht gesagt, dass ich etwas einpacken soll«, stellte sie mit in die Höhe schnellender Stimme klar. »Es ist also deine Schuld, dass ich nichts dabeihabe, denn du hättest wissen müssen, dass ein Dinner bei deinen Mums überwiegend aus Wein besteht und wir uns mit Sicherheit betrinken ...«

»Ich bin nicht betrunken! Nur ein bisschen müde ...«

»… und zu müde sein werden, um zurückzufahren«, beendete Win ihren Satz. »Aus diesem Grund hätte ich gern dein Shirt.«

»Ist das so?«, fragte Leo, stand auf und sah erneut die Schubladen durch, die jede Menge T-Shirts enthielten – seine, Gums und Hannahs. Hübsche T-Shirts, Designer-T-Shirts und Schlafshirts – nicht das abgerissene Chicago-Bulls-Shirt, das er heute anhatte. Er hatte es vor sechs Jahren gekauft und trug es seitdem ständig. Sechs Jahre bedeuteten, dass er es fast genauso lange besaß, wie er Win kannte.

Win warf ebenfalls einen Blick in die Schublade, dann streckte sie die Hand aus. »Ja.«

Leo blieb, wo er war, und saugte ihren Anblick in sich auf. Die ruhige Bestimmtheit ihres Gesichtsausdrucks, die sanfte Kurve ihres Halses und ihre langen, langen Beine. Nach einem kurzen Moment riss er sich zusammen, richtete sich auf und zog sein Shirt aus, das er ihr reichte.

»Danke«, sagte Win und drehte sich um.

Sie bat ihn nicht, wegzusehen, und von sich aus würde er das bestimmt nicht tun. Stattdessen drückte sie die Ellbogen an die Seiten und ließ ihr Seidentop zu Boden gleiten. Ihr BH war schwarz, genau wie ihr Höschen, und aus schlichter Baumwolle. Sie tastete nach dem Verschluss.

»Brauchst du Hilfe?«, fragte Leo.

»Sehr freundlich«, murmelte Win und löste die Häkchen.

Anschließend zog sie sein T-Shirt über den Kopf und drehte sich wieder zu ihm um. Das T-Shirt war blau und betonte die Schatten unter ihren Augen. Der weiche Stoff umspielte locker die Rundungen ihrer Brüste und offenbarte die Abdrücke ihrer Brustspitzen. Leo ließ sich aufs Bett fallen, umfasste die Bettdecke und lachte. Auch sie sah ihn jetzt an, ließ die Augen über seine nackte Brust, seine Schultern gleiten.

»Ich …«, fing sie an, dann: »Lässt sich das Fenster öffnen? Es ist warm hier drinnen.«

Leo schob das kleine Fenster auf, und Win trat zu ihm, stützte sich neben ihm auf die Fensterbank. Es war nicht viel Platz; Schulter an Schulter standen sie da und blickten hinaus auf die Themse und die hellen Lichter am gegenüberliegenden Ufer, die plötzlich Welten entfernt schienen. Es war seltsam, sich vorzustellen, dass es da draußen Menschen gab, die in diesem Augenblick über Win und Leo in den Zeitschriften lasen und sich fragten, was sie wohl gerade machten.

Win sah ihn an. Ihre Lippen zuckten.

»So«, sagte sie, »lass uns reden.«

Leo ließ den Kopf auf die Brust fallen und lachte. Ihre Knöchel, Beine, Hüften, Arme und Schultern berührten einander.

»Du bist also nicht mehr sauer«, stellte er fest.

»Ich bin es leid, sauer zu sein«, sagte Win. »Was ist mit dir? Bist du noch sauer?«

»Nein.« Er überlegte, dann fügte er an: »Ich glaube, ich war noch nie zuvor so wütend auf dich.«

»Doch, warst du. Weißt du noch, damals in Miami, als du eine Band gründen wolltest und ich sagte, man könne

Talent nicht kaufen? Oder in der ersten Woche in New York? Wir haben die ganze Zeit über gestritten.«

Leo schüttelte den Kopf. »Das war nicht das Gleiche. Wir waren noch so jung. Ich machte gerade meine rebellische Phase durch.«

»Gib's zu«, sagte Win. »Der Knackpunkt ist doch, dass wir einander ständig auf die Nerven gehen.«

»Und mehr ist da nicht zwischen uns?«, fragte Leo. Seine Worte waren als Scherz gemeint, aber sie hingen in dem stillen Gästezimmer nach. Win streckte die Hand aus und strich ihm über den Kopf.

»Ich hatte gedacht, ich würde deine Haare vermissen«, sagte sie, »aber es gefällt mir so.«

»Ich weiß.«

»Ach?«

»Du berührst immer wieder die kurzen Stoppeln«, sagte Leo. Wins Wangen röteten sich, doch sie wirkte nicht verlegen. Er holte tief Luft. »Das könnte unsere professionelle Beziehung ruinieren.«

»Ich denke, unsere professionelle Beziehung ist längst ruiniert«, erwiderte Win munter. »Weißt du noch, was du in New York zu mir gesagt hast? Du hast behauptet, die Neugierde würde mich innerlich auffressen, und …«

Leo stöhnte. »Ich war zwanzig!«

»Du warst ein echtes Arschloch«, befand Win grinsend.

Er gab seinen Widerstand auf und berührte ihre Wange, ihre Haare und betrachtete sie. Ihre langen Wimpern, die leicht geöffneten Lippen, ihre sanften Kurven, die sich an ihn drängten.

»Leo«, sagte Win. »Ich vergehe vor Liebeskummer.«

Leo legte seine Hände an ihr Gesicht. Sie blieb vollkommen ruhig, so ruhig wie seit Jahren nicht mehr. Für gewöhnlich war sich Win der Kameras bewusst, bestrebt, das bestmögliche Foto zu erzielen. In einem Moment wie diesem hätte sie sich dekorativ an seine Brust gelehnt oder das Bein nach hinten abgespreizt, doch hier gab es keine Kamera und keine guten Aufnahmen. Sie konnte sich einfach nur von ihm küssen lassen.

Leo löste sich von ihr, aber nur ein kleines Stück, sodass sich ihre Nasenspitzen noch berührten. Er schob die Hand in ihr Haar und küsste sie erneut. Win gab ein summendes Geräusch von sich, als würde elektrischer Strom durch sie hindurchfließen. Die Lippen auf seine gepresst, schmiegte sie sich an ihn. Leos Herz hämmerte in der Brust. Er drehte sich zur Seite und drückte ihren Rücken gegen die Wand. Sie küssten sich langsam und intensiv, keuchten einander in die geöffneten Münder, als Wins Finger über seine nackte Haut glitten.

Win schnappte nach Luft. Es war, als könne sie sich nicht entscheiden, wo sie ihn berühren wollte. Ihre Hände strichen über seinen Rücken nach oben, über seinen Schultern, umfassten seine Arme. Er drückte sie wieder gegen die Wand, und sie bewegte ihre Hüfte an seiner vor und zurück. Beide gaben ein heiseres Stöhnen von sich und lösten sich voneinander.

»Ich bin nicht sonderlich gut darin, wütend auf dich zu sein«, bemerkte Leo. »Und ich glaube nicht, dass das mein Knackpunkt ist.«

Win regte sich nicht, sagte nichts. Sie atmete schwer. Ihre Augen waren so dunkel, dass sie beinahe schwarz wirkten.

Seine verrückte, engstirnige, verständige beste Freundin. Manchmal hatte Leo den Eindruck, er hätte den Großteil der letzten zehn Jahre damit verbracht, sich in sie zu verlieben. Sie zwei Monate lang noch verrückter und engstirniger zu erleben als je zuvor, hatte nichts daran geändert. Plötzlich fühlte er sich, als hätte er nach oben geschaut und den Grat hoch über ihm, über den er schon so lange gestolpert war, endlich gefunden.

»Ich denke, du bist mein Knackpunkt«, sagte er, und sie stürzten sich aufeinander.

Win schlang die Arme um seine Schultern wie eine Ertrinkende, ihre Finger gruben sich in seine Haut, so fest, dass sie mit Sicherheit Abdrücke hinterlassen würden. Er umfasste ihre Hüften, zog sie begierig an sich, und sie taumelten von Wand zu Wand und zum Fenster, bevor sie endlich zum Bett fanden und küssend auf die Matratze sanken.

Win keuchte heiser, Leos Atem ging stoßweise. Sie rangen miteinander, um den anderen zu unterwerfen. Kurz triumphierte Win und blickte grinsend auf ihn hinab, dann vergrub Leo eine Hand in ihrem Haar und rollte sich auf sie. Er meinte, ihren Namen zu sagen. Sie kämpfte sich unbeholfen aus seinem T-Shirt, das sich an ihren Handgelenken verfing, was ihm die Gelegenheit verschaffte, die Lippen voller Begierde auf ihren Hals, ihr Sternum und ihre Nippel zu drücken, während sie sich leise fluchend unter ihm wand. Er zog eine Spur von Küssen zu ihrer Hüfte, strich mit der Nase über die Baumwolle ihres Höschens, bevor sie ihn hochdrückte.

»*Runter damit,* runter«, befahl sie und zerrte an seiner Jogginghose.

»Leise!«, stieß Leo hervor, und dann glitt Wins Hand warm und bestimmt über sein Glied. Als sie ihre Finger wieder wegzog und *ihre Handfläche ableckte*, setzte Leos Gehirn aus …

Sie rieben sich verzweifelt aneinander, wie Teenager. Sie war genauso hungrig wie er, und sie wussten beide, wie sie einander berühren mussten. Seit sieben Jahren hatten sie das nicht mehr getan; sieben Jahre, die ihnen jetzt vorkamen wie ein Nichts: ein Wimpernschlag, ein flüchtiger Sommerwind. Und nun lag Win wieder in seinen Armen, als gehörte sie dorthin. Sie hob ihm die Hüften entgegen, er hakte die Finger unter den Stoff ihres Höschens und zog es herunter, beide lachten leise und atemlos, während Win den Kopf unruhig auf der Matratze hin und her warf. Leo meinte, sie würden quer auf dem Bett liegen, aber er war sich nicht sicher. Win schlang die Beine um ihn, und Leo umfasste mit der Hand ihre Hüfte und stieß tief in sie hinein.

»Okay«, flüsterte Win, »okay, okay«, und dann bewegten sie sich, hart und schnell.

Kapitel neunzehn

Ab und an fiel Leo in einen leichten Schlaf. Sie waren fast die ganze Nacht über wach geblieben, die Hände auf den Mund des anderen gedrückt, um leise zu sein. Irgendwann hatte er gemerkt, dass Win gegen seine Handfläche keuchte, mit offenem Mund und leise wimmernd, und er hatte in ihre Schulter beißen müssen, um seinen eigenen Schrei zu unterdrücken. Später hatte sie die Abdrücke berührt, hatte mit den Fingern über die feinen Blutergüsse gestrichen und ihn mit einem trägen Blick bedacht.

»Tut mir leid«, sagte er voller Reue und streichelte die verräterischen Spuren. Win schauderte und ergab sich seiner Berührung.

»Wie weit weg sind deine Mütter?«

»Bitte komm nicht auf meine Mütter zu sprechen, wenn du nackt bist.«

Win spreizte ein Bein über seine Hüfte und schob sich auf ihn, ihren Mund an seinem Nacken, die Hand fest um seinen Schwanz geschlossen. Leo drang in sie ein, und sie trieben es erneut miteinander, langsam und intensiv. Anschließend zog er sie hoch, half ihr, das Gleichgewicht zu halten, indem sie sich mit der Hand am Kopfende abstützte und das Knie über seine Schulter legte, während sie die Hüften seinem Mund entgegenreckte.

»Brauchst du einen Moment?«, fragte Leo höflich. Seine Stimme klang kratzig und abgehackt.

»Ich bringe dich um«, stieß Win hervor, und dann lachten sie wieder, als Leo sie unter sich zog und sie die Finger in seinen Rücken grub. Er zog scharf die Luft ein, und sie bewegten sich, als wollten sie sich ineinander verkriechen.

Irgendwann schliefen sie ein. Leo wachte auf und stellte fest, dass Win ihn betrachtete. Die Ziffern auf dem Radiowecker zeigten 04:45 Uhr an. Schlaftrunken murmelte er: »Du läufst mir aber nicht weg, oder?«

»Ich werde nirgendwohin gehen.«

Ihre Worte klangen ruhig und bestimmt, so wie immer, wenn sie etwas wollte, und Leo richtete sich auf und küsste sie erneut. Win drängte sich bereits an ihn, ungeduldig und fordernd.

»Du bringst mich noch um«, warnte er.

»Das hab ich dir doch gleich gesagt.«

Sie öffnete die Beine für ihn. Als er diesmal mit der Hand über ihren Schenkel strich, fing sie beinahe sofort an zu zittern, als lägen sämtliche Nerven blank. Sie schmiegten sich aneinander, blind und gedankenverloren, nicht sicher, was sie zustande bringen würden, und doch nicht bereit aufzuhören.

Sie schliefen erneut ein, ineinander verschlungen, verklebt und verschwitzt, völlig außer Atem von der körperlichen Anstrengung. Win hatte die Nase in seine Achsel gedrückt, ihre Haare kitzelten sein Gesicht. Es war kein erholsamer Schlaf. So unruhig, wie er war, kam er ihnen eher vor wie ein Traum.

Als Leo das nächste Mal aufwachte, war der Londoner Himmel grau. Zwei Handys summten. Es war kurz vor sechs.

»Grrr«, sagte Leo, streckte die Hand aus und stieß ein Handy vom Nachttisch. Es summte weiter, das Geräusch gedämpft vom Teppichboden. Leo schnaubte unwillig und rollte näher an Win heran.

»Uff«, sagte sie.

»Pst.« Leo tätschelte sie schwerfällig. »Schlaf weiter.«

»Du drückst auf meine Blase.«

Win schob ihn mit dem Ellbogen zurück. Er stöhnte und rollte nach hinten, doch er ließ sie nicht los und streichelte ihren warmen, nackten Rücken. Win seufzte schläfrig und kuschelte sich an seine Brust. Sie strich mit der Hand über seinen Unterarm, und er griff danach und verschränkte gähnend seine Finger mit ihren.

Das Telefon, das noch auf den Nachttisch lag, verstummte, dann fing es erneut an zu summen.

»Das muss aufhören«, murmelte Leo.

»Ich kann nicht aufstehen«, flüsterte Win träge und zufrieden. »Ich kann mich nicht bewegen, und das ist deine Schuld. Du musst drangehen.« Leo regte sich, aber sie hielt ihn fest. »Nein.«

»Nein?«

Win blinzelte ihn an. »Spiel dich nicht so auf.«

Leo küsste ihre Schulter und betrachtete ihr erschöpftes

Gesicht. Manchmal erschreckte es ihn, wenn er sie so sah: früh am Morgen, mürrisch und gezeichnet vom Schlafmangel – sie wirkte so normal. Das war, bevor ihr Team sich an ihr zu schaffen machte, vor Make-up und Haaren und der Rüstung, die Win trug, wenn sie sich der Welt stellte, stets darauf bedacht, strahlend im richtigen Licht zu erscheinen. Er liebte beide Versionen von ihr. Jetzt war sie verschlafen und hatte einen Mitesser, der sich zu einem hässlichen Pickel auswuchs. Sie sah aus wie jemand, der es vorziehen würde, mit ihm im Bett liegen zu bleiben, zumindest für eine kleine Weile.

Win drückte seine Finger. Er strich mit dem Daumen über ihre.

Ihr Handy summte, schlitterte vom Nachttisch und blieb gleich neben Leos auf dem Teppich liegen. »Gut«, sagte Leo.

»Hm.« Win setzte sich auf.

Leo wollte sie aufhalten, aber sie ließ seine Hand nicht los. Die Bettdecke rutschte zur Seite, sodass Win nun nackt im Bett saß. Er starrte ihre Brüste an, die scharfe Linie ihres Schlüsselbeins und streckte die Hand danach aus. Win schnappte nach Luft und sah ihn an. Ihre Augen waren dunkel, ihre Lippen geschwollen, genau wie seine, vermutete Leo. Sie fühlten sich wund an, trotzdem hätte er sie am liebsten erneut geküsst.

»Hast du nicht ein Apartment in London?«

Leo vergrub sein Gesicht an ihrer Hüfte. »Musst du denn nicht nach Hause?«

»Ma geht es besser«, sagte Win. »Vielleicht ist es ein

ganz guter Test, wenn wir eine Weile in deiner Wohnung bleiben. Sie kann versuchen, ein, zwei Tage allein klarzukommen, und wir wissen, ob ich wegfahren und mit den Dreharbeiten beginnen kann.«

»Aber sicher«, sagte Leo. »Es geht dir also um das Wohl deiner Mutter?«

»Es geht mir *nicht* um das Wohl meiner Mutter«, entgegnete Win zögernd.

»Mein Apartment ist etwa dreißig Minuten mit dem Auto von hier entfernt.«

Win hob ihre verschränkten Hände an den Mund und berührte seinen Daumen mit den Lippen. »Das ist nicht weit.«

»Nein«, pflichtete Leo ihr bei. »Und wenn wir erst einmal dort sind, müssen wir es tagelang nicht mehr verlassen.«

»Tage«, echote Win benommen.

Er nickte, und sie lehnten sich wieder sehnsüchtig zueinander.

»Wann musst du nach Frankreich?«, murmelte er und sah ihr in die weit aufgerissenen Augen. »Morgen? Übermorgen?«

»Ja.« Sorge trat in Wins Blick. »Es wird ein hektischer Monat.«

»Ich werde alles tun, um dich zu unterstützen«, sagte er. Sie küssten sich wieder, und er spürte, dass er ihn bereits vermisst hatte, den weichen, begierigen Druck ihrer Lippen auf seinen. »Was immer ich …«

»Gefällt dir Frankreich um diese Jahreszeit?«, fragte Win,

und beide lachten atemlos, bevor sie ihren Kuss vertieften. Leo wusste, dass es nicht viel brauchen würde, um ihn zu überzeugen.

Auf dem Teppich summte eins der beiden Handys so aufdringlich, dass es das Holzbein des Betts zum Vibrieren brachte.

»Verdammt noch mal.« Leo ließ sich zurück in die Kissen sinken, während Win lachend ihre Hand aus seiner zog.

»Oje.« Sie hob ihr Telefon vom Boden auf. »Marie hat mich ungefähr zehn Mal angerufen.«

Unbehagen machte sich in Leos Magen breit. »Warum?«

»Keine Ahnung«, sagte Win und blickte mit gerunzelter Stirn aufs Display.

»Es sind jede Menge Textnachrichten wegen der *TMZ* eingegangen …«

»Was?« Leo setzte sich auf. »Was steht darin?« Die *TMZ* war eine der größten Online-Boulevardzeitungen und in ihrer Reichweite nicht zu unterschätzen.

»Warte«, sagte Win, jetzt fokussiert. »Mein Gott, hier sind sechs Links … Okay, ich werde sie gleich mal anrufen, warte …«

»Win«, warf Leo ein.

Win lehnte sich zurück und küsste ihn. Sie erwischte ihn schräg von der Seite, sodass sie beinahe seinen Mund verpasst hätte. »Vermutlich irgendein neues Paramount-Drama«, überlegte sie. »Mach dir keine Sorgen, wir werden das Problem lösen.«

»Whitman«, sagte Leo just in dem Augenblick, in dem Marie am anderen Ende der Leitung dranging.

»Hey, Marie«, sagte Win. »Tut mir leid, ich bin gerade erst aufgewacht. Was ist los?«

Einen Moment lang hörte Leo nichts anderes als statisches Rauschen, dann sah er, wie Win blass wurde und das Handy sinken ließ. Für eine Sekunde hatte Leo den aberwitzigen Gedanken, Pritha sei etwas Schreckliches zugestoßen und Marie als Erste informiert worden.

Win stellte um auf Lautsprecher, und Maries Stimme füllte das Gästezimmer, blechern und brutal professionell.

»… jemand hat Miriam Rosenblatt angerufen«, teilte sie Win mit.

Leo zuckte zusammen und umfasste instinktiv Wins Handgelenk. Eine Hitzewallung durchflutete ihn und brachte seinen Schädel zum Kribbeln.

»Ich habe noch nicht mit ihr gesprochen – in New York ist es mitten in der Nacht. Hoffentlich habe ich bald einige Antworten, aber bis dahin musst du aus der Nummer raus sein.«

»Ich verstehe nicht«, sagte Win. »Wie ist es durchgesickert? Hast du nicht gesagt, du wolltest den Geistlichen ausfindig machen?«

Leo warf ihr einen scharfen Blick zu. Win schnitt eine Grimasse.

»Das habe ich«, antwortete Marie, »und genau das ist der Punkt. Sie haben nichts von der Hochzeit erfahren, sondern von der Scheidung.«

Win lachte verwirrt. »Es gibt keine Scheidung. Wovon redest du?« Sie blickte Leo an und verstummte.

Leo rieb sich das Gesicht. »Ich wollte es dir erzählen.«

»Ist er bei dir?«, fragte Marie. »Leo, was zur Hölle ist hier los? Kennst du diese Rosenblatt?«

»Sie ist die Anwältin meines Bruders. Ich war … Win, ich hatte vor, es dir zu erzählen, aber dann haben wir ständig gestritten, und wenn wir mal nicht stritten, dachte ich, du würdest jetzt bestimmt nicht darüber reden wollen. Ich dachte, ich bringe es einfach hinter mich, ziehe es durch.«

»Wir müssen über solchen Mist unterrichtet sein, Leo«, drang Maries Stimme abgehackt über den Lautsprecher. »Du weißt doch, dass eine Scheidung gewisse rechtliche Schritte erfordert, oder? Die Leute finden immer irgendwelche belastenden Dokumente.«

»Auch eine Hochzeit erfordert gewisse rechtliche Schritte«, gab Leo zu bedenken. Wins Augen waren weit aufgerissen vor Überraschung, doch ihr Gesichtsausdruck war nicht zu deuten.

»Das weiß ich, und deshalb sind wir ja alle so wütend auf dich!«, brüllte Marie. »Die Antwort auf diesen Mist war nicht, loszuziehen und weiteren Mist zu bauen!«

»Win«, sagte Leo, »Win, ich dachte, das wäre eine gute Idee. Ich wollte nicht mit ihr verheiratet sein. Ich wollte … ich wollte mit dir zusammen sein …«

»Du hast keinen blassen Schimmer, wie man vorsichtig an eine Sache herangeht, oder?«, blaffte Marie. »Du preschst einfach vor und machst genau das, was du willst, wann du es willst, und du scherst dich einen feuchten Dreck um die Konsequenzen. Es ist dir scheißegal, wen du mit deinem unüberlegten Handeln verletzt!«

»Win«, sagte Leo. »Es tut mir wirklich, wirklich leid.«

Win legte ihre Hand in seinen Nacken und zupfte ihn sanft am Ohrläppchen, eine abwesende, beinahe automatische Geste.

»Wir wissen doch noch gar nicht, was …«

»Whitman«, fiel Marie ihr ins Wort. »Ich habe stundenlang versucht, dich anzurufen.« Sie klang grimmig. »Wir wissen nämlich sehr wohl, was diese Aktion anrichten wird.«

Win wandte sich wieder ihrem Telefon zu und wappnete sich sichtlich. »Was denn?«

»Die ersten Schlagzeilen verkünden bereits, dass du die Schuld am Scheitern der Ehe trägst.« Marie bemühte sich hörbar um einen freundlichen Ton – vergeblich. Ihre Stimme bebte vor Zorn. »Du hast die Ehe zerstört. Lila war monatelang untröstlich, und Leo versucht alles, um zu ihr zurückzukehren, aber du übst – Zitat – ›einen unwiderstehlichen Zauber‹ auf ihn aus.«

»Whitman.« Leo berührte ihr Knie. »Können wir reden?«

Sie nahm seine Hand und drückte sie, doch sie schüttelte den Kopf und rutschte zur anderen Bettseite, um ihre Unterwäsche und das Bulls-T-Shirt von gestern Nacht anzuziehen. »Sprich weiter, Marie.«

»Leider ist die Zeitschiene zu verschwommen«, fuhr Marie fort. »Es gibt sogar ein paar Paparazzi-Fotos von Leo und Lila in jener Nacht in Saint-Tropez, auf denen es so aussieht, als würde er bei der erstbesten Gelegenheit zu ihr zurücklaufen. Ein großer Tag für die Klatschseiten, die alles zusammengefügt haben. Ich denke, bei Twitter waren alle die ganze Nacht über auf den Beinen.«

»Verdammte Scheiße«, fluchte Leo und stand auf, um seine Unterwäsche zu suchen, da er dieses Gespräch auf keinen Fall nackt fortsetzen wollte. Er fischte einen alten Ruderpulli von Gum aus der Kommode und zog ihn über den Kopf.

»Dann müssen wir eben daran arbeiten«, schlug Win vor. »Lass uns die Zeitschiene festzurren. Es ist schlimm, aber vielleicht schaffen wir es, dass Lila sich dazu äußert …«

Sie warf Leo einen entschuldigenden Blick zu, doch er nickte nur eifrig. »Das wird sie ganz sicher tun. Ich rufe sie gleich an. Sie ist ein guter Mensch, sie wird etwas zu der ganzen Sache sagen …«

»Genau das ist der Punkt«, schaltete sich Marie ein. »Sie hat sich bereits geäußert.«

Leo zögerte. »Wie bitte?«

»Ich hab's dir aufs Handy geschickt«, sagte Marie.

Leo hob sein Telefon vom Teppich auf und öffnete einen der zahlreichen Links, die Marie ihm gesendet hatte.

Auf dem Display erschien ein Video, das alle fünfzehn Sekunden einen Hüpfer machte, herausgerissen aus den sozialen Medien und auf der Titelseite der *TMZ* gepostet. Lila war auf irgendeiner Party in L. A. und lehnte sich gegen ein Mädchen, das Leo nicht kannte, Alex lümmelte hinter den beiden. Für einen Moment verspürte Leo die übliche Wärme, die ihn beim Anblick ihrer ungebändigten blonden Haare, dem verschmierten Lidstrich und dem dreisten Grinsen jedes Mal überkam. Dann begriff er, was sie da sagte.

»Mann, alle sollten dringend mal chillen«, lallte sie,

betrunken, aber nicht sturzbesoffen. Ganz offensichtlich wusste sie, was sie von sich gab. Hinter ihr war die Party in vollem Gange, ein zugekokster Typ schwankte durchs Bild, vom DJ-Pult war schrilles Gelächter zu hören. Leo hatte sie öfter zu solchen Partys begleitet. Sie mochte es, sich an einen Tisch zu setzen und Hof zu halten, sich mit allen anzufreunden und vorübertaumelnden betrunkenen Mädchen zu sagen, wie schön sie aussahen.

»Habt ihr Twitter gesehen? Das ist doch verrückt – als hätte Whitman Tagore meine Ehe zerstört! Was für ein Unsinn – Leo und sie sind doch nicht einmal richtige Freunde! Sie haben ihre seltsame Promi-Abmachung, und an den freien Tagen kann Leo tun und lassen, was ihm gefällt ...«

»Warte«, sagte das Mädchen hinter der Handykamera. Ihre Stimme triefte vor Schadenfreude. »Welche Abmachung?«

»Ach, du weißt schon ...« Lila wedelte abschätzig mit den Händen. Die Kamera hüpfte, und als Bild und Ton wieder da waren, lachte jemand hysterisch auf, weil Lila sagte: »... du bläst mir einen, ich blase dir einen – so was in der Art.«

Hinter ihr fragte Alex: »Was zum Teufel soll das heißen?«

»Tja, das ist vermutlich nicht ganz übertragbar«, fuhr Lila fort. »Hier bekommt definitiv niemand einen geblasen – ach, kommt schon, ihr wisst, was ich meine: Sie tun vor der Öffentlichkeit so, als wären sie zusammen, dabei reden sie kaum miteinander ...«

»Lil«, sagte Alex über ihre Schulter hinweg.

»Ups, egal.« Lila setzte ihr schiefes Grinsen auf, das immer dann zum Einsatz kam, wenn sie sich in Schwierigkeiten gebracht hatte. Sie hob die Hand, schob die Kamera beiseite, und das Bild fror mit ihrem Lächeln ein.

Schweigend starrten Leo und Win aufs Display. Sogar Marie war verstummt. Leos Herz raste. Er fühlte sich gefangen, wie in einem Albtraum, in dem alles außer Kontrolle geriet.

Win räusperte sich. »Ich muss mit Patrick sprechen. Ist Emil schon wach?«

»Ja«, antwortete Marie.

»Großartig. Könntest du ihm ausrichten, er möge einen Wagen vorbeischicken ...«

»Warte«, sagte Leo. »Warte ...«

»Eine Privatstraße«, fuhr Win fort. »Er muss Kontakt zum Sicherheitsdienst aufnehmen.« Sie ratterte die Adresse der Mütter herunter.

»Whitman«, flehte Leo. »Hör mir zu ...«

Win legte ihre Hand auf seinen Arm. Sie wirkte nicht sauer, ihr Gesicht war so klar und ruhig wie der Morgen. »Marie, ich muss zu meiner Mutter fahren und packen. Anschließend ...«

Marie gab ein zustimmendes Geräusch von sich. »Ich suche Flüge heraus und rufe dich zurück.«

»Was soll das?«, wollte Leo wissen.

»Whitman«, sagte Marie. »Du weißt, was das zu bedeuten hat ...«

»Ich weiß.« Wins Stimme klang verzagt. »Danke. Wir reden später.«

Sie legte auf.

Leos Blick blieb an Wins Schulter hängen. Das T-Shirt war heruntergerutscht und gab ihre nackte Schulter frei. Die Abdrücke, die er letzte Nacht auf ihrer Haut hinterlassen hatte, waren noch zu sehen, rot und violett traten sie im Morgenlicht noch stärker zutage. Als er aufschaute, bemerkte er, dass sie ihn anstarrte. Ihr Gesicht war verzogen vor Schmerz, der Mund verkniffen, und mit einem Anflug von Entsetzen stellte Leo fest, dass er Win zum ersten Mal in all den Jahren weinen sah.

Er legte die Hand an ihre Wange. »Wir bringen das wieder in Ordnung.«

Win stieß ein raues Lachen aus, das fast klang wie ein Schluchzen. Sie barg ihr Gesicht in seiner Hand und atmete abgehackt.

»Wir bringen das wieder in Ordnung«, wiederholte Leo entschlossen. »Win, sieh mich an. Wir überlegen uns etwas. Ich werde ein Statement abgeben.«

»Sie werden denken, du lügst, ganz gleich, was du sagst. Sie wissen, dass wir die ganze Zeit über gelogen haben.«

»Ich lüge nicht, und ich werde nicht lügen. Ich werde ihnen sagen, dass es echt ist, und Win: Es *ist* echt.«

»Bitte tu's nicht«, flüsterte Win mit brechender Stimme, schob seine Hände weg und stand auf, das Gesicht zur Tür gewandt. Ihre Schultern bebten, doch als sie sich wieder zu ihm umdrehte, waren ihre Augen trocken, ihr Kinn entschlossen vorgereckt. »Ich muss los.«

»Du musst nicht gehen.«

Win schüttelte den Kopf. »Doch. Die Paparazzi wissen

genau, wo ich bin. Sie sind längst hier, und je länger ich auf dem Boot bleibe … Es sieht wirklich schlecht aus. Es lässt mich schlecht aussehen – als sei mir nicht klar gewesen, dass alles nur ein Fake ist.«

»Es ist kein Fake«, knurrte Leo, stand ebenfalls auf und verschränkte die Arme. »Wen kümmert es schon, was die Leute davon halten?«

»Leo …«

»Okay, es ist nicht egal, was sie denken. Also werden wir es wieder geraderücken. Warum möchte Marie dich von jetzt auf gleich von hier wegschaffen? Wir müssen die Sache doch einfach nur unter Kontrolle bringen.«

»Mich von hier wegzuschaffen, bedeutet genau das: Wir bringen die Sache unter Kontrolle.« Win schluckte angestrengt. »Ich gebe eine Presseerklärung ab, und dann werde ich mich für eine Weile bedeckt halten.«

»Ja, such du dir einen sicheren Ort, und ich gebe ein Statement ab …«

»Nein.« Wins Stimme schallte durchs Gästezimmer wie das Klatschen einer Ohrfeige. »Nein, das tust du nicht. Du sagst nichts. Marie wird sich darum kümmern, sie wird sich mit dir in Verbindung setzen, wenn du etwas sagen sollst.«

»Auch gut.« Er hasste es, vor die Medien zu treten. »Dann halte ich mich einfach hier in London zur Verfügung, und sobald du bereit bist, komme ich zu dir.«

Ohne ihn anzusehen, zog Win ihre Jeans an und schloss mit zitternden Händen den Gürtel. Leo starrte sie an. Er hatte das Gefühl, ihm wäre gerade eben etwas äußerst

Wichtiges entgangen. Win verhielt sich anders, als sie es sonst in Krisensituationen tat, und Leo hatte schon genügend Krisen miterlebt, um dies zu wissen. Sie erteilte nicht mit ruhiger Stimme Anweisungen, sie entwickelte keine Strategie zusammen mit Marie, sie wirkte nicht einmal sonderlich aufgebracht. Ihre Hände zitterten, und sie gab sich große Mühe, nicht zu weinen, aber das war auch schon alles.

Mit rauer Kehle wiederholte Leo ganz langsam: »Und sobald du bereit bist, komme ich zu dir. Okay?«

Win streifte Leos T-Shirt ab und zog ihren BH an.

»Whitman?«

»Leo«, sagte Win.

»Verdammte Scheiße, wir haben eben erst …«

»Ich weiß.«

»Machst du gerade Schluss mit mir?«, fragte Leo und versuchte, komisch zu klingen.

Win lachte nicht. Sie konnte ihn nicht ansehen, ihr Blick schoss hin und her, als säße sie in der Falle. Ihre Stimme brach, als sie sagte: »Es tut mir leid, wirklich.«

»Tu's nicht«, bat Leo in der Hoffnung, sie davon abzuhalten.

»Du und ich – das kann unter diesen Umständen toxisch werden«, flüsterte Win. »Das Ganze wird eine Riesensache, und genau so etwas kostet Menschen wie mich die Karriere. Eine Ehe zerstören, okay, dafür würden sie mich leiden lassen, aber eine *ganze Karriere* auf einer erfundenen Liebesgeschichte aufzubauen, das ist etwas anderes. Und jetzt wissen alle, dass wir lügen.«

»Lügst du?«, fragte Leo. »Ich nicht.«

»Ich auch nicht.« Win schloss die Augen, dann griff sie nach ihrem Oberteil. »Trotzdem. Ganz gleich, was wir tun, es wird uns in den Augen der Öffentlichkeit nicht nur aussehen lassen wie Opportunisten, sondern wie verdammte Volltrottel, denn alle wissen, dass es nicht echt ist.«

»Dann beweisen wir den Leuten eben, dass es echt ist«, beharrte Leo. »Lass uns tanzen gehen – jetzt. Lass uns im London Eye rummachen. Lass uns …«

»Du könntest mich in den Achtzehn-Uhr-Nachrichten vögeln, und es würde doch nur heißen, dass ich mediengeil *und* eine Schlampe bin«, erwiderte Win.

Leo schüttelte bestürzt den Kopf. »Marie sagt, viele vermuten, das Ganze sei eine Ente. Es gehe nur um die PR.«

»Was übel nach hinten losgegangen ist. Jetzt sieht es so aus, als wäre ich eine Ehebrecherin, nur um die ›Medienmaschinerie‹ zu befeuern.«

»Es muss doch einen Weg geben«, sagte er und spürte den flatternden Pulsschlag in seinem Hals. Ein Teil von ihm hätte Win am liebsten an die Hand genommen und wäre mit ihr davongerannt. »Wir werden ein Interview geben, eine Erklärung liefern, die Wahrheit sagen, die ganze Geschichte erzählen.«

»Und wer soll das glauben?« Win warf einen Blick aufs Handy. Ihre Hände zitterten immer noch. »Es ist egal, was wir jetzt sagen. Das ist die Story, fertig.«

»Wir haben zu viele gemeinsame Freunde, wir können nicht einfach einen Schlussstrich ziehen – was ist mit Charlies Hochzeit?«

Win zuckte ihre schmalen Schultern. »Ich nehme nicht teil«, murmelte sie. »Shift wird das verstehen.«

»*Ich* gehe nicht hin«, stellte Leo klar. »Wenn du der Meinung bist, das ist noch zu früh, halte ich mich fern, denn sie ist deine beste Freundin. Trotzdem begreife ich nicht, wie das auf längere Sicht funktionieren soll. Hast du vor, mir im kommenden Jahr komplett aus dem Weg zu gehen?«

Win verzog schmerzerfüllt das Gesicht.

»Ach, Scheiße«, sagte Leo.

»Hör mal …«

»Ich bin ein verfluchter Idiot«, knurrte Leo. »Ich hab's kapiert. Du willst mir sagen, dass es für immer vorbei ist, oder?«

Win machte eine Bewegung, als wolle sie zu ihm gehen, doch dann überlegte sie es sich anders und blieb stehen. Sie starrten einander über das zerwühlte Bett hinweg an.

»Ganz gleich, was passiert«, sagte sie, »ganz gleich, was wir anstellen oder wie wir es anstellen, sie werden behaupten, es sei Teil meines Plans, dich allein wegen der Medienaufmerksamkeit zu daten. Jedes Mal, wenn wir uns berühren, jedes Mal, wenn ich dich anlächle, wird es heißen: ›Das tut sie nur für ihre Karriere‹, denn ich bin ein Miststück, eine Schlampe oder einfach nur entsetzlich dumm. Vielleicht von allem etwas. *Das* ist die neue Story.«

»Win«, murmelte Leo heiser. »Was für eine beschissene Situation.«

Win nickte. »Ich weiß«, sagte sie. Sie wirkte am Boden zerstört, so verletzlich, wie er sie noch nie gesehen hatte. »Es tut mir leid.«

»Dann schreibst du uns also ab.«

»Meine Karriere ist wichtig«, wandte sie ein. Zum ersten Mal zeigte sich auf ihrem Gesicht ein Anflug von Ärger. »Kapierst du das nicht? Kapierst du nicht, dass …«

»Ich weiß genau, wie wichtig dir deine Karriere ist«, blaffte Leo. »Immerhin war ich während der letzten sieben Jahre ein ziemlich großer Teil davon. Ich habe deine Karriere immer verdammt ernst genommen. Warum nimmst du mich nicht ernst? Das ist auch wichtig!«

»Ich weiß.«

»Nimm mich«, sagte Leo. Er fühlte sich elend. Er erinnerte sich nicht daran, je zuvor in seinem Leben einen Moment wie diesen durchgemacht zu haben. Alles glitt ihm durch die Finger, und er konnte nichts anderes tun, als sich aufs Betteln zu verlegen. »Verdammt. Ich habe … ich habe dich seit Ewigkeiten um keinen Gefallen gebeten, doch jetzt tue ich es: Nimm mich.«

»Wir streiten die ganze Zeit«, gab Win zu bedenken.

»Na und?«, hielt Leo dagegen. *»Na und?«*

»Ich wäre wahnsinnig, wenn ich alles wegwerfen würde … Wir haben letzte Nacht miteinander geschlafen, aber deshalb habe ich doch noch lange keine Ahnung, wie sich das Ganze zwischen uns entwickeln wird …«

»Ich auch nicht«, sagte Leo. »Trotzdem: Entscheide dich für mich.«

»Du kannst mich doch nicht bitten, dich über meine Karriere zu stellen …«

»Warum nicht? Deine Karriere ist wichtig, aber das hier ist ebenfalls wichtig. Du und ich.«

»Das ist mir schon klar.« Wins Handy summte in ihrer Hand. Erschöpft, beinahe abwesend warf sie einen Blick darauf.

Das war es, was sie die ganze Zeit über gemeint hatte, dachte Leo. Das war es, wenn sie behauptete, die Welt würde für sie andere Regeln aufstellen. Für sie gab es keine sorgfältig formulierte Entschuldigung, kein unschuldiges *Wer, ich?*-Lächeln, das alles wiedergutmachte. Ausnahmsweise konnte Leo seine Position nicht dazu nutzen, die Medien in die Spur zu bringen. Herrgott, allein das Geschwafel über arrangierte Ehen! Leo musste sich ein hysterisches Lachen verkneifen. Win hatte die ganze Zeit über versucht, ihm das klarzumachen, doch selbstsüchtig, wie er war, verstand er es erst jetzt, als ihm dämmerte, dass er nun genau unter denselben Regeln leiden würde, die sie seit Jahren zu umschiffen versucht hatte.

»Hör zu.« Er verschränkte die Arme so, dass seine Hände nicht zitterten. Er konnte sie nicht einfach aus dem Raum spazieren lassen. Dem entschlossenen Ausdruck auf ihrem erschöpften, traurigen Gesicht konnte er entnehmen, dass sie nicht zurückkommen würde, hätte sie einmal die Tür hinter sich zugezogen. »Ich weiß, dass ich ein Arschloch gewesen bin. Ich habe es nicht kapiert, und ich habe dir nicht zugehört, ich habe so getan, als würdest du in derselben Welt leben wie ich, doch das tust du nicht. Das ist mir jetzt klar geworden. Es tut mir wirklich leid, aber ich kann … ich *darf* dich nicht verlieren.«

»Leo«, sagte Win schockiert. »Ich mache das nicht, um dich zu bestrafen.«

»Dann bleib. Ja, es wird schlimm werden, aber wir schaffen das. Alles wird gut. Wir ziehen in irgendeine Bruchbude in den Midlands, und du trittst an irgendeinem Laientheater auf…« Win lachte mit Tränen in den Augen, was Leo dazu ermutigte fortzufahren: »Wir stellen deine Mutter meinen Müttern vor und essen sonntagabends zusammen im Pub. Wir werden so langweilig sein, dass uns bald keiner mehr Beachtung schenkt.«

»Ich liebe meinen Job«, sagte Win, »und das mit uns beiden hat nie funktioniert. Kein einziges Mal.«

»Wir haben es nie wirklich probiert«, wandte Leo ein.

»Vielleicht ist es so leichter für dich«, sagte Win mit bebender Stimme. »Dann musst du dich nicht von meinem ganzen Mist herunterziehen oder dich von mir anschreien lassen, dass du es ja eh nicht kapierst.«

Am liebsten hätte Leo laut gelacht, aber das Lachen blieb ihm in der Kehle stecken. »Das klingt schrecklich.«

»Es ist gut für dich«, beharrte Win. »Du kannst jetzt endlich tun, was du möchtest.«

»Scheiß drauf«, sagte Leo. »Ich will sowieso nur eins.«

Win schaute ihn an. Sie sah aus wie jemand, der in die letzte, entscheidende Schlacht zog, ausgelaugt und von den Strapazen gezeichnet. Ihre Haare waren zerwühlt von seinen Händen. Als sie einen Schritt auf ihn zumachte, zuckte Leo zurück. Er wollte nicht, dass sie ihn berührte, wollte nicht, dass sie sich von ihm verabschiedete. Er wandte sich ab, die Schultern angespannt. Heißes Elend ballte sich in seiner Brust zu einem Schrei. Er sah sie nicht gehen, doch er hörte, wie die Tür hinter ihr zufiel.

Montreal

Kapitel zwanzig

Es war Marie, die den Flieger nach Montreal buchte, und sie begleitete Win auf dem Flug. Ihr Gesichtsausdruck war grimmig, ihre Stimme schneidend. Bis ins kleinste Detail gingen sie Schritt für Schritt die Situation durch: *Zwischen Madrid und Paris* war natürlich erst einmal gecancelt. Die Produzenten bei Paramount waren so unberechenbar wie immer. Das Studio hatte bereits Monate damit verschwendet, darauf zu warten, dass Win aufhörte, sich um ihre Mutter zu kümmern und endlich mit dem Drehen zu beginnen, und der Aufschub in den Winter hatte die Zeitpläne noch mehr durcheinandergebracht. Die großflächig angelegte Berichterstattung, Win sei so versessen auf Publicity, dass sie dafür sogar eine Ehe zerstörte, war der Tropfen, der das Fass zu Überlaufen brachte.

Für den Thriller, dessen Vertrag sie in ein paar Tagen hatte unterschreiben wollen, war sie nicht länger im Gespräch, und Chanel hatte sie als Gesicht für ihre Kampagne fallen lassen. Patrick versuchte, die Wogen zu glätten, doch es bestand die Möglichkeit, dass man sie wegen Vertragsbruch verklagen würde; eine Klausel hatte *zuverlässiges, einwandfreies Verhalten als Markenbotschafterin* zugesichert.

Win hörte zu wie ein Präsident, der in einer Reihe von Militärkrisen gebrieft wurde, und nickte immer im richtigen Augenblick.

Dann fingen sie an, Pläne auszuarbeiten. Ursprünglich war Montreal nur als kurzer Zwischenstopp gedacht gewesen, damit Win an der Hochzeit teilnehmen konnte, bevor sie sich wieder an die Arbeit machen musste. Nun aber befand sich ein klaffendes Loch in Wins Zeitplan, wie ein tiefes Tal ohne Brücke, und sie traf bereits über eine Woche vor den Feierlichkeiten ein. Es wäre eine vorübergehende Situation, hatte Patrick ihr versichert. Am Telefon hatte er so tröstend und geduldig geklungen wie Prithas Ärzte in der kritischsten Phase ihrer Erkrankung. Sie waren sich alle einig, dass die Sache bald in Vergessenheit geriet, vor allem da es keine weiteren gemeinsamen Fotos von Win und Leo geben würde. Produzenten waren nicht dumm; Wins Name auf den Filmplakaten würde noch immer den Fokus der Öffentlichkeit auf sich ziehen, und bislang hatte sie sich an jedem Set als Bereicherung erwiesen. Engagiert, konzentriert bei der Arbeit, ließ sie sich von nichts ablenken. Sie hatte nur ein einziges Mal geweint, seit die Bombe geplatzt war.

Emil rief an, als sie am Flughafen war und aufs Boarding wartete. Seine Stimme klang ruhig und tröstend, und er hielt sich nicht mit Plattitüden auf, die sie ihm ohnehin nicht abkaufen würde. Stattdessen teilte er ihr nur mit, dass er auf dem Weg zu ihrem Haus in East Sussex war, um ihre Sachen zu holen. Marie hatte beschlossen, dass es besser war, wenn Win nicht selbst hinfuhr, weshalb sie sich von ihrer Mum am Telefon verabschieden musste.

Pritha hatte verschlafen und verwirrt geklungen, als sie Win fragte, ob alles okay sei. »Ma«, hatte Win hervorgestoßen und gespürt, wie ihre Stimme brach. Sie hatte grauenhafte zwei Minuten lang geschluchzt, während Pritha sie zu beruhigen versuchte – vergeblich. »Whitman. Oh, *shona*«, hatte sie immer wieder gesagt, bis Win auflegen musste. Ihre Augen brannten noch immer. Sie musste endlich aufhören, daran zu denken.

»Danke«, sagte sie daher zu Emil und blickte auf die Startbahn, wo ein Flugzeug nach dem anderen abhob. Bemüht, nicht allzu niedergeschlagen zu klingen und stattdessen einen humorvollen Ton anzuschlagen, sagte sie: »Tut mir leid, dass ich dich in all diesen Hollywood-Mist hineingezogen habe. Ich kann vollkommen verstehen, wenn du aussteigen möchtest.«

Emil lachte nicht, genau wie sie es erwartet hatte. Er schwieg, dann sagte er: »Danke, Win. Ich bin froh, dass du das sagst.«

Wie betäubt nahm sie seine Kündigung entgegen. Er schwor, dass er keinerlei persönliche Gründe hatte. »Es ist nur so, dass mir die Situation einfach zu unsicher ist. Ich bin nicht so tough wie du oder Marie – aber sag ihr das bitte nicht weiter. Selbstverständlich werde ich eine Kündigungsfrist einhalten – so lange wie nötig.« Win suchte krampfhaft nach etwas, was sie dagegenhalten konnte, doch ihr wollte partout nichts einfallen. Es war sein gutes Recht zu kündigen. Er war ehrgeizig, und sie war eine toxische Persönlichkeit, außerstande, ihm zur Beruhigung etwas anderes als Geld anzubieten, das er auch woanders verdienen konnte. Marie explodierte und nannte ihn einen Feigling, aber Win verstand ihn.

Nach langem Hin und Her beschloss Marie, dass Shifts Hochzeit ein »passender Wendepunkt« sein würde. Win sollte sich mit ihrer besten Freundin einigeln und ihr eine pflichtbewusste Brautjungfer sein. So könnte sie weitestgehend von der Bildfläche verschwinden, ohne den Eindruck zu erwecken, sie würde sich verstecken. Win war erleichtert. Sie hatte gedacht, sie müsste allem und jedem aus dem Weg gehen, und war voller Sorge gewesen, Marie wolle ihr die Teilnahme an der Hochzeit ausreden. Stattdessen war die PR-Agentin der Ansicht, es wäre besser, wenn Win die gute Freundin im Hintergrund gab. Das *Vogue*-Porträt über Charlie würde ihr genau die richtige Menge an Aufmerksamkeit bescheren. Es wäre ein Signal dafür, dass das Leben weiterging, dass sich die Welt immer noch drehte, und die Menschen ermutigen, das Chaos zu vergessen. Es war klar, dass Leo nicht an der Feier teilnehmen würde.

Nach der Hochzeit würde sie sich ein neues Projekt suchen, etwas Kleines, Unabhängiges, aber doch Schlagkräftiges, das den Leuten ihr Talent vor Augen rufen würde. Win würde beschäftigt bleiben, und wenn sie in ein paar Monaten absehen konnten, wie es weitergehen sollte, würde Win ein vorgefertigtes Beichtinterview geben, gewürzt mit ein paar selbstironischen Scherzen, und einen neuen Freund präsentieren. Sie musste nur die Ruhe bewahren, sich still verhalten und so weit wie möglich auf Distanz zu Leo gehen.

Lila hatte in den letzten zweiundsiebzig Stunden nur

einen einzigen Beitrag auf Twitter eingestellt: LOL … Glaubt doch, was ihr glauben wollt. Er wurde Hunderttausende Male retweetet, ihre Follower-Zahl stieg, ihr Name tauchte neben denen von Win und Leo auf. Win fragte sich, ob Lila das überhaupt bemerkte.

»Es würde ihr nicht schaden, sich zu entschuldigen«, sagte Marie, während sie die Bordspeisekarte überflog. Win hatte seit dem Kaffee am frühen Morgen nichts herunterbringen können. »Ich könnte mich an Leo wenden und …«

»Nein«, sagte Win. »Das wirst du nicht tun.«

»Okay.«

»Ich meine es ernst. Wag es ja nicht, das hinter meinem Rücken zu tun.«

Beleidigt rückte Marie von Win ab. Der elegante Lederbezug ihres Sitzes knarzte. »Du weißt, dass ich ihn niemals kontaktieren würde, ohne dich zuvor zu fragen.«

»Es sei denn, du denkst, du weißt es besser als ich«, sagte Win mit rücksichtsloser Aufrichtigkeit. Die Abfuhr von Emil tat immer noch weh. Ihr ging Leos Geständnis in der Galerie durch den Kopf. *Ich dachte, ich könnte dich unterstützen,* hatte er gesagt. Er hatte niedergeschlagen und gleichzeitig verdrossen gewirkt, und in dem Moment hatte Win es gespürt: die ersten Anzeichen von Gefahr. Von etwas, das schlimmer war als ihre Streitereien. Weniger kontrollierbar. »Du lässt mich denken, dass er …«

»Ich bin deine Presseagentin, Whitman«, sagte Marie. »Ich kann nicht gleichzeitig dein Beziehungsguru sein.«

»Du hättest es mir sagen müssen«, beharrte Win.

»Du hättest mir sagen müssen, dass du in ihn verliebt bist«, hielt Marie dagegen.

Win schnaubte leise und klappte den Mund zu. Sie fühlte sich, als hätte Marie ihr einen Schlag in die Magengrube verpasst. Sie hatte ihrer PR-Agentin nicht erzählt, warum Leo bei ihr gewesen war, als Maries Anruf einging, noch dazu so früh am Morgen. Vermutlich hätte sie nicht überrascht sein dürfen, dass Marie es herausgefunden hatte.

»Hätte ich das gewusst, wäre mir sicher eine andere Lösung eingefallen«, sagte Marie, jetzt mit weicherer Stimme.

»Tja«, erwiderte Win kleinlaut. »Ich wusste es doch auch nicht.« Aber sich damit näher zu befassen, brachte jetzt auch nichts, selbst wenn sie an nichts anderes denken konnte, als dass diese Erkenntnis zu spät gekommen war. »Was hat er … was hat er gesagt, als er dich im September angerufen hat?«

Sie versuchte, die getrübten Erinnerungen von vor zwei Monaten in den Fokus zu rücken. Ihre Wut hatte sie von allen abgeschnitten, als wäre sie in einen Turm gesperrt gewesen. Dann hatte Marie ihr eine Nachricht geschickt: Stell Radio 1 an, und alles war den Bach runtergegangen.

Marie zögerte. »Er sagte, es sei nicht fair, dass du allein bist.«

Win drehte ihr Gesicht zum Fenster. Unter der glänzenden Tragfläche des Flugzeugs waren nur Wolken zu sehen, grellweiß und in alle Richtungen treibend, so weit das Auge reichte.

Win war schon zwei Tage bei Shift, als sie endlich darüber redeten.

Sie war sich nicht sicher, ob es ihrer besten Freundin gelingen würde, sich ein *Hab ich's dir nicht gesagt?* zu verkneifen, aber Shift fragte sie lediglich ruhig, ob sie von der Scheidung gewusst habe.

»Nein«, antwortete Win. Ihre Mundwinkel zuckten. Sie war sich nicht sicher, ob sie lachen oder weinen sollte. »Ich nehme an, er wollte mir eine nette Überraschung bereiten.«

Shifts Augenbrauen wanderten in die Höhe, bis sie beinahe unter ihren Ponyfransen verschwanden. Seit Neuestem band sie ihre Haare zu einem hohen Messy Bun, der sie ein wenig wie eine Kunstlehrerin aussehen ließ. »Wäre es denn eine nette Überraschung gewesen?«

»Ja«, erwiderte Win. »Ich glaube, ich hätte mich darüber gefreut.«

»Ach, Babe«, sagte Shift.

Win hatte sich lange den Kopf darüber zerbrochen, was sie von Lila halten sollte. Sie hatte sie monatelang gehasst, und sie hatte sich deshalb schlecht gefühlt, grausam, denn es war Leos Schuld, und schließlich war es nicht so, dass Win jemals wirklich Anspruch auf ihn erhoben hätte. Zu Hause bei ihrer kranken Mutter, mit Leo so dicht in ihrer Nähe, war Lila ein Phantom gewesen, das immer dann auftauchte, wenn sie spätabends mit Leo telefonierte, wenn Marie anrief oder wenn Leo sie ansah, wenn er ihr näherkam, wenn er ihre Mum zum Lachen brachte, wenn er neben ihr herlief. In jenen Momenten dachte Win: *Verheiratet, er ist verheiratet.* An ihrem letzten Abend in London waren ihre Gedanken an Lila verpufft wie ein nicht explodierter Sprengsatz, und Win hatte sich gestattet zu vergessen, dass Lila überhaupt existierte. Was ganz offensichtlich ein Fehler gewesen war.

An einem Abend während der Zeit bei ihrer Mutter war Win so wütend auf Leo gewesen, dass sie nicht einmal mit ihm sprechen konnte. Sie hatte sich zurückgezogen, um sich Videos von Lila anzusehen. Absurderweise hatte sie sich schuldig gefühlt, zumal sich Leo im Haus aufhielt, in seinem Zimmer schmollte oder mit einem von seinen Geschwistern telefonierte, vielleicht auch mit Lila. Sie war sich paranoid vorgekommen, als wäre sie wieder fünfzehn und rauchte heimlich eine Zigarette, bevor ihre Mum nach Hause kam.

In Interviews gab sich Lila unhöflich, schlagfertig und sorglos. Sie hielt sich mehr zurück, als Win erwartet hatte, und ließ die anderen Bandmitglieder die Fragen beantworten, während sie im Hintergrund feixte und gelegentlich dazwischenredete, wenn sie mit etwas nicht einverstanden war. Als einer der Interviewer andeutete, es sei leichter für eine Band mit Frontfrau, an Gigs zu kommen, weil die Veranstalter die Quote erfüllen müssten, sagte Lila: »Leck mich«, und ließ ihn vor laufender Kamera stehen. Mit einem Anflug von Eifersucht war Win klar geworden, dass sich bei ihr nicht alles um Leo drehte – *Sie sagt die ganze Zeit über genau das, was sie denkt, das Mädchen hat keinen Filter* – und dass das vielleicht genau das war, was Leo sich wünschte. Am nächsten Morgen war sie aufgewacht, weil Leo und Pritha zusammen Frühstück machten, hatte sich gewappnet für einen weiteren Tag des endlosen Seifenopernmarathons und festgestellt, dass sie in Wirklichkeit keinen blassen Schimmer hatte, was Leo wollte und was nicht.

Einmal am Tag zwang sie sich, Pritha anzurufen. Jeden Tag legte sie sich neue Ausreden zurecht, um sich davor zu drücken, und jeden Tag stützte sie an Shifts überfülltem Küchentisch den Kopf auf die Handfläche und rief in dem Haus in East Sussex an. Pritha wusste, dass etwas schiefgelaufen war, auch wenn sie die Zusammenhänge nicht ganz verstand. Win versuchte, bei der Wahrheit zu bleiben und ihr klarzumachen, wie schlimm die Dinge standen, wenngleich sie sich davor hütete, Pritha allzu großem Stress auszusetzen. Es machte die Sache noch scheußlicher, dass Pritha diesmal selbst im Mittelpunkt des Skandals stand. Ihre Strategie, Win als tragische Figur dastehen zu lassen, die sich vor Sorge um ihre kranke Mutter verzehrte, war nach hinten losgegangen. Es war allgemein bekannt, dass Win die Scharade auch dann fortgesetzt hatte, als sich ihre Mutter schon auf dem Weg der Besserung befand, um dadurch Sympathiepunkte einzufahren.

Es kostete Win nahezu körperliche Anstrengung, am Telefon die Fassade fallen zu lassen, zumal es ihr zunehmend peinlich war, im Alter von siebenundzwanzig Jahren nicht zu wissen, wie sie mit ihrer Mutter reden sollte. Trotzdem erzählte sie Pritha alles: dass Chanel die Kampagne mit ihr abgesetzt hatte, dass ihr das Hemingway-Projekt durch die Lappen gegangen war, dass die Produzenten Patrick nicht zurückriefen und wie Leo sie am frühen Morgen nach

Maries Anruf angesehen hatte. Pritha konnte nach wie vor nicht glauben, dass sich irgendwer ernsthaft für Wins Privatleben interessierte – geschweige denn für Leos –, aber sie hörte geduldig zu, ohne Win zu unterbrechen. Eine romantische Krise schien sie ratlos zu machen, und sie erwähnte auch Leo nicht, doch sie sprach über andere Dinge. Sie berichtete Win, dass sie sich gut erholte und dass bald ihre Schwester zu Besuch käme. Dass die Katze die Möwen im Garten terrorisierte. »Versuch, dir nicht allzu viele Sorgen zu machen«, sagte sie ein paar Tage nach Wins Abreise. »Ich denke, du gehst sehr gut mit der Situation um.« Win legte auf, zitternd vor Erleichterung.

Shift hatte verkündet, dass sämtliche Aktivitäten zur Vorbereitung der Hochzeit auf die Garage beschränkt blieben und Küche und Wohnzimmer für Blumen, Konfetti oder Tüll tabu waren. In Wirklichkeit allerdings sah das ganze Haus so aus, als wäre eine übereifrige Event-Firma dort eingefallen. Shift war genervt von der Unordnung, stolperte immer wieder über irgendwelche Gegenstände, wenn sie daran vorbeiging, verstreute Zuckermandeln auf dem Fußboden oder stieß stapelweise Speisekartenmuster von der Sofalehne. Drei Mal schon hatte Win beobachtet, wie Shift fluchend das Flipchart mit der Sitzordnung aus dem Wohnzimmer zerrte, nur damit Charlie es ein paar Minuten später fröhlich wieder hineintrug.

»Es tut mir leid, dass ich eurer Hochzeit das angetan habe«, sagte Win und nickte in Richtung Haustür. Blitzlichter flammten hinter dem Ornamentglas auf.

»Es wäre ohnehin ein bisschen so geworden«, wehrte Shift ab. »Und Charlie steht eh darauf. Gestern Abend hat er mich gefragt, ob er den Paparazzi Tee und Kaffee nach draußen bringen soll.«

»Er ist viel zu nett.«

Charlie bewies, dass sie recht hatte, indem er eine halbe Stunde später ins Wohnzimmer platzte, sich auf einen Sessel sinken ließ und Win seine tiefe, von Herzen kommende Dankbarkeit bekundete, weil sie ihm half, die letzten noch ausstehenden Platzkarten anzufertigen – etwas, was ihm »wirklich Sorge bereitete«.

Erst als er sie am Abend ihrer Ankunft in Shifts Flur in eine feste Umarmung gezogen hatte, war Win klar geworden, dass sie ihn kaum kannte und ihm nur ein paarmal begegnet war, selten länger als eine Stunde. Meist konnte sich Win nur dann Zeit für Shift abzwacken, wenn sich ihre Terminpläne überschnitten, was bedeutete, dass Shift durch die Städte tourte, in denen Win filmte. Win besuchte ihre Konzerte, sah Shift auf der Bühne hüpfen, wild und gleichzeitig in sich gekehrt im zuckenden Stroboskoplicht. Manchmal traf sie sich mit Shift im Morgengrauen zum Frühstück, wenn sie bereits seit drei Stunden drehte und anschließend für weitere zwölf ans Set zurückkehren musste. Insgeheim war Win jedes Mal stolz auf sich gewesen, wenn sie die Zeit dafür erübrigen konnte.

In den letzten Tagen hatte sie Charlie kaum gesehen, so beschäftigt war er mit den Hochzeitsvorbereitungen und Ausflügen zu landschaftlich reizvollen Orten mit seiner *Vogue*-Porträtistin. Jetzt zog er ein sorgfältig zusammengefaltetes Stück Papier aus seiner Brieftasche und sagte: »Seht mal, wir haben etwas für die *Hello! Canada* gemacht.«

Win zögerte – Marie hatte sie gewarnt, dass sie diese Woche auf dem Cover erscheinen würde –, aber Charlie hatte bloß einen Artikel ausgeschnitten. Auf dem Foto duckte sich Shift auf einem Parkplatz unter Charlies Arm hindurch. Ihr Gesicht war vor Lachen verzogen. Sie streckte die Hand nach seinem Mund aus, ihr Daumen lag auf seiner Oberlippe.

»Och, nee«, sagte Shift.

»Nein, das ist gut«, befand er und fing an, den Bildtext vorzulesen. *»Entzückende Szenen aus Montreal, wo Charlie Washington und seine langjährige Freundin, die britische EDM-Prinzessin Shift, diese Woche ein paar Tage vor ihrer Hochzeit bei einer liebevollen Umarmung vor einem Restaurant gesehen wurden.«*

»Wir haben uns ganz bestimmt nicht liebevoll umarmt«, spottete Shift.

»Natürlich haben wir das«, widersprach Charlie, dann fuhr er fort: *»Das Paar wird sich diese Woche im Rosemont Greenhouse im kleinen Kreis aus Familie und Freunden das Jawort geben, darunter auch …* Egal.« Charlie sah Win an. »Trotzdem ist es schön. Das Foto ist auch gut. Mal sehen, ob Georgia das in ihrem Porträt unterbringen möchte.« Georgia war die Journalistin von der *Vogue*; Charlie hatte sich angewöhnt, von ihr zu sprechen, als wäre sie eine liebe Freundin.

»Es ist widerlich«, sagte Shift, riss ihm den Ausschnitt

aus der Hand und knüllte ihn zu einem Papierball zusammen, den sie in eine Zimmerecke schleuderte.

Charlie lehnte sich gelassen zurück. »Ich habe Kopien angefertigt«, verkündete er.

Shift warf Win aus dem Augenwinkel einen Blick zu, der offenbar Verzweiflung ausdrücken sollte. Ihr Mund zuckte.

»Tut mir leid«, sagte sie.

»Schon gut«, erwiderte Win.

»Oh!«, bemerkte Charlie. »Dann hast du es ihr also gesagt?«

»Was soll sie mir gesagt haben?«

»Oh«, machte Charlie wieder, diesmal leise und besorgt. Shift legte den Kopf zurück und blickte mit geschlossenen Augen an die Decke.

»Was soll sie mir gesagt haben?«, wiederholte Win.

»Komm.« Shift hakte sich bei Win ein und zog sie in die Küche, wo sie Win auf einen Stuhl drückte und ihnen auf die Schnelle einen Whisky Sour zubereitete.

Sie war in der Küche genauso wie im Studio: Ihre Hände wirbelten nur so durch die Luft, und sie warf mindestens drei Dinge gleichzeitig in den Mixer. Es gelang ihr, einen so geschäftigen Eindruck zu erwecken, dass Win sie nicht weiter bedrängen wollte. Stattdessen ließ sie den Blick durch den Raum schweifen, über Charlies Basilikumtöpfe auf der Fensterbank und über den Kühlschrank, der mit Terminerinnerungen, Einladungen und Polaroidfotos übersät war. Und da entdeckte sie es, halb verborgen unter dem Menüvorschlag eines Caterers: Leos Gesicht, eine Reihe von Bierflaschen, seinen Arm, um eine Schulter geschlungen, die Win als ihre eigene erkannte, obwohl der Rest der Aufnahme nicht zu sehen war. Ihr Magen schlug einen Purzelbaum, eine Woge des Elends durchflutete sie, gepaart mit Übelkeit. Eilig sagte sie: »Du kannst es mir genauso gut erzählen. Wenn es darum geht, dass Gum zur Hochzeit kommt – das weiß ich bereits.«

Sie freute sich nicht darauf, ihm zu begegnen, aber er wäre hoffentlich so sehr mit seinem eigenen Drama beschäftigt, dass er sich nicht mit dem seines kleinen Bruders befassen würde – Gum war so ein Typ. »Richtig, Geoffrey kommt«, sagte Shift. »Es ist bloß so … Er hat gestern Charlie angerufen.«

Sie zögerte. In Wins Magen bauten sich neue Flutwellen auf.

»Er will nur an der Hochzeitsfeier teilnehmen, wenn Leo auch kommt. Geoffrey behauptet, die ganze Sache sei eine Verschwörung, die einzig und allein dazu diene, ihn zu unterminieren.«

Wins Brust wurde eng. »Okay.« Sie holte Luft. »Hat Leo … Wird er da sein?« Es schmerzte, seinen Namen auszusprechen. Ihre Kehle zog sich zusammen und fühlte sich rau an, wie bei einer Allergie.

»Leo sagt, er kommt nur, wenn du dein Okay gibst. Aber Charlie liebt Leo, und er macht sich Sorgen um Geoffrey. Wenn es um ihn geht, ist er sehr beschützerisch.« Sie wirkte kurz genervt, dann fügte sie hinzu: »Als wäre er ein verletzliches Kind und nicht ein … Egal. Charlie wollte nicht, dass ich es dir sage, aber ich denke, er ist am Boden zerstört, wenn die beiden nicht kommen.«

Um eine ruhige Stimme bemüht, sagte Win: »Also was? Fragst du mich, was ich davon halte, oder erzählst du es mir nur?«

Shift zuckte zurück. »Ich erzähle es dir.«

»Okay.«

»Win«, sagte Shift, aber Win unterbrach sie mit einer wegwerfenden Handbewegung.

»Okay«, wiederholte sie. »Ich nehme an, Chilton wird ebenfalls zugegen sein?«

Shift blinzelte. »Chilton?«

»Georgia Chilton. Die *Vogue*-Journalistin, die das Porträt über Charlie bringen soll. Und der Fotograf, der sie begleitet.« Win war überrascht, dass sie Shift ihre Bedenken erklären musste. »Sie können nicht kommen, wenn wir beide da sind, Leo und ich. Das ist zu riskant.«

Es gefiel ihr nicht, wie Shift sie ansah, nicht wirklich erstaunt, sondern mit leicht verengten Augen.

»Du weißt, wie viel dieses Porträt Charlie bedeutet«, sagte Shift langsam. »Es geht dabei doch gar nicht um dich.«

»Und du glaubst nicht, dass die Tatsache, dass ich da bin, eine Rolle spielt?«

Shift nahm einen großen Schluck von ihrem Drink. »Dann muss Charlie sich also bei dir dafür bedanken?«

»Das habe ich nicht gemeint. Wenn irgendetwas passiert …«

»Ihr müsst euch nur zusammenreißen.« Shift stellte das Glas ab. »Ich weiß, das ist viel verlangt, aber ich bitte dich nicht oft um etwas.«

Leo und Shift dachten nie, dass sie um etwas baten, selbst wenn sie alles verlangten. Win schüttelte den Kopf. »Das ist zu viel. Es tut mir leid. Entweder er und ich oder ich und die Journalistin. Nicht beide.«

»Ist das ein Ultimatum?«

»Ich versuche nicht, dich zu etwas zu zwingen«, erwiderte Win. »Wie gesagt: Es ist einfach zu riskant.«

»Vielleicht solltest du das Risiko eingehen.«

»So leicht ist das nicht. Du weißt, wie hart ich arbeite.«

»Denkst du, Charlie arbeitet nicht hart? Du kannst doch nicht ständig deine Karriere als Ausrede vorschieben!«

Win zuckte verblüfft zurück. »Das ist keine Ausrede.«

»Doch. Ist es immer!« Shift schob den Stuhl zurück, auf den sie sich hatte fallen lassen, und stand auf. Ihre Augen blitzten vor Ärger. »Du hältst dich für *professionell* und denkst, du würdest *kluge Entscheidungen* treffen, dabei machst du es dir bloß leicht. Du wählst immer den einfachsten Weg!«

»Nichts hieran ist einfach!«

»Nicht?« Shift verschränkte die Arme. »Du klammerst dich an das, was du kennst, auch wenn es dir ganz offensichtlich das Herz bricht, aber das hat dich ja noch nie aufgehalten. Mit Leo bist du stets auf Nummer sicher gegangen …«

Win schnappte nach Luft. »Auf Nummer sicher?«

»Mit dieser dämlichen platonischen Publicity-Nummer«, blaffte Shift. Sie sprach jetzt sehr schnell. »Ihr wart schon immer besessen voneinander. Warum gibst du ihm nicht einfach eine Chance?«

»Das habe ich doch getan«, entgegnete Win und sprang ebenfalls auf. Ihr Stuhl scharrte quietschend über den Küchenfußboden und wäre beinahe umgekippt. »Es hat nicht funktioniert …«

»Vor sieben Jahren vielleicht nicht«, sagte Shift. »Und du hast ihm definitiv keine Chance gegeben. Du hast ein paarmal mit ihm geschlafen, und dann hast du beschlossen, dass Leo zu *nützlich* für deine Karriere ist, um ein Risiko mit ihm einzugehen. Du hast ihn benutzt, und er hat dich geliebt …«

»Ob du es glaubst oder nicht«, stieß Win mit zitternder Stimme hervor, »ich bin nicht gekommen, um mir Beziehungsratschläge anzuhören.«

»Gut«, sagte Shift. »Du hast ohnehin nie auf mich gehört, und es ist mir egal. Es geht hier aber nicht um dich, Win, auch wenn es dir vermutlich schwerfällt, das zu glauben.«

»Herrgott, ich bin ja so selbstsüchtig«, fauchte Win aufgebracht. Ihre Brust schnürte sich zusammen vor Zorn, und sie fürchtete, jeden Augenblick in Tränen auszubrechen. »Genau deshalb bin ich hier: um mich in Selbstmitleid zu wälzen und mit dir über meine Probleme zu reden. Shift, du bist diejenige, die die Dinge immer noch schlimmer macht. Ich kann im Augenblick keine *Vogue*-Journalistin in meiner Nähe gebrauchen. Marie war sich nicht einmal sicher, ob ich zur Hochzeit kommen soll, aber ich bin hier, und zwar *deinetwegen.*«

»Marie hat auch gesagt, ein *Ortswechsel* würde dir guttun«, rief Shift ihr in Erinnerung. »Ich habe gehört, wie du mit ihr telefoniert hast, am Abend nach deiner Ankunft. Als wäre meine Hochzeit eine Set-Kulisse.«

»So hat sie das nicht gemeint …«

»Du hast ein bewegtes Leben, Win, und einen Job, der sehr viel arbeitsintensiver ist, als ich es mir vorstellen kann. Aber du vergisst dabei, dass auch andere Menschen Bedürfnisse haben, und selbst wenn wir es nicht auf Zeitschriften-Cover schaffen, sind wir doch wichtig. Außerdem denke ich tatsächlich, dass du deine Karriere momentan als Ausrede benutzt, weil du in Wirklichkeit vor etwas ganz anderem Angst hast.«

»Ich habe keine Angst vor Leo.«

»Das sehe ich anders«, widersprach Shift. »Es geht auch nicht nur um Leo. Du willst dich einfach nicht an jemanden binden. Weder an mich noch an deine Mum, noch an …«

»Lass meine Mum aus dem Spiel!« Win schäumte. Alle dachten, sie würden ihre Mum besser kennen als sie selbst; alle dachten, sie könnten Pritha und Win einander näherbringen. »Herrgott, ich bin hier, oder etwa nicht?«

»Aber nur, weil es für dich von Vorteil ist«, schnauzte Shift zurück. »Glaubst du wirklich, du wärst gekommen, wenn du gewusst hättest, dass Leo ebenfalls da ist?«

»Meine Karriere steht auf dem Spiel …«

»Ich bin deine *beste Freundin!* Win, ich liebe dich, aber seit Jahren findet jedes unserer Treffen einzig und allein zu deinen Bedingungen statt!« Shifts Stimme brach. Auch sie gab sich alle Mühe, die Tränen zurückzuhalten. »Manchmal habe ich den Eindruck, du quetschst diese Freundschaft nur in deinen Terminplan, um dir zu beweisen, dass du noch Bodenhaftung hast. Ich weiß, dass deine Karriere wichtig ist, aber muss sie den wirklich das Allerwichtigste in deinem Leben sein? Warum kann ich nicht manchmal an erster Stelle stehen?«

Nimm mich, hatte Leo gesagt. Win wandte sich ab, schlug mit der Hand fest auf die Anrichte und atmete abgehackt ein. Sie verstanden es nicht, keiner von beiden verstand irgendetwas. Sie hatten nicht so hart um Anerkennung ringen müssen wie sie. Sie sahen beide gut aus, und sie konnten beide darauf vertrauen, erfolgreich zu sein, mussten nicht an sich zweifeln, denn die Menschen liebten sie, ohne dass sie sich um sie bemühen mussten.

Wins Karriere musste jetzt wichtig sein, musste an erster Stelle stehen, denn wenn die momentanen Negativschlagzeilen so blieben oder gar schlimmer wurden, wenn ihr das Scheinwerferlicht der Aufmerksamkeit entzogen wurde und sie plötzlich im Dunkeln stand, dann war alles umsonst gewesen. All die Anschuldigungen, die aus Shift herausgeplatzt waren, als hätte sie sie schon lange mit sich herumgetragen; Leos Gesicht, aus dem vor Schreck sämtliche Farbe wich, als ihm bewusst wurde, was sie an jenem Morgen in London meinte, als sie ihn verließ.

Charlie erschien in der Küchentür. Er lächelte nicht. »Ich habe Geschrei gehört.«

»Ich gehe.« Win drückte sich an ihm vorbei in den Flur. Hinter dem Glas der Haustür flammten erneut die Blitzlichter auf. Sie blieb stehen, machte auf dem Absatz kehrt und blaffte: »Ins Bett.«

Als sie die Treppe hochstürmte, hörte sie Charlie sagen: »Baby«, und Shift erwiderte mit emotionsgeladener Stimme: »Scheiße, ist schon gut, es ist nur … Sie ist manchmal so verdammt kalt …«

Win knallte die Tür hinter sich zu und ließ ihren Tränen freien Lauf.

Kapitel einundzwanzig

Win schlief kaum. Sie weinte bis zur Erschöpfung und war danach beinahe sofort weg, mit nassem Gesicht, außer sich vor Zorn, aber um Mitternacht wachte sie wieder auf. Ihr war kalt, und sie fühlte sich kläglich und allein. Sie schickte Marie eine SMS, in der sie ihr mitteilte, dass Leo zur Hochzeit kommen würde. Für eine Weile legte sie sich schnippische Bemerkungen zurecht über all die Dinge, die sie an Shift nervten: dass es ihr nie gelang, sich die Zeitzonen zu merken, weshalb sie Win mitten in der Nacht anrief; dass sie bei jedem neuen Album völlig durchdrehte und so tat, als hätte noch nie zuvor jemand eine mittelprächtige Kritik bekommen; dass sie ein unfassbares Chaos hinterließ, wann immer sie Win besuchte. Als sie Kinder gewesen waren, hatte Win sie ständig aus ihren Tagträumen reißen müssen, und sie neigte noch immer dazu, mitten im Gespräch abzuschalten.

Anschließend starrte Win an die Decke und machte sich bewusst, dass nichts davon so schlimm war wie das, was Shift ihr an den Kopf geworfen hatte. Dass Win selbstsüchtig war. Selbstsüchtig und kaltherzig.

Auch Leo war diesen Anschuldigungen mehr als einmal

unangenehm nahe gekommen. Win mochte gar nicht an ihren Streit denken, an dem Morgen in London, bevor sie gegangen war. Im Grunde war es kein Streit gewesen. Es hatte sich angefühlt wie ein Bruch, als würde sie innerlich zerreißen, als würde ihr Leo entgleiten.

Sie dachte an Saint-Tropez, an den Augenblick, in dem sie von Lila erfahren hatte. Hochzeit und Scheidung – beide Male war sie zu wütend und verletzt gewesen, um seinen Worten wirkliche Aufmerksamkeit zu schenken. Jetzt konnte sie nicht aufhören, an den verblüfften Unmut zu denken, der sich auf seinem Gesicht abgezeichnet hatte. *Nicht jeder richtet sein Leben darauf aus, welchen Eindruck er in diesem verfluchten Internet erweckt!* Shift hatte ihr das Gleiche vorgeworfen. Als wäre die glitzernde Maschinerie von Wins Leben etwas, hinter dem sie sich versteckte, und nicht etwas, worin sie lebte.

Win musste ihr Leben so leben, denn am Ende fand alles einen Weg ins Internet, in Zeitschriften oder Talkshows. Sie war nicht arrogant oder ichbesessen, sie war einfach nur realistisch. Win durfte nicht allein darauf hoffen, dass die Menschen das Beste in ihr sahen. Sie musste sich ihnen von ihrer Schokoladenseite präsentieren, damit sie genau das erkannten. Wenn sie zum Casting eingeladen werden wollte, genügte es nicht, den Text gut zu lernen, sie musste sich unentbehrlich machen. Musste sich so strahlend und ausgeglichen präsentieren, dass ihr all die alten Vorwände – zu fordernd, zu intensiv, zu dunkel – nicht anhaften konnten.

Das ist nicht kaltherzig, dachte sie. *Es ist clever.* Tatsächlich, so vermutete sie, war es wohl beides.

Sie warf sich in Shifts Gästebett herum. Andere, unerwünschte Erinnerungen kehrten zurück. Jener Abend in London schien sich in ihr Gehirn eingebrannt zu haben, schlimmer noch: in ihr motorisches Gedächtnis, ihre Haut.

Wenn sie die Augen schloss, konnte sie seine Hände auf sich spüren, seinen Mund, die Leichtigkeit, mit der er sie dahinschmelzen ließ, bis sich ihre Glieder heiß und nachgiebig anfühlten, als könnte er sie in jede Form biegen, die er sich wünschte. Sie hatte es vermieden, die Spuren an ihren Hüften, am Dekolleté zu betrachten. Im Dunkeln drückte sie ihren Daumen gegen die kleinen Blutergüsse, die seine Küsse hinterlassen hatten, und stieß leise die Luft aus. Sie verspürte einen feinen Stich in der Magengrube und hätte am liebsten wieder geweint.

Die Wahrheit drohte sie zu ersticken. Sie liebte ihn, begehrte ihn mit der grimmigen Verzweiflung und Besitzgier eines Kindes. Am liebsten hätte sie sich in eine Ecke gesetzt, seinen Namen gerufen und alles verweigert, bis man ihn zu ihr brachte.

Ihn zu verlassen war das Schwerste gewesen, was sie jemals getan hatte, doch sie war sich nach wie vor sicher, dass es leichter war als der überwältigende Albtraum, in den sich ihr Leben verwandelt hätte, wenn sie geblieben wäre. Ihre Karriere wäre wahrscheinlich vorbei gewesen. Wenn nicht, hätte Win sie sich Stück für Stück zurückerobern müssen, drei Schritte zurück für einen Schritt nach vorn. Sie hätte eine Erklärung abgeben oder – schlimmer noch – im Angesicht eines höhnisch johlenden Publikums schweigen müssen, ohne die Möglichkeit, ihr Ansehen wiederherzustellen. Zuvor hatten die Kritiker in ihr ein kontrollsüchtiges, neurotisches Talent gesehen, das indische Mädchen, das die Dinge auf seine eigene Art und Weise handhabte. Jetzt hielten sie sie womöglich für eine Betrügerin, die sich den am leichtesten zu manipulierenden Mann geschnappt hatte, den sie finden konnte, um ihn auszutricksen und in eine lebenslange Beziehung zu drängen. Pritha würde noch tiefer in die Sache hineingezogen werden – entweder als ein weiteres von Wins Opfern oder als potenzielle Mitverschworene: die Schwiegermutter-Gefängniswärterin, die Leo all die Monate über in ihr abgelegenes Haus an der Küste eingesperrt hatte.

Momentan sah es nicht gut aus, aber sie war nicht die erste öffentliche Person, die in einen hausgemachten Skandal verwickelt war. Sie vertraute auf Marie; sie vertraute auf ihre Persönlichkeit und ihre Arbeit. Wenn sie allem den Rücken kehrte, wenn sie sich entschuldigte, könnte sie sich immer noch davon erholen. Es gab jedoch keinen Präzedenzfall, von dem sich ableiten lassen würde, was passierte, wenn sie bei Leo blieb. Keiner war je so unumstößlich bei einer Lüge ertappt worden und hatte einfach so weitergemacht, als wäre nichts geschehen. Keiner hatte je gesagt: *Es ist mir scheißegal, was ihr über uns wisst.* Es gab keine Garantie, dass Leo und sie zusammenbleiben würden, sollte sie sich für ihn entscheiden, keine Garantie, dass sie nicht in eine ihrer explosiven Auseinandersetzungen geraten würden, dass sie am Ende nicht erkannten, dass eine echte Beziehung für sie außer Frage stand. Prithas Haus war eine

Blase gewesen, und Win war verzweifelt durch die Räume getigert, als wäre sie in einem Käfig. Dazu gezwungen, Leo Dinge zu erklären, die sie ihm aus freien Stücken niemals anvertraut hätte. Allein mit ihr, hatte er aufgehört, nach den perfekten Worten zu suchen, hatte seinen Kreuzzug eingestellt, ihr Leben in Ordnung bringen zu wollen, und ihr stattdessen eine Art Zuflucht angeboten. Doch irgendwann hatte sie die Normalität eingeholt. Normalität bedeutete Kontrolle, Druck und jede Menge Außenstehende, die ihnen die Tür einrannten.

Allein bei der Vorstellung schoss ihr Puls in die Höhe. Ihr Atem geriet ins Stocken, Panik brachte ihre Haut zum Kribbeln. Sich wieder mit Leo zusammenzutun wäre die furchteinflößendste, gefährlichste Sache, die sie je getan hatte. Aber der Zug war ohnehin abgefahren an jenem frühen Morgen in London, an dem sie eine andere Entscheidung hätte treffen können. Sie hatte sich für ihre Karriere entschieden, nicht für Leo. Sie hatte den Zorn und die Fassungslosigkeit in seinem Gesicht gesehen, hatte noch ganz genau vor Augen, wie er sich mit einem knappen Schulterzucken von ihr abwandte, als würde er sie aufgeben, für immer. Als hätte er tief in sich die Hoffnung gehegt, auf wahre Gefühle zu stoßen, und wäre enttäuscht worden. Er hatte gelacht, als sie das Zimmer verließ. Sein Lachen hallte hinter ihr her durch den Flur, und sie verzog das Gesicht zu einem starren Lächeln, damit sie ruhig wirkte, als sie den Fotografen entgegentrat. Sein Lachen hatte leise und rau und wenig überrascht geklungen.

Um fünf Uhr morgens gab sie es auf und fand sich damit ab, nicht mehr einschlafen zu können. Sie tappte aus dem Gästezimmer in die Küche und blieb in der Tür stehen. In einer gelben Lichtpfütze saß Shift, eine Tasse grünen Tee in den Händen, das Gesicht schmal und blass wie das eines kleinen Mädchens, den Blick auf die dunklen Umrisse der Bäume vor dem Fenster geheftet. Es schneite.

Win glaubte nicht, dass sie ein Geräusch gemacht hatte, dennoch drehte ihre Freundin den Kopf in ihre Richtung und schaute sie an.

»Kannst du nicht schlafen?«, fragte Shift, bevor Win etwas sagen konnte.

Win zuckte mit den Schultern. Sie fühlte sich dumm und verlegen und hatte plötzlich den Eindruck, seit Monaten mit allen nur zu streiten. Sie war es leid.

»Ich wollte mir eine Tasse Tee machen«, sagte Win und setzte den Kessel auf. Im trüben Licht der Küchenlampe stellte sie fest, dass Shift das Foto von Win und Leo vom Kühlschrank genommen hatte.

»Tja.« Shift stellte ihre Tasse ab und stand auf. »Hör mal, ich … ich war wirklich sauer, und …«

»Shift«, sagte Win kleinlaut.

Shift schoss durch die Küche auf sie zu, und sie klammerten sich aneinander, Shifts Gesicht gegen Wins Schlüsselbein gedrückt.

»Du bist so verdammt groß«, sagte Shift.

Nachdem sie sich eine ganze Nacht lang mit ihren Dämonen herumgeschlagen hatte, stieß Win voller Inbrunst hervor: »Es tut mir aufrichtig leid, wirklich …«

»*Mir* tut es leid! Ich bin eindeutig zu weit gegangen ...«

»Ich war dir eine schlechte Freundin, doch ich werde mich bessern, das verspreche ich dir ...«

»Aber nein, du bist die beste Freundin auf der ganzen Welt! Ich bin eine solche Idiotin! Manchmal denke ich, es wäre besser, man würde mir den Mund verbieten.«

»Wir können einfach nicht gut streiten«, stellte Win fest. »Es ist, als würden wir uns sofort wieder in Sechzehnjährige zurückverwandeln.«

»Ich weiß«, sagte Shift. Sie lächelte schief und tippte Win auf die Nase. »Deshalb weiß ich ja auch, dass du noch da drin bist.«

Win zuckte zusammen, und Shift fing erneut an, sich zu entschuldigen, aber Win schüttelte den Kopf.

»Weißt du, ich suche nicht nur deine Nähe, um mir etwas zu beweisen ...«

Shift nickte. »Ich war wütend ...«

»Es ist mir wichtig, dass du es weißt«, fuhr Win mit zugeschnürter Kehle fort. Die Vorstellung, dass Shift das nicht wusste, war schrecklich. »Du kanntest mich, bevor all das passiert ist. Manchmal habe ich den Eindruck, du bist der einzige Mensch, der mich wirklich kennt, der nicht auf das hereinfällt, was ich ...« Sie wedelte hilflos mit der Hand. »Aber du hast recht. Ich denke, in meinem Kopf dreht sich mitunter alles nur um die Arbeit.«

»Es ist, als wäre darin alles neu verkabelt worden«, bestätigte Shift. »Mir ist klar, warum das sein musste, ich wünschte nur ... Du kannst verletzend sein, Win.« Win spürte, wie ihre Mundwinkel nach unten sackten. Shift streckte die Hand aus und legte sie auf ihren Unterarm. »Aber du hast recht. Ich kenne dich. Wenn du denkst, mir wäre nicht bewusst, dass du schon früher ein richtiges Miststück sein konntest, machst du dir selbst etwas vor.«

Win lachte und schniefte, damit sie nicht erneut anfing zu weinen.

»Wenn es nur darum ginge, dass du ab und zu fies bist, könnte ich dich anschnauzen«, fuhr Shift fort, »aber ich mache mir Sorgen, dass du dir selbst wehtust.«

»Ich …« Win schüttelte benommen den Kopf. Ihre Augen waren verschleiert vom Schlafmangel; das gelbe Licht der Küchenlampe brach sich mehrfach darin.

»Es ist okay«, sagte Shift. »Ich habe dich durchschaut. Alles wird gut.«

Win konnte nicht darüber reden, konnte nicht einmal darüber nachdenken. »Ich hätte dir kein Ultimatum stellen dürfen«, sagte sie. »Das war nicht fair. Natürlich soll diese Journalistin zur Hochzeit kommen. Und selbstverständlich … selbstverständlich kann er ebenfalls kommen, wenn das Charlies Wunsch ist. Ich werde ihm einfach aus dem Weg gehen.«

»Win.« Shift rückte ein Stück von ihr ab, damit sie einander ins Gesicht blicken konnten.

Win schaute in Shifts Augen und erkannte die Wärme, die darin lag. Hastig stieß sie hervor: »Was, wenn ich einen Fehler gemacht habe?«

Shift zögerte. »Fehler lassen sich beheben.«

»Mein Gott, es tut mir leid. Ich sollte mich entschuldigen, anstatt mich weiter hineinzusteigern.«

»Wenn du gern darüber …«

»Nein.« Win schüttelte den Kopf. Ein Kloß bildete sich in ihrer Kehle, weshalb sie eilig hinzufügte: »Nein, ehrlich, ich möchte nicht darüber reden.«

Shift drückte Wins Hand. »Ich weiß, es ist nicht leicht. Tut mir leid. Aber ich bin da. Es wird schwierig werden, doch wir müssen damit klarkommen.«

Win lächelte. Sie fühlte sich schrecklich schuldig. »Du musst nicht damit klarkommen. Du musst nur heiraten und dich anschließend betrinken – zwei Aufgaben, mehr nicht.«

Shift hielt drei Finger in die Höhe und ratterte ihre eigene Liste herunter. »Heiraten, mich betrinken, Leo von dir fernhalten. Das wird lustig.«

Win ballte ihre Hand zu einer losen Faust und presste sie auf ihre Lippen. Ihre Kehle brannte. Sie fürchtete, sich übergeben zu müssen, doch viel schlimmer noch: Ein verzweifelter Schrei baute sich in ihr auf, der mit aller Kraft hinausdrängte.

»Ich denke nicht, dass du ihn von mir fernhalten musst«, flüsterte sie gepresst. Sie sah wieder Leos Gesicht in der bleichen Morgendämmerung vor sich, die Empörung und die Erschöpfung, die sich darin spiegelten, als er die Kiefer zusammenpresste und sich von ihr abwandte. »Er hat definitiv genug von mir.«

»Tja, vielleicht ist das besser so«, sagte Shift. »So konnte es ja nicht ewig weitergehen.«

»Ich weiß«, pflichtete Win ihr bei, denn Shift hatte recht. »Es ist nur so, dass …« Sie zögerte, nicht bereit auszusprechen, was ihr durch den Kopf ging. Shift verharrte abwartend, ohne ein Wort zu sagen. »Vielleicht brauche ich ihn.«

»Ach, komm schon.« Shift umfasste Wins Schulter und schüttelte sie sanft. »Ich bin mir ziemlich sicher, dass deine Karriere auf weit mehr als auf einer Beziehung basiert.«

»Das meine ich nicht«, sagte Win.

Draußen würde es noch stundenlang dunkel bleiben. Win und Shift schauten aus dem Fenster und sahen schweigend zu, wie der Schnee langsam den zu hohen Rasen bedeckte.

Kapitel zweiundzwanzig

Win schlief in dem Hochbett, das Shift und Charlie letzten Sommer gebaut hatten. Von ihrer Matratze aus konnte sie durch ein dreieckiges Fenster hinausblicken. Jetzt lag sie wach und beobachtete die Schneeflocken, die träge vom aschgrauen Himmel trudelten. Sie würden am Samstag den Weg von der Straße zum Greenhouse auslegen müssen. Shift hatte sich für die Hochzeit weiße Satinpumps ausgesucht, und Win bezweifelte, dass sie für den nassen, eisigen Boden geeignet waren.

Sie träumte von Leo. Sie schwammen in Saint-Tropez im Pool, umkreisten einander im blau-grünen, schimmernden Wasser, nur dass sie diesmal nicht allein waren. Ein träger, bedrohlich wirkender Schatten folgte ihnen. Ohne sich abzusprechen, versuchten sie, sich aufzuteilen, um ihn zu verwirren, dann wiederum schlossen sie sich zusammen, um ihn durcheinanderzubringen, aber keins von beidem funktionierte – der Schatten kam nur noch näher.

Am nächsten Morgen beim Frühstück erzählte sie Shift davon. Die schnaubte.

»Sehr subtil.«

»Was das wohl zu bedeuten hat?«, fragte Charlie ernst.

Shift schnaubte erneut und fuhr sich mit den Fingern durch die zerzausten Haare. Sie ließ Win nicht aus den Augen.

»Das wird schon«, sagte Win.

Gestern hatte sie eine Zeit lang gedacht, sie müsste wieder weinen, halb benommen von der schlaflosen Nacht, aber ihr Gehirn hatte bereits von Schock- auf Planmodus geschaltet. Marie hatte auf ihre Nachricht mit einer Flut von Aktivitäten reagiert und sie mit Grundrissen, Fluchtrouten und Bereichen überschüttet, in denen Win die Fotografen meiden konnte. Win war sich nicht sicher, wie sie an einen Gebäudeplan des Rosemont Greenhouse gekommen war, aber sie war ihr dankbar. Sicherheitspersonal würde Außenstehende vom Veranstaltungsort fernhalten, nur teilweise aus egoistischen Gründen. Win bezweifelte, dass ein lärmender Mob exakt den Hintergrund abgab, den sich Shift für ihren Einzug zur Trauung wünschte.

Doch das Security-Team würde nicht Charlies Fotografen von der *Vogue* im Auge behalten können, und noch weniger wären sie gegen Hochzeitsgäste oder Personal gefeit, die ein paar grobkörnige Fotos an die Medien verkaufen wollten. Sie würde den ganzen Abend über auf der Hut sein müssen, damit sie nicht zusammen mit Leo aufgenommen würde. Marie hatte die Möglichkeit angesprochen, dass Win unmittelbar nach der Zeremonie verschwinden könnte, aber Win war fest entschlossen, bis zum Ende der Feierlichkeiten zu bleiben.

Trotz Wins Versuch, das Thema mit Charlie zu besprechen, wusste niemand wirklich, was Leo vorhatte. Alles, was Charlie ihr zeigen konnte, war eine entschlossen klingende Nachricht von Gum: Er kommt. Sie quälte sich eine Weile, dann zwang sie sich, Pritha zu fragen, ob sie mit Leo in Kontakt stand.

»Nein«, erwiderte Pritha steif. »Ich stehe auf deiner Seite.«

Win wünschte sich, dass andere Leute sich genauso still verhalten würden wie Leo. Shift mied das Fernsehen und verfügte nur über langsames, sporadisch funktionierendes WLAN, was es leichter machte, die Flut von Kommentaren zu ignorieren, aber Maries tägliche Briefings hielten sie auf dem Laufenden. Die Spekulationen erstreckten sich mittlerweile auch auf Wins frühere Beziehungen, Zeitschriften und Experten erörterten umfassend, wie viel davon erfunden war.

Marie war wenig überrascht und verkündete herablassend: »Wie Kinder, die herausfinden, dass es den Nikolaus nicht gibt. Alles, was wir ihnen je versprochen haben, war eine gute Show.«

»Sie werden in ein paar Tagen eine gute Show bekommen«, sagte Win.

»Damit werden wir uns auseinandersetzen müssen.« Marie wirkte zu geschliffen und irgendwie fehl am Platz zwischen den Bergen von Papier und Ansteckstäußchen in Shifts Küche. Scheinbar ohne ein Anzeichen von Erschöpfung flog sie zwischen L. A. und Montreal hin und her und stand Patrick bei Treffen mit Geschäftsführern verschiedener Studios und potenziellen Regisseuren zur Seite, bei denen er versuchte, Wins neuerdings toxischen

Ruf abzumildern. Alle paar Tage traf sie sich mit Win zu langen, intensiven Strategiebesprechungen.

Als Marie zum zweiten Mal zurückgeflogen war, hatte Win ihr versichert, dass es in Ordnung sei, wenn sie in L. A. blieb. Sie hatte versucht, ihr deutlich zu machen, dass sie wusste, dass Marie zu den erfolgreichsten PR-Agentinnen der Branche zählte, dass die Leute bei ihr Schlange standen und dass es bestimmt gut wäre, wenn sie zumindest etwas Zeit in ihrem Terminkalender für andere Klienten freischaufelte, sofern sie Win nicht völlig fallen ließ. Sie machte sich Sorgen, dass Marie dachte, nicht rechtzeitig den Absprung geschafft zu haben. Dass es am besten gewesen wäre, zeitgleich mit Emil zu gehen, doch jetzt saß sie auf Wins sinkendem Schiff fest, ohne jedes Rettungsseil.

»Weißt du«, hatte Marie mit stahlhartem Blick gesagt, »hätte ich für eine andere Schauspielerin das getan, was ich für dich getan habe, gäbe es so gut wie nichts, was man ihr anhaben könnte. Sogar das Lila-Gardner-Chaos hätte sich in eine witzige Dreiecksgeschichte verwandeln lassen.«

Win war ruhig geblieben. Sie war sich nicht sicher, ob Maries Worte als Vorwurf gemeint waren.

»Und jetzt stehst du am Rande des …« Sie war verstummt, dann hatte sie hinzugefügt: »Nenn es Berufsehre, aber ich halte das Ganze für obszön. In fünfzig Jahren werden die Leute begreifen, dass du die beste Schauspielerin deiner Generation warst, und ich werde nicht zulassen, dass dich irgendwer ins Aus stellt.«

Win hatte sie nur angestarrt.

Leicht verlegen hatte Marie ihren Blick erwidert. »Ich würde mir wünschen, dass du mich in deiner ersten Oscar-Rede erwähnst.«

»Oh, okay«, hatte Win mit brüchiger Stimme geantwortet und gelacht.

»Mal sehen«, sagte Marie jetzt. »Adam ist stur und weigert sich, mit irgendwem zu reden. Die Models, die wir gebucht haben, damit sie dich zu öffentlichen Events begleiten, genießen zwar die Aufmerksamkeit, aber sie sind nicht gut bei Interviews, und die Leute interessieren sich nicht sonderlich für sie.«

Win nickte und versuchte vergeblich, sich an die Namen und Gesichter ihrer attraktiven Dates von vor langer Zeit zu erinnern. Wäre sie ein Mann, dachte Win in einem besonders heftigen Anflug von Bitterkeit, würde die Tatsache, eine gut aussehende Begleiterin engagiert zu haben, niemandem auch nur ein müdes Lächeln entlocken, geschweige denn das Interesse an einem Interview wecken. Marie hatte ihr bereits ein paar diesbezügliche Kommentare auf kleineren Websites geschickt, doch da es so aussah, als hätte Win eine Ehe zerstört, um ihr Image aufzupolieren, schlug ihr nur wenig Sympathie entgegen.

»Und dann wäre da noch Nathan«, sagte Marie.

»O Gott.« Win stützte ihre Wange in die Hand. »Okay, schieß los. Was hat er jetzt schon wieder angestellt?«

»Es geht mal wieder um die üblichen, kaum verhüllten Anspielungen in seiner Sendung.« Marie hielt ihr Handy so, dass Win aufs Display schauen konnte, und spielte einen Clip von Nathan ab, der ihn beim Eröffnungsmonolog für seine Panel-Show zeigte. Er bebte förmlich vor schlecht verborgener Schadenfreude. »In dieser Woche«, drang seine Stimme blechern aus dem Handylautsprecher, »geht es um *Karma.*« Als das Publikum lachte und applaudierte, fing er an zu strahlen.

»Originell«, sagte Win.

Marie machte eine wegwerfende Geste. »Nun, du weißt doch, wie er ist. Das einzige Problem ist, dass ihn tatsächlich jemand von der *Daily Mail* angerufen und ihm eine Stellungnahme zu der erfundenen Lovestory mit Leo entlockt hat. Er wird folgendermaßen zitiert: *Das ergibt Sinn. Sie bevorzugt Fantasieszenarien, die sie kontrollieren kann.*«

Win nickte und ließ Maries Worte einsickern. Dass Nathan aus der Situation Kapital schlug, kam für sie nicht sonderlich überraschend. Viel zu spät war ihr klar geworden, wie hungrig er nach Ruhm war, und die paar mittelmäßig freundlichen Anrufe während der letzten Monate reichten nicht aus, um sich seine Loyalität zu sichern. Nathans oberste Priorität war immer er selbst.

Die Vorstellung, dass sie Nathan einst so sehr gemocht hatte, dass sie miteinander ins Bett gegangen waren, Händchen gehalten hatten, dass er ein Picknick hoch oben im Peak District für sie veranstaltet hatte, mit Deli-Take-away und Champagner, den er schon mit Orangensaft gemischt hatte, kam ihr mittlerweile absurd vor. Sie dachte zurück an die Zeit, in der Schmetterlinge in ihrem Bauch flatterten, wenn sie nur seine lachende Stimme hörte. Jetzt ging er ihr nur noch auf die Nerven. Sie fragte sich, welches

Spiel er zu spielen glaubte, welchen Sieg er auf den Trümmern ihrer Karriere zu erringen suchte.

»Der Typ bettelt wirklich um Schläge«, sagte Shift, die in die Küche geschlendert kam und den letzten Teil mitbekommen hatte.

Win lachte. »Das kannst du laut sagen.« Sie streckte die Hand nach Maries Handy aus. »Hast du seine Nummer?«

»Ich? Ähm, ja …«

»Ich werde ihn anrufen.«

»Er könnte das Gespräch aufzeichnen«, warnte Marie. »In solchen Sachen ist er richtig gut.«

»Ich glaube nicht, dass er das tun wird«, entgegnete Win. »Er möchte nicht den Anschein erwecken, er hätte irgendetwas geplant. Er liebt es, sich zu fühlen wie ein spontaner Draufgänger.«

»Er könnte dir immer noch die Worte im Mund verdrehen.«

»Ja.« Win nickte. Das war ihr das ganze Jahr über nicht aus dem Kopf gegangen, seit ihrer Trennung; es war jedes Mal in ihrem Kopf, wenn sie mit jemandem Schluss machte; ständig fragte sie sich voller Furcht, wie viel derjenige über sie wusste, wie viel er der Presse mitteilen konnte. In den letzten Wochen ihrer Beziehung hatte Nathan sich beklagt: *Du lässt mich nie an dich heran.* Als sie sich getrennt hatten und Nathan sich als Arschloch entpuppte, hatte Win gedacht: *Kann man mir das zum Vorwurf machen?*

Sie würde keine Zeit dafür verschwenden, Nathan zu bemitleiden, aber vielleicht war es falsch von ihr gewesen, etwas Echtes zu erwarten, wenn sie alles, was sie sagte, streng zensierte. Es hatte ihrer Beziehung bestimmt nicht gutgetan, und womöglich half es auch nichts, wenn sie jetzt stillhielt und hoffte, dass Nathan nichts allzu Schlimmes vom Stapel lassen würde.

Nathan meldete sich. Er klang angespannt, sein Ostlondoner Akzent trat noch deutlicher zutage als sonst. »Also gut, Marie. Du bist nicht mein Boss, deshalb erzähl mir nicht ...«

»Ich bin's.«

Nathan verstummte, dann räusperte er sich. »Es ist eine Weile her.«

»Ja.«

Sie hatten ein paarmal miteinander telefoniert, als sie bei ihrer Mutter gewesen war. Damals hatte er sie angerufen. Sie hatte so lange mit ihm gesprochen, bis sie den Eindruck gewann, er sei besänftigt und würde in seiner Sendung nicht länger über sie herziehen. Doch zu jener Zeit war Leo in ihrem Leben gewesen, unausweichlich, hatte sie in den Wahnsinn getrieben, sie rasend gemacht, sie nahezu verfolgt – also hatte sie aufgehört, Nathans Anrufe zu erwidern. Zu spät fiel ihr auf, dass sie in den letzten Monaten – streng genommen seit August – grausam zu Nathan gewesen war. Nicht auf dieselbe Art und Weise wie er, boshaft und spitz – trotzdem.

»Ich habe mich da in etwas verstrickt, und ich weiß, dass du Bescheid weißt.«

»Ja«, sagte Nathan, dann fragte er eilig, als würde er sich sonst nicht trauen: »Dann war also gar nichts dran an der Sache mit diesem Typen?«

Win presste die Lippen zusammen. »Ich habe nicht angerufen, um über ihn zu reden.«

»Du hast angerufen, um mir die Meinung zu geigen«, sagte Nathan. »Aber wenn du schon dabei bist – ich glaube, du bist mir eine Erklärung schuldig. Schließlich hast du mit ihm in Saint-Tropez rumgemacht, direkt nachdem du mich abserviert hattest …«

»Wir haben uns in gegenseitigem Einvernehmen getrennt, Nathan«, stellte Win richtig, um eine ruhige Stimme bemüht. »Außerdem bin ich erst nach Saint-Tropez geflogen, nachdem du der Presse gegenüber die Klappe aufgerissen hast.«

Zu spät wurde ihr klar, dass sie genau das Falsche gesagt hatte. Marie und Shift zuckten beide zusammen. Am anderen Ende der Leitung herrschte verblüfftes Schweigen, dann sagte Nathan: »Ist das dein Ernst? Deshalb warst du mit ihm in Saint-Tropez? Um zu beweisen, dass dir unsere Trennung nicht zu schaffen macht?«

»Nathan.«

»Das ist ziemlich verkorkst, Süße, totaler Schwachsinn, um ehrlich zu sein. Mein Gott, alles, was sie in den Medien über dich berichten, ist wahr …«

»Dann bekomme ich vermutlich, was ich verdient habe«, blaffte Win, die nun die Beherrschung verlor. »Die Medienfuzzis haben davon erfahren, und es ist völlig gleich, wie kompliziert die Dinge in Wirklichkeit standen und wie sehr ich mich bemüht habe, alles unter Kontrolle zu halten. Sie haben es herausgefunden, und du kannst dich darüber freuen, so sehr du willst, aber ich wünschte, du würdest mir einen einzigen verfluchten Gefallen tun und dich so freuen, dass ich nicht ständig etwas davon mitbekomme. Warum gehst du nicht ins Pub und stänkerst bei deinen Kumpels gegen mich? Ehrlich, das wäre mir scheißegal, aber könntest du bitte Marie und mir eine Pause gönnen? Ich kann dir gar nicht sagen, wie sehr es mich nervt, wenn ich nur deinen Namen höre!«

»Du meinst, ich soll aufhören, dich vor der Presse schlechtzumachen«, stellte Nathan klar. »Du kannst es so nett verpacken, wie du möchtest, aber genau das ist es doch, was du willst …«

»Ja, genau das will ich«, bestätigte Win. »Wir waren neun Monate zusammen. Wir haben unsere Familien kennengelernt. Es hat nicht funktioniert, und das ist bitter, aber ich habe nicht dein Leben ruiniert. Also zeig verdammt noch mal etwas Respekt.«

Sie legte auf und atmete tief durch. Ihre Finger zuckten. Am liebsten hätte sie ihn zurückgerufen und sich entschuldigt, hätte alles so ruhig und charmant wie möglich geklärt, damit er nicht mehr über sie herziehen würde. Doch dann reckte sie das Kinn vor und blickte auf.

»Das war brillant«, sagte Shift beeindruckt.

»Das könnte …« Win leckte ihre trockenen Lippen. »Das könnte dumm gewesen sein.«

Sie warf Marie einen vorsichtigen Blick zu und erschrak erneut. Maries Gesichtsausdruck war sanft und gelassen. »Er hatte es verdient«, erklärte sie ruhig. »Solange er nicht anfängt, rundheraus zu lügen, kann er den Leuten nicht viel erzählen, was sie nicht schon gehört haben. Und wenn er das tut, dann verklagen wir ihn entweder, oder wir lügen ebenfalls.«

Win lächelte unsicher.

»Das ist der Vorteil, wenn man am Boden ist«, sagte Marie. »Es kann nur aufwärts gehen.«

Am nächsten Tag flog Marie nach L. A. zurück. Win war nicht überrascht, als sie, nur sieben Stunden nachdem Marie zum Flughafen aufgebrochen war, eine E-Mail bekam, die sie auf den neuesten Stand der Gerüchteküche brachte, inklusive der Nachricht, dass der Regisseur von *Zwischen Madrid und Paris* zumindest ein Statement abgegeben hatte. Lies es besser nicht, Whitman, hatte sie geschrieben, aber Win klickte trotzdem auf Öffnen. Sie starrte auf den kurzen Absatz und fühlte sich elend.

Authentizität ist wichtig für mich, genau wie für die meisten talentierten Menschen, die beim Film arbeiten, hatte er gesagt. Wenn wir Geschichten erzählen, müssen wir darauf achten, dass sie im Kern der Wahrheit entsprechen. Ich muss wissen, dass die Schauspieler da sind, weil sie an die Story glauben und sie teilen wollen, nicht weil sie eine persönliche Komponente enthält oder ihrem Streben nach Ruhm dient.

Win schluckte die Galle, die in ihrer Kehle aufstieg, und konzentrierte sich wieder auf Maries E-Mail. Der letzte Link führte zu einem Artikel im Feuilleton des *New Yorker*. Marie hatte zwei Fragezeichen angehängt und die Bemerkung *ziemlich interessant*. Die Überschrift lautete WHITMAN TAGORES BRÖCKELNDE FESTUNG.

So möchten wir Whitman Tagore gern sehen, begann der Artikel: schön, klug, lustig, sexy, cool, eine Vertreterin aller Anglo-Inderinnen – nicht zu indisch, romantisch, leidenschaftlich, talentiert, bescheiden und freundlich. In ihren vier glanzvollen Jahren als Königin von Hollywood gelang ihr das mühelos, vor allem durch glorreiche Liebesgeschichten im echten Leben. Letzte Woche ist all das zerbrochen. Aber Gott, es war schön, ihr dabei zuzusehen, wie sie sich bemüht hat.

Es war ein freundlicher Artikel, klug und wohldurchdacht. Er fühlte sich an wie ein Lichtstrahl, der auf sie fiel, und war gleichzeitig alarmierend. Nach einem Moment klickte Win zurück auf das Statement des Regisseurs, dann schloss sie ihren Laptop.

Im Wohnzimmer hatte sich Shift über einen Synthesizer gebeugt, Kopfhörer im Nacken, die Stirn gerunzelt. Charlie saß in seinem Sessel und starrte auf die Sitzordnung. Win ließ sich auf die Couch sinken und berührte Shifts Wade.

»Whitman«, sagte Charlie, »findest du es besser, wenn ich meine Schulfreunde an einen Tisch setze und die Freunde von der Arbeit an einen anderen, oder soll ich einen Tisch für Singles und einen für Paare machen?«

»Ersteres«, antwortete Win. »Tische für Singles wirken so erniedrigend.«

Charlie gab ein leises, bekümmertes Geräusch von sich. »Ich denke, du hast recht. Es muss perfekt sein. Stell dir vor, es gibt einen Streit, und die *Vogue* berichtet darüber.«

»Das wäre schlimm«, pflichtete Win ihm bei und erkundigte sich, wo er Shifts Cousins platzieren wollte, vier riesige Jungs, die allesamt Eishockey spielten und dazu neigten, Charlie und seine gertenschlanken Freunde zu packen und in die Luft zu stemmen. Charlie setzte zu einer detaillierten Schilderung an: Er wollte sie nahe genug an die Bar setzen, um sie glücklich zu machen, und Shifts Roadie-Freunde sollten dafür sorgen, dass sie nicht zu dicht an die Male Models herankamen. Win lehnte sich zurück und hörte zu.

Irgendwann stand Charlie auf und machte ihnen etwas zu trinken, und Win sah zu Shift hinüber, die immer noch mit ihrem Synthesizer beschäftigt war.

»Ich bin wirklich froh, hier zu sein«, sagte Win.

»Genau das wollte ich auch gerade sagen.« Shift schlang die Finger um Wins Fußknöchel und drückte ihn beruhigend, als wolle sie Win Halt geben.

»Übrigens«, fügte sie hinzu, »vermutlich ist es besser, wenn du Charlie dazu bringst, unsere Eltern an verschiedene Tische zu setzen. Ich bin mir nicht sicher, ob sie sich verstehen.«

»Oh, okay. Ich werde ihm die Nachricht schonend übermitteln.«

Shift lachte und steckte ihre Kopfhörer aus. Die Musik, an der sie arbeitete, füllte den Raum, abgehackte Rhythmen, unterlegt mit leisen ätherischen Melodien. Es war still und friedlich im Haus. Win sank tiefer in die Polster und tat so, als kämen die unregelmäßigen Blitzlichter der Kameras, die durch die Fenster fielen, von einem Gewitter, einem Unwetter, das an ihnen vorbeizog.

Win hegte den schleichenden Verdacht, das Shift vor dem Probeessen aufgeregter war als vor der tatsächlichen Hochzeit. Shifts Lieblingschinese lag abgeschieden genug, um alle außer Shifts Öko-Freunde und Musik-Freaks von der Anfahrt abzuschrecken, außerdem eignete sich die etwas ungewöhnliche Lage in einer dunklen Seitenstraße perfekt dafür, die Paparazzi abzuschütteln.

Sie waren nicht viele: die Eltern von Shift und Charlie; Charlies Male-Model-Freunde, die in einem Kreis zusammenstanden und einen leicht verwirrten Eindruck machten, als fragten sie sich, wann ihnen endlich jemand einen Bellini reichte und sagte, wo sie sich hinstellen und einen Schmollmund ziehen sollten; Shifts Touring Band und ein paar Freunde von der Uni; ihre Schwester, die zweite Brautjungfer, die jünger war als Win und Shift und Win nervöse, bewundernde Blicke zuwarf, seit sie vor ein paar Stunden zusammen mit Shifts Eltern eingetroffen war. Win umarmte alle drei und informierte sie über Prithas aktuellen Gesundheitszustand. Das letzte Mal, als sie Shifts Schwester gesehen hatte, war Danielle sieben gewesen, hatte sich für Würgeschlangen begeistert und Win und Shift für absolut uncool befunden. Sie hatte ihre Meinung ganz offensichtlich geändert.

In den Tagen vor ihrer Ankunft hatte Charlie sich angewöhnt, Shifts Eltern »Maw« und »Paw« zu nennen (»Lass uns mit Maw und Paw ins Observatorium gehen, wenn sie hier sind!« oder »Glaubst du, Maw und Paw mögen mein Drei-Bohnen-Cassoulet?«), doch als er ihnen gegenüberstand, wirkte er eher kleinlaut, als er sie höflich begrüßte: »Wie schön, Sie wiederzusehen, Mr und Mrs Scottsdale.«

»Ach, mein Lieber, sag June zu mir!«, rief Shifts Mum, während Shifts Dad ein schiefes Lächeln zustande brachte und nickte.

Gum war am Nachmittag gelandet, und Charlie war sofort losgezogen, um sich mit ihm zur Begrüßung in einer Bar zu treffen. Win würde ihm erst am Abend im Restaurant begegnen. Den ganzen Tag über verspürte sie deswegen einen engen Knoten im Bauch. Die Vorstellung, Leos Bruder zum ersten Mal in dieser Situation anzutreffen, war seltsam. Wenigstens hatte Charlie ihr versichert, dass Gum allein war. Leo würde erst morgen zu ihnen stoßen.

Win und Shift trafen als Erste ein, standen den Kellnern im Weg und stießen gegen die dicht zusammenstehenden Tische. Shift trug einen Hosenanzug, Quasten-Slipper und eine Westernkrawatte. Sie hatte die Haare lose hochgesteckt und die Lippen knallrot geschminkt. In diesem Aufzug erinnerte sie an ein verruchtes Cowgirl, das vor Gericht gestellt wurde. Als Win ihr das mitteilte, lachte sie belustigt auf.

»Du siehst wunderschön aus«, sagte sie zu Win.

Win zuckte mit den Schultern und wandte den Blick ab. Shift zählte nicht zu der Sorte Frau, die sich viel aus Brautjungfernkleidern machte, was für Wins Team und nicht zuletzt für Win selbst eine Erleichterung gewesen war. Sie hatte ihre Stylistin in L. A. gebeten, ihr etwas Schlichtes zu schicken, die Art von Kleid, mit der man im Hintergrund Präsenz zeigte, ohne den Eindruck zu erwecken, man wolle sich verstecken. Man hatte sie in eine mitternachtsblaue Balmain-Robe gesteckt, knöchellang mit Trägern aus glänzenden Silberketten, die lose auf ihren Schultern lagen.

Georgia Chilton, die Porträtistin der *Vogue*, kam ebenfalls vorbei. Sie gab sich freundlich, professionell, aber offen, und war klug genug, Win nicht viel mehr als die oberflächliche Aufmerksamkeit zu schenken, die einer Brautjungfer gebührte, wenngleich ihr Blick aufmerksam und interessiert war. Shift lachte die ganze Zeit über und bezog Win immer wieder in das Gespräch mit ein. Sie redete ein klein wenig schneller als sonst, ihre Augen blitzten vor Aufregung. Sie war es nicht gewöhnt, dass man ihr keine Fragen über ihre neuesten Sampling-Techniken stellte oder wissen wollte, was sie von der Rückkehr des Dubstep hielt.

»Ich weiß wirklich nicht, warum Sie mit mir sprechen möchten«, sagte sie daher. »Sie bringen doch ein Porträt über Charlie!«

»Nun, ich habe Charlie bereits ein paarmal ausführlich interviewt«, erwiderte Georgia. »Jetzt möchte ich etwas über *Sie* erfahren.«

»Als hätte Charlie nicht schon zig melodramatische Lobgesänge gehalten«, sagte Shift.

Win hielt sich hinter ihr und legte ihr beruhigend eine Hand auf den Arm. Sie wollte nicht anmaßend erscheinen. Sie traute Georgia nicht recht, konnte nicht einschätzen, was sie über sie schreiben würde, ganz gleich, wie nett sie nach außen hin wirkte.

Wenigstens würde der Fotograf nicht vor dem morgigen Hochzeitstag eintreffen, was bedeutete, dass niemand einfing, wie Wins Kopf in die Höhe schnellte, als sie Charlies fröhliches und Gums tiefes, heiseres Lachen hörte – ein Geräusch, das sie nur allzu gut kannte, wenn es knisternd aus Leos Handylautsprecher drang.

Gemeinsam betraten sie das chinesische Restaurant, streiften sich den Schnee von den dicken Mänteln und stampften mit den Füßen auf. Für einen Moment blieb Win vor Erleichterung die Luft weg. Gum sah Leo nicht so ähnlich, wie die Fotos hatten vermuten lassen. Nun, da sie Gabrysia kennengelernt hatte, konnte Win erkennen, dass Leo nach seiner Mutter kam. Sie hatten die gleiche Statur, die gleichen dunklen Augen, umrahmt von Wimpern, die so lang waren, dass sie ihnen eine leicht geheimnisvolle Aura verliehen. Gabrysia hatte maskuline Gesichtszüge, die eher zu Leo passten, trotzdem sah er nicht ganz so umwerfend aus wie seine Mutter.

Gum dagegen kam ganz nach dem Vater. Seine Stirn war breiter als die von Leo, und er war kleiner, trug eine autoritäre Arroganz zur Schau und war gebaut wie ein Boxer mit einem leicht aufgedunsenen amerikanischen Gesicht. Seit ein paar Jahren kämpfte er mit Alkoholproblemen und hatte bei einer Schlägerei eine Narbe an der Augenbraue davongetragen, die ihn älter erscheinen ließ, als er war.

Charlies Wangen waren leicht gerötet, als hätte er etwas getrunken. Neben Gum wirkte er jünger als sonst; wenn man es nicht wüsste, würde man die beiden kaum für

Schulfreunde halten. Charlie sah sich um, bis er Shift und Win entdeckte, dann strebte er schnurstracks auf seine Verlobte zu, Gum im Schlepptau wie einen gutmütigen Onkel. Sie gaben ein seltsames Paar ab – Gum mit seinem zurückgegelten Haar und dem vollen Gesicht neben Charlie mit den engelhaften goldenen Locken und den rosigen Lippen.

»Shift«, sagte Charlie und küsste sie. Georgia Chilton, die sich ganz in der Nähe aufhielt, machte sich eine Notiz. »Da bist du!«

»Da bin ich«, sagte Shift und strich ihm mit einer schnellen, liebevollen Bewegung durch die Haare. »Hi, Geoff, schön, dich wiederzusehen.«

Gum nahm Shifts Hand und führte sie mit einer übertriebenen Geste an seine Lippen, als wollte er sie küssen, dann überlegte er es sich anders und sagte nur: »Das beruht auf Gegenseitigkeit.«

»Darf ich dich meiner Trauzeugin vorstellen?«, fragte Shift, als könnte sie kein Wässerchen trüben. »Whitman Tagore, Geoffrey Milanowski.«

»Hi«, sagte Win. Gum ergriff ihre ausgestreckte Hand und schüttelte sie kräftig.

»Hallo, hallo, dann lernen wir uns also auch endlich mal kennen.« Gum musterte sie mit leicht zusammengekniffenen Augen. Win erinnerte sich, dass Leo gesagt hatte, Gum sei weitsichtig, weigere sich aber, seine Brille zu tragen, und wolle auch keine Kontaktlinsen. »Obwohl ich das Gefühl habe, ich würde dich schon kennen, durch deine ganzen Filme und das Theater mit meinem kleinen Bruder …« Gum ließ ihre Hand nicht los. »Ausgezeichnete Filme«, fügte er hinzu, dann wandte er sich an Charlie: »Findest du nicht?«

»Oh, in meinen Augen sind sie spektakulär!«, pflichtete Charlie ihm strahlend bei. Er hatte den Arm um Shifts Taille gelegt und wirkte vollkommen unbeschwert, als gäbe es nichts Böses auf der Welt.

»Danke«, erwiderte Win. Sie kam sich klein und dumm vor, weil sie nicht wusste, was sie sonst sagen sollte. Dass Gum Leo erwähnt hatte, warf sie aus der Bahn, obwohl es seltsam gewesen wäre, hätte er das nicht getan. Sie war es nicht gewohnt, Leo als kleinen Bruder zu betrachten.

»Am besten hat mir der mit der räuberischen Lady gefallen«, sagte Gum und schnippte mit den Fingern. »Wie hieß der noch gleich …«

»Alles hat seinen Preis«, warf Win ein.

Es handelte sich um einen ihrer frühen Filme; sie war beim Casting noch relativ unbekannt gewesen und hatte eine unbeholfene Informatikerin gespielt, die sehr hübsch war hinter ihrer kantigen Brille. Direkt danach war sie zu ihrer Win-Gone-Wild-Tour mit Leo aufgebrochen, um zu beweisen, dass sie auch böse sein und vor allem eine Hauptrolle übernehmen konnte.

»Ja, so heißt er!«, rief Gum und lachte wieder sein heiseres Lachen. »Guter Film. Nun, Shift, bist du bereit, dein Herz meinem besten Freund zu schenken?«

»Das habe ich doch längst getan«, sagte Shift. Win schaltete ab.

Sie fühlte sich, als wäre sie soeben durch einen brennenden Reifen gesprungen. Sie war beinahe stolz auf sich, wie sie die Situation gehandhabt hatte, bis sie sah, wie Gum wegen irgendetwas, was Charlie sagte, die Stirn runzelte und nachdenklich zwei Fingerknöchel gegen seine Augenbraue drückte. Die Geste erinnerte sie so sehr an Leo, dass ihr die Luft wegblieb. Sie musste sich abwenden und so tun, als hätte sie jemanden ihren Namen rufen hören. Unauffällig berührte sie Shifts Arm, um sich zu entschuldigen, und hoffte, dass ihre Hände nicht allzu auffällig zitterten.

Sie entfernte sich so schnell und bestimmt wie möglich und betrat die Damentoilette, wo sie die Hände aufs Waschbecken stützte und mit gesenktem Kopf mehrmals bebend nach Luft schnappte. Anschließend ging sie lächelnd wieder hinaus.

Kapitel dreiundzwanzig

Schwere Wolken standen am Himmel und tauchten alles in ein kaltes, diffuses Licht, aber vor Shifts und Charlies Hochzeit fiel kein Neuschnee. Es war ein ruhiger Morgen, der nur darauf zu warten schien, dass sich die Wolken öffneten. Noch bevor die anderen aufwachten, sah Win Shift in Schlafanzug und Charlies dickem Mantel im Garten stehen, die Arme um die Mitte geschlungen, das Gesicht zum Himmel gewandt. Als sie sich umdrehte und Win hinter der Fensterscheibe erblickte, lachte sie und winkte.

Charlie hatte die Nacht in der Wohnung eines Freundes verbracht – zu Wins Überraschung war er ziemlich abergläubisch, was Hochzeitstraditionen betraf. Aus diesem Grund machten sich später am Vormittag nur Win, Shift, Shifts Schwester Danielle und Shifts Mum gemeinsam fertig. Jada und Matthew, die einen Tag zuvor eingetroffen waren, flatterten durchs Zimmer und kümmerten sich um Haare und Make-up. Shift legte einen Grime-Mix auf. Champagnergläser wurden gereicht. Es war leicht, zu lächeln und zu lachen, ohne viel sagen zu müssen. Zu Wins Erleichterung verbrachte Georgia Chilton den Morgen bei Charlie.

Ab und zu warf Shift Win einen besorgten Blick zu, doch sie war abgelenkt, hauptsächlich weil sie mit ihrer Schwester darüber stritt, ob Blumenkränze noch angesagt waren.

»Das hättest du mir schon vor Monaten sagen können«, schimpfte Shift.

»Es kommt doch gerade wieder in Mode«, beschwichtigte Jada.

»Wenn Hollywood das sagt, solltest du lieber den Mund halten.« Shift warf ihrer jüngeren Schwester einen ungehaltenen Blick zu.

»Wie du meinst.« Danielle seufzte, dann fügte sie mit geheuchelter Unbedarftheit hinzu: »He, Win, Lust auf ein Selfie?«

Win zögerte. »Klar.« Shift fing ihren Blick auf und formte mit den Lippen: *Danke.* Win lehnte sich zur Kamera.

Auf dem Foto hatte sie dunkle Schatten unter den Augen, aber Matthew würde sich vor der Hochzeit darum kümmern.

»Wie geht es dir, Süße?«, fragte er und fasste ihr unters Kinn. »War eine harte Woche, oder?« Zum Glück sprach er so leise, dass nicht alle im Raum mitbekamen, was er sagte.

»Mir geht's gut«, erwiderte Win. »Ich glaube übrigens nicht, dass ich in nächster Zeit viele öffentliche Auftritte absolvieren werde. Du solltest deinen Terminplan lieber mit anderen Kundinnen füllen.«

»Du weißt, dass du bei mir immer an erster Stelle stehst«, versicherte er ihr.

Win lächelte matt. Sie vermisste Emil, der ganz in seinem Element gewesen wäre inmitten all der aufgeregten Hektik. Er hatte Shift heute Morgen einen Blumenstrauß mit Glückwünschen zustellen lassen und Win eine E-Mail mit drei Kandidaten geschickt, die seine Stelle übernehmen konnten.

»Danke.« Ihr war nicht nach Reden zumute. Ihre Kehle war eng, ihr Mund trocken. Immer wieder blickte sie aus dem Fenster und wartete auf den Schnee. Die Scheiben waren auch am späten Vormittag noch gefroren, überzogen mit Spinnweben aus glänzendem Eis.

Doch es schneite den ganzen Morgen über nicht. Danielle und Shift stritten unablässig miteinander und jagten sich mit ihren Blumensträußen durch die Küche, während ihre Mutter schimpfte, sie sollten aufhören und auf ihre hübschen Kleider achten.

Es schneite auch nicht, als sie draußen Fahrzeuge hupen hörten und hinausgingen. Vor dem Haus trafen sie auf Shifts Dad, der mit zusammengezogenen Augenbrauen vor einer langen Reihe alter Nissan Skylines stand. »Ach du liebe Güte«, stieß Shift hervor, »ich werde Charlie umbringen.«

Es schneite nicht, als sie am Ort der Trauung eintrafen und sich in der Garderobe versteckten, während die anderen Gäste eintrudelten. Win stand vor den großen Fenstern, blickte hinunter über die lange Rasenfläche bis hin zu den kahlen Baumkronen am Horizont. Auf dem Boden lag der Schnee von letzter Woche. Die Wolken sanken immer tiefer, Sonne und Schatten wechselten auf eindrucksvolle

Art und Weise miteinander ab, die durchbrechenden Lichtstrahlen ließen den Himmel beinahe fliederfarben erscheinen. Im Foyer ertönten Stimmen. »O Gott, warum sind wir nicht abgehauen?«, fragte Shift, und Win musste sich auf die Lippe beißen, damit sie ihr nicht beipflichtete.

Georgia Chilton und der Fotograf von der *Vogue,* ein netter Mann namens Bill, der dem Anlass gebührend ein adrettes Hemd und der Gewohnheit geschuldet eine Trucker-Kappe trug, trafen kurz darauf ein und machten Fotos von Shift, Win und Danielle, die einander die Frisuren zurechtrückten. Sie gaben sich geschäftsmäßig, freundlich, aber distanziert. Georgias Fokus lag eindeutig auf Charlie; mit Shift hatte sie bereits gesprochen. »Nervös?«, fragte sie auf eine muntere Art, die nahelegte, dass die Antwort keine Rolle spielte. Win musste sich eingestehen, dass sie sie mochte.

Kurz darauf sagte Georgia: »Wir gehen jetzt in die Empfangshalle und stellen ein paar Kameras auf, nicht dass uns noch etwas entgeht!«, und ihr gefror das Blut in den Adern.

»Ich hoffe, sie schießen ein paar Fotos von Charlie, wenn er ausflippt«, sagte Shift. »Das würde mir gefallen.« Sie seufzte. »Herrje, ich höre meine Tante. Sie beschwert sich jetzt schon!«

Win konnte Leos Stimme nicht unter all den anderen Stimmen ausmachen. Sie hörte Gums unverkennbares Lachen. Shift sah sich um und flüsterte: »Ach, gut, Gum und Charlie sind da.« In ihre bleichen Wangen kehrte etwas Farbe zurück.

Win lächelte. »Ziemlich aufregend, nicht wahr?«

»Na ja, es ist ja bloß Charlie«, erwiderte Shift.

»Charlie und zweihundert Gäste«, zwitscherte Danielle.

»Du.« Shifts Mum deutete mit dem Finger auf ihre jüngere Tochter. »Du gehst raus und stellst sicher, dass die Platzanweiser wissen, was sie zu tun haben.«

»Mum …«

»Geh! Es bringt kein Pech, wenn man dich sieht.«

Jetzt waren sie nur noch zu dritt. Shifts Mutter sagte: »O Lisa, du siehst so hübsch aus«, und für einen Moment wusste Win nicht, mit wem sie redete. Shift wirkte gleichermaßen überrascht.

»Danke, Mum«, sagte sie schließlich. Sie sah in der Tat umwerfend aus. Die Haare fielen ihr leicht zerzaust auf die Schultern – sie hatte Jada nicht erlaubt, ihre gesplissten Spitzen zu schneiden, weil das angeblich zu viel Aufwand war –, doch der Blumenkranz – feinste Stoffgardenien – verlieh ihr etwas Elegantes. Ihr Kleid war aus schlichter weißer Spitze gefertigt und tief ausgeschnitten, was die Sperling-Tattoos unter ihrem Schlüsselbein zur Geltung brachte. Sie wirkte auf eine selbstgewisse, zuversichtliche Weise glücklich, die ausdrückte, dass sie keinerlei Zweifel an ihrer Entscheidung hegte.

»Du siehst umwerfend aus«, pflichtete Win Shifts Mum bei.

»Du auch«, erwiderte Shift. Win hatte ein roségoldenes Seidenkleid gewählt, das sanft ihre Knöchel umspielte, mit einem kastigen, tiefen Ausschnitt wie bei Shift und Dreiviertelärmeln, die nur wenig gegen die Kälte ausrichteten. Sie trug die Haare offen.

»Ich wahre nur den Schein für dich«, entgegnete Win.

Shift drehte sich um und streckte die Arme aus. »Du musst zu mir kommen. Ich stolpere immer wieder über diese verdammte Schleppe.«

Win ging zu ihr, ließ sich in die Arme schließen und barg ihr Gesicht an Shifts warmer Schulter. Draußen hatte es endlich angefangen zu schneien.

Sie hob den Kopf, als Shifts Vater die Garderobe betrat und sich räusperte. »Brautjungfern, ihr seid dran.« Hinter ihm erschien Danielle mit raschelnden Röcken, Charlies Cousin fest am Arm.

»Das war's dann wohl«, sagte Shift.

Wie aufs Stichwort wurde die Tür ganz aufgestoßen, und Gum erschien.

»Shift!«, rief er. »Du bist das Sinnbild der Ehe, ein wahrer Augenschmaus!«

»Danke, Geoffrey«, erwiderte Shift.

»Chaz macht sich fast in die Hose vor Aufregung«, vertraute Gum ihr an. »Nun, meine Damen und Herren, ich denke, wir sind bereit, diese Show über die Bühne zu bringen. Ich darf den guten alten Charles nicht zu lange allein warten lassen! Kann es losgehen, Sir?«, fragte er, an Shifts Dad gewandt.

»Ja«, antwortete der und beäugte Gum abschätzig.

Danielle und Charlies Cousin stellten sich vor der Tür auf. Gum streckte Win galant den Arm entgegen. Win drehte sich ein letztes Mal zu Shift um.

»Viel Glück.«

»Dir auch«, erwiderte Shift. Win presste die Lippen zusammen. Sie sah Gum an, nahm seinen Arm und trat hinter Danielle und Charlies Cousin. Orgelmusik ertönte.

Leo würde da sein. Win holte tief Luft und versuchte, sich zu wappnen.

In dem Moment beugte Gum sich vor und zischte ihr ins Ohr: »Du hast verdammt gute Nerven, dich hier blicken zu lassen.«

Win blinzelte. Es dauerte einen Augenblick, bis seine Worte zu ihr durchdrangen. »Wie bitte?«

»Die ganze Familie ist in Aufruhr«, fuhr Gum mit leiser, zorniger Stimme fort. Seine gute Laune war wie weggewischt, als hätte sich ein Pantomime die lächelnde Maske vom Gesicht gezogen. »Bei Dad ist beinahe eine Sicherung durchgebrannt, als er davon erfuhr.«

»Das tut mir leid«, sagte Win befremdet. Danielle und der Trauzeuge schritten durch den Mittelgang, Danielles Wangen waren rosig vor Verlegenheit und Freude. »Ist das der richtige Zeitpunkt für eine solche Diskussion?«

»Wann soll denn der richtige Zeitpunkt sein? Ich musste dich allein erwischen, ohne dein verfluchtes Sicherheitskommando.«

»Mein ...« Win verstummte und schüttelte ungläubig den Kopf. Sie spürte erste Nadelstiche der Wut. »Ich möchte nicht darüber reden.«

Sie klappte demonstrativ den Mund zu, dann schritt sie mit Gum zur Tür hinaus. Gum ignorierte sie.

»Leo darf sich ja nicht äußern, also bleibt es am guten, alten Onkel Geoffrey hängen, dir die Meinung zu sagen. Der arme Kerl kann sich nicht einmal selbst verteidigen!

Glaub mir, ich mache nicht gern eine Szene …« Er blickte auf und winkte Charlie zu, der wartend am Altar stand.

»Das habe ich anders in Erinnerung«, entgegnete Win kühl.

»O ja, du weißt alles über uns, nicht wahr?«, knurrte Gum. »Ich wette, deine Leute haben mich seit Jahren auf dem Schirm. Hollywood-Fuzzis, die überall ihre Nasen hineinstecken – das war eine furchtbare Belastung für Leo.«

»Tatsächlich?«, sagte Win zähneknirschend, als sie durch den Gang schritten, vorbei an einem Meer neugieriger Gesichter, die sich die Hälse nach ihr verrenkten. »Können wir bitte ein andermal darüber reden?«

»Ich hoffe inständig, dass es kein anderes Mal geben wird«, zischte Gum. »Ich weiß nicht, ob Leo das ertragen würde. Ich für meinen Teil tue es jedenfalls nicht.«

»Ist …« Wins Kehle wurde eng. »Ist Leo …«, flüsterte sie.

»Entschuldige, wir sind bei einer Hochzeit«, wies Gum sie zurecht. »Ihr Leute aus L. A. habt einfach kein Benehmen.«

Win starrte ihn an.

Ich bin Britin, dachte sie, doch dann standen sie auch schon vor dem Altar, und Gum küsste sie auf die Wange und führte sie auf die Seite der Braut. Die vertrauten Klänge des Hochzeitsmarsches schallten durch das gläserne Gewächshaus, die Pflanzen zitterten, die Schneeflocken trieben an den Fensterscheiben vorbei und verliehen dem Licht einen unheimlichen türkisfarbenen Schimmer.

Win drehte sich um zur Tür, und ohne dass sie lange

danach Ausschau halten musste, sprang ihr Leos Gesicht entgegen, als würde er sich in Technicolor von der schwarzweißen Menge der Gäste abheben. Er stand ganz hinten, als hätte er sich in letzter Minute hereingeschlichen. Sie sah ihn wie auf einer Momentaufnahme: seine markanten Wangenknochen, die klaren Linien seines Anzugs, seinen müden, höflichen Gesichtsausdruck, als auch er den Kopf zur Tür wandte. Ihr wurde heiß, Traurigkeit durchflutete sie, so überwältigend und unerträglich, dass sie dachte, sie müsste sich setzen.

Dann erschien Shift in der offenen Tür, am Arm ihres Vaters, strahlend, und Win atmete tief durch.

Die Zeremonie verging wie im Flug. Charlie weinte fast die ganze Zeit über; Shift musste kichern, als sie das Ehegelübde ablegte. Es herrschte eine entspannte, angenehme Atmosphäre, was ungewöhnlich war in einem Raum mit so vielen Prominenten. Charlies Gelübde ließen fast alle in fröhliches Lachen ausbrechen und rührten gleichzeitig zu Tränen. Hinter ihm nickte Gum wohlwollend – ein König bei der Hochzeit seines Lieblingsprinzen.

Win starrte stur geradeaus, die Augen auf Shift und Charlie geheftet. Sie versuchte, sich auf die Zeremonie zu konzentrieren, aber ihr Herz klopfte so schmerzhaft, dass sie fürchtete, die anderen könnten es hören; außerdem hatte sie vergessen, wie man gleichmäßig atmete. Sie war sich Leos Anwesenheit derart bewusst, dass alles andere um sie herum verblasste. Wenn sie sich umdrehte und die Menge betrachtete, gewann sie beinahe den Eindruck, er wäre der Einzige im Raum.

Dann war es vorbei, Charlie beugte Shift weit nach hinten, um sie zu küssen, Shift lachte und schlang die Arme um seinen Nacken. Die Menge fing an zu jubeln. Win stand wie erstarrt da, die tauben Finger um ihren Blumenstrauß geschlossen, bis Shift sie am Ellbogen fasste und sagte: »Komm, bringen wir den Empfang hinter uns.«

Win folgte ihr dankbar zur Tür. Die Gäste strömten durch einen schmalen Gang in einen der angrenzenden kleineren Räume, wo Champagner gereicht wurde, bis die Hauptempfangshalle bereit war. Unterwegs blieben sie stehen, schüttelten Charlie die Hand und versicherten Shift, wie schön die Zeremonie gewesen sei. Win stand hinter den beiden und gab sich alle Mühe, nicht zu zittern. Sie kam sich so dumm vor. Mit einer derartigen körperlichen Reaktion hatte sie nicht gerechnet.

Freundlich blickte sie über Shifts Schulter und lächelte die Leute an, die sie anlächelten. Es gab viele neugierige Blicke; einige Gäste versuchten bereits, Shift und Charlie zur Seite zu drängen und mit ihr zu reden. Zwei Männer, denen sie nie zuvor begegnet war, teilten ihr unabhängig voneinander mit, dass es »gar nicht gut« sei, was man sich über sie erzähle, und zwinkerten spöttisch, als würden sie die wahre Geschichte kennen. Sie lächelte und verzichtete auf eine Erwiderung, stattdessen sagte sie: »Ich freue mich sehr, Shift und Charlie am heutigen Tag begleiten zu dürfen«, bis sie den Wink verstanden und Shift ein Kompliment über ihr Äußeres machten. Shift verdrehte nur die Augen und wandte sich dem nächsten Gast zu. Ab und an zauste sie Charlies Haare, der sie unablässig anstrahlte.

Trotz der Ablenkung durch die geschäftige Menge kehrte Wins Aufmerksamkeit wieder zu Leo zurück, der still und unaufhaltsam immer näher kam. Sie warf ihm eindringliche, schuldbewusste Blicke zu, überzeugt davon, dass man sie dabei ertappen würde. Vielleicht die Leute von der *Vogue,* die Anweisung haben würden, genau darauf zu achten. Es wäre klug, einfach nach vorne zu schauen und sich erst um Leo zu kümmern, wenn er an der Reihe war, aber Win konnte nicht anders.

Er trug einen zweiteiligen schwarzen Anzug mit einem akkurat gebügelten weißen Hemd und eine locker geknotete Krawatte. Er war nicht ganz sauber rasiert, doch der Bartschatten wirkte gewollt, betonte seine Kinnlinie und ließ seine Lippen warm und voll erscheinen. Er hatte seine Haare wieder kurz rasiert, und als sie ihn dabei beobachtete, wie er jemandem die Hand schüttelte, setzte ihr Verstand für einen Moment aus. Er hatte alle Ringe abgenommen, jeden einzelnen. Seine langen Finger waren nackt.

»Ich liebe Ihren letzten Film«, schwärmte eine Frau, an Win gewandt, nachdem sie Shift auf beide Wangen geküsst hatte. »Mein Freund hat mich mitgeschleppt, aber Sie haben *Transformers* wirklich sehenswert gemacht.«

Win hatte nicht im neuesten *Transformers*-Film mitgespielt. »Vielen Dank«, sagte sie trotzdem.

Sie war sich nicht sicher, ob sie in der Lage war, mit ihm zu reden, aber der Gang war nun einmal schmal, und selbst wenn er es gewollt hätte, hätte Leo sich nicht verdrücken können. Würde sie es wirklich über sich bringen, ihm unmittelbar gegenüberzustehen, kaum einen Meter von ihm getrennt? Sie wusste nicht, ob sie sich lieber in seine Arme gestürzt oder auf dem Absatz kehrtgemacht hätte, um zum nächsten Taxi zu stürmen. Er rückte weiter vor, bald würde er sich in unmittelbarer Reichweite befinden.

»Whitman«, sagte Shift mit fester, klarer Stimme. »Ich glaube, ich habe mein Handy im Waschraum vergessen. Tust du mir den Gefallen, es zu holen?«

Win warf ihr einen dankbaren Blick zu und trat die Flucht an. Hinter ihr hörte sie Leo sagen: »Hey, Shift. Du siehst hübsch aus.«

Es folgten Konfetti, Drinks und eine Party. Das Gewächshaus ging über in eine große, holzgetäfelte Empfangshalle, die ganz nach Charlies Vorgaben eingerichtet war. Er hatte das Pflanzenthema aufgegriffen; der komplette Raum war voller Grün wie ein Salon aus den 1930er Jahren: riesige Monsterae umrahmten die Bar, breite Bananenblätter schirmten den Loungebereich mit den samtbezogenen Sesseln ab, auf den Tischen standen Tontöpfe mit wilden Winterblumen. Um den Überschuss an Pflanzen auszugleichen, war die Möblierung relativ schlicht ausgefallen, mit Ausnahme der Stühle von Shift und Charlie, die mit Pfefferranken und Kaktus-Dahlien geschmückt waren. Links neben Charlie pflückte Gum eines der Blätter ab und schnupperte daran. Win, die rechts neben Shift saß, konzentrierte sich auf ihren Drink und widerstand dem Drang, den Kopf zu heben, wohl wissend, dass sie Leo fixieren würde, sobald sie aufblickte.

Shift erzählte ihr, dass Leo an einem Ecktisch saß, zusammen mit Charlies jüngeren männlichen Freunden und ihren Begleiterinnen. Diese Informationen rief weitere Schuldgefühle in ihr hervor, und Charlies tröstend gemeinte Versicherung, es würde »Leo nichts ausmachen, er sagt, er möchte keine Umstände bereiten«, trug nicht gerade dazu bei, Wins flatternden Magen zu beruhigen. Sie wünschte sich, er hätte sich am Ende der Zeremonie verabschieden können, aber Gums Worte hatten ihr klargemacht, dass dies ein den ganzen Abend andauernder Härtetest werden würde. Mit gesenktem Kopf bestellte sie noch einen Wodka-Soda.

Georgia Chilton und Bill erschienen, um Fotos von den Reden zu machen. Sie deuteten hierhin und dorthin und beratschlagten sich leise, und Win hob den Kopf, um angemessen zu lächeln. Shifts Eltern hatten eine PowerPoint-Präsentation von Shifts Leben vorbereitet und klickten sich durch Babyfotos bis zum heutigen Tag, wobei auch mehrere Schnappschüsse von Win und Shift im Teenageralter auftauchten. Den schrecklichen Frisuren nach zu urteilen, hatten sie sich gerade in ihrer Emo-Phase befunden. Rücken an Rücken posierten sie mit verschränkten Armen für die Kamera und machten Werbung für ihre Band, die nicht sonderlich lange existiert hatte. Danielle trug nervös ein Gedicht von Mary Oliver vor. Gums Rede handelte von »den Höhen und Tiefen Charlies und meiner Jugend«, bevor er sich den Postkarten zuwandte, die Charlie ihm aus allen Teilen der Welt geschickt hatte, in denen er arbeitete. Er erwähnte die Kater, die sie zusammen durchlitten hatten, die »ominösen Nudeln«, die Charlie auf einer

Kochplatte zubereitet hatte, als sie sich ein Zimmer im Internat teilten, und erzählte von der Zeit, als er sich in der Schule das Bein gebrochen hatte und Charlie nach dem Unterricht zur Krankenstation schlich, um ihm die Kolumnen aus der *Financial Times* vorzulesen.

»Leider muss ich hinzufügen, dass er seitdem häufiger die Gelegenheit hatte, in vielen verschiedenen Krankenhäusern an meiner Seite zu sitzen«, sagte Gum mit einem scherzhaften Lachen. »Aus diesem Grund fordere ich höchste Anerkennung für sein exzellentes Verhalten am Krankenbett.« Er hob das Glas. Sein Lächeln wirkte angespannt. »Ich freue mich sehr für ihn und seine Braut.«

Nachdem er geendet hatte, ließ er sich auf seinen Stuhl fallen. Er wirkte fast ein wenig verloren. Charlie klopfte ihm auf den Rücken, doch er wurde sofort von einer exzentrischen Tante abgelenkt. Georgia Chilton kam näher, einen berechnenden Blick in den Augen. Win verstand: Gum und seine große Klappe waren eine einmalige Quelle für schmutzige Hintergrundinformationen.

»Sie sind Geoffrey, nicht wahr?«, fragte sie. »Dann kennen Sie Charlie ja schon sehr lange.«

Gum stand auf und schüttelte mit geschwellter Brust ihre Hand. »Es gibt nichts, was ich nicht über den Jungen wüsste«, erklärte er großspurig. »Ich habe mich schon gefragt, wann Sie auf mich zukommen werden …«

»Gum!«

Win heftete die Augen auf den Tisch, der mit buntem Konfetti übersät war, und starrte darauf, bis ihr Blick verschwamm. Aber Leo war vorsichtig. Er hielt sich links, so weit weg von Win wie möglich, während er seinen Bruder am Ellbogen fasste.

Sie hörte seine Stimme, leise und herzlich. »Nette Rede«, sagte er. »Komm, trink etwas mit mir.«

»Aber …« Gum zögerte und deutete auf Georgia.

»Du bist zu beschäftigt«, beharrte Leo. »Jede Menge Trauzeugenpflichten. Gum.«

»Ja, entschuldigen Sie mich«, sagte Gum und schien sich zu besinnen. »Ich muss mich um meinen Bruder kümmern. Er macht eine schwere Zeit durch, der arme Kerl.«

Win wusste, dass Gum sie anstarren würde, sollte sie den Blick heben. Wie Leo reagieren würde, konnte sie nicht recht abschätzen, also verharrte sie reglos und sah zu, wie sich die Füße der Brüder in Richtung Bar entfernten. Als sie weg waren, griff sie nach ihrem Glas und leerte ihren Drink in einem Zug.

Danielle, die auf der anderen Seite neben Win platziert war, erkundigte sich zaghaft, ob Win sich gut amüsiere. Nachdem sie ein paar unbeholfene Worte über Danielles Schule und ihre Freundinnen gewechselt hatten, fragte Win, ob sie noch weitere Gäste kenne.

»Nun … gewissermaßen«, antwortete Danielle. »Ein paar Cousins und einige von Charlies Freunden. Der da«, sie deutete auf einen kleinen, blonden Typen, der so tat, als würde er eine der Pflanzen verspeisen, während sein Freund ihn dabei mit ausdruckslosem Gesicht filmte, »hat einen ziemlich guten YouTube-Kanal. Und der andere dort drüben scheint im Augenblick Isaac Bronstein zu daten, wusstest du das?«

Sie sah Win aufgeregt an, als ihr dämmerte, dass sie womöglich auf eine Quelle für Insider-Klatsch gestoßen war.

Win, die den jungen Mann kaum kannte, sah sie fragend an.

»Obwohl ich ja gar nicht an diese ganzen Gerüchte glaube«, fügte Danielle eilig hinzu, bemüht, das Ruder herumzureißen. »Das ist so kindisch.«

Win zuckte mit den Schultern. »Die Leute lieben es, unterhalten zu werden.«

»Richtig, aber …« Danielle rutschte voller Unbehagen auf ihrem Stuhl herum. Sie bereute offenbar, dass das Gespräch diese Richtung nahm. »Weißt du, ich denke, es gibt Sachen, die der Unterhaltung dienen, und Sachen, die eher privat bleiben sollten.«

»O ja, *das* weiß ich«, erwiderte Win und grinste, als Danielle rot wurde und anfing zu kichern.

»Ich denke …«, fing Danielle erneut an, dann verstummte sie.

Wider besseres Wissen folgte Win Danielles Blick über die Tische zur Bar, wo Leo sich mit einem Ellbogen auf den Tresen stützte, die andere Hand in die Hosentasche gesteckt, und betont vage aus den Südfenstern blickte. Draußen schneite es noch immer. Die Flaschenregale hinter ihm waren in blaues Neonlicht getaucht. Wins ganzer Körper fing an zu kribbeln, als wäre sie in Giftefeu gefallen. Sie legte ihre Hände auf die Tischdecke und spreizte die Finger. Er war allein.

»Er hätte nicht kommen sollen«, sagte Danielle. Win

schaute sie überrascht an. Danielle hatte trotzig das Kinn vorgereckt. »Er ist nur wegen des Dramas hier.«

»Er hatte keine Wahl«, teilte Win ihr mit.

»Man hat immer eine Wahl«, widersprach Danielle. Am liebsten hätte Win ihr erklärt, wie daneben sie mit dieser Ansicht lag, aber das konnte sie nicht, ohne zu verraten, wie hilflos sie sich fühlte. Sie wollte gern so sein wie Danielle – jung und hoffnungsvoll –, um daran glauben zu können. Sie wollte, dass es wahr war.

Nachdem er seinen Drink in Empfang genommen hatte, versteckte sich Leo wieder an seinem Ecktisch und tauchte über eine Stunde nicht mehr auf. Win brachte das Essen relativ ruhig hinter sich und gab ihr Bestes, Danielle bei der College-Wahl zu beraten und ihr zu erklären, wie man den perfekten Lidstrich zog. Sie erschrak, als Danielle sie nach ihren Plänen für die Zeit nach der Hochzeit fragte, und stellte wieder einmal mit einem Anflug von Panik fest, dass keine neuen Projekte in Aussicht standen. Patrick hatte ihr einige Drehbücher geschickt, doch die erwiesen sich als wenig inspirierend. Am Ende jedes Telefonats versicherte er ihr, dass er sein Bestes gäbe.

»Ich schätze, ich nehme mir eine Auszeit«, antwortete sie.

Alle standen auf und versammelten sich, weil nun die Hochzeitstorte angeschnitten werden sollte. »Vegan«, verkündete Charlie. Die Torte schmeckte nach nichts. Anschließend stellten sich alle rund um die Tanzfläche auf, um Shift und Charlie beim Hochzeitstanz zuzusehen. Die Lichter wurden gedimmt, die Klänge eines Fleetwood-

Mac-Songs ertönten. Charlie hielt Shifts Hände mit ernsthafter Ehrfurcht und schien beinahe überwältigt, als Shift leise den Refrain mitsang. Seine Lippen verzogen sich zu einem Lächeln, und er legte die Stirn für eine Sekunde auf ihre nackte Schulter. Danielle drückte im Dunkeln Wins Hand. Die auf das Brautpaar gerichteten Scheinwerfer strahlten so hell, dass Win unmöglich jemanden in der Menge erkennen konnte, wofür sie dankbar war.

Als alle nach dem Hochzeitstanz die Tanzfläche stürmten, wurde es heiß im Greenhouse. Shift übernahm das DJ-Pult und spielte Hits aus den Top 40, die sie mit stotternden EDM-Beats mischte, Witch House und etwas, das sie Win gegenüber einmal als »Tropical Gothic« bezeichnet hatte. Danach folgte ein Pop-Hit, der alle Cousins aufspringen und die Hände in die Luft werfen ließ. Charlie, umgeben von seiner ausgelassenen Jungstruppe, tanzte direkt vor den Turntables und schwenkte die Hände. Ab und an strahlte Shift ihn entrückt an, die Schleppe achtlos unter einem Schulterträger festgeklemmt. Bill, der Fotograf, tauchte in der Menge unter und duckte sich darum herum. Die Kamera war wie eine natürliche Verlängerung seines Auges, dessen Blick Win mied.

Sie lehnte mehrfach ab, wenn sie zum Tanzen aufgefordert wurde, unter anderem von Gum, der sich ihr mit einem so drohenden Grinsen näherte, dass sie nur knapp dem Drang widerstehen konnte, ihm eine Ohrfeige zu verpassen. Sie wünschte sich, sie könnte an den Tisch zurückkehren und trinken, bis es Zeit zum Aufbruch war, aber die Vorstellung, im Internet könnten unscharfe Videos auftauchen, die sie allein und deprimiert auf der Hochzeit ihrer besten Freundin zeigten, war so schrecklich, dass sie stehen blieb. Sie hielt sich an Danielle, in der sie eine willkommene Verbündete gefunden hatte. Sie tanzten albern miteinander und tranken alkoholfreie Versionen von Wins Lieblingscocktails, und Win half ihr, eine geschmackvolle Instagram-Story über den Abend zu erstellen. Mit Danielle, die begeistert immer weiterplapperte, war es leichter, die neugierigen Blicke zu ignorieren, die auf ihr ruhten, die Gäste auszublenden, die ihr wissend zunickten, wenn sie an ihnen vorüberging.

Gegen Ende von Shifts Set kam einer von Charlies jüngeren Cousins zu ihnen. Er zögerte. Win bemerkte, dass ein paar Jungs in Anzügen an der anderen Seite der Tanzfläche lungerten und ihn voller hämischer Freude beobachteten. Win verspannte sich, doch er richtete die Augen auf Danielle.

»Hast du Lust zu tanzen?«

»Oh, ich bin gerade beschäftigt«, lehnte Danielle ab und deutete auf Win.

Win schüttelte den Kopf. »Nein, bist du nicht. Ab mit dir.«

Shift wechselte von einem schnellen japanischen Popsong zu einer sanfteren Soulnummer, zwinkerte Win zu und legte einen Schalter um. Augenblicklich war die Tanzfläche in rosa Licht getaucht. Sie beobachteten, wie Danielle und der gut aussehende Junge sich im Takt der Musik wiegten, von der für Teenager typischen Verlegenheit war kaum etwas zu merken. Win warf Shift einen Luftkuss zu und musste sich alle Mühe geben, nicht zu ihr aufs DJ-Pult zu kommen, sie am Arm zu fassen und mit sich zu ziehen. Stattdessen klaute sie Shifts Handtasche, die über ihrer Stuhllehne hing, dann schnappte sie sich die Smokingjacke, die Charlie abgelegt hatte.

Es gab einen offiziellen Raucherbereich, ein Teil des Terrariums, der sich nach oben hin zum kalten Nachthimmel öffnete, doch er war den ganzen Abend über voller lachender, lärmender Gäste gewesen, und Win wünschte sich nichts sehnlicher, als der Menge zu entkommen. Es dauerte nur eine Sekunde, dann hatte sie auf dem Handy die Fluchtwege aufgerufen, die Marie ihr geschickt hatte. Sie schlüpfte durch den Personaldurchgang in die Küche, schenkte den Kellnern, die sie überrascht anstarrten, ein entschuldigendes Lächeln und huschte an endlos langen Ablagen voller Teller und Gläser vorbei um eine Ecke und zur Seitentür hinaus.

Sie fand sich in einem externen Lagerraum wieder, schmutziger grauer Beton, Stahlgitter und eine Reihe vernachlässigter Fensterblätter. Dort setzte sie sich auf einen ausrangierten Bierkasten und durchforstete Shifts Handtasche nach Blättchen und Tabak. Als sie fündig geworden war, drehte sie sich eine grauenhaft unförmige Zigarette – sie rauchte nicht oft genug Selbstgedrehte, und wenn doch, dann kümmerte sich Emil darum –, zündete sie an und versuchte, sie paffend am Brennen zu halten. Durch die geschlossene Tür drangen das Klappern von Geschirr und die Rufe des Personals zu ihr herüber. Sie fror, trotz Charlies Smokingjacke.

Die Tür öffnete sich. Win blickte auf. Sie erwartete, einen Kellner eintreten zu sehen, doch es war Leo, das Handy in der Hand.

»Scheiße«, sagte Win.

Leo blickte auf sie herab. Sein Kiefer klappte herunter, die Augen weiteten sich vor Schreck.

»Entschuldige«, sagte er, dann wandte er sich seinem Handy zu. »Bleib bitte kurz dran.«

»Nein, nein, ich gehe.« Win stand auf und klopfte sich den Staub von Kleid und Jacke. An der anderen Seite der Küche befand sich laut Maries Plan ein Müllentsorgungsbereich mit einer abschließbaren Tür. Es war unwahrscheinlich, dass sich darin jemand aufhielt.

»Du musst nicht gehen«, sagte Leo, einen Fuß auf der Schwelle.

»*Du* musst nicht gehen«, hielt Win dagegen und bedeutete ihm trotzig, den Weg freizugeben. Leo hatte seine Krawatte abgelegt und schlug den Mantelkragen hoch, um sich vor der Kälte zu schützen. Er sah so gut aus, dass Win auf einmal das Gefühl hatte zu ertrinken, gefangen in einem Whirlpool, ohne eine Möglichkeit, an die Oberfläche zu kommen und nach Luft zu schnappen. Dann fiel ihr ein, dass der Rest der Welt hinter ihr her war und jede ihrer Bewegungen verfolgte.

»Hat irgendwer gesehen, dass du mir nachgekommen bist?«

Leos Gesichtsausdruck änderte sich, aber nur kurz. »Ich hatte keine Ahnung, dass du hier bist, und bestimmt weiß auch sonst niemand Bescheid.« Er warf einen Blick auf die

Selbstgedrehte in ihren Fingern und zog die Augenbrauen hoch. »Soll das eine Zigarette sein, Whitman?«

»Du kannst mich mal«, fauchte sie. »Ich brauchte einfach eine Pause!«

Leo musterte sie, dann hielt er das Handy ans Ohr und sagte: »Ich rufe dich zurück, Han.«

»Das ist nicht nötig«, widersprach Win, aber Leo zog sich bereits eine eigene Bierkiste heran und streckte die Hand nach dem Tabak aus. Sie zögerte, dann reichte sie ihm das Päckchen. Leo strich ein Blättchen glatt.

»Tut mir leid, dass es so enden musste«, sagte er. Als Win nichts erwiderte, sah er auf und fügte hinzu: »Dass wir beide hier sind, meine ich.«

Win sackte in sich zusammen. »Das ist nicht deine Schuld.«

»Ich weiß. Trotzdem.« Leo zuckte mit den Schultern und drehte mit geübten Fingern eine Zigarette. Win versuchte, nicht zu schmollen, weil Leos Zigarette sehr viel besser aussah als ihre eigene, die gerade zum dritten Mal ausgegangen war. Sie hielt das Feuerzeug daran – vergeblich.

»Du sollst wissen«, fuhr er fort, so schnell, als wollte er die Worte zwingen, ihm über die Lippen zu gehen, »dass ich es nicht noch schlimmer machen möchte. Ich werde nicht über dich reden. Ich werde nicht anrufen. Nach heute Abend werde ich für immer aus deinem Leben verschwinden.«

Er sah nicht von seinen Händen auf. Das waren gute Neuigkeiten. Das hatte sie hören wollen.

»Okay«, sagte Win. »Danke.« Sie zog verzweifelt an ihrer erloschenen Zigarette.

Leo nickte, dann schüttelte er den Kopf.

Seltsamerweise fühlte sich Win den Tränen nahe, als er aufblickte und mit der Zunge über den Rand des Blättchens fuhr, um es zu befeuchten und festzukleben. Fast sah es so aus, als würde er grinsen.

»Was ist so komisch?«

»Nichts. Wirklich nicht.«

»Das kommt aber anders rüber.«

»Na ja …« Leo stand auf. »Erst tue ich die ganze Zeit über so, als wäre ich in dich verliebt, und jetzt muss ich so tun, als wäre ich es nicht.«

Win blieb die Luft weg. »Leo …«

»Ich werde dich in Ruhe lassen«, fiel Leo ihr ins Wort.

Er nahm ihr die Zigarette aus den Fingern, warf sie zu Boden und trat mit dem Absatz darauf, dann reichte er ihr die frisch Gedrehte. Win steckte sie langsam zwischen die Lippen, wandte ihm ihr Gesicht entgegen, und Leo beugte sich vor, schützte die Zigarette mit der hohlen Hand, ohne ihr Gesicht zu berühren, und gab ihr Feuer. Anschließend richtete er sich wieder auf, nickte ihr zu und wandte sich zur Tür.

Win blieb allein in der Kälte zurück. Sie war sich nicht sicher, wie lange sie dort saß, als Leo weg war. Der Nachthimmel leuchtete diffus orange von der Lichtverschmutzung, schwere, tief hängende Schneewolken zogen träge über sie hinweg. Es war zu still und zu kalt, um sich in Gedanken zu verlieren, aber sie konnte nicht für immer hier draußen bleiben. Weil ihr nichts Besseres einfiel, ging sie schließlich hinein, außerdem wollte sie nicht, dass die Leute ihre Abwesenheit bemerkten – Shift zum Beispiel, was ihr ganz und gar nicht egal wäre, oder Georgia Chilton, was ihr auf andere Art und Weise etwas ausmachen würde.

Shift saß am hintersten Ende des Hochzeitstisches. Win legte Shifts Handtasche und Charlies Smokingjacke ab und ging zu ihr. Zu spät fiel ihr auf, dass Shift mit Georgia Chilton sprach. Sie warf Georgia ein zerstreutes Lächeln zu, schlang die Arme um Shifts Schultern und legte ihr Kinn auf ihren Kopf.

Sie hatte gedacht, Leo wäre wütend auf sie. Sie hatte gedacht, sie hätte es sich für immer mit ihm verdorben, worüber sie beinahe erleichtert gewesen war, denn so konnte sie nicht an das anknüpfen, was zerstört war.

»Musst du schon wieder mit deiner Größe prahlen?«, fragte Shift lachend.

»Das würde ich doch niemals tun«, verwahrte sich Win. Ihre Stimme klang fast normal. »Legst du nicht mehr auf?«

»Ich wurde verdrängt.« Shift nickte in Richtung ihrer Musikerfreunde, die gerade ihre Verstärker aufbauten. »Green Lantern bereiten sich auf ihren Auftritt vor.«

»Ist das die Screamo Band?«

»Nein«, antwortete Shift mit einem theatralischen Seufzer, der bedeutete, dass sie die Auseinandersetzung mit Charlie verloren hatte. »Anscheinend ist eine Screamo Band nicht passend für eine Hochzeit.«

Georgia Chilton lachte. »Amüsieren Sie sich gut, Whitman?«

»O ja«, erwiderte Win, wobei sie sich vage bewusst war, dass sie zu höflich klang, als würde sie über das Wetter reden. »Es ist eine schöne Feier.«

Sie ließ den Blick über die Menge schweifen. Was für ein Spektakel! Danielle war an den Male-Model-Tisch gezerrt worden und wirkte nervös, aber beherzt. Shifts Mum redete heftig gestikulierend auf Charlies Vater ein, der gut aussah und ein überzeugter Konservativer war. Sie schien kurz davor zu stehen, ihm eine reinzuhauen. Shifts Dad beobachtete die beiden und lächelte zum ersten Mal an diesem Tag. Gum und Charlie hatten einen leeren Tisch in der Nähe der Bar in Beschlag genommen; Charlie legte lächelnd die Wange in die Handfläche, während Gum ihm die Krawatte richtete.

Leo beugte sich über Gums Stuhl, eine Hand auf die Schulter seines Bruders gelegt, und murmelte ihm etwas ins Ohr. Gum war offenbar anderer Meinung, wenngleich er diese Meinung nur halbherzig zu vertreten schien. Win beobachtete, wie Leo sich streckte und sich mit einer Hand übers Gesicht strich. Er sah erschöpft aus.

Offenbar starrte sie ihn allzu offensichtlich an, denn Shift räusperte sich, und Georgia sagte: »Habe ich Sie und Leo nicht gerade durch dieselbe Tür kommen sehen?«

»Wie bitte?«, fragte Win zerstreut. »Ich – ja, wir haben uns unterhalten …«

Georgia sah sie verblüfft an, als hätte sie nicht mit einer Antwort gerechnet, ganz zu schweigen mit einer aufrichtigen. Shift verzog besorgt das Gesicht.

»Nun …« Georgia wählte ihre Worte mit Bedacht. »Das

muss schwer gewesen sein nach allem, was in letzter Zeit vorgefallen ist.«

»Mit Leo zu reden ist nicht schwer«, entgegnete Win, die Augen noch immer auf ihn geheftet. Er drückte ein weiteres Mal Gums Schulter. Charlie stand auf, das Gesicht strahlend vor Glück, und beugte sich vor, um ihn zu umarmen. »Er ist der beste Gesprächspartner der ganzen Welt. Selbst wenn wir streiten.«

»Win«, schaltete sich Shift ein.

»Ja«, sagte Win. Leo löste sich von Charlie und drehte sich um. Mit großen Schritten durchquerte er den Raum, ohne in ihre Richtung zu blicken. Beide hatten ihren Fokus aufeinander abgestimmt – er wusste, wo sie war, genau wie sie wusste, wo er war. In Win ballte sich etwas zusammen, riesig und unüberwindbar.

»Win«, wiederholte Shift. »Willst du etwa meine Hochzeit in den Schatten stellen?«

»Wie bitte?«, fragte Win zerstreut. Georgias Augen weiteten sich. Shift fing an zu lächeln. »Nein, Shift«, wehrte Win ab. »Ich würde doch niemals …«

»Hm«, sagte Shift. »Vielleicht *solltest* du meine Hochzeit in den Schatten stellen?«

»Ich …« Wins Blick schweifte zurück zu Leo. Er hatte sein Jackett über die Schulter geworfen und verabschiedete sich von den gut aussehenden jungen Männern an seinem Tisch, indem er sie an sich zog und ihnen kräftig auf den Rücken klopfte. Anschließend steckte er die Hände in die Hosentaschen und strebte in Richtung Tür.

»Whitman«, sagte Georgia. »Bill und ich sind nur hier,

um über Charlie und Shift zu berichten. Ich versichere Ihnen, dass ich nichts drucke, was ich nicht drucken soll.«

Win dachte an jenem Novembertag in Sussex, an dem sie sich mit Leo in die eisigen Wellen gestürzt hatte, wie sie einander gepackt hatten, um sich gegenseitig unter Wasser zu drücken.

»Sie können drucken, was immer Sie wollen«, sagte sie.

Georgia sah sie verblüfft an. Shifts Augen glänzten. Leo war nur noch ein kurzes Stück von der Tür entfernt.

»Es ist mir gleich«, fügte sie hinzu. »Ich werde es nicht lesen. Leo!«

Sie folgte ihm, drängte sich an den Gruppen von Hochzeitsgästen vorbei und rempelte einen der Kellner an, begleitet von Shifts hellem, schockiertem Lachen und dem lauten Dröhnen der Musik. Leo ging weiter, mit hängenden Schultern, ohne sich umzudrehen.

Win rief noch einmal, diesmal mit lauterer Stimme: *»Leo!«*

Leo blieb stehen und wandte sich um. Er war nicht der Einzige, aber er war der Einzige, den Win ansah: Sein Gesicht war blass, ausdruckslos, als wüsste er nicht, was sie diesmal von ihm wollte. Sie bemerkte, dass seine Augenbrauen in die Höhe schossen wie bei einer stummen Frage. Er würde ihr helfen, ganz gleich, wobei. Dabei brauchte sie nur eins.

Seine ungeteilte Aufmerksamkeit brachte sie aus dem Konzept, wie immer. Sie stolperte. Wusste nicht, was sie sagen sollte. Um sie herum tuschelten die Gäste, und sie sah mehr als eine Handykamera, die in ihre Richtung zeigte.

»Leo«, sagte sie noch einmal. Sie kam sich dumm vor, da ihr nichts Besseres einfiel, als seinen Namen zu wiederholen.

Leos Gesichtsausdruck veränderte sich. Die Abgespanntheit fiel von ihm ab, wich Überraschung und einem zögerlichen Triumph. Seine Mundwinkel bogen sich nach oben.

»Na, komm schon«, sagte er mit kaum hörbarer Stimme. Win schlüpfte aus ihren High Heels, eilte im Laufschritt auf ihn zu und flog in seine Arme.

Sie stürzte sich förmlich auf ihn, und er fing sie auf, schlang einen Arm um ihre Taille und vergrub die Hand in ihrem Haar, während sie ihn küsste. Sie klammerten sich aneinander. Win warf die Arme um seinen Nacken, drückte sich so fest an ihn, wie sie nur konnte, und er beugte sich vor und presste gierig seinen Mund auf ihren, so grob, dass ihre Lippen kribbelten. Ihr ganzer Körper fing an zu glühen, als hätte Leo sie wieder zum Leben erweckt, der Kälte entrissen.

»Es tut mir leid«, murmelte sie. Ihre Nasen stießen gegeneinander, ihre Worte wurden unterbrochen von Küssen. »Es tut mir so leid, ich habe alles vermasselt, ich war so dumm, völlig durch den Wind …«

»Wir werden … Die Leute machen Fotos von uns«, merkte Leo mit verzweifelter Stimme an. »Vielleicht solltest du Marie anrufen …«

»Mein Gott, du bist ja auch völlig durch den Wind«, sagte Win.

Sie fingen an zu lachen, dann küsste Leo in rascher Reihenfolge ihre Mundwinkel, ihre Nasenspitze, ihre Wange, das Ende ihrer Augenbraue und umfasste mit zitternden Händen ihr Gesicht. Hinter ihnen erklangen flirrende Akkorde, als die Band zu spielen begann, und Win war dankbar – Shift hatte sich beeilt, die Aufmerksamkeit von ihnen abzulenken –, doch sie drehte sich nicht um.

»Marie wird damit klarkommen. Alle werden damit klarkommen. Ich bin so sehr in dich verliebt, Leo, ich darf dich nicht verlieren …«

»Keine Sorge, du wirst mich nicht los«, murmelte Leo und hob ihr Kinn an, um sie erneut zu küssen.

Epilog

SIEG FÜR WIN

Emily Wickham, *New York Times Magazine*

»Es ist seltsam, wieder in Kalifornien zu sein«, stellt Whitman Tagore fest und beugt sich über den Poolbillardtisch, um ihren Stoß auszuführen. »Ich hatte vergessen, wie freundlich die Leute hier sind.« Sie lässt ihre Zähne aufblitzen und lächelt mich an. »Zumindest vordergründig.«

Die überraschende Ankündigung, dass Whitman in der Kategorie »Beste Hauptdarstellerin« bei den diesjährigen Oscars nominiert ist, trägt vermutlich dazu bei.

»Nun«, sagt sie. »Es schadet ja nichts.«

Es ist ein Vorteil, sie gut gelaunt anzutreffen, denn Whitman Tagore gibt nicht viele Interviews, und ich habe mich bei unserem Treffen verspätet. Sie hat mir eine Adresse am Crenshaw Boulevard genannt, und ich bin geschlagene zehn Minuten vor besagtem Lokal auf und ab gegangen, das aussah wie eine schäbige Spelunke mit einer dicken, fettverschmierten Tür, kopfschmerzerregenden blau-weißen Neon-Bierreklameschildern und einem SPART WASSER, TRINKT BIER-Aufkleber auf einem der halb geschlossenen Aluminiumfensterläden. Ich spähte durch die schmutzverkrustete Scheibe und fragte mich, ob sie mich auf den Arm hatte nehmen wollen, als plötzlich die Tür aufging und Whitman Tagore herausschaute.

»Kommen Sie rein«, forderte sie mich auf. »Dienstag ist Tequila-Abend.«

Whitman trinkt eine sirupartige Margarita aus einer Slush-Maschine (sie bezeichnet sich selbst als »süchtig«), und es dauert nicht lange, bis die ersten Billardspieler eintreffen. Bedenkt man den Anlass, wirkt Whitman bemerkenswert entspannt, lässig in ihrer Straßenkleidung mit den neuerdings kurzen Haaren, die ihre Kieferpartie umspielen. Sie wurde aus Südfrankreich, wo sie in den vergangenen vier Jahren gelebt hat – halb Ausreißerin, halb Exilantin –, in die Staaten geholt, um diverse Promotion-Termine vor der Oscar-Verleihung wahrzunehmen. Mit Sicherheit hat sie einen Jetlag, aber das sieht man ihr nicht an. Nach den ersten Drinks fordert sie mich zu einer Runde Poolbillard auf. In Anbetracht dessen, dass wir uns nur wenige Tage nach ihrer vollkommen überraschenden Nominierung treffen, hätte ich gedacht, sie wäre – nun ja – überraschter.

Doch ihre Verblüffung ist offenbar in riesige Freude umgeschlagen, mit einem Schuss Boshaftigkeit. »Ich hatte damit gerechnet, ein weiteres Jahrzehnt lang für meine Sünden bezahlen zu müssen, aber anscheinend hat sich das Blatt früher als erwartet gewendet.«

»Ah«, hake ich ein. »Darüber sollten wir reden.«

Whitman beugt sich über den Pooltisch und richtet ihr

Queue aus, ihr Gesichtsausdruck ist aufmerksam und konzentriert. Während sie den Ball versenkt, sagt sie: »Darüber wird doch ständig geredet.«

Es dürfte schwer sein, das nicht zu tun. Whitmans Privatleben hat schon immer die Vorstellungskraft der Öffentlichkeit befeuert – mitunter mehr noch als ihre Filmografie –, aber vor fünf Jahren wuchs sich das Interesse zu einem Drama aus, das sie selbst nicht kontrollieren konnte. Enthüllungen über die heimliche Ehe ihres langjährigen festen Freundes Leo Milanowski mit der Indie-Musikerin Lila Gardner gewannen durch Lilas Behauptung an Brisanz, Whitman und Leo seien in Wirklichkeit nie ein Paar gewesen – eine Behauptung, die sich verbreitete wie ein Lauffeuer. Mit Whitmans Karriere, die nie frei von Skandalen war, ging es steil bergab. Regisseure, Produzenten, Kritiker und die Öffentlichkeit wandten sich entrüstet von ihr ab, der Film *Der Flussdampfer*, der nicht lange nachdem die Bombe geplatzt war, in die Kinos kam, floppte. Freunde denunzierten sie scharenweise, Hip-Hop-Star Riva Reed brachte eine Platin-Single heraus, die begann mit: »Ich tu so, als wär er ein König, dabei nervt er mich nur/soll er sich fügen, dann kann ich besser lügen.«

Whitmans Reaktion auf den Skandal war eine volatile Mischung aus Schweigen und schamlosen öffentlichen Liebesbekundungen. Sie gab keine Interviews, ließ sich nirgendwo blicken und stellte sich in sämtlichen sozialen Medien tot; offenbar akzeptierte sie die öffentliche Missbilligung, denn sie setzte sich nicht dagegen zur Wehr.

Und so wurde sie regelmäßig mit Leo fotografiert, als wäre ihr nicht klar, dass ihre aufwendig errichtete Fassade längst eingestürzt war. Bis jetzt hat sie nie ihre Unschuld beteuert.

»Es war eine schlimme Zeit«, vertraut Whitman mir an. »Ich hatte tatsächlich den Eindruck, ich hätte alles verloren. Und als mir dämmerte, dass das nicht der Fall war, dass es mehr gibt als das, worauf ich mein Leben ein ganzes Jahrzehnt lang ausgerichtet hatte, war das eine eher furchteinflößende Erkenntnis. Es war wirklich ein seltsames Jahr. Grauenhaft. Und es schien ewig zu dauern. Gleichzeitig war es das glücklichste Jahr meines Lebens.«

Es war ein steiniger Weg, die Gunst der Öffentlichkeit zurückzugewinnen. Nach dem Skandal wurde es ruhig um sie: eine Handvoll Independent-Filme, die meisten davon Flops; eine kleine Nebenrolle in der Comedyserie *RISK!* mit ihrem Pseudopublikum und den zweideutigen Witzen; ein Kurzauftritt in einem der Musikvideos von Lila Gardner, das einen Artillerieangriff in Pastelltönen zeigt – Gardner durchbricht mit einem babyblauen Panzer die Tore von Whitmans Bilderbuchvilla –, eine Geste der Versöhnung, durchschaubar wie Plastikfolie. Sie versuchte vergeblich, irgendwelche bedeutsamen Rollen an Land zu ziehen, und während ihre wenigen verbliebenen Fans außer sich waren, befand die Mehrheit der Berichterstatter, dass es ihr recht geschah.

Ungefähr zu dieser Zeit dachte Whitman erstmals darüber nach, zum Fernsehen zu wechseln. Sie hatte es satt, gegen die verschlossenen Türen von Hollywood anzulaufen, deshalb fing sie an, Drehbücher für Pilotfilme zu sichten, und eines Nachts, bei einer Flasche Rotwein, stieß sie auf *Inter Alia.* Sie las bis zum Morgengrauen und machte sich Notizen, dann rief sie um sieben Uhr Omar Shahbazi, den zuständigen Showrunner, an.

»Es war definitiv ein unkonventionelles Gespräch«, erzählt Shahbazi. »Sie sagte: ›Omar, alle hassen mich, ich bin reinstes Gift, und jedes Mal, wenn ich versuche, das Ganze wiedergutzumachen, mache ich es nur schlimmer. Ich bin perfekt für diese Rolle.‹ Ich versuchte, professionell zu bleiben, und erwiderte: ›Lass uns treffen und uns ein paar Sachen durchgehen‹, während ich gleichzeitig meinem Team winkte und flüsterte: *›Whitman Tagore ist am Apparat!‹*«

In dem hochgelobten Comedydrama des Fernsehsenders HBO spielt Whitman (mit dem treffsicheren Akzent des Mittleren Westens) die unflätige, übersexualisierte Staatsanwältin Mita Khan aus Cleveland. Die Werbung nutzte Whitmans Status als gefallener Hollywood-Engel und spielte bewusst mit ihrer Verruchtheit. SCHLECHTER RUF, NOCH SCHLECHTERE PROZESSE verkündete der erste Teaser und brachte ein Foto von Whitman im Gewand der Justizia, in einer Hand das Richtschwert, in der anderen die Waage mit den beiden Schalen, gefüllt mit Kokain.

Die Serie erlangte schnell Kultcharakter und wurde mit der dritten Staffel, für die Whitman ihren ersten Emmy erhielt, zum Kassenschlager. Sie erhielt viel Lob für ihre differenzierte Herangehensweise an das US-Rechtssystem und ist definitiv um einiges politischer als in sämtlichen vorherigen Projekten – ein überraschender Schritt für eine PoC-Schauspielerin, die nie besonders interessiert daran war, über das Thema Nationalität zu sprechen.

»Wir können gern darüber reden«, sagt sie nun. »Was genau wollen Sie wissen?«

Ich zögere, ein wenig aus dem Konzept gebracht, dann frage ich sie, ob sie der Ansicht sei, als indische Frau in der traditionell weißen Filmindustrie anders behandelt zu werden.

»Ja«, antwortet Whitman und lächelt freundlich. »Nächste Frage?«

Ich weise sie darauf hin, dass viele Leute, darunter auch welche aus der indischen Diaspora, den Eindruck hatten, sie würde ihre Position als anglo-indische Berühmtheit, als eine bedeutende Person of Colour in der Branche, außer Acht lassen. Sie hätte sich dafür entscheiden können zu kämpfen, um etwas zu bewirken, um den Weg für andere Frauen zu ebnen, Frauen wie sie. Sie hätte sich für ihresgleichen einsetzen können.

Whitman überlegt. »Die Sache ist die: Ich war siebzehn, als ich den British Academy Film Award gewonnen habe. Ich war zwanzig, als ich nicht mehr in die Öffentlichkeit gehen konnte. Ich habe einen Haufen Leute um mich herum, die mir weismachen, es sei das Beste, die Stimme zu erheben, wenn ich anderen indischen Schauspielern in dieser Branche helfen möchte, während mir ein weiterer, lauterer Haufen erklärt, dass ich nur nützlich bin, wenn ich die Klappe halte. Gleichzeitig versuche ich, den Kopf über Wasser zu halten und nicht verrückt zu werden. Das ist der

Grund, warum *Inter Alia* eine solche Offenbarung für mich war – mit einem völlig anderen Team von Drehbuchautoren und Schauspielern zusammenzuarbeiten. Fragen von Macht und Herkunft sind bei uns immer ein Thema. Wir haben sie aus verschiedenen Blickwinkeln und Perspektiven betrachtet, haben besagte Machtstrukturen unter die Lupe genommen und uns bemüht, keine simplen Schlussfolgerungen zu ziehen. Das ist etwas, was ich weiterhin tun möchte: Meine Arbeit soll sich an meinen Werten orientieren, ich möchte nicht kämpfen und mich rechtfertigen für etwas, was ich sage oder nicht sage, nur um es allen recht zu machen.«

Wäre ich ein zynischerer Mensch, würde ich anmerken, dass Whitman immer noch ausweicht. Ist der Satz »Meine Arbeit soll für sich selbst sprechen« nur die elegantere Art und Weise, »Kein Kommentar« zu sagen? Whitman ist berühmt-berüchtigt für ihre Schutz- und Verschleierungstaktiken, und die permanente Bastelei an ihrem öffentlichen Image war es, die letztendlich zu ihrer Verbannung aus Hollywood führte. Sie hatte schon immer die Angewohnheit, ihr Image ihrem neuesten Projekt anzupassen, so wanderte sie beispielsweise durch Utah und blickte stirnrunzelnd in die Ferne, bevor sie die packende, kontroverse Figur der legendären Calamity Jane verkörperte, oder verbrachte den Sommer Sancerre trinkend bei Pferderennen an der französischen Riviera, als sie eine Rolle als Hemingway-Heldin anstrebte. In der Billardkneipe trägt sie eine zu große, abgewetzte schwarze Lederjacke und eine tief in die Stirn gezogene Baseballkappe – ein typischer Mita-Khan-

Look, die Art Outfit, die sie tragen würde, um einen Kronzeugen zu bedrohen oder heimlich einen Mafiaboss zu verführen. Es ist, als wäre die echte Whitman Tagore irgendwo tief in ihrem Innern verborgen. Warum hat sie eine solche Angst, sie selbst zu sein?

Whitman lächelt ungläubig.

»Emily«, sagt sie. »Es ist bloß eine Jacke.«

Es ist wahrscheinlich wenig überraschend, dass Whitman in Anbetracht des Films, der sie zurück ins Rampenlicht katapultiert hat, bereit ist, sich diesen tiefer gehenden Diskussionen zu stellen. Es kam zu einem regelrechten Aufruhr unter Anglistikstudenten und rechten Kritikern, als sie für die Rolle der Dorothea Brooke in Sophie Gammages aufwendiger Neuverfilmung von *Middlemarch* besetzt wurde. (Wenn Sie schon WHITMAN TAGORE in *Middlemarch* besetzen, sollten Sie den Stoff wenigstens so gut kennen, dass Sie ihr die Rolle der Rosamond geben, twitterte ein Fan, der sich auf *Middlemarchs* schändlich manipulative Antiheldin bezog.) Eine indische Schauspielerin zum frommen, milchhäutigen Gesicht des englischen Puritanismus des neunzehnten Jahrhunderts zu machen, schien über Farbenblindheit hinauszugehen und geradewegs dem Wahnsinn geschuldet zu sein.

»Ich will nicht so tun, als wäre es bloß eine Erzählung aus dem Leben und ich würde mich mit dem menschlichen Individuum darin identifizieren«, sagt Whitman. »Das ist nicht wahr. Es handelt sich ganz offensichtlich um eine *weiße* Geschichte. Ich denke allerdings, wenn man heutzutage einen Text wie *Middlemarch* adaptiert, ist es wert zu hinterfragen, warum er so *weiß* bleiben soll. Einer der Punkte, die mir an Dorothea am meisten aufgefallen sind, ist der, dass sie einem vorkommt wie eine Außerirdische. Ihre Schwester versteht sie nicht, ihr Vormund versteht sie nicht, und ihr Ehemann versteht sie erst recht nicht. Und selbst der Mann, den sie liebt, versteht sie lange Zeit nicht – im Gegenteil, er missversteht sie, er erwartet, dass sie aus Lebensumständen ausbricht, die sie nicht kontrollieren kann. Das kommt mir gar nicht so fremd vor.«

Ein Großteil der öffentlichen Entrüstung verflog, als der Film in Cannes Premiere hatte. Umgeben von einer bunt gemischten Truppe britischer Talente brilliert Whitman als Dorothea und erweckt eine Heldin zum Leben, die normalerweise als langweilig abgetan wird. Noch relativ am Anfang des Films gibt es einen Moment, in dem Dorothea nach Rom geht und feststellt, dass sie den falschen Mann geheiratet hat. Sie steht vor Berninis Skulptur *Die Verzückung der heiligen Theresa*, und die Kamera bewegt sich langsam durch die Kirche, die nur so strotzt vor Gold und Marmor, bevor sie in einer Totale auf Whitman Tagores Gesicht einfriert. Es folgt eine winzige Veränderung in Dorotheas Ausdruck, der Kiefer spannt sich an, die Augen werden dunkler – mit einem verblüffenden Effekt. Bei der Vorstellung brach der ernst dreinblickende, attraktive, grau melierte Herr mittleren Alters neben mir unvermittelt in Tränen aus.

Es ist wenig überraschend, dass Whitman für diesen ansprechenden, scharfsichtigen Film eine Oscar-Nominierung erhalten hat, über die sie mit offensichtlichem Stolz und voller Freude spricht. »Der Film ist mir ganz schön unter die Haut gegangen«, erzählt sie und fügt hinzu: »Sogar mein Haus ist darin zu sehen.«

Das stimmt: Eine Außenszene wurde in den Hügeln hinter Whitmans Zuhause gedreht und liefert einen kurzen Blick auf ein geschwungenes graues Dach und ein Fensterbrett voller Blumen. (Sie verrät mir, dass es sich um ihr Badezimmerfenster handelt; sie hat die extravaganten Blumenkästen anbringen lassen, um die modernen Sanitärinstallationen zu verbergen.)

Schon vor *Middlemarch* fand das Haus seinen eigenen Platz in der offiziellen Whitman-Tagore-Mythologie. Es wird von einem hochmodernen Sicherheitssystem geschützt und liegt ziemlich abgeschieden, doch ab und an sickern Informationen durch, die die Paparazzi anlocken. Whitman verweist darauf, dass sie gern durch die Hügel hinter dem Haus läuft; ihre beste Freundin, die Musikerin Shift, postete ein Foto von Whitman, wie sie an einem goldenen Sommernachmittag im hohen Gras faulenzt, gelbe Sandsteinmauern, mit Weinranken bewachsen, einladend im Hintergrund. Im vergangenen Jahr brachte die *New York Post* eine Exklusivreihe mit Familienfotos, die ihnen von Leos älterem Bruder Geoffrey Milanowski zugespielt wurden. Geoffrey wird mit den Worten zitiert: »Whitman Tagore ist ein großartiges Mädchen. Niemand ist perfekt, aber wenn man sie erst einmal kennenlernt, stellt man schnell fest, dass sie ein echter Volltreffer ist.« Das Familienalbum zu öffnen sollte diese Ansicht untermauern, und das Internet feierte die Aufnahmen, darunter eine, die Whitman und Leo an Weihnachten zeigt, wie sie beinahe hysterisch einen ziemlich verbrannten Truthahn in die Kamera halten. Auf einer anderen liegt Leo plaudernd auf einem Teppich, während hinter ihm Whitmans Mutter in einem Sessel döst. Am begeistertsten aber waren die Fans über ein Foto von Geoffrey und seiner Schwester Hannah, die fröhlich Arm in Arm vor dem Haus in Frankreich posieren. Im Hintergrund sind Whitman und Leo zu erkennen, in einen Kuss versunken, Leos Hand zärtlich und besitzergreifend an ihrem Kinn. #WhitowskiLives zog ganze vier Tage lang das Interesse der sozialen Netzwerke auf sich, doch der beliebteste Tweet kam von einem Popkultur-Journalisten: Ich kann nicht glauben, dass ihr IMMER noch auf diesen Scheiß hereinfallt.

Vier Tage später holt Whitman mich in einem hässlich orangefarbenen Lamborghini ab, den sie sich, wie sie mir leicht verlegen erzählt, für diese Woche von ihrer PR-Agentin geliehen hat. Wir steuern auf einen Gebäudekomplex im Zentrum von L. A. zu, wo sie und ihr Team sich auf das erste Fitting von vielen vor der Oscar-Verleihung vorbereiten. »Ich bin mit mehreren Designern im Gespräch, aber ich möchte ein Kleid tragen, das eine Geschichte erzählt«, erklärt Whitman (große Überraschung). »Wir möchten uns auf die Gesamtästhetik einigen, bevor wir irgendwelche Entscheidungen treffen.«

Als wir in die Innenstadt gelangen, ist Whitman nicht das unmittelbare Objekt der Aufmerksamkeit. Stattdessen entdecken wir Leo Milanowski in einem eleganten schwarzen Anzug, der sich gehorsam nach rechts und nach links dreht, während jede Menge Leute um ihn herumschwirren, seine Manschetten anpassen und Polaroids schießen. Er ist hoch konzentriert, sein Gesicht ernst. Seine Züge gleichen denen einer klassischen Skulptur, dieselbe überwältigende Schönheit, zeitlos und unerbittlich wie eine zum Leben erweckte Statue. Er reagiert nicht, als wir den Raum betreten.

»Oh, er hat sein Fotogesicht aufgesetzt«, sagt Whitman zu mir, und Leo wendet sich um, so schnell wie eine Schlange im Gras, um ihr zuzuzwinkern, bevor er seine Aufmerksamkeit wieder der Kamera widmet.

Leo wird Whitman in diesem Jahr zur Verleihung begleiten – daher der Anzug –, was offenbar nicht selbstverständlich ist. Sie besuchen nicht immer dieselben Veranstaltungen – vermutlich hat Leo mitunter anderweitige Verpflichtungen –, und Whitman ersetzt ihn oft durch ein Mitglied ihres engen inneren Kreises. Shift ist eine Freundin aus ihrer Kindheit, die sie zu Premieren begleitet, und auch Whitmans Mutter wird immer häufiger, wenngleich nicht regelmäßig, auf dem roten Teppich gesehen.

»Es ist definitiv nicht ihre Lieblingsbeschäftigung«, räumt Whitman ein. »Ich denke, sie hält das Ganze noch immer für frivol, außerdem hasst sie es, sich Haare und Make-up machen zu lassen. Sie war nie eine *Stage Mom.*« Whitman betont die beiden letzten Worte mit einem herablassenden amerikanischen Tonfall. »Wir haben über die Outfits für die Oscar-Verleihung gesprochen, und sie fragte allen Ernstes: ›Warum ziehst du nicht einfach das Gleiche an wie im letzten Jahr?‹«

Leo lacht. Nach dem Fitting trägt er wieder Jeans und T-Shirt. Whitman wirft einen Blick auf die Uhr. Es ist bereits später Vormittag, und sie hat noch nicht einmal das erste Kleid probiert. Vor ihr steht eine ganze Stange mit Mustern hoffnungsfroher Designer, und jeder hat eine andere Vorstellung von dem, was sie ausstrahlen soll – glänzend, majestätisch, undurchschaubar? Blassgrüner Satin, mondän, zwanglos? Streng in Schwarz? Leo wird nicht nach seiner Meinung gefragt, aber er äußert sie trotzdem: Er denkt, es wäre »cool«, wenn Win ein Cape tragen würde.

Die Wahrheit hinter den explosiven Enthüllungen und Anschuldigungen, die vor fünf Jahren gegen Whitman und Leo erhoben wurden, bleibt nach wie vor unklar: ob Whitman tatsächlich eine Ehe zerstört hat, ob Whitman und Leo ein richtiges Paar waren oder eben nicht, ob sie in irgendein schäbiges, polyamouröses Abenteuer verstrickt waren. Einige der mehreren hundert Artikel, die über den Skandal veröffentlicht wurden, legten nahe, dass Leo genauso darin verwickelt war wie seine falsche Geliebte, doch die meisten vertraten die Ansicht, dass er Whitman wie eine Fliege ins Netz gegangen war.

Ihre Beziehung ist noch immer Spekulationsgegenstand der Boulevardpresse und wird fieberhaft in diversen Late-Night-Foren diskutiert. Denjenigen, die nach Hinweisen fischen, kann ich nur sagen, dass Whitman und Leo auf mich den Eindruck machen, als würden sie sich nahestehen. Als wir eintreffen, reicht sie ihm ein schmales schwarzes Etui, in dem sich seine Lesebrille befindet – er hat sich noch nicht daran gewöhnt und vergisst oder verliert sie immer wieder. »Das ist schon meine vierte Brille«, teilt er mir betrübt mit. Während der Anprobe einer sehr auffälligen geometrischen Robe, die Whitman dazu zwingt, die Hände steif an den Seiten zu halten, verkündet ein Assistent, dass Whitmans Mutter am Telefon ist. Leo nimmt den Anruf für sie entgegen. »He«, sagt er, zieht sich in den hinteren Teil des Raumes zurück und senkt die Stimme. »Du hattest recht, niemand pflichtet mir wegen des Capes bei.« Irgendwann, eingesponnen in ein durchsichtiges Netz aus Chiffon, winkt Whitman ungeduldig ihre Stylistin beiseite und holt Leo herbei, damit er sie aus dem Outfit befreit. Er erweist sich als geschickt und kompetent, seine Finger gleiten über ihren Nacken, bevor er zurücktritt.

All dies, von außen betrachtet, vermittelt den Eindruck einer sehr guten, echten Beziehung. Obwohl das natürlich immer so war.

Während sich Whitman erneut umzieht, fühle ich Leo wegen seines neuesten Vorhabens auf den Zahn, zwei Kunstateliers in London und Paris zu finanzieren. Seine erklärte Mission ist es, denjenigen, die sich kein eigenes Atelier leisten oder keine geeigneten Räumlichkeiten finden können, unter die Arme zu greifen. Inwieweit das Herzensprojekt eines wohlhabenden Prominenten das Leben am Hungertuch nagender oder anderweitig an den Rand der Gesellschaft gedrängter Künstler tatsächlich verändern kann, vor allem in derart teuren, schwer zugänglichen Städten wie diesen, sei dahingestellt. Die meisten der derzeit an dem Projekt beteiligten Künstler sind relativ unbekannt, die Ergebnisse eher verhalten. Trotzdem etablieren sich die Ateliers zunehmend in der jeweiligen lokalen Szene. Eloise Teng führte vergangenen Monat im Pariser Atelier eine Reihe von Workshops durch, die erste große Ausstellung ist für diesen Sommer angesetzt, und die Partys sind angeblich ausgesprochen exzentrisch.

Leo selbst gibt sich zugeknöpft. »Ich bezahle lediglich die Miete«, behauptet er, dann wird er von Whitman gerettet, die verkündet, dass sie für heute fertig sind. Das Team stößt mit einem Bier an; Alkohol zählt definitiv zu Whitmans Modus Operandi – nicht dass ich dagegen etwas einzuwenden hätte, zumal ich ebenfalls auf ein Bier eingeladen werde. Whitman und Leo heben die Flaschen, um miteinander anzustoßen. Sie müssen sich dabei nicht einmal ansehen, sie finden einander auch so.

Es lässt sich schwer voraussagen, was passiert, sollte Whitman an diesem Sonntag den Preis für die beste Hauptdarstellerin von der Akademie verliehen bekommen, und genauso schwer lässt es sich voraussagen, was passiert, wenn sie ihn nicht bekommt. Ihr Werdegang nahm einst eine Bilderbuchentwicklung – das naive junge Mädchen, die schillernde Hollywood-Romanze, die Kaiserin der Kinoleinwand. Als sie fiel, fiel sie hart, stürzte in Flammen aufgehend von ihrem Sockel wie ein Flugzeug, das am Himmel eine Rauchfahne hinter sich herzieht. Nun stellt sie etwas anderes dar, etwas, womit wir noch nicht so recht etwas anfangen können. Wenn wir nicht bald zu einem

Schluss kommen, wird Whitman uns zuvorkommen und uns kaum merklich einen neuen Charakter unterschieben, so behutsam, dass wir tatsächlich glauben, diese Version sei ihr wahres Ich.

Man kann sie lieben oder hassen – es ist leicht, eine tragische Geschichte auf Whitman zu projizieren. Ihre schwierige Kindheit, ihr Sturz in Ungnade. Man kann sie als eine Außenseiterin verstehen, stigmatisiert von einer Halsabschneiderbranche, oder als Kontrollfreak, der nach wie vor als Hollywoods nervigste Diva gilt. Während unserer gemeinsamen Zeit fiel mir immer wieder ihre angenehme Ausstrahlung auf, die Leichtigkeit, mit der sie die Billardkugeln anstieß, die Selbstverständlichkeit, mit der sie die Hand auf Leo Milanowskis Schulter legte. Sie wirkte amüsiert, wie über einen Insiderwitz, den sonst niemand kannte. Sie wirkte ruhig, kontrolliert; ihre klaren, schönen Gesichtszüge spiegelten so gut wie nichts wider von all den Skandalen, die auf sie zurückfielen. Es schien fast so, als hätte sie Spaß.

Dank

Wir möchten uns bedanken bei:

Seema Mahanian und Frankie Edwards, unserem Lektoren-Superduo, das genau erkannte, was wir mit diesem Roman versuchen wollten, und wusste, wie wir es umsetzen konnten.

Adrianna Yeatts, Traumagentin, die eine freundliche E-Mail geschickt und damit unser Leben verändert hat und die seitdem hinter uns steht. Lucy Morris, Cambridge-Absolventin mit Auszeichnung, für alles und ganz besonders für den Scherz über Jeremy in einem Londoner Café, außerdem bei Sophie Baker und allen bei Curtis Brown und ICM für ihre Unterstützung und Begeisterung.

Tree Abraham und Albert Tang für ein Cover, das besser ist als alles, was wir uns je vorgestellt haben, bei Angelina Krahn und Mari Okuda für ihre akribische redaktionelle Arbeit, außerdem bei Andy Dodds, Morgan Swift und allen bei Grand Central Publishing und Headline.

Ulli und Ruby Clements, unseren ersten und lautesten Cheerleadern, genau wie bei unseren anderen frühen Lesern, die uns die so dringend benötigten Ratschläge und Ermutigungen zuteilwerden ließen: Sara Nunn, Emery

Kennedy, Rosalie Bower und Sophie Atkinson. Wir bedanken uns bei Monica McInerney für ihre Einsicht, Anleitung, Weisheit und ihren Humor, vom Lektorat bis zur Herstellung.

Liz und Pranesh Datta, Shirmilla Datta, Marie McInerney, Daniel Clements, Ulli Clements und dem kleinen Rafster für ihre Liebe, Freude, Unterstützung, gelegentlichen Spötteleien und dafür, uns so viele Bücher gekauft zu haben. Wir lieben euch.

All unseren großartigen Freunden und ganz besonders bei Sophie Evans, Hannah Wolfram und Jack Roberts, die uns ausgesprochen höflich zuhörten und Bier brachten, wenn wir über fiktive Charaktere sprachen.

Wulf und Lokhi, die uns gar nicht geholfen haben.

Und schließlich bei Shibani Datta, meiner *thakuma,* für zahllose Liebesbekundungen und Ermutigungen und dafür, dass sie das Zentrum meiner Familie ist, was mir so viel bedeutet. Wir lieben dich, vermissen dich und denken oft an dich.